◎王德友 著

清清的石盘河

QINGQING DE
SHIPAN HE

四川民族出版社

图书在版编目（CIP）数据

清清的石盘河 / 王德友著 . -- 成都：四川民族出版社，2021.11
　ISBN 978-7-5733-0205-2

　Ⅰ . ①清… Ⅱ . ①王… Ⅲ . ①长篇小说－中国－当代 Ⅳ . ① I247.5

中国版本图书馆 CIP 数据核字（2021）第 238933 号

清清的石盘河
QINGQING DE SHIPAN HE

王德友　著

责任编辑	王　矾
责任印制	谢孟豪
出　　版	四川民族出版社（四川省成都市青羊区敬业路 108 号）
邮政编码	610091
设计排版	成都惟文文化传播有限公司
印　　刷	成都市兴雅致印务有限责任公司
成品尺寸	155mm×230mm
印　　张	18.25
字　　数	260 千字
版　　次	2021 年 11 月第 1 版
印　　次	2021 年 11 月第 1 次印刷
书　　号	ISBN 978-7-5733-0205-2
定　　价	78.00 元

著作权所有·侵权必究

一

　　一月二十四日，是江城县首批知识青年上山下乡到农村去的日子。

　　早上，天空没有了连日来的灰云，东方露出了绯红的曦光，看来将是一个冬天里少有的晴天。

　　上午九点，城里三所中学城市户口的同学们在县体育场集合，他们即将从这里出发，响应毛主席的号召，到一个个他们陌生的地方去插队落户，接受贫下中农的再教育，在农村的"广阔天地"里炼一颗红心。

　　太阳已经露出了久违的笑脸，几束霞光从凤凰山后射过来，照在对面乌龙包最高处的石岩上，黄白色的石头亮晃晃的一片。没过一会儿，阳光普照，山坳间、半坡里、山顶上的苍松翠柏显得更加青翠而浓重。匆匆从北而来的嘉陵江，气势浩荡地从城西向塔子山脚下流去，晴空般湛蓝的江水倒映着蓝天白云和滨江城临江的吊脚楼、西边的山峦、石岩、树林和路旁的房屋、山根的祠庙，急流上波涛翻滚，浪花如银。城南的魁星楼外，银练般的南河娓娓流向大江，犹如一位贤淑女子默默地前去同心仪的爱人会合。微风不起，天气暖和，虽然才在农历腊月初，却让人感觉到了些微春天的气息。

　　街上的人和车多起来，自行车的铃声"叮叮当当"地响成一串，震人耳膜的汽车喇叭的鸣叫此起彼伏，两边的店铺已经开了门。

中学生全部到农村去是一件大事，牵动着每一个学生家人和他们的亲朋好友的心。家里没有中学生的，虽然也早已知道了这个消息，但是当看到一个个家长带着孩子前往集合点从门前经过，很多刚上班正在打扫卫生的人，也来到门口当稀奇一样看。一些熟悉的人站走到一起，站在街边议论纷纷。

知道不管怎么说，到农村是大势所趋，任何人也改变不了，大多数农村户口的同学早就回家去了。但是，来自农村的县中学生何德远还没有回去。何德远的家在石盘区石盘公社清湾大队六生产队，他学习成绩优秀，和同学们的关系相处得很好，舍不得离开朝夕相处了几年的同学，觉得这一分开，不知道何时再能见面。离远了，见面何其难啊！前几天，他把自己课本等书籍拿回家以后，又到学校里来，想和同学们多在一起待几天，并且要把同班的十几个城里的同学送到他们插队落户的张家区去以后自己再回家。

张家区在县城的东南边，距离八九十里远，汽车开了两个多小时，到那里都快到中午了。

红红的太阳当头照耀，几片鹅毛般的白云飘浮在空中，山山湾湾、岭岭坳坳，村庄、田地、树林沐浴在绚烂的阳光下。

张家区是全县有名的米粮乡之一。一座中型水库和无数口大小堰塘使这里的水资源十分丰富，塘库里都放养着鱼，水多就田多，广出稻米。小春一季，能放来水的田里种小麦，水放不到的，稻子收了就蓄水，到冬天就满满当当。这时，一重重、一片片的冬水田里，水清似镜，万里晴空和周围的山岭农舍倒映水中，是一道十分独特的风景。

眼前的山山岭岭、房前屋后，到处都是柏树，张家区"广出柏木"名不虚传。

站在张家区场头，风清气和，暖意洋洋，已经没有多少冬天的寒意。

同学们到了以后，由区里分到了各个公社，何德远要搭来时的车回家，不能再去送他们了。

原以为车要马上返回，谁知道还要到区粮站拉粮到县城的仓库。

何德远从来没有来过张家区，机会难得，决定趁汽车装粮的时间去看望在离场不远的一所小学校教书的表姐。他去后，表姐很惊喜，要给他煮饭，说他们刚吃过午饭。他不让她煮，说怕误了车，坐了一会儿，聊了一阵，就走了。到装粮的地方，车刚好装起，准备发动。他庆幸自己赶得巧，正好赶上，赶快爬上码着大米麻袋的车厢。

这是一辆"黄河"牌大货车，马力大，载重八吨，回去时下坡多，应该跑得快，可是由于装的大米比来的时候载的人重得多，也不怎么跑得起来。

因为这样，何德远到家时已经下午三点多了。

母亲刚洗完晌午的锅碗，边用围腰擦手边从灶房里往外走。

"妈！"何德远叫母亲。

"啊，何德远回来了！"母亲惊喜，问，"你吃了晌午了没有？"

"还没有！"何德远肚子正饿得慌，见母亲问，都有些没有劲回答了。他还是早上七点多在学校伙食团吃的饭，把同学送拢又马上搭车回来，中间没吃过任何东西。

"咋个这个时候了还没有吃晌午？"母亲心疼地问。

"我到张家区去送同学，他们到那里去下农村。"

到张家区有多远，母亲是知道的，她年轻的时候曾经吆牲口到那里去驮过粮。那可是要一整天时间才能打转身的！听何德远说是从那里回来，很理解他为什么这时还没有吃午饭，说："那你去烧锅，我来给你煮饭！"

"爸爸和大哥他们呢？"何德远问。

他们家里的人多，二哥、二嫂在城里教书，已经有了一个女儿，农村还有父母、大哥、大嫂、他、妹妹和大哥大嫂的三个孩子，一共十几个人，是一个少有的大家庭。

"你爸爸和你嫂嫂出工去了，你大哥到新房子院子里去了。我们队里也来了两个城里的学生，是全老汉和你大哥到公社接来的，说安排在何德中屋里占[①]。"母亲说。

"哦……"何德远一听，知道这两个学生早上也是从县体育场

[①]占：住，居住。

出发的,"他们是谁呢?"

母亲转身到歇房②里拿粮饭③去了,何德远把柴草加到灶孔里,擦了一根火柴点燃引火的麦草,正弯着腰往后退,准备往灶门口烧火的木橔上坐,火猛然轰的一下燃起来,一股浓烟冲到脸上,呛得他眼泪直流,连连咳嗽。母亲进来,看见他眼泪汪汪,挖挖扒扒④,一副很不会做这些事的样子,说:"你过去,我来烧!"

何德远确实不会做。虽然他已经过了十六岁,但是还从来没有自己煮过饭。在农村,洗衣煮饭是女人的事,男子汉是不屑于做的,况且他有母亲、嫂子和妹妹,又从小在上学,从来就没有做过这些事情。

听母亲叫他过去,他巴不得走开。

他站起身,从灶门口走过来,母亲坐过去。估计饭还要一会儿才能煮熟,他出来就朝新房子院子里跑去。

青湾里,中间一条大沟,沟边一条大路,一直贯穿到底。沟和路的两边,房子一家挨着一家,住着两个生产队的五六十家人,挤得满满的。新房子院子在湾中间,坐南朝北,大门带门楼,对称的双扇门,曾经是一个厦子转圆了的标准大四合院,是湾里一个有名的院子。后来不知什么年代,也不知什么原因,西边没有了房子,成了一个豁。院子外是大路,原来进出院子的人,都必须从大门上走。西边一敞开,从上湾里下来要进院子和从院子里出去往上湾里走,就从大门进出,下湾里的人进院子和出院子往下湾里走,大多数走西边的豁口。院子里住着大大小小七八家人,何姓解放前的族长何玉泉就住在这个院子里的东南角上,他的后代子孙现在还住在那里。青湾何姓是一个大姓,绵延几里路,一百多户人家,五六百口人。这样的一个大姓,一族之长,举足轻重。玉泉先生辈分不是最高,年龄不是最长,何以能居此位?这完全是因为他德高望众。他曾经被不少地方延请为私塾先生,还曾在县城衙门口摆过专门为人写状

---

②歇房:卧室。

③粮饭:指米、面等已经过加工可直接煮和制作成熟食的粮食。

④扒扒:东西没弄整齐没捆扎紧。这里指由于不会做而手足无措的样子。

纸打官司的笔墨摊子，远近的人，无人不知，无人不晓。在何姓一族人中，他为人豁达大度，处事公道正派，所以，族长一职，在当时的青湾何姓人中，非他莫属。位置居中，院子里的几家人都热情和气，玉泉先生又是地望和族长，外面前来拜望的人多，本姓经常有人请他说是了非，一湾的人也有事没事地爱往这里跑，院子里的人气自然非湾里其他院子可比。大办公共食堂时，三个生产队的伙食团办在这里，食堂的大灶打在玉泉先生家的厦子里，大小瓮子好几口。那时，所有的何姓人，包括夹杂其中的十几户外姓人家，都要到这里来舀饭。有的人为舀几碗没几粒粮食的稀汤，要走好几里路。有时下雨路滑，如果把装饭的海子⑤摔了，一家人就只有饥肠辘辘地饿一顿。办公共食堂时，玉泉先生已经过世，他的遗孀还在。以后，这里经常是区队、大队、生产队开会和举行公共活动的地方。

何德远走到院子西边的豁口，看到生产队副队长何德中门前的院坝里站着一堆人。他走拢一看，队长何大全、副队长何德中、大哥何德荣在和两个城里的女子说话，跟前的地上放着两个铺盖卷儿、一只木箱子和一个装着杂七杂八东西的网兜。

何大全、何德中和何德荣三个是生产队的当家人，都是一米七几的高个子，虽然都瘦，但都力气大，是能背两三百斤的精壮好汉。何大全四十岁上下，是何姓人中辈分最高的，年龄比他大的低辈分对他不好直呼其名，在人前又不好意思把他"爷爷""祖祖"地叫，就叫他"全老汉儿"，这样既表示了对他的尊重，又叫起来顺口。由于这样好叫，年龄稍小一些的晚辈有时也这样叫他。何德中三十岁出头，做农村所有的活路都是一把好手，还是个全套手艺都做的一流的土匠。何德远的大哥何德荣，二十几岁，是生产队的会计，能写会算，打一手好算盘。

"何德远回来了！"何德远不知道他们在说什么，不好打扰，没有先招呼他们，队长、高辈子何大全就先招呼起他。

"嗯，全大爷！"何德远赶忙回答。

"何德远回来啦！"何德中抬头看见他，也给他先打起招呼。

---

⑤海子：一种圆形双耳肚大口小用以盛汤和流食等的陶制容器。

"何德中哥！吃饭没有？"何德远问候说。问"吃饭没有"是这里的人常用的见面语。

"你好久回来的？"大哥何德荣这时才看见何德远，问他。

"大哥！我才回来！"何德远赶忙回答他的话。

何德远同三个队干部打招呼时，两个城里的女子站在那里看着他们，见他们互相很亲热，不知道这个同她们差不多年纪但衣着又不像农村里的小伙是什么人。

打完招呼，何德远转过头来看这两个从城里来的女子：一个比自己大些，一个比自己略小，大的一个十七八岁，身体略微粗壮，也显得成熟，心中似有城府；小的一个十六七岁，瘦瘦的，还是一个嫩条条，个子却比大的一个还高出了一些，两道浓浓的眉毛，眼睛又大又圆，眸子黑亮，羞涩俏丽，十分清纯可爱。

何大全看何德远在看两个女子，两个女子也在看何德远，忙对两个女子说："这是何德远，是我们队里的一个学生，是何会计的兄弟，在周家壕上学，也才回来。"县中所在地的老地名周家壕，在当地人口中，周家壕成了县中的代名词。

"哦，何德远像你们一样，也是个学生！"何德中面带笑容地补充说。

两个女子仔细打量何德远，听说他也是一个学生，有些惊异，没想到这里也有一个跟她们一样的中学生。

何德远问有些手足无措的两个女子："你们是哪个学校的？"

"她们是两姐妹，姐姐叫张文静，妹妹叫张文玲——欸，是哪个学校的？"何大全抢先回答何德远，但他不识字，又不知道城里学校的名字，边向何德远说边问两个女子。

张文静和张文玲站在何德中家的门前，脸朝着院子的豁口，何德远从那里往拢⑥走的时候，她们就看见了他。听何大全已经说了她们的名字，张文静说："我是嘉中的，我妹妹是民中的。"

张文静说完，脸转了过去。张文玲听她姐姐说她是民中的，红着的脸涨得更红。县城里的三所中学，县中是高完中，嘉中和民中

⑥拢：靠近。

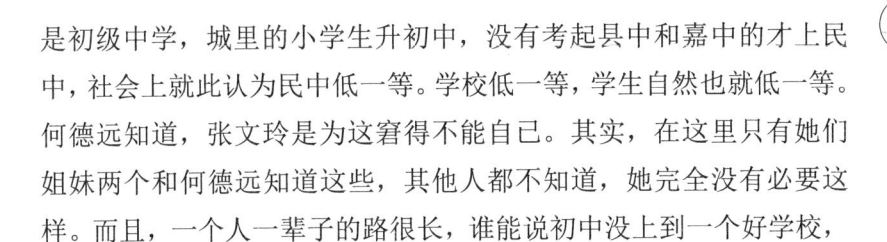

是初级中学，城里的小学生升初中，没有考起县中和嘉中的才上民中，社会上就此认为民中低一等。学校低一等，学生自然也就低一等。何德远知道，张文玲是为这窘得不能自已。其实，在这里只有她们姐妹两个和何德远知道这些，其他人都不知道，她完全没有必要这样。而且，一个人一辈子的路很长，谁能说初中没上到一个好学校，就一生无所作为呢？

"你们也是今天早上从城里的体育场出发的？"何德远问张文静和张文玲。

"嗯……"姐妹俩边回答他边很惊异，心说，"他怎么知道？"

看她们惊奇的样子，何德远说："早上我也在体育场，我到张家区去送我的同学才回来。"

何德远调转话头，给张文玲解了围。

接着，生产队的三个当家人说两姐妹如何安顿的事。张文静在那里说，张文玲站在旁边完全没有开腔。张文静一副当家做主的样子，完全没有问张文玲有没有什么意见。可能在家里她就是这样，一贯以大自居，她说了算吧。

张文静说她们在哪里吃哪里住的时候，张文玲偷偷地看何德远，见他跟自己年龄大小差不多，可能在学校是一个年级的，只是没同在一个学校，他人长得瘦条标致，举止言谈有一种与一般人不同的气质，觉得他很不错。她看何德远时，眼里闪射着惊喜而热烈的光芒，已经褪去的因为是民中学生而羞赧的脸上又飞起了红云。

何德远也在看张文玲，越看越觉得这个女子可爱。几次目光相撞，看到她也在看他，他的脸也禁不住红了。

张文静同三个当家人已经说完——她们是到农村来接受贫下中农再教育的，又刚来，不知道农村的情况，不知道哪儿好哪儿不好，就同意了生产队的安排，在何德中家里住，在东边腾出的一间屋子里睡觉，煮饭先同何德中在一个灶上，生产队马上另外给她们打灶。

母亲把饭煮熟，不见了何德远，走出灶房门看，也不见人。"这到哪儿去了？"母亲自言自语地说。很快，她知道他爱看热闹，肯定是到新房子院子里去了，于是走到墙边上，有些生气地对着新房子院子里大声喊起来:"何德远——何德远——回来吃饭!"

听到母亲在喊,何德远才记起母亲在给自己煮饭,看了一眼张文玲,赶快从院子西口飞也似的往家里跑。

回到家,母亲不无抱怨地说:"这一天了,还没吃晌午,转过身就跑了!"何德远知道母亲是心疼他,不发一言,端起已经端到桌子上的饭就狼吞虎咽起来。

何德远刚把饭吃完,大哥何德荣也回来了,一拢屋就带着同情和担心说:"这两个女子也恼火,到农村来,人生地不熟,新安排吃住,晓得住得惯不?"

母亲知道何德荣是说城里下来的那两个女学生,说:"不惯又有啥法,国家的政策。不晓得她们的爹妈咋个在挂牵哟!"

"她们在城里住在哪条街的?父母是哪个单位的?"何德远关切地问大哥何德荣。

"我们都先不知道。今天我是全老汉儿临时喊去的,叫我跟他一起去接下子。我们去,那些娃儿已经在公社吃完饭,没等多久,公社的人讲了一下,我们就帮她们拿上铺盖卷和箱子往回走。在路上才问,她们在城里住在河街上的,爸爸在县上的一个部门上班,妈是做啥的没说。"何德荣说。

"那上午收拾一下,晚上就要起火煮饭啰?"母亲是每天都要煮三顿饭的人,知道煮饭的麻烦,为两个女子才来就自己煮饭焦心。

"粮饭和油盐酱醋,啥都没得,咋个煮饭?我们都叫她们今天晚上跟何德中哥他们在一起吃一顿,明天再自己煮。她们说她们还有些东西在屋里没拿来,今晚上要回城里,明天又来。全老汉儿叫她们回去把屋里的事安排好了再来,不在于这一天两天。"何德荣说。

何德远没有这些历练,没有想得那么多,听到大哥和母亲说到吃住等事情,也对张文静和张文玲同情起来。这些娃儿同自己岁数相仿,不说她们还是在城里长大的,就是自己生长在农村,如果到一个生疏的地方,天天做活路,回来还要烧锅煮饭,也是十分难的。不过,张家姐妹还好,在这里,没有很大的山,过河就到了场上,离城也近,还既通汽车,又通火车,即使骑自行车,回城里也要不了半个小时,而自己的那些同学,在张家区就惨了——上午送他们去,汽车都开了两个多小时,听说赶火车到最近的一个车站都要走二三十里,还全是山路。他脑子里出现了他离开他们时的情景:同他们告别时,男同学大而化之,好像还没有什么,而几个女同学眼里含着泪水,流露出依依惜别之情和对未来的担心与恐惧。

从懂事起,他就羡慕城里和城里人,虽然不是憎恶农村,但是在城里人鄙视的眼光下,他为自己生在农村自卑。所有的中学生都下农村了,城里的娃儿,家里和农村有关系的,还到过农村,了解农村的一些事情,家里和农村完全没有关系的,对农村啥都不晓得,对农村的人吃的啥住的啥一无所知,更不要说干农活啰。要适应农村,他们要经受多少苦痛啊!虽然都是到农村,但是他的家在那里,而城里的同学对农村啥都不知道、啥都没有,特别是他的那些同班同学,都还那么小,才十五六岁,怎么习惯农村的日子啊!而自己,家在农村,吃住不愁,农村的事情从小就耳濡目染,在脑子里的存留比城里的事还多,农村的活路时常看到别人在做,还参加过一些,这些条件和经历不知比城里的娃儿要强多少倍!

何德远第一次为自己是农民的儿子,家在农村而庆幸。

大哥何德荣说了一阵话后出工去了,他去得晚了些,但是为生产队的事情耽误。这个时候去还是一个整下午的工分。何德远没有去,他刚从学校里回来,还没有正式出工,出不出工没有人管他,这时去也挣不了几个工分,而且他想张文静和张文玲下午肯定要打扫房子和铺床、摆放东西等,看她们有什么他能帮忙做的事。毕竟都是学生,张文静和张文玲是城里来的娃儿,人生地不熟,自己是本地本方的人,作为这个地方的主人之一,应该对她们更加热情,也认为他比队里的其他的人更懂她们,为她们想得更周到,他去帮她们一会儿忙。

大哥走后,何德远又一溜烟地跑到了新房子院子里。

如他所料,张文静和张文玲正在忙着扫地抹灰。她们看见他来,没有谁喊他,甚至招呼都没有打一个。只是张文玲见她姐姐吭也没有吭一声,过意不去,脸红着看了他一眼。何德远很难堪,站在了那里,见没有他插得上手的地方，只好开口问："你们有啥事要我帮忙不？"

"没有啥事，就不麻烦你了！"张文静淡淡地说。

何德远敏感地听出了张文静的拒绝，尴尬得脸一下红齐颈项。

对姐姐这种极不礼貌的态度，张文玲很吃惊，皱着眉头看了一下何德远以表示歉意后，狠狠地瞪了张文静一眼。

何德远是真心实意来帮她们忙的，想的是帮着清扫一下高处的灰尘呀，搬床搭一下手呀，挑水和搓抹灰的帕子呀，借个需要用的东西呀什么的，没有想到张文静让他碰了一鼻子灰。

自己讨了个没趣，何德远张口结舌地站了一会儿，怕母亲又找他，怏怏地走开了。

张文静的这一出，何德远怎么也没有想到，也没有想通是为什么。以前素不相识，这是第一天见面，才几个小时的时间，他又没有得罪张文静的地方，又在他的家乡，她们两姐妹以后还要在这里劳动和生活，她竟把好心当成驴肝肺，给了他当头一棒！她即使清高，也不该对他做出那副样子呀！莫非是她看到了刚一见面张文玲和他就"互相欣赏"？对，她肯定是看到了他和她妹妹的"眉目传情"，她要给他一个警告！

张文静的这一招很奏效，以后何德远一直不敢多亲近张文玲。女孩儿成熟早，张文玲更知道她姐姐的心思，也不敢多接近何德远。

太阳落到山后边去了，天边一大片红黄色的云彩，十分好看。没过多大一会儿，山水、田地和村庄就笼罩在夜幕中了。

生产队放工了，社员们男的扛着大锄、铁镐，女的背着背篼，一个个疲惫不堪地往各自的家里走。

父亲何文伯回来，何德远叫了。父亲问他这一向在学校里干啥，他说了在学校的事情，说今天上午送城里的同学到张家区去。农村的人，世代相传的是"朝内无空土，世上无闲人"，没有一天不劳动的人，父亲听何德远在干正事，没有责怪他什么，如果是在东溜西逛，那绝对是要说他的。

一会儿，大哥、大嫂也回来了，同大哥已经见过面了，大嫂这时才看到，何德远又叫了大嫂。

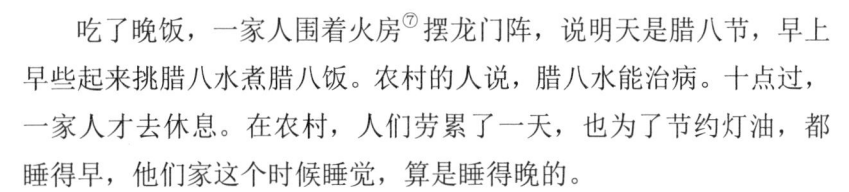

吃了晚饭，一家人围着火房⑦摆龙门阵，说明天是腊八节，早上早些起来挑腊八水煮腊八饭。农村的人说，腊八水能治病。十点过，一家人才去休息。在农村，人们劳累了一天，也为了节约灯油，都睡得早，他们家这个时候睡觉，算是睡得晚的。

收拾屋子是女娃儿擅长的事，又是姐妹两个，也没有多少东西——屋里只有一架连拦草板和帐架子都没有的最简易的木床和一张小方桌，她们带来的只有两个铺盖卷、一只两姐妹共用的木箱子和吃饭用的碗筷以及洗漱用具——牙膏、牙刷、缸子、洗脸盆、毛巾以及梳子、镜子这些。没多久，张文静和张文玲就把床铺好把东西摆放到了适当的位置。弄完了，她们又扫了一下地。看再没有什么可弄的，姐妹俩才坐下来。

歇了一口气，张文静拿着盆子去打水洗脸。

这时候，大人们都出工去了，大孩子还没有放学，院子里只有何德中的三个小娃儿和别的人家的几个小娃儿在院坝里玩。张文静走过去对何德中的大一点儿的满娃子说："我们把你们缸里的水要一点儿洗个脸哈？"

"你去舀嘛！"尽管吃水靠人挑，但农村不把这当回事，农村娃儿也大方，张文静一说，满娃子就喊她去舀。

都梳洗了一下后，张文静和张文玲锁上门，挎着书包回城里去。

过了河，姐妹俩来到石盘供销社后面的公路上等车。烟酒肥皂火柴都买不到，物资紧缺，供销社非常吃香。供销社里面有很多城里的人，驾驶员想在这里买东西，这里的人想搭车，城里过来的人也多在这里下车，因此这个地方容易等到车。但是，公路是泥结石的，汽车一过，尘土飞扬，车走得多远了，灰尘才能散去。幸好汽车不多，每天除了煤矿和电厂几个拉煤的车，其他就是几个客运班车，长途货车很少，否则在公路边上等车和走路就要吃更多的灰。

这时，路上冷清清，等了好一阵，才有一辆拉煤的车过来。姐妹俩招手，司机见是两个学生模样的城里女子拦车，估计是今天才

---

⑦火房：烤火的地方。地上用石头围起或方或圆的坑，在里面生火，火和灰都不会洒出。

下来的知青，把车停了下来。驾驶室已经坐满了人，只有到车厢上面去站在煤炭上。管它下面上面，只要有车坐就谢天谢地。张文静和张文玲满怀感激地向师傅打了招呼后，抓住车厢栏板，先一脚蹬上后面的轮子，然后翻身上了车，踩着脚下的煤炭，扶着车厢栏板往前面走。等她们站好了，车才启动。

晚饭前，张文静和张文玲到了家。

张家祖籍四川南充，解放初期，张国正随土改工作队来到江城。后来，赵秀莲带着一岁多的女儿文静从老家上来，接着生了文玲、文成、文明姐弟三个。因为没有文化，赵秀莲没有正式工作，一家六口人的开支靠张国正的工资和赵秀莲给人做些零碎活维持，经济的拮据可想而知。赵秀莲勤快能干，把一个家料理得井井有条，不仅天天把地扫得干干净净，屋里的东西摆放得整整齐齐，还把一家人的生活安排得妥妥帖帖。

姐妹俩进门，只有母亲赵秀莲和还没有上学的小弟文明在家。

"妈！"张文静和张文玲一起叫母亲。

"欸！"赵秀莲正在做事，听见女儿在叫，赶快放下手里的活路走出来。看到两个女儿都回来了，一天闷闷不乐的赵秀莲显出久别重逢的惊喜，笑逐颜开地问："你们两个是咋个回来的？"虽然早上走的时候就叫两姐妹下午回来，但是赵秀莲还是有些惊异，想那么远，车不好搭，回来一趟不是那么容易。

"搭的车！"想起今天回来搭车的顺利，两姐妹高兴地回答母亲。

"哦！"赵秀莲也很高兴，脸上堆满笑容。

姐妹俩长这么大，今天是第一次出这么远的门，又自己搭车回来，女儿为自己能够单独出门了和又见到了母亲欢喜，母亲为女儿长大成人了高兴。

赵秀莲转过身去拿水瓶给两个女儿倒了两杯水递到手里。好多年没有让母亲给端过水了，姐妹俩有些不习惯了，但是小时候母亲给倒水端水的情景还历历在目。望着慈祥的母亲，姐妹俩好感动哦！两姐妹端着水才喝了一口，赵秀莲突然像记起了一件不应该忘记的大事一样，神情凝重，充满自责地问："背时，你们吃了中午饭没有？"

是啊，在每个母亲的心里，儿女吃没吃饭，喝没喝水，就是她的重大事情！

"吃了！哪个这一天还没吃中午饭啰！"张文静和张文玲说。

然后，两姐妹把在石盘公社吃饭的事给母亲说了一遍。母亲听了，这才放下心来，笑着说："哦——人家公社还好呢，还给你们办招待！"

跟女儿离开才几个小时，就像离开了很久了一样，赵秀莲问这问那，有些啰唆起来。她还不是该啰唆的年纪，而是害怕自己的儿女在外面吃了亏遇到了难事。儿行千里母担忧，虽然女儿没有离开她多久多远，但是她时刻记挂在心。

说到在生产队的吃住，赵秀莲想到了两个女儿的难处，一下眼泪咕嘟的。看到母亲这样，姐妹俩也伤感起来。

早上，张国正、赵秀莲和文成、文明把张文静和张文玲送到县体育场，开完会，把她们的铺盖卷儿、箱子、装吃饭的碗筷和洗漱用具的网兜递上车，看着汽车开走，他们才像其他父母一样，大气地没有把孩子送到插队的地方就回来了。其实，不是亲人们不想去送，而是不允许——没有那么多车，插队的公社接待不了，也怕家长看见农村的情况更对自己的孩子不放心。

车上车下挥手告别的时候，赵秀莲两行眼泪像断了线的珍珠似的，大滴大滴地往下掉。回家的路上，张国正、赵秀莲和文成、文明谁也没说话。后来，父亲上班去了，文成去上学，赵秀莲和文明母子回家。

去石盘公社的车上，坐了三十几个学生，除了张文玲一个人是民中的以外，还有一个县中高六六级和另外一个学校高六八级的两名大女生，其他都是嘉中的学生。民中的学生分配在最南边的一个区，高六六级的女生随着同车的弟弟，高六八级的女生随着也在这个车上的妹妹下到石盘。他们这样，是政策允许的。一车人，男女都有，男同学又说又笑，没当一回事，有的还像放出笼子获得了自由的小鸟，感到新鲜，女同学们却一脸严肃，没有谁说一句话，特别是像张文静这些"思想复杂"、想得多的女生，一直忧心忡忡。男同学那样，只是在有意掩盖罢了，实际上无论男生女生，内心都不无惊恐和忧虑。

所有的同学都知道他们是去石盘公社,但是具体到哪个大队生产队、以后的日子会怎样,谁也不知道,用他们的话说就是"前途渺茫啊"!

石盘公社在城东,离县城只有二十多里,汽车一会儿就开到了。

车在公路边停下,把行李从车上递下来,大家各自拿着。在县里和学校来带队的人带领下,他们先到石盘公社去。这次下到石盘公社就是这个车上的三十几个同学,成一路纵队在石盘场上走,还拉了好远。

到石盘公社门口,一个带队的进去联系,公社党委李书记、管委会刘主任、党委何副书记正在办公室里等候,他们早已接到通知。联系的人出来,叫所有的同学带上行李到里面去。

石盘公社的办公地是一个小四合院,是前面是裙联板和木门木窗的老房子。在石板铺的小天井坝里排队点了名,带队的把写着所有同学名字的册子交给了公社李书记。同李书记等几个领导说了几句什么后,带队的叫同学们解散休息,但是不要走远。都有行李,不便于往哪儿走,大多数同学走进正面朝着前头大门的公社办公室的大屋子里,在一条能坐五六个人的几条长板凳上坐,只有几个男同学走出大门到场上去溜达了一下。

叫不要走远,都以为还有什么事情,其实什么事也没有,等了一个多小时,就是要在这里吃一顿饭——县上做了统一安排:知青下来,估计到了就是中午时间,直接到大队、生产队解决吃饭问题有点困难,所以就在公社伙食团吃了饭再下去。这样安排,对于距离远的区,时间刚好合适或者还紧张,而石盘离得近,就显得等得有些久。

石盘公社是下辖六个公社的石盘区的所在地,场上有一个馆子,能坐五六桌人。但是,进馆子是很奢侈的事,花的钱多,从来没有因公进馆子吃饭的先例,因此这顿接待首批知识青年的饭也安排在公社伙食团。伙食团只有一个炊事员,做不出几桌人的饭,又在当地生产队临时请了几个饭煮得好的女社员来帮忙。一上午,厨房里人进进出出,叮叮咚咚,十分热闹,就是在煮这顿饭。

十二点准时开饭,下来的三十几个少男少女加上带队的和公社

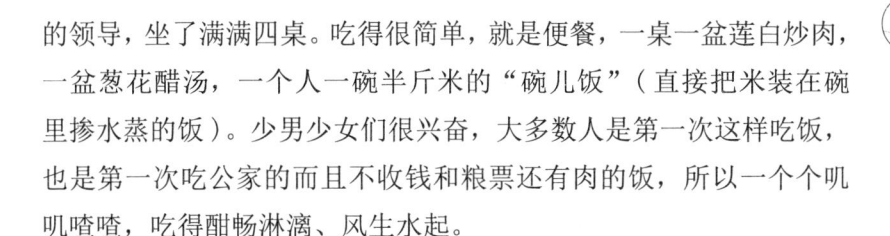

的领导，坐了满满四桌。吃得很简单，就是便餐，一桌一盆莲白炒肉，一盆葱花醋汤，一个人一碗半斤米的"碗儿饭"（直接把米装在碗里掺水蒸的饭）。少男少女们很兴奋，大多数人是第一次这样吃饭，也是第一次吃公家的而且不收钱和粮票还有肉的饭，所以一个个叽叽喳喳，吃得酣畅淋漓、风生水起。

不到半个小时，一顿饭就吃结束了。

农村是两套时间：夏天亮得早，起来就出工，八九点钟回来吃早饭；冬天亮得晚，早上煮饭吃了（叫吃"早早饭"）才去出工，晌午随着早饭吃得早也提前了一些，晚饭时间不变。这一向，吃"早早饭"，中午饭吃得早，同学们吃了饭，下面各大队、生产队接受知识青年的大队书记、大队长、生产队长（或者副队长、会计）已经陆续往公社走。

下午一点，各大队、生产队的干部，除了几个特别远的生产队的人正在往拢赶外，其他的都到了。公社李书记说："少数人没来，不等了，这里先进行，来晚了的补课。"这是李书记的一贯做法，是评价他雷厉风行的一个方面。

同学们再一次在坝子里排队集合，公社李书记和带队的先后讲话。

李书记代表石盘公社向知青们表示欢迎，说："从今天起，大家就是石盘公社的人了，一切事情就由石盘公社负责，大家有什么要求可以随时向公社提出。"他要求各大队、生产队要把知青的吃住尽可能地安排好，使他们能安下心来锻炼，并在农村能够扎根。李书记的话讲得很有气魄，站在他面前的知青们都受到了很大的鼓舞。

带队的讲话强调："大家下到农村，要服从分配，要与社员同吃同劳动，虚心接受贫下中农的再教育……"

两个人讲话的共同点就是，知识青年到农村插队落户，接受贫下中农的再教育，是响应伟大领袖毛主席的号召，意义十分重大、非常深远。农村是一个广阔的天地，在这里可以大有作为。因此，知识青年们要安心在农村劳动，为消灭"三大差别"（工农差别、城乡差别，以及体力劳动和脑力劳动的差别）做出贡献。

话讲完，开始往下分人。

吃饭前，公社领导和带队的根据名册，对三十几个同学的分配进行了研究——全公社十四个大队、六十几个生产队，除了场上的石盘大队条件好，不利于知青锻炼成长，不分外，其他十三个大队都分，但是只有三十几个知青，还有几个两姐弟和两姐妹的，不能做到每个生产队都有。

知识青年上山下乡是新生事物，人们都还没有多深的认识，各公社往下分人的时候，也只是为了完成任务，只图把人分下去了事，对谁去的大队、生产队的条件好与差没有多考虑。但是，所到的地方条件如何，对知青的生产、生活和经济收入有很大的关系。很多家长能想到这一点，但由于不了解各地到底是什么情况，只好仅从地名的字面上看，如石盘和太平两个公社，选择太平，不选择石盘，认为太平是一马平川，浩浩荡荡，自然条件好，以为石盘到处是石头。实际上，太平才是高山峻岭，石盘不但离城近，而且地势平坦。很多人后来知道了才后悔，但又为时已晚，无法改变了。

公社李书记叫各大队、生产队来接人的干部往拢站。然后，公社管委会刘主任手里拿着名册，念一个名字和分配到××大队×生产队，被念到的知青就走出队列，接人的大队、生产队干部就上前把人接走。何副书记站在另外一边，他的任务是在旁边看着，防止出错。

现场吵吵嚷嚷，有人说话——声音主要是从大队、生产队的干部堆里发出的，有些人好久没有见面了，见了面就打打闹闹或是互相开玩笑。要领人走了，干部们也和被接的知青一样，敛声静气，注意听念的名字和所到的地方。

"张文静、张文玲，青湾大队六生产队！"

在队列里紧张等待的张文静和张文玲走出来，张文静虽然红着脸，但还红里有白色，年纪小两岁的张文玲的脸红得像秋天熟透的红苹果，没有一点白的颜色。两姐妹刚站稳脚跟，就朝接人的大队、生产队干部堆里看是谁接她们。青湾大队的书记杨兴荣领着六队队

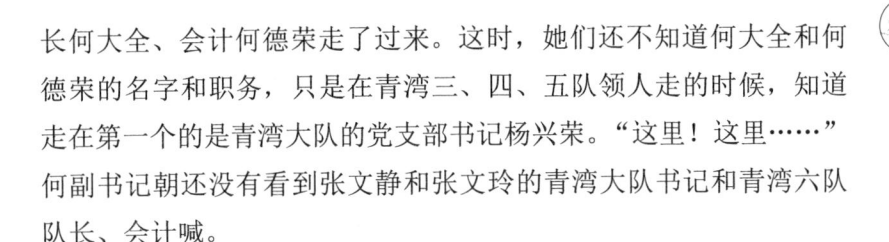

长何大全、会计何德荣走了过来。这时，她们还不知道何大全和何德荣的名字和职务，只是在青湾三、四、五队领人走的时候，知道走在第一个的是青湾大队的党支部书记杨兴荣。"这里！这里……"何副书记朝还没有看到张文静和张文玲的青湾大队书记和青湾六队队长、会计喊。

走到面前，何副书记对张文静和张文玲说："这是青湾大队的书记杨兴荣和六队的队长何大全、会计何德荣！"

"杨书记我们晓得！"张文静说。对于何大全和何德荣，她们从走的先后顺序知道了谁是谁。

"欢迎欢迎！"何大全和何德荣上前，边说话边来接张文静和张文玲手里提着的铺盖卷儿和箱子。

"我们可以，我们自己拿就是了……"张文静和张文玲见何大全和何德荣那么热情，也谦虚客气起来。

何大全把接过来的两个铺盖卷儿左手腕挎一个右手提一个，何德荣直接把箱子扛上了肩，张文静背着自己的书包，张文玲身上背着书包，手里提着网兜。

四个人一边走，一边说话，出了石盘公社的大门后径直往场的东头走。

出了东边的场头，前面传来"哗哗哗"的流水声，张文静和张文玲抬头一看，是一条河。

"这叫啥子河？这条河这么大！"从早上上车以后，人家不问就没说过一句话的张文玲突然来了精神，问她们刚打交道的青湾六队的队长和会计。

何大全和何德荣不知道这是她大半天来主动说的第一句话，也不知道她胆小怕羞，回答说："石盘河！"

"石盘河——好美啊！"稚雅的张文玲高兴得叫起来。

走在前的张文静回过头看了她一眼，觉得妹妹有些反常。

石盘河发源于东北方向几十里外那些看起来云雾缭绕的大山后面，蜿蜒曲折地流到这里，两岸的山都向后退去，地势一下开阔平坦起来，连着三个大坝，水流得缓了下来，河坝也宽了许多，从远处冲下来的原来千形万状的石灰石被磨掉棱角，变成了溜光似玉、洁净如洗、滴溜溜圆，若鹅卵一般。清清的河水，银白的河坝，抬眼望去，一派别样风光！

张文玲知道县城南面的南河，但不知道石盘河就是南河的上游，而且南河的河坝很窄，也没有这么好看，难怪她看到这里这样惊奇。

四个人同路往前走，脚下的路是河两岸的人一条大路。所谓大路，不是说这条路有多宽阔，而是说它走的人多，几个大队、好几千人赶石盘场和到江城去都要走这条路。走的人多，鹅卵石河坝里被硬生生地踩出了这条路。全是石头，不好走，有人做好事，把大石头刨到了两边，就好走些了。河坝里的石头，各种各样形状的都有，圆的、方的，长的、短的，要啥有啥。而且无论哪种形状，都光滑干净，逗人喜爱。路边就有很多好看的石头，看到这些石头，张文玲忍不住拣了两个溜圆的小石头拿在手里玩。

河上搭着一座木桥，几个桥凳上搭着厚厚的木板，桥凳也是木头的。桥下，河里的水蓝如碧玉，清澈见底，掬手可饮。急水流上银波跳跃，河边的浅水里鱼虾游动……

张文玲从来没有见过，更没有走过这样的木桥，从来没有看到过河里有这么好的水。她被深深地迷住了！

她小心翼翼地走过河上的木桥后，在河边停下了脚步。看着河里的水，她发起呆来。河水匆匆忙忙地从上游奔流而来，又一刻不停歇地穿过小桥向下游流去，这么清亮，这么干净！出了一阵神后，她情不自禁地说："这水才好洗衣服、好游泳啊！"

姐姐张文静和队长何大全、会计何德荣在前面走，回头一看张文玲还没来，还在桥头，嗔怪地大声喊道："文玲，你在干啥？快来！"

听到姐姐叫，张文玲才猛然回过神，见姐姐们已经走到前面好远了，赶快起身去追。她一边走，还在一边往回望。

张文玲小跑了好一阵才追上姐姐和队长何大全、会计何德荣。

过了河就是青湾大队。从左边一条搭了几个石步子、水流潺潺的壕沟过去，就是一个好几百亩面积的大坝。

"你们看，这就是我们生产队的土地！"队长何大全举起空着的左手带着夸耀的口吻指着面前的土地对张文静和张文玲说。

姐妹俩先不知道到六队过了河还要走多远,刚来又不好问,虽然前面已听说踏上了青湾的地方,但是有的生产队还可能离得很远。听何文全这一说,才知道青湾六队到了。

何大全一边走,一边介绍。今后天天要在这片土地上劳动和生活,姐妹俩边听边看这青湾六队。

河边是一片面积上百亩、被一行行栽得很直的桑树和油桐树分割成三四丈宽一绺一绺的沙地,地里长着绿油油的麦苗和粉扑扑的豌豆。走过沙地,是一片干涸的河坝,原来石盘河的水就是从这里流的。当下是枯水季节,只有一股涓涓细流在鹅卵石之间的缝隙里静静流淌。但是夏秋时节涨大水,经常有洪水从这里通过。过了旧河坝,再往前走,就是主要的耕种土地。在这一片,下面坝里全部是稻田,这一季除种了少量油菜外,其他全部种的是小麦。山丘上全是绿油油的,都是小麦。山坡上,田地间,或成片或零星的松树和柏树苍翠葱茏,表现出它们特有的风骨,诠释着"岁寒,然后知松柏之后凋也"的含义。

河那边就是公路和铁路。站在田坝里,就可以看见公路上的汽车跑和火车过。远远望去,东北面有一个火车站,距离同到石盘场相差不多,每天有上下两趟客车和好几趟货车经过。

"啊,这里还好呢!"张文静说。张文玲也一脸欢喜,又回过头去看刚才走过的地方。

"这几年我们队的副业也搞得好。"队长说完,会计何德荣说,"我们队多年来烧石灰,近几年城里建厂,用我们的石灰,在我们这里建了几个池子洗灰膏,每天两个'解放'牌翻斗车往工地上拉。农业学大寨以生产队为核算单位,没有副业的纯农业队一个最好的男劳动力一天只能挣两三角钱,有的甚至只挣几分钱,我们队一天的工分值由五角几、六角几到八角几、九角几,年年上涨,全石盘公社的人都羡慕。"

"我们队的人住在这里面的。"走到村口,前面一个大石头碾子,何大全指着前面说了以后,又顾及不暇地指着跟前说,"这是一条大堰，堰里的水是从上游的河里引来的，除了冬修，一年四季有水，灌溉所过之处的三个大队的大多数生产队的土地，还可以在里面淘菜、洗衣服和挑水灌园子里的菜或是人吃，给人生活的方便。"

姐妹俩喜笑颜开，说："这好安逸！"

张文静和张文玲说了到石盘公社和分到青湾六队的情形，说那里离场近、交通很方便、生产条件也好、劳动的工分值高。赵秀莲听了很欣慰，放下悬着的心，脸上出现了笑容。

大弟文成放学回来了。一会儿，父亲张国正也下班拢了屋。父亲还没坐下来就问文静、文玲到石盘的情况——分在哪里的、分的生产队怎样。姐妹俩把前面给母亲说的话又给父亲说了一遍，父亲也很满意。

第二天早上，母亲比往天起得更早，煮了一大锅腊八饭。腊八饭好吃，一家人围着小方桌，吃得津津有味。早饭后，母亲和文静、文玲一路上街，去买张文静和张文玲在农村要用的东西。回来后，把昨天没带上的必须用的东西也装上，准备一起带去。

吃了午饭，张文静和张文玲要回生产队去，父亲张国正要去上班，大弟文成要去上学，都不能去送，母亲和小弟文明把姐妹俩送到汽车站。县城没有开到石盘的客车，坐车都是自己找到那边拉货的顺路车。

二

　　农村一年四季都有活路，人没有停闲的时候。麦子种上，田里和地里要到第二年春天才有大的事情做。这半年的时间里，主要的活路是改田改土、兴修水利和搞副业。大多数的生产队只有农业上的活路，没有副业可搞，青湾六队是这两个方面的事情都有。

　　没有穷山恶水征服，六队就在河坝里做文章——打田①。夏秋时节，石盘河涨大水要淹到旧河坝这边来。外面的主河道的水大，里面旧河道的水流入主河道受到阻挡停了下来。水退了以后，有一些泥土淤留下来。从河坝里捡来鹅卵石，方方正正地把这些地方圈起来，下一次洪水经过时不但不会把已有的泥土冲走，还会把新挟带的泥土留下。经过一两年，方框里已经有了不少泥土，但是还不能耕种，冬天农闲再从近处地势高、放不去水或者不好放水的田里或者可以取土的地里挖土填进去，就把河坝变成了插秧的稻田。同时，不好放水的田好放水了，有的地也变成了田。新造出田和地变田，一举两得。一亩田种两季，要收七八百斤谷子、三四百斤小麦，每年新增的粮食可观。六队和挨着的几个队有眼力的人都看到了这一点，争先恐后地在河坝里圈起地盘来。虽然各有地界，但在相邻之处，难免发生分歧，为此天天见面的乡邻乡亲，有的甚至是亲房共族，还动过手。六队四十多户共两百多人，其他队人少，尽占下风。

---

①打田：造田。

农村靠力气和拳头说话，打不赢就只有忍气吞声地让，实在忍不了，就去找大队和公社、区的领导来解决。为争打田，六队和相邻的三个队都打过架。

在副队长何德中家里安顿下来，张文静和张文玲开始同社员们一起去出工——在河坝里打田。

农业生产劳动都有些什么，虽然能说出耕地呀、割麦子呀、插秧呀、打谷子呀，等等，但都是听说和在书上看到，会在嘴上说而已，实际上这些活路是怎么在做，她们没有见过。所以会不会做，能不能吃得消，是她们最担心的，其次才是做农活的脏和累。

晚上吃了饭后，姐妹俩正和何德中一家人围着火房烤火，队长何大全从自己家里拿来一个小背篼、一个垫肩②和一个竹篾编的撮箕（即簸箕）给她们，说："何德中家里做活路的人多，我怕他们工具不够，就从我们屋里给你们拿了几样。明天在河坝里打田，你们两姐妹一个人捡一个人背，换着来，应该够了——明天逢场，我去赶场给你们买背篼、垫肩子，打两把锄头，买两把镰刀，这些做活路都要用。你们年轻人才来，做活路要慢慢来，逐步适应。"

副队长何德中接着说："是。你们城里的娃儿，要会使劲，不要把哪儿伤了。"

坐在一起烤火的何德中的老婆杜成秀和何德中的母亲也对她们这样说。

何大全和何德中他们是关心和教她们，但是她们越听越害怕。张文静的脸红一阵白一阵的，紧张得不得了，张文玲红涨着脸没说一句话。

夜深了，队长何大全站起来打了招呼后回家去了。何大全走后，副队长何德中一家和张文静、张文玲也去洗漱睡觉。

走出门来，皎洁的上弦月斜挂在天空，清冽的寒光洒在房顶的青瓦上和土院坝的西半边，阶沿上全是阴影，外面一个人也没有，同城里的人来车往完全是两种情形。

这是在农村睡第一晚上觉，也是在一个完全陌生的地方睡觉。

---

②垫肩：背负重物时用于保护肩背的用品。

走进屋去，睡在床上，张文静和张文玲都怎么也睡不着。翻过来翻过去了好久都没有睡意，只好睁着眼睛望着屋顶，看从瓦缝里射进来的一缕月光。过了不知多久，都疲倦了，两姐妹才强制自己合上眼睛。可是，姐妹俩还是我不翻身你翻身，你不翻身我翻身。

"文玲，明天打田我们去吧？"姐姐文静知道文玲也没睡着，想这样一夜睡不着，明天怎么干活，就问她。

"咋个不去呢？到农村不劳动咋行？"文玲回答说。

"嗯……"张文静没有再说什么。

乡下的夜晚，除了偶尔听到几声狗叫和蛐蛐叫以外，其他什么声音也没有，张文静和张文玲终于都睡着了。是什么时候睡着的，她们自己都不知道。

鸡叫声把张文静和张文玲从熟睡中吵醒了。院子里的几家人都有鸡，家家都要孵小鸡，有母鸡也就有公鸡，一家就是一个鸡群。一个鸡群往往就有几只公鸡，一叫都叫。一家的鸡叫了，其他家的鸡也叫起来。听远处，其他院子的鸡也正扯着嗓子在叫。一时，全湾此起彼伏，群鸡乱叫。

侧耳一听，外面有开门的声音——房东何德中已经起来了。

张文静和张文玲只觉得很困，很想再睡一会儿，但是，想到自己是来接受贫下中农再教育的，这是第一天出工，既然必须去，怎么能迟到呢？姐妹俩赶快掀开铺盖，睡眼惺忪、呵欠连天地爬起来。先慌乱地擦火柴点亮昨天从家里带来的煤油灯，接着匆匆忙忙地穿衣服。在家里，这时候母亲起来给一家人煮饭，她们还在甜蜜的梦乡里。现在到了农村，她们要自己起来煮饭了！

她们住的这间房子空间大，四面都是土墙，没有窗户，门一关，只有门槛下的石嵌缝和房顶的瓦缝能透进一点儿光线。月亮已经落下，豆大的煤油灯的光亮十分微弱。张文玲先把衣服穿好，她虽然小两三岁，但她从来都比姐姐做事麻利。她开了门，外面还黑黢黢的。姐姐下了床扣纽扣，张文玲就赶快叠被子。

姐妹俩一前一后走出门，灶房里已经有了灯光。她们进去，何德中的老婆杜成秀在往锅里掺水煮饭。

"你们这么早就起来做啥？"杜成秀问。

"嗯……不早了。你都起来了喃！"张文静说。姐姐就是她的"家长"，既然"家长"说了，张文玲就没有再说什么。

何德中上茅厕解完手回来，咳咳嗽嗽地进灶房里来，看见她们也起来了，说："你们再睡一会儿嘛！"

"不，我们该起来了！"张文静说。

估计这时茅厕上没人，张文静赶快叫上张文玲一起去解手。农村一家人一个茅厕，不分男女，人多了，也像城里的公厕一样要排队，不过不是在跟前排罢了。这种茅厕大多里面连着猪牛圈，圈有门，茅厕没有门，晚上要点上灯火或者打电筒才看得见，热天的蚊子多得不得了，解个手不知要被咬多少包。问了你先解还是我先解后，两姐妹然后一个人在外面守着，一个人进去解，好在是冷天，没有蚊子的攻击。

从茅厕上过来，走进灶房，张文静像是对张文玲说似的："我们把她们的水舀一点儿，热洗脸水。"她实际上是在对何德中两口子说，她们还没买水桶，没有挑水。

"那你们舀就是了，还客气啥？我们这里不缺水，去挑就是了！"副队长两口子听见后说。

张文静和张文玲热水洗了脸后要去烧锅煮饭，杜成秀拦住她们，说："今天早上你们不要煮，我把你们的水都掺上了，我们一起吃——我们早上煮酸菜红苕苞谷糁稀饭，你们吃得来不？"头天晚上，张文静和张文玲跟他们一起吃的酸菜面条，杜成秀知道她们会吃酸菜才这样煮。在杜成秀的脑子里，不吃酸菜是一件奇怪的事情，不吃酸菜咋行？她问她们，是因为她们才来，尊重她们。

"那不好意思，我们自己煮嘛！"张文静说。

"喊你们不煮就不煮嘛，还谦虚啥！"何德中两夫妇都说。

客气了一阵，姐妹俩不好再说，她们也想，再说就是见外了。杜成秀见她们难为情，说："这样嘛，你们去把火攒③起，等一下把锅给我看着，我去穿娃儿。"她给两姐妹找了事情做，觉得这下免

---

③攒：生，烧，生火时把柴和炭往拢聚集。

得她们不好意思。

何德中在准备做活路的工具，杜成秀去给娃儿穿衣服去了，张文静说她搅锅，叫张文玲攒火，说自己不会攒这种火。这里烤的是炭火，如果没有块煤确实不好攒，要把草点燃，把柴引起，然后往里面撒河里捞来的炭面子，结成一块一块的，才能攒起。如果有块煤，就好攒些，柴燃起，直接往周围加煤就是了。冬天，大多数人家里都多少要买些块煤用来攒火。

何德中家里人多：父亲已经去世，母亲五十多岁；大儿子何方元与何德远同年，还大将近一岁，去年底参军去了；大女子十三岁；二儿子、三儿子、二女子、三女子依次小两三岁，老婆肚子里还正怀着一个。

一会儿，娃儿们都起来了，围着张文玲已经攒燃的火坐了一个转。

饭煮熟，切了一碟泡菜，何德中一家八个人加上张家姐妹，刚好十个人。把饭都舀上，尺八锅（口面一尺八寸的铁锅）里的稀饭下去了一大半。张文静和张文玲一个人吃了一大碗，苞谷糁里煮的有红苕，觉得完全饱了。她们放碗，何德中两口子和他母亲说她们饭量太轻了，谦虚，叫她们再吃一碗。她们说确实饱了，不能再吃了。何德中两口子觉得不好再劝，于是作罢。

张文玲看了几次，想去洗锅洗碗，人家又还在吃，只好走出灶房，来到阶沿上。

院子里各家各户的门都开着，有的端着碗站在阶沿上吃饭，见了她们，不管见过面或是没见过面的，都招呼她们，请她们吃饭，她们答应都答应不过来。一院子人的热情使她们心里暖洋洋的。

第一次在全生产队人面前露面，姐妹俩想还是应该好好收拾一下，于是进屋打扮起来。是呀，女孩子家是应该讲究一点儿。姐妹俩对着镜子把头发梳得溜光，都在后面扎了两个"刷刷"，这是女孩子们正时兴的发式；都穿上了洗得发了白的蓝布学生服，只是姐姐的裤子是蓝色的，妹妹穿的是一条带麻点儿、底色略显绿色的裤子；都按照平时的习惯往脸上轻轻擦了一点儿"百雀灵"。他们虽然想尽量穿戴得朴素一些，但还是一眼看去就知道是城里的学生。

刚梳理完毕,她们就听到队长何大全在上湾里喊:"出工走啰,今天在当门河坝里打田!"昨天晚上,何大全到何德中家里来,给她们说了今天打田,但是其他社员并不知道。

青湾里既深且宽,沟里一年四季有水,路也宽大,全队的人都住在这个湾里,十分集中,有啥事站在旁边的梁上一喊,家家户户都能听到。

何大全在上湾里一喊,副队长何德中在下湾也跟着喊起来:"出工走了哈,在碾子上下去的河坝里打田!"

长期以来都是这样,何大全喊完,何德中才喊,出工收工,有时一天要喊五六道,都是这样,从来没有何德中先喊何大全后喊的情况。可能他们是约定好了的,也许是一正一副,何德中讲规矩,先正后副,也许是何大全辈分高一些年龄大一些,晚辈尊重长辈,年轻人尊重年长者吧。

湾口的石头碾子,是整个湾里和外面山边上住的人碾米、碾苞谷、碾油枯④和其他东西用的。这个碾子比大多数碾子大,历史悠久得没有人知道他是什么时候凿的,在哪里开出的这么大一块石头,这么大的整石头是怎么搬到这里的。这是青湾里的地标,全湾的人视它为神物和宝贝。

从湾里往外走,过了碾子口的堰沟,来到外面的堰陔上,左走右走前走都是路,往前面走,下去就是河坝,何德中喊出工的时候,把何大全说的地方说得更加清楚具体。

何大全已经喊了,何德中又一喊,沟和路两边的院子里,家家户户的男男女女就背着背篼,扛着锄头铁锹往外走。有的女人边走边给孩子吩咐:"早点儿去上学哈!""把二娃子看好哦!我把饭给你们搁在锅里的,饿了端出来吃!"

上湾里的人一个接着一个地下来了,下湾里原支部书记何文枝两家和何德远一家的人也带着工具出来了,大家在沟边头的路上汇集到一起,几十号人浩浩荡荡、说说笑笑地往河坝里走。

副队长何德中走在队伍的最前面,张文静和张文玲紧随其后,

---

④油枯:油菜籽、花生等榨油后的渣滓,为便于堆放和搬运常制作成圆饼。

接着是同张家姐妹年龄相仿、在何姓中辈分高、住在新房子院子进大门右边的何大奇的养女——秀清。

何大奇夫妇自己没有儿女,把亲房兄弟何大发的三女儿从小领养过来,作为他们百年之后承门顶户的继承人。秀清乖巧伶俐,何大奇夫妇视为己出,疼爱有加,十分惯肆。秀清已经十六七岁,也在出工了。何大奇夫妇五十多岁,还能劳动,一家三口人,全是劳动力,生活过得比左邻右舍好许多。

因为养父母娇惯和家庭条件好,秀清好强任性,一般不爱与人交往。前天张家姐妹来到院子里,是城里的学生,才一拢,她就跑去看。

"你们是城里来的?"秀清见到张家姐妹俩就主动问。

"嗯!"张家姐妹看这个女子不仅穿得好,长得也漂亮,便带着笑容回答说。

"农村虽然苦些,但是只要习惯了,也没有啥。"秀清指着他们家说,"我们就住在那儿的,你们需要啥子,就到我们那儿来拿。"

今天出工走的时候,秀清到何德中家叫张文静和张文玲,等何德中扛起锄头抬脚起身,她们三个就跟着走了。

这一向[⑤],全队的劳动力都在打田,原来那些田的外边,前几天已经用石头围起了几个方框,有了田的轮廓。几个老汉一拢就动手砌石头,说:"反正没事,先做到起。"大多数人还在往拢走。家里娃儿多的几个妇女落在后面有一段距离,队长何大全装着没看到是谁地朝着她们喊:"后头的几个,走快点儿,不要老落起!"如果点出名字,会伤面子,都一个队的,过后难为情。几个女人听见何大全喊,很不好意思,加快脚步,跑得铃铃啷啷地往拢赶。

队里的劳动日值投得高,工分挣得少划不来,年终决算粮分得少,钱也进得没别人多不说,还要被人耻笑。所以,大家都不愿意耽搁和来迟。队里也卡得紧,到石盘赶场都要请假,还要限定时间。队里的人赶场上街,都是把事情办了就往回走,没有谁去多逛。也是,"割资本主义尾巴",做生意是投机倒把,什么都不能干,城里做临工

---

⑤一向:一段时期。

的人一天的工资才一元二角八，出工在家门口做活路，花的成本低，也要挣将近一元钱，这都不做，还要做啥？因此，虽然队里抓得紧，也没有哪个社员有意见。

还没有开始做活路，秀清就给张文静和张文玲介绍队里的人。先说正往拢走的，像破案子指认一样，来一个说一个，叫啥名字，和谁是一家，是啥成分。是大队、生产队干部和家里有人在外面工作或读书的，就做特别介绍。家里是啥成分，是不是贫下中农，更是不可或缺的内容，因为张家姐妹是下来接受贫下中农再教育的，如果不把家庭成分搞清楚，听了地主、富农和中农、上中农的话怎么办？当然，秀清是实打实地在说，没有带着强烈的感情。正往拢走的介绍完，又转过身认走在前面的几个。

人到齐，何大全开始分工：男子汉挖，把大的石头选出来砌田陇；年轻妇女、姑娘和半大小伙子把挖出来的石头和石渣子背去垒田陇，把土背去倒在田里；老太婆和大肚子妇女捡石头和往背篼里撮。"XX、XX……你们几个人跟着何德中码干子⑥。"何大全最后说。

分工包括了所有的人，有以部分分的，有特别点名的，都是从实际出发，对每个人用其所长，而且井井有条，可以看出何大全头脑清醒和出众的领导能力。六队四十多户两百多人，是全大队最大的一个生产队，也是整个石盘公社最大的生产队之一，没有一个有威信有能力的领导咋行？

队长把工分派完，所有人一齐动起来。

这时，何大全走到张文静和张文玲跟前，说："你们两姐妹才下来，先往撮箕里捡或者喜欢做啥就做啥，慢慢适应！"

张文静看了看张文玲，又看了看秀清。秀清知道她的意思，也说："你们捡嘛，往撮箕里捡起要省力些！"

"文玲，那我们来捡！"张文静说。

两姐妹蹲下来往撮箕里捡石头。她们见人家是一个人捡一个人往站着背的人的背篼里倒，撮箕捡满了，倒的人就端起来倒。第一撮箕捡满了，张文静料定自己端不动，就说："文玲，我们两个人

⑥码干子：堆砌石埂，这里是砌田陇。

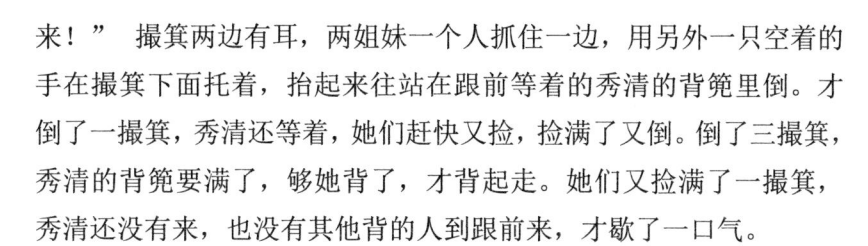

来！" 撮箕两边有耳,两姐妹一个人抓住一边,用另外一只空着的手在撮箕下面托着,抬起来往站在跟前等着的秀清的背篼里倒。才倒了一撮箕,秀清还等着,她们赶快又捡,捡满了又倒。倒了三撮箕,秀清的背篼要满了,够她背了,才背起走。她们又捡满了一撮箕,秀清还没有来,也没有其他背的人到跟前来,才歇了一口气。

给秀清装了三背篼后,有其他人到她们跟前背来了。有的小伙子个子高,又背得多,倒了又捡,捡了又倒,倒特别吃力,好久都装不满一背篼,她们根本没有空闲的时候。不久,两姐妹的脸都红扑扑的,额头上渗出汗珠。秀清见她们吃不消了,说:"你们两姊妹,哪个来背一会儿,一次少背点儿,我来倒?"秀清想的是,她能够一个人倒,还能帮着捡一些,背的人不要背得太重,这样她们比较轻松。

张文静没有开腔,她想,队长派工,背的人派的都是劳力好的,她们去背,可能更恼火。

姐姐没说她来背,就是她不愿意背,张文玲对秀清说:"我来背!我背得了吧?"学校里上劳动课的时候,她背过土,但都是城里的娃儿,一次背一点儿,这是正儿八经地做活路,自己能不能行,她没有十分的把握。

秀清把背篼给她,她说她就背自己的背篼,背带长短是队长弄好了的。她学着别人的样子,先披上垫肩,再把背篼背上。张文玲要来背,好多人都在看。秀清帮着张文静把一撮箕石头捡满,又端起来往张文玲背着的背篼里倒。秀清爱护她,倒得很轻。

背又是一种感觉,用的力气多些,但比较洒脱。第一回,她背了两撮箕,姐姐和秀清都叫她少背点儿试一下。背到干子上倒,她看见人家都是把背篼随便一偏就倒得干干净净,大多数人是往右边偏。她不会那样倒,怕把腰扭伤了或是绊倒了惹人笑,就先把一只背带吃力地从肩上脱下来,用手抓住,然后把背篼倒栽下去,再取背篼。

从第二次起,她每次都加一点儿,一直加到快接近秀清背的那么多了。她竭尽了全力。

张文玲一直在背,秀清叫她搁一会儿再背。她说她还能坚持。她看姐姐有秀清帮着捡,又是秀清一个人倒,轻松多了。

"我看大家也累了,歇个气!"干了两个多小时,队长何大全喊。副队长何德中对几个码干子的人说:"那都歇一下再做!"

这是工间休息的命令。累得腰酸背痛的男女老少停下来,有的就地坐下,有的走到砌好的干子跟前,或放平背篼靠着坐,或铺着垫肩、放倒锄头和铁锨把坐在上面。给孩子喂奶和家里有要紧事情需要回家的妇女,赶快往家里跑。

接连几天都比较温和,没有吹风,有时还出一会儿太阳,歇气很惬意。歇气时,男子汉们拿出身上的纸烟抽起来,几个老汉卷抽了一辈子的兰花烟。妇女和姑娘们忙着纳鞋底、袜垫。几个年轻小伙子攒在一堆,一边抽烟,一边吹牛,要好的姑娘们则坐在一起说着悄悄话……

张文静和张文玲不认识其他的妇女和姑娘,就和秀清在一起,她们坐在秀清给她们铺的垫肩上,秀清自己半靠着背篼坐着。

这时,大家有时间来仔细看她们两个城里女子了。实际上,在做活路的时候,几十个人的目光随时在注视着她们,看她们长的模样,看她们的举动。有的人在前天姐妹俩刚来时,出工路过新房子院子时,就看到了她们,有的人是今天见第一面。不管是看见过还是没有看见过,大家都像对待队里才接来的新媳妇一样,要看个够。新媳妇结婚前走人户就要看到,她们才来,而且是城里的,更感到新鲜,更要看个清楚。听说她们要长期在这里,要是见了面认不到,不打招呼不礼貌,人家打招呼不答应还要逗人家怄气。

既然要在这里扎根,张文静和张文玲也想认识这一大片人——这些都是当家主事的人,必须熟悉。这些人都是劳动力,当然就是当家主事的啰!

有两个人向她们走来,她们向他们问好,回答他们的问话。接着,又有一些人过来。虽然前面秀清介绍了,但是有的没记住,秀清就在在旁边小声给她们说。

几个年轻小伙子找着借口跟她们说话:"我们农村的活路这么苦,

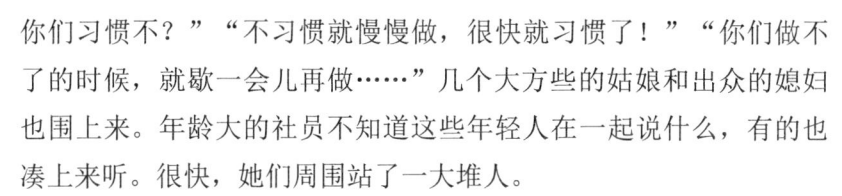

你们习惯不？""不习惯就慢慢做，很快就习惯了！""你们做不了的时候，就歇一会儿再做……"几个大方些的姑娘和出众的媳妇也围上来。年龄大的社员不知道这些年轻人在一起说什么，有的也凑上来听。很快，她们周围站了一大堆人。

　　近距离地接触，面对面地说话，互相看清楚了，架起了心灵的桥梁。交谈时，张文静和张文玲感受到了农民的质朴厚道和对她们的重视与关爱，姐妹俩心里热乎乎的，原来的紧张情绪减去了一大半。社员们都认为，这两个女子漂亮，皮肤又白又嫩，眉毛黑得像墨描过的一样，眼睛里透露着机灵。姐姐只是笑一笑的，不爱说话；妹妹爱说，单纯直爽，跟农民更容易处拢。人们没有看错，后来证明确实如此。

　　队长何大全喊了大家歇气以后，给副队长何德中说了几句，然后自己走了。大家看他是往石盘场上去的。

　　张文静和张文玲歇完气起来，做了一会儿，就跟何德中请假到石盘场上去，说她们母亲今天来给他们买柴和炭，昨天说好了的，这个时间在场上等。

　　前天回城里，张文静和张文玲给爸爸、妈妈说，她们住在何德中家里，跟人家一起烤火，共用一个灶煮饭，烧人家的柴和炭，时间长了不是一回事。张国正和赵秀莲也都认为不应该给房东增加负担，问石盘逢场有没有人卖柴炭。张文静和张文玲说，她们问过别人，石盘逢场卖柴卖炭的人多。张国正叫逢场买一些过去。赵秀莲说："你们说明天逢场？那就这样，明天上午九十点钟的时候，我到石盘场上把柴炭买了，你们来和我一起背回去。"两姐妹点头说："好！"

　　何德中听了，是已经说好了的事，叫她们去。

　　张静和张文玲一人背着一个背篼到场上去，母亲已经买了一百多斤柴、几十斤炭。找到了母亲，说了几句话，装好炭，把柴着⑦起，母女三人就往回背。三个人背不到两百斤重的柴炭，很轻松。柴炭市场在场东头，她们很快就过了河上的木桥。在桥头的石台上歇了一下，又背起走。

---

⑦着：把东西往上码放并且捆扎。

走到河坝里，打田的人老远就在看她们。赵秀莲问："那些做活路的人都在往这边看，是不是你们生产队的？"

"就是。"两姐妹说。

"哦，这里条件好！"赵秀莲四下望了望，见这里有山有水，有山山不高，离河这么近，这么大一个坝子，这么平，从心里为两个女儿高兴。

六队打田的人看见了母女三个，女人们边看边叽叽喳喳地议论起来。"张文静和张文玲妈的个子高哦！""就是，个子高。张文玲长大可能就像她妈。""张文静可能像她爸爸……"

张文静和张文玲同母亲一起把柴和炭背到新房子院子里，把她们住的屋子的门打开，把炭放进屋里，柴立在外面的山墙边上，叫她们妈到处看看，她们又打田去了。

腊月天气，吃早早饭，十二点多了，已经赶场回来的队长何大全和副队长何德中商量了一下，喊道："十二点过了，家里没人煮饭的，妇女回去煮饭！"

何德中的母亲也在出工，家里没人煮饭，听叫没人煮饭的妇女回去煮饭，杜成秀放下手里倒石头的撮箕回去煮饭去了。

队长何大全赶场，是给张文静和张文玲买做活路的工具。他转了一阵，买了几样就往回走。过柴炭市场时没注意，没有看到赵秀莲和张文静、张文玲。他不认识赵秀莲，也不知道她来了。如果知道或者看见张文静和张文玲，他会帮她们背柴炭。他也是母女三个经过这里时才看见。

何大全向张文静和张文玲走过来，对她们说："你们妈来了，人生地不熟，你们两姐妹都回去，一起陪一下。"张文静和张文玲说就不都回去，她们也回去一个就是了。张文玲叫她姐姐回去，自己留下。

杜成秀前脚拢屋，张文静后脚就进了门。赵秀莲也还没有动手煮饭，初来乍到，她在院子里到处看了看。张文静喊了一声"妈"，赶快给她介绍杜成秀，接着对杜成秀说："这是我妈！"

"这还没见过呢，快坐快坐！"杜成秀赶快拿来一个板凳请赵秀莲坐。

"我们两个女子住在你们家里，给你们添麻烦啦！"赵秀莲拉着杜成秀的手感激地说。

"哪里哟，没有没有！"杜成秀谦虚地说。

煮饭时，杜成秀对张文静说："你们三娘母不要煮饭了，就和我们一起吃，农村的饭简单，多掺一瓢水就够你们三个人吃了！"

张文静把杜成秀叫住，说："不了，我们已经在你们家里吃了几顿了，咋再好意思吃呢？"

张文静不是一个随和的人，说得语气坚决，边说边到墙边去拿她们刚买回来的柴。

赵秀莲见女儿这样，只好也说："她何妈，你们不要客气了，我们三个人就自己煮算了，娃儿在这儿不是一两天，以后的时间少不了给你们添麻烦。"

杜成秀不好勉强，只好让她们去煮。

何德中是一个大生产队的副队长，还是一个十分出色的土匠，筑墙、搪墙、打灶、翻房子盖瓦等做得周围十几里路无人能及，他自己家打的是三口锅的灶。两口烧柴的，一口尺六锅（锅口直径一尺六寸。以下尺八、二尺相应，分别为锅口一尺八寸、两尺），一口尺八锅，一口烧炭的是二尺锅。灶面是用瓦渣加石灰砍的，十分光滑平整。台沿抹一溜锅烟墨石灰，下面用筷子粗的棕绳揸了一条好看的印痕，灶身半截白灰半截青灰，上七下三的比例，一清二白，对比分明。整个灶体形如一弯新月，像一座雕塑。

他家的灶，平时一家人用，三口锅只有多余的。现在"两家人"同时煮饭就差一口锅，而且锅孔在一面，又是灶的内券，灶门口只能坐一个人烧锅，否则就不仅你挡我我挡你，而且有一家人的柴草还没处放。

杜成秀对张文静说："你们硬要去煮，那就这样嘛，我们都先把饭煮起，炒菜和烧汤，只有一口锅，就你们先做，然后我再来。"

煮饭的人回去不到半个小时，正副队长就喊："都回去吃晌午了！"

放工了。

工地上的人都放下手里的工具，脱下背篼，拍打手上和身上的灰，牵起线地往家里走。张文玲放下背篼，脱下垫肩，抖了一下衣服，见大家的工具都是丢在工地上的，问秀清："工具都不拿回去？"

"吃了晌午还要来，拿回去干啥，这又没哪个拿。"秀清说。

"哦……"张文玲这才和秀清一起汇入放工回家的人群。

赵秀莲是一个勤快人，每天煮惯了饭，杜成秀和张文静煮饭时她坐在灶门口给她们烧锅。

看来家里要求严格，张文静还是会煮饭，她煮了三个人的饭，炒了两个青菜，汤都没烧就叫杜成秀来用锅，说他们人多，弄晚了大人赶不上出工，娃儿也赶不上上学。

张文静把饭菜端进她们住的屋里，放在一个凳子上，然后从何德中家的火房边抬来三个小板凳，同母亲赵秀莲和放工回来了的张文玲一起坐下来吃饭。

生产队的时间抓得很紧，从煮饭的人回来算起，才一个小时多一点儿，队长何大全又在上湾里喊起了："打田的，走了哈！"副队长何德中刚放下碗没多久，杜成秀锅碗都还没洗完，听到队长在上湾里喊了，马上也出门喊下湾里的人："出工走啰！"

两个女儿出工走了，赵秀莲洗完了锅碗就回城里去了，因为小儿子文明没人管，她早上走的时候寄在邻居家里的。看了两个女儿下的地方和吃住情况，她牵挂着的心放了下来。

下午，张文静一直在往撮箕里捡，张文玲和秀清换着背。张文玲有时候比秀清还要背得多些，因为使劲，她青春少女的脸像秋天的苹果红扑扑的。她背的时候，秀清同张文静一起把撮箕捡满，接着秀清端起来倒。秀清背的时候，张文玲和姐姐先一起捡，她叫每次少捡一点儿，也学着一个人倒——她嫌两个人倒不方便，姐姐挓脚挓手的，反而挡路。

天快黑了才放工，张文静和张义玲扎扎实实地做了一天农村的活路。

回到新房子院子的家里，姐妹两个都累得不想动了。白天，张文静捡石头，一个妇女关心她，怕她们城里的女娃儿手细，经不住磨，给她一双手套。她嫌是帆布手套，还磨了几个洞，不好看，也嫌人家戴过的，莫要惹上啥病，推托说："我不戴，我做啥都不习惯戴手套。"结果几个手指头磨破了皮，沾水后钻心地疼。妹妹张文玲背的时间长，觉得肩膀和背上有几处好像也磨破了，火辣辣的。她们的细皮嫩肉，哪里经得起长时间的摩擦啊！

忍着痛烧了两盆热水洗脸，张文玲叫姐姐先洗，而她下面条。张文静洗完，面条已经下到锅里了，张文玲说她去洗，叫姐姐看着，煮好后捞起来。

面条煮好，张文玲也洗完了，姐妹两个端起碗来吃晚饭。吃完饭，出门走到院子里，家家户户都还在吃饭。人家人多，有老人、娃儿，花的时间比她们多得多，没有那么快。

回到何德忠火房里，烤了一阵火，说了一会儿话，然后两姐妹都洗了一个热水脚，又坐了片刻，说："你们一家人慢慢坐，我们睡觉去了！"

睡到床上，姐妹俩这才觉得浑身都是痛的，不只是磨破皮的那些地方痛，还有全身累的痛。

第一天的劳动给两个城里的女子上了深刻的一课。

接下来几天，张家姐妹都是同社员们在河坝里打田。

何德远回家后的第二天就正式开始当农民，比张文静和张文玲早一天出工，头天下午的半天晃过去了，他没有理由再不去做活路。这些天打田，他全是在从田里往外头背沙石，背的距离不远，在众目睽睽之下，又有张文静看着，他和张文玲相遇时，离张文静近就只是互相看一眼，笑一下，离得远一点儿时，才简短地说一两句话。他们不敢表现得显眼，不敢让别人看出他们对对方与对其他人有什么不同。但是，在何德远心里，虽然见面才几天，但张文玲就好像早就是熟悉的人一样。张文玲也是这样，何德远说什么，她都懂他的意思。

三

晚上，何大全到副队长何德中家里来，说离过春节只有十几天了，如果赶在年前还要装一个窑，必须集中全队的劳动力把一个烧好了的窑里的石灰出了，然后背石头再装一窑。

"就是呢！"何德中认为何大全说得对，他也是这样想的。

六队的石灰窑在石盘河对岸靠着火车站的方向。几年前，六队在公路和铁路之间一绺有二十多米宽、两百来米长的空地西头打了一口窑。这里，可以用公路桥和铁路涵洞西边从铁路底下钻过来的石盘大堰的水扣炭巴、调窑上闭火的泥和洗灰浆；堰沟那边，还有一个石场可以打装窑时在外口面砌的石头；公路堡坎下边就是两公里多长、四五百米宽的河坝，河坝里全是被水冲洗得干干净净的鹅卵石，烧石灰的原料非常丰富。各方面的条件得天独厚，六队贯彻"农、牧、副、渔全面发展"的方针，率先在全公社搞起烧石灰的副业。

光自然条件优越还不行，不要看烧石灰简单，还需要有懂烧石灰技术的人。副队长何德中和一个比他长两辈的何开义是六队烧石灰在技术上的正副"管火匠"。两个人都没有专门向谁学过，只是凭着在外面做手艺和在外面跑看的进行想象与钻研，经过烧了一两窑的摸索，就熟练地掌握了这门技术，每一窑的产量都达到了百分之九十八以上。石灰烧得好，熟了的矿子整个整个的，窑也好出。有的地方，窑没烧好，一窑就是半窑生石头。有的说多用些煤炭，没有烧不熟的，结果结了炉，出窑时撬都撬不动，矿子全部烧成了一包灰，出的时候灰扑多高。出现这些情况，都要造成了劳动力和燃料的浪费，增加成本的投入。

六队烧出来的石灰，原来是卖给当地的集体和个人搪墙、打地下、打灶等，需求的量不大，一个窑烧就够了。后来"三线"建设建工厂，施工单位订购，需要的量大，又提出就地洗灰浆，在池子里澄成膏，直接拉到工地用。形势逼迫，又在公路外边打了一个装五六十吨的大窑，天天洗灰浆，保证每天两辆"解放"牌汽车往各工地拉。

六队烧石灰的副业搞得红红火火，家家户户年年进钱，最多的一户进一千多元，全石盘公社没有哪个生产队能比得上，社员们一个个心里乐得开了花。

正副队长商量后，第二天，全队的劳动力转到石灰窑上。

出窑，就是出石灰。这活路灰大，还有就是有时候窑还没完全冷却，烧熟了的石灰矿子还烫手。因此，出窑要戴口罩和手套，男人要戴帽子，女人要包头巾。天天跟泥巴打交道的人不怕灰，有的老农连口罩都不戴。但是，这样毕竟有害。这活路在城里长大的女学生能行吗？这确实是一个考验。

正副队长商量的时候，张文静和张文玲在旁边一边烤火一边听他们说话。何大全和何德中都说出窑灰大，叫她们姐妹把头包好，要戴口罩和手套，最好穿布鞋，穿胶鞋要把胶烤脱。也坐在旁边的杜成秀说："那倒是。你们有方围巾没有？有就用来把脑壳包住，顾照好，再戴上口罩，在窑上捡的时候戴上手套，就没啥了。"

有啥没啥，亲自参加了就知道了。张文静有些担心，张文玲却想，人家得行，我就得行！

吃了早饭，全队的劳动力像牵线似的往河对岸的窑上走。走到河坝里才看到，这支队伍，男男女女，拉了有近半里路长。

石盘河在上面分了岔，要过两道河。河上搭着用大石头或烂了底的背篼倒扣着装满沙石当墩，刚砍来的树剔了丫枝拼起，再用谷草绳像打绑腿一样缠起来，面上铺着沙土作梁的桥。这种桥颤动大，过的人多，要不了多久沙土就掉完，只剩下几根精光的木棒了。本地人过惯了不当一回事，有的小伙子还连跑带跳地过来过去。没过过的人，有的还不敢过，因为不注意就会掉到河里去。

张文玲走在前面，看人家怎么过就怎么过，左右晃了几下跑了两步过去了。张文静看到桥下的水流"哗哗哗"地翻滚着浪花，又急又快，心里就发慌，不敢迈步。一个小伙子回来扶她，后面一个妇女鼓励她说："我也在后面把你扶着，你大步大步地往前走就是了，不要怕！"她这才战战兢兢地慢慢往前移动，走到中间差一点儿要趴到光光的木棒上。前面过去了的人转过身来看着她笑。看见自己姐姐的样子，张文玲觉得很没有面子，也在心里瞧不起她。

公路里边的窑是十二月底点的火，正在烧。要出的是公路外边的大窑，这个窑是小窑没点火时闭的火。一走拢，拿锄头的男子汉们把顶上糊的泥巴，以及里面大块小块的炉丝和炭灰刨开，一个个烧熟的鹅卵石矿子露了出来。场子打开，年龄大一些的妇女和老太婆往撮箕里捡，小伙子、半大小伙子和年轻媳妇、姑娘们往公路里边靠铁路偏坡那里背。还是像这几天打田一样，张文静捡，张文玲背。捡要轻松些，但吃的灰多，窑没有完全冷却，脚下烧烘烘的。背的人站着，往背篼里倒的时候，"欻"的一声下去，有灰扑起来，要背四五十米远，付出的劳力大。没多久，张家姐妹也像所有的人一样，身上脸上扑满了灰。有人开玩笑地问："你们看这当农民辛苦不辛苦？"张文静无可奈何地笑了笑，没开腔。张文玲说："辛苦是辛苦，但你们都不怕，我怕啥？"

何德远同张文玲一样也在背。尽管他做过农村的活路，但是从小就读书，做的也不多，接连整天整天地做，他也累得不得了，好在他不操心洗衣服和煮饭洗锅洗碗这些事。他们家人多，大哥何德荣的大女儿已经上学了，老二、老三是儿子，都还小，何德远的母亲四十几岁时就在家看孙子和做家里的事。

有几个中午，何德远吃了饭到新房子院子里去，看见张文玲，她也看见他，但是他们都害羞，也怕别人说闲话，而且张文静见了何德远就面若秋霜，所以他们俩谁都不好开口说话。一天晚上，何德远到何德中家串门烤火，张文玲和张文静也在火房里。何德远和何德中是本姓亲房，两家的关系历来亲密。何德中的二儿子小时候经常生病，还拜了何德荣做干爹。何德远才走到门口，何德中一家人就跟他打招呼,请他坐和进来烤火,亲热得不得了。何德远进门坐下,又问这问那,何德远也问候何德中的母亲好,招呼了何德中和杜成秀。何德远想同张文玲说话,但看到张文静冷冰冰的目光,只好缄口不言。一会儿,张文静站起来走了。姐姐走了,张文玲不好再坐在那里,看了何德远一眼后,也只好站起来走出门外进她们的屋里去。

在河坝里打田,他们都在背石头,但背得不远,没有说话的机会。出石灰,背得远些,他们想终于有时间说几句话了。但是,窑在低处,石灰堆在高处,在窑上捡矿子的张文静随时都能清清楚楚地看见张文玲的一举一动,张文玲也能清清楚楚地看见她姐姐在做什么,他们想要多说几句话也不是非常方便。何德远对此有些愤怒了:"一个队的人,说个话也该管吗?"

窑装得高出地面两米多,要出六七十吨石灰,全队的人赶早摸黑也很有几天才出完。

为了让大家歇一口气,窑出完后,男女老少在河坝里捡了一天烧石灰的矿子。这个活路不背不挑,只是把周围的石头攒拢,捡成一堆一堆的。相比背挑,这就是轻省活路,是休息。

捡了一天,平坦如砥的石盘河边堆起了一百多个像一个个堡垒似的鹅卵石堆,大的一堆有两三千斤,最小的也有近千斤。何德中说:"有八十多堆就够了,多二十多堆没啥,短时间内不会涨水。"说涨水,是因为就是捡拢的石头,石盘河里涨大水也有可能冲走,但这还在冬季,离汛期还远。

从河坝到窑上没法拉车子,几十堆矿子全部要靠人背到窑上,是一个十分艰巨的任务。

当天晚上,队里开会,要求所有的劳动力不能外出,要保证两天把十万多斤矿子背到窑上。

平时出工是评"大寨工分"①,出工不出力做一天活路,底分是多少分就记多少分,只有在重新评定底分的时候才能做调整。遇到往石灰窑上背矿子、往田里背粪、往远处挑粪等特别脏和重的活路,为了赶时间,就按斤头记工分,以此调动大家的积极性,使出力的

---

①大寨工分:"文革"中,山西大寨大队集体生产时的计劳取酬方法。

人多劳多得不吃亏。

往窑上背矿子是重活路，何大全和何德中叫张文玲在河坝里装，说她年龄小，不要伤了身体。安排张文静和记工员过秤，记工员过，她记数字。张文静没称过秤，过石头、毛粪的大木杆秤满秤五百斤，秤杆六七尺长，秤砣将近二十斤，她以前见都没见过，秤杆上的星点也认不清楚，所以没让她掌秤。

农村的人吃得差，但有力气，有的人劲大得惊人。张文静担任过秤的任务才看到，这些人背石头像背棉花一样，多大一个背篓，装满还不算，上面还码得不能再码，连一些年轻媳妇和姑娘也能背两百多斤。队里力气最大的一个小伙子，每次都背三百多斤，而且是整天整天地背，背得还很远，不是背百把米，而是三四百米！张文静被震撼了，她难得地对这些人由衷地生出敬意。

在装石头时，张文玲也像别人一样，小石头就捡到撮箕里端起来给人家往歇在拐扒子②上的背篓里倒，大的就直接抱起来往背篓里装。装石头说是轻松活路，实际上也并不轻松，一撮箕石头好几十斤，端起来往背篓里倒要使很大的劲。直接往背篓里抱的石头，也是几十斤，有的大的还比一撮箕石头重。不歇气地装，有时背的人还在跟前等，张文玲又忙又累，脸上流着汗。看到背的人背那么重、那么远，更恼火，她就咬紧牙坚持着。

不得不佩服人们的干劲，几十个人两天就把装一窑的矿子全部背到了窑上。

隔了一天，开始装窑。张文玲每天背着背篓背石头、炭巴、炭，张文静做装炭巴、捡石头和学着砌石头的活路。

星期天，张国正、赵秀莲带着文成和文明来看张文静和张文玲。赵秀莲在两个女儿刚下来的第三天买柴炭来了一次，张国正和文成、文明是第一次来。文成和文明正是贪玩好耍的年龄，过河时走到桥上，看到河里的水这么清澈，河边的浅水处有几条白尖子③和桃花子④在里

---

②拐扒子：背重物走长路时中途用来歇气的一种用具。

③白尖子：鱼名。

④桃花子：鱼名。

面游来游去，惊喜得"哇哇"大叫。走在村口，见一条大堰流过，水那么大，也那么清，觉得这个地方太安逸了。突然，他们发现几只"罗面架子"⑤在水面上追逐。两个小家伙赶快下去抓。可是，当他们才一伸手，"罗面架子"就呼的一下跑去藏起了。他们上到堰陔上，又钻出来了。下去上来了好几次，都是这样，好好耍哟！一年四季有水，堰沟里长了很多水草，青绿色的苄草有四五尺长，被水冲得浮了起来，还左右摆动，像逆水上行的鱼儿在不停地摆着尾巴。两个小男孩以为是水里的鱼在动，偏起脑壳睁大眼睛地瞅着，低声小气地说："不要闹，里面有鱼！"

一家人这次来，是把给张文静和张文玲买的一担水桶拿来。十多天来，两姐妹没有桶挑水和装水，在何德中家的缸里舀水用。她们说去挑，何德中母亲和何德中夫妇又不让她们去，说："你们用多少水嘛，还要你们去挑？我们这里不缺水，只要有劳力，一会儿就去挑回来了。"她们很不好意思，知道人家是在把她们当客，说的是那样，可再有水挑，也要费力气呀！特别是人家一天忙，哪有那么多时间。

在打田的那几天，何大全对何德中说："你抽时间给张家两姐妹糊一个灶，生产队记工分。"

何德中说："出在自己手上，费不了啥子事，我给他们打一个就是了。"何德中说的意思是他不要工分。

何大全说："说不淘神⑥也淘神，要调泥，要糊，加起来至少也要一天时间，你哪儿抽得出来时间？再说，公社要求对知识青年要关心，对他们确实需要解决的问题，大队、生产队要专门安排人帮助解决，给两个女子打灶也是我们生产队的责任。"

找地方挖土，把土背回来，再挑水调，泥发几天后又糊。除了调的泥每天都要翻一次是何德中用的早晚吃了饭以后的休息时间以外，其他都是在出工的时间做的。他按照本地惯用的办法，用自己家里的一个烂了底的背篼做骨架，花了几个小时的时间，糊了一个

---

⑤罗面架子：旧时罗面粉的一种工具。这里是指形状像它的水生物名。

⑥淘神：麻烦，费事。

又光又圆、灶门留得不大不小的独灶。这虽是一个独灶，却展示出了何德中心灵手巧和高超的打灶技术。灶打起，放在他们院坝边上，人见人夸。看了何德中给她们打的这个灶，张文静和张文玲十分喜欢。一般不太瞧得起人的张文静也夸奖说："看不出何队长的手这么巧！"

灶打起了，虽然家里的负担重，但是何德中怎么也不要工分。最后，还是何大全暗中叫记工员给他记了一天工。其实，前后加起来，哪才一天工。

灶快干了。灶不全干就可以烧，挑水装水的桶也有了，今天爸爸妈妈和两个弟弟都来了，张文静和张文玲准备就在新打的灶上煮饭，以免再干扰何德中一大家子人的生活。

中午，赵秀莲想把何德中一家人的饭都煮上，但是她家六个人，何德中家八个人，加起来就是十四个人，至少要煮五斤米的饭，可没有那么大的筲箕滤米，她也从来没有煮过这么多米的饭，没有把握煮好，就决定只请何德中和他母亲——老年人嘛——来一起吃，他们割了肉走拢就煮起了，打算炒了以后给他们家剩下的人端一碗过去。

吃饭时，两家人很高兴，张国正和何德中喝了几杯酒。何德中是个沾酒就上脸但闻酒则喜的人，几杯下肚后话就多起来。张国正跟他大女儿张文静的性格一样，不轻易张口说话，何德中说，而他只是"嗯""啊""哦"地答应。

因为没地方睡觉，张国正要上班，文成要上学，下午张国正、赵秀莲放心满意，文成、文明欢喜高兴地回城去了。

张国正踏上青湾六队的地界，看到离城这么近、这么方便、这么好的自然条件，就喜欢上了这个地方。后来，看到队长何大全、副队长何德中、会计何德荣，又接触了一些社员，觉得这里的人也好。不知道他是大气还是放心，以后就再也没有到这里来过。

全队的劳动力装了五六天，才把十万多斤石头装进窑。装窑是有技术的。例如都想多装石头，但是装得太高，不仅闭火时不好往上拿泥，而且也有烧到中途崩垮的危险，如果火燃上来了，遇到这种情况就一点儿挽救的办法也没有。所以，窑装上来，出地面多高一定要把握好。当然，烧多久、什么时候闭火也很重要，直接关系石灰的产量。有何德中和何开义把关，青湾六队的窑从没烧失败过。

窑装上，像完成了一个大工程一样，干部社员一下轻松了许多，个个笑逐颜开，男人们坐下来抽烟，妇女们停下来歇气，年轻的姑娘、小伙子打闹嬉戏，等待着何德中几个人在窑门下点火。火点燃，就可以放工回家了。

几分钟后，带着柴草和煤炭味的一缕缕黄烟从窑顶一行行炭巴下的矿子和煤炭缝里冒了出来。当鼻孔里闻到一股呛人的煤烟味的时候，在陔根和坡边坐着、倚着背箩半靠着和在近处转悠的人们都把目光投向了窑顶，看到浓烟升起，男女老少一片欢腾："燃了，燃了！火上来了！"

烟子由黄变青，由青变白，越来越大，如同穹隆，也如同堡垒的窑顶像长出了一条硕大的长长的辫子。风吹来，这条辫子飘向宽阔的河坝，一会儿左，一会儿右……

点火成功！

腊月二十七，集体放假——队里让社员们打扫卫生捡柴割草赶场上街买年货，准备过年。

一月中旬，生产队就做出了决算，一九六八年度家家户户都进钱，春节前全部兑现。张文静和张文玲没有参加上一年的决算，几个队干部考虑她们已经是生产队的一员，参加了近二十天的劳动，给预支了几十元钱回家过年。

生产队停了工，姐妹俩收拾打扮了一番，高高兴兴地回城同家人团聚去了。

四

　　立春二十天了。

　　柳枝上长出了一个个米粒大的绿点，叶子嫩黄的樱桃树缀满待放的蓓蕾，桃树冒出了不少绯红色的花苞，穿灌后的冬麦和油菜苗重新现出勃勃生机。下了几天雨，地湿透了，石盘河里泛起第一次春潮，翻滚着浑浊渣浪的河水激越奔腾。山色朗润，松柏葱茏。蓝蓝的天空飘着少许轻纱般的白云，太阳的脸红红的。微风吹过，拂面不寒。尽管大地的浑黄颜色没有人们期盼的那种大的改变，但谁都知道，无边春色的绿野很快就要铺展开来。

　　正月初四，六队就开了工。过了这个时间不开工，公社和大队是要追究生产队的责任的。工开了，但是有事情和家里来了客人，可以不请假就耽搁。头几天在当门河坝里打田，接着出老窑里的石灰，人都还没到齐。

　　过年的几天里，何德远到舅舅家去了一天，代大哥何德荣给他的前丈母娘家去了一天——何德远的前一个准大嫂临近结婚突然生病夭折，两家是世交，没有断绝往来，但何德荣怕妻子李子英心里有嫌隙，每年都叫何德远代他去拜年。其他哪儿也没去，生产队开工的第二天他就出工去了。张文静和张文玲是初四上午来的，下午去出了半天工，见开工不正常，放工后张文静又回城里去了。张文静叫张文玲也回去，张文玲说才来，她不回。

开工归开工，但还在过年。放工时，何大全说："张文玲，你一个娃儿在这儿，难得煮饭，晚上到我们屋里来吃饭！"

张文玲到队长家里去过几次，知道他们家里人少，只有他们夫妇和一个女儿——队长何大全的老婆是一个离过婚的女人，女儿是前夫的，母女两个对人也好，特别是下到这里以后，得到了队长的不少照顾，因此她不好推辞。到吃晚饭的时候，何大全来喊，张文玲去了。

何德远在家里吃了饭，丢下碗就往新房子院子里去。他到哪里去，父亲和母亲不会说他，大哥何德荣也不会管，大嫂李子英是个不大爱说话的人，更不过问。对于很自由这一点，他很满意。但是，一个男娃儿，很快就是一个成人的小伙子了，经常去找一个年龄差不多大的女娃儿，又怕人家说闲话。这以前的很多个中午和晚上，吃了饭以后他都是只到自己家的墙边往新房子院子里张望，想听见张文玲的声音，当然更想看见人。平时想到那里去不好去，过年在本地可以空着手随便串门，很多人，包括一些年龄大的都在串门，他想这个时候到那里去跟张文玲说话，不会引起谁注意，而且她姐姐走了，只有她一个人，说话方便。

走过自己家的墙边，过大队老书记何文枝家院坝里，何文枝的大儿子牛娃何德林看见，问："你往哪儿去？我也去！"

"往新房子院子里去！"牛娃家是同何德远们挨得最近的一家，牛娃只比他小半岁，他们是亲房，从小在一起玩，他不好不答应他，而且他和张文玲又不是有啥事要单独私会，就说，"走嘛！"

何德远和牛娃一路，径直走到何德中家的火房里去烤火。过年这一向，家家户户火房里的火都没熄过，没有人烤就用烫灰壅起，要烤，刨开加一些柴炭，很快就燃起来了。他们进门，何德中出去转悠刚回来，招呼他们坐。坐下以后，何德中把火刨开，三个人摆起龙门阵。

没多久，张文玲从队长何大全家吃饭回来，火房里的三个人看见，都叫她快来烤火。张文玲高兴地走拢来，坐下就把手伸向火边。

没有姐姐在旁边，张文玲随便了很多，很快就加入进来摆龙门阵，同何德中和何德远、牛娃说得很投机，有时候笑得嘻嘻哈哈的。从见第一面起，何德远看见张文玲就有一种似曾相识的感觉，张文玲对他除了女孩儿本能的羞涩外，也完全没有一点儿生分的表现。但是，火房边有四个人，何德远很少说话，他听他们说，时不时偷偷地看张文玲一眼。他想听她说话，看她说起话来眉飞色舞的样子，这就是他此刻最想感受的。张文玲认为难得和这几个人坐在一起闲着说话，很兴奋，叽叽喳喳地说个不停。可是，当她突然意识到何德远好久没开腔了，就猛的脸一红，觉得自己说得太多了，马上不好意思地闭住嘴。

何德中见三个年轻人说得高兴，后来也没有多插嘴。他听他们说了一阵，就脸上带着笑容地站起身，离开火房向门外走去。屋里只有何德远、张文玲、牛娃三个，大家说话更随便了，也说得更起劲了，有时还互相开起玩笑。

坐到夜有些深了，张文玲提出："该睡觉了哦！"何德远和牛娃这才站起身回家。

张文静回城里还没有回来，在她没在的这两天里，张文玲感受到了来青湾里近一个月来没有过的自由。出工时，她不仅可以同秀清和其他几个年轻媳妇说话，有时候还和何德远和牛娃们几个男娃儿打闹。

无羁无绊，张文玲非常开心。直到初六下午放了工，她才回城里去赶初七的人过年。

新打的田把陇砌起，像在广袤的河坝里画出了几个方框，如果里面再面上一尺厚的土，就是几亩好田。这里水源没有问题，从大堰里直接往下放水就是了，耕种几季就熟了，一年就要多收好几千斤谷子①。不要小看，这可是一个几口之家一年的口粮！

但是，目前田地里的麦子和油菜刚"起身"②，只有收了麦子和油菜籽，才能挖土。没有地方挖土，打田的活路只好暂时停下来。

全队的人掉头去给田地补缺砌陇和疏通渠堰，做春耕生产的准

---

①谷子：稻谷。

②起身：快速生长。

备工作。这些活路，七八十个劳动力一天很要做一些，田地都平整，没有好多地方需要修补和疏通，于是生产队只好放假，叫社员们去砍柴和割草，为生产大忙季节做准备工作，以及趁青草还没有长出来，草干背起轻省，去割草积肥。

近些年，人口增长得快，近处已经没有柴可砍草可割，只有南山上才有柴和草。可是，翻南山去砍柴割草很辛苦，来回要走三四十里路，还要爬山，回来要背着柴草下山，一些陡坡齐坎，背重了走起来十分吃力。要去翻山，很早就要起来煮饭和准备干粮，天不亮就要出发。

社员家里养的有猪有牛，知青没养，割草没用，只有捡柴。何德中、杜成秀和大女儿何芳英要去翻山，杜成秀对张文静和张文玲开玩笑说："走，跟我们同路去翻山捡柴！"杜成秀还没有说完，就被何德中当头一棒："说空话，她们城里的娃儿，你想吃得下那苦不？"

张文静听说翻山那么苦，南山那么高，心里早就虚了，人家问她去不去，她直摇头："那我们就不去算了！"

"柴好捡不？"张文玲却对翻山有些感兴趣。

"文玲，那么远，我们背得回来不？我们不去！"张文静态度坚决地表示她不去，并阻止张文玲去。

"走，跟我们同路，也没那么恼火，少背点儿就是了！"秀清正向张文静和张文玲走来，她也约张文静和张文玲去。

第二天，张文静没去，张文玲去了。

"会当凌绝顶，一览众山小。"南山顶上，空气真清新！石盘场、石盘河和青湾六队以及公路上的汽车、铁路上的火车都在脚下，苍山如海，渺渺茫茫……

第一次登上了南山顶，张文玲感受到了从来没有过的痛快和舒畅！

南山横亘几百里，巍峨高大，从小在城里就看到南山，但是从来没有爬过，今天终于站上了它的脊梁，少女的心里涌动起欣喜和豪迈。

她从小长到十六岁，从来没有看到过南山上的这么多的草、这么多的树，原来不知道南山后面是什么样子，而今一切都在眼前，她好高兴！

开始捡柴，她学着秀清她们的样子，在树林中和草丛里寻找干树枝。她们一会儿下到沟里，一会儿爬上山坡，当捡的柴抱不了的时候，就把它放在地上。捡了几抱以后，秀清叫她抱到一起，帮她捆成一捆。捆柴也要懂方法，秀清捆的时候，她站在旁边认真地看，最后一小捆是她自己学着捆的。这天，她捡了一平背篼短柴、三小捆长柴。

何德远和父亲、大哥、大嫂一连翻了几天山，他和大哥何德荣、大嫂李子英砍柴，父亲何文伯割草，看见张文玲也捡柴来了，何文伯和何德荣、李子英都暗暗称奇，觉得这个女子非同一般，这么能干，这么吃得苦！何文伯像看到自己的儿女一样，心里对她生出疼爱和怜惜，关切地问她："吃得下这苦吧？"告诉她，从来没走过这么远的路，还要背柴，要少背点儿，走慢点儿。

满头汗水的张文玲望着老人，回以感激的目光。

走这么远的路，爬坡下坎，回来还背着六七十斤柴，张文玲累得不得了，两条腿痛得不行。但就是这样，她坚持翻了三天南山捡了三天柴。

张文玲翻山捡柴，六队很多人看见都夸奖说："这个女子才吃得苦，不简单！"

张文玲一下美誉鹊起，她同农民打成一片、吃苦耐劳的事迹很快传到了石盘公社领导的耳朵里。不久，公社开第一次知青会。会上，公社党委李书记把张文玲作为不怕艰苦、农民做啥就做啥的先进典型给予了表扬。受到公社书记的表扬是一种殊荣，所有在场的知青的目光都在人堆里寻找她，见她红着脸躲在一个角落里。还不认识张文玲的人说："哦，是这个女子！"很多人不相信她年龄是最小的，却这么行。大多数知青原来不知道她的名字，这下大家都知道了。

半个月后，农业生产上的活路来了——：豌豆快要黄了，要搂豌豆了；搂了豌豆的地里种花生，要提前把发了酵的粪背到地里；土层薄的地里的麦子先黄，割了麦子要种苞谷，到那时活路更多，提前把粪背到地里可以为以后腾出一些时间；二月出头，又要腾秧母田……

一个多月来，张文静和张文玲做的都是农业生产以外的活路，现在要真正搞农业生产了。

人们已经看得很清楚，张文静和张文玲虽然是亲姐妹，但是对人对事的态度却迥然不同：张文静温存，是个"阴肚子"，不轻易说话，做事斯文，同农村的人有一种说不出的生分；张文玲大气，性子直，有啥说啥，能吃苦，同农村的人完全能够打成一片。每个人都有自尊，你瞧不起我，我也就瞧不起你，你太清高，我也不理你；反过来你敬我一尺，我就敬你一丈。张文静大模大样、高高在上，没有几个人理睬她，除非她主动找人家说话，人家才应付一下。而张文玲却很受欢迎，都想和她说话，都想走路和做活路同她挨着、歇气坐在一起。

对姐妹俩的性格脾气和吃苦精神，队长何大全更看得一清二楚，因此在做活路派工的时候，给张文静派的都是一些轻巧干净的活路，而把张文玲完全当作了一个本地的女子，队里的年轻媳妇姑娘做啥她就做啥，从来没有让她去跟老太婆和有特殊情况的女人一起享受过照顾。他知道张文玲要强，也不愿意这样。

天渐渐热起来，做活路回来汗爬水流的还要自己去煮饭，比本地的姑娘和有些媳妇还要辛苦。更恼火的是，她们煮饭睡觉在一间屋里，屋子没有窗户，煮饭时烧的柴草的烟子只有从头顶的瓦缝里出去，经常满屋浓烟弥漫，呛得人直咳嗽，灰扑得凳子上、桌子上、铺上到处都是。还有，做一天活路，出了一身又一身的汗，不说洗澡，就是抹一下也没有地方。一个大院子，人来人往，即使晚上，女娃儿也没法在外面洗。把门关起来在屋子里擦，水洒在地上，踩着就是一脚泥，不注意还要把人滑倒。而且，即使是亲姐妹，都是青春期了，一个看着另一个擦澡，也是非常尴尬的事。

她们也知道，在农村，要想有单独的洗澡的房子，几乎是不可能的。在城里，大家住得挤，不能有单独的洗澡间，但是她们在城里住的房子，地是打了三合土的，不会踩烂，房子小是小，但有几间，可以单独擦澡。

不管怎样说,只有一间房子是两姐妹的烦心事。

她们也看到,队里把她们安排在何德中家里,而何德中的房子并不宽裕。按正规说,他们只有三间房子——两间正房、一间厦子,只是传统的标准四合院的厦子大,一间隔成了两大三小五间。何德中夫妇和三个小一点儿的娃儿住了一间正房,屋里搭了两架床,正是壮年的何德中两口子和一个最小的娃儿睡一架挂着一张帐子的,两个大一点儿的娃儿睡另一架。还有一间正房,给她们腾出来了。厦子里的五间,一个大间做灶房煮饭,一个大间做了牛圈,一个小间他母亲住,一个小间十四五岁的大女儿何芳英住,连着圈的一小间烤火和搭一张矮方桌子吃饭,并且每天牛进进出出都要从这里面过,牛脚上经常带着泥巴和牛粪,不过一有泥和粪,何德中十分爱干净的母亲就立即打扫了。他们当兵的大儿子如果回家探亲,还没地方睡觉。在这种情况下,想再在何德中家要一间房子是根本不可能的。

张文静和张文玲实在是需要再有一间房子,哪怕是很小很小的一间也行。张文静有心计,没有把她们的困难向房东、副队长何德中吐露过,她怕他们有想法,而是直接找队长何大全,并且说得轻描淡写,没如何强调。她说何德中家住得太挤了,她们不好意思再在那里住,要求给她们换一个地方,有两间房子,大小好坏都没啥。

何大全听了,觉得是一个实际问题,但没有想到她们提出这件事还有另外的意思,沉吟了一阵后说:"我想下子,哪家有房子……"

张文静和张文玲才来的时候,安排在何德中家里住,何大全就考虑到两姐妹住一间房子,既要睡觉,又要煮饭,有些问题,但他还是把她们安排到了这里。因为,公社李书记和大队杨书记都一再说,知青要住在贫下中农家里,这样才能随时接受贫下中农的再教育,如果住在其他成分的人家,就是接受其他成分的人的再教育。队里的贫农、下中农成分的家庭他都想过了,只有何德中家是下中农成分,暂时能腾出一间房子,何德中又是副队长,住在他们家里比较合适。全队谁有房子谁没房子,他很清楚。要讲有房子,会计何德荣他们家,也就是何德远家最宽展，能够腾得出两间房子，但他们是上中农，何文伯解放前又在地方上短时间任过一个职务。其他人家，一家富农，不可能安，也腾不出房子；几家中农，既不好安，也没有谁能够腾得出两间房子，其他贫下中农更没有哪一家有多余的房子。

何大全答应给张文静和张文玲换地方，但要在一家找两间房子的确把他难住了。想了几天，他对张文静说："全队只有何会计一家腾得出两间房子，你们去住不？"何大全这是出于无奈，但也认为只要张文静两人同意，他也觉得可以。

"嗯……"张文静没有想到是这样的结果，一阵没有开腔。她先想得很简单，农村又不像城里，找两间房子应该是不成问题的，哪知道她不完全了解农村的情况，在农村房子住不完的人家也是极少数。

何大全见张文静"嗯"了一声后就再没出声，知道她不同意，说："那我再找下子看看。"

张文静想得很多很深沉。

到青湾六队来了两个多月，她已经把家家户户的阶级成分都搞清楚了。这个生产队只有一家富农，而这家富农的当家人已在多年前上吊自杀，现在只有一个七十多岁的老太婆、一个五十几岁的女人和一个将近二十岁的女子、一个十二三岁的儿子，都规规矩矩的，在队里没有任何活动能量；其次就是生产队会计何德荣他们，也就是何德远家，是上中农成分；再其后，有五六家中农；其他的是贫农和下中农。有一家招了一个国民党部队的排长做女婿，解放时连房子都没有住的，划成分应该是雇农，但最后定的是贫农。何德荣他们的上中农成分带有一定的"剥削性"，不仅是全队的第二高的成分，而且还听说何文伯解放前有过啥子问题……这样的家庭怎么能去住？

在张文静心里起作用的还有一个问题，那就是才一来，她就从何德远的眼里看出了他对自己妹妹文玲的热情和喜爱，文玲也竟然表现出了顺从和接受。要不是自己对何德远的严肃冷峻态度，不让文玲接近他，不给他们任何说话的机会，可能两人已经打得火热了。

如果住在他们家，说不定还要闹出事情来。如果这样，那还得了？

其实，在阶级成分问题上，张文静对何德远家的了解并不很清楚，因此认识上难免有些片面。

土地改革划成分，上中农是富裕农民，在收入的来源中有轻微的"剥削"成分。而何德远家当时划为上中农有些勉强。具体是这样一件事：何德远婆婆娘家的一个亲房妹妹住在石盘场上，嫌自家的泥地种花生挖起费事，知道何德远他们河坝里有沙地，种花生可以直接扯，这样少费工，于是开口向他们要一块河坝里的沙地。因为是姊妹，他婆婆爽快地答应了。这下，这家人收了花生，每年要拿一两升花生来表示感谢，他们再三推辞，人家都要给，没有办法，只好收下。他们没有想出租土地，更没有把拿花生作为允许种地的条件，种的时间也很短，完全是一种亲戚间的人情往来，不应该算作收租"剥削"。但是，在暴风骤雨的土地改革的大形势下，谁敢多去争辩。

至于他父亲的"历史问题"，是解放前夕管过一年多村里说是了非的事，但何文伯知书达理，为人态度谦和，诚恳厚道，没有任何恶行。一解放就当农会文书，合作化时当初级社、高级社的会计，"人民公社化"时，当过包括相邻的光华村在内的两个村的青湾区队会计，有很好的口碑。十多二十年里搞政治运动，贫下中农是革命力量，必须要有革命对象，在青湾六队，唯一的一家富农"僵而不死"，"雷"就只有在他们家头上打。但是，不管怎么清查，始终找不出啥问题，"运动"过去就过去了。对于自己一家人天天遵纪守法、小心谨慎还要受压挨整的处境，何德远性情倔强的母亲经常不满地说："你当三年清知府，我放十年不偷牛，看你把我咋个！"

作为何德远，生在新中国，从小就家庭教育严格，品行优良，不是那种流里流气行为不端之辈。他在学校里读书时成绩优秀，小学时是公社学校几年里少有的几个最出类拔萃的学生之一，初中升学考取县中，考试分数名列前茅，进校后受到校长的亲自接见，中学期间是班上的学习委员、学校少先队大队长。在生产队，尊老爱幼，从没有与谁争过强、斗过胜。现在回来劳动，天天同社员一起出工，做活路踏踏实实，没有偷过奸、耍过滑。

所以，何德荣他们家并不是她简单地从家庭成分的标签上看到的那样，何德远也不是她主观臆想的那种人。

张文静不同意，倒真是难住了何大全。他把最下头的一家会计何德荣他们排除后，从第二家老书记何文枝开始，一家一家地排除，直到湾里的最后一个院子，也就是上湾里的最后两家——杜文金和杜成四家，他才突然心里一亮，有了解决的办法：杜文金家有一间堂屋，过去小生产队时集体在里面装过粮食，合并成大生产队有了仓库以后，没有再往里面装粮食，屋里只搁了几床晒粮食的垫席和一些农具。挨着的杜成四家只有四五个人，老院子里有两间房子，这边院子里除了猪牛圈以外，还有三间人住的，可以腾出一间。两家各腾出一间，不管挨着不挨着，问题都不大。

这个院子叫杜家新院子，只住了杜文金和杜成四两家人。杜文金比杜成四高一辈，两夫妇没有生育，领养了亲戚的一个女儿，已经十三四岁，叫杜成莲。杜成四家五个人，父亲杜文德七十多岁，自己两夫妇，五十多岁，一儿一女，儿子杜明武十八九岁，女儿杜明芬十三四岁。

何大全感到不符合要求的是，这两家都是中农。没有办法，贫下中农都腾不出房子，也只有这样了。

何大全没有先给杜文金和杜成四两家做工作，而是先给张文静和张文玲说，问她们同意不同意，如果同意，就带她们去看。张文静和张文玲去看了，觉得虽然这个院子在青湾里的最里面，挑水、洗衣服和出工收工、分粮食等都要远些，房子后面是坟陵，而且两家都是中农，但是想再也找不到更好的地方，也还可以。毕竟有两间房子，煮饭睡觉可以分开，不会煮饭把灰扑到床上，有了地方擦一下身上。至于两家都是中农，中农自食其力，没有"剥削"。张文玲是看姐姐的意见，张文静脑子里打了好几个转后说："还是可以。"

何大全和张文静、张文玲去看房子时，杜文金和杜成四两家十分热情，老远就招呼他们。她们和何大全一走拢，他们就赶忙拿板凳请他们坐，两姐妹很感动。

这时何大全才给两家人说："这两个娃儿住在何德中家里，只有一间房子，又煮饭又睡瞌睡，确实很恼火。我们找遍了全生产队，想叫你们一家腾一间房子，让两个娃儿到你们这里来占。杜文金家腾堂屋，我看你们现在也没做多大用处。杜成四，你们老院子里还有两间房子是吧？就在这边腾一间，腾哪一间都行。就看你们同意不同意。如果你们要租金，生产队可以适当地认一点儿。"

何大全的话说得很随便，但入情入理，软里带着一定要两家当面答应的意思。

一队之长的面子不能不给，又当着张文静和张文玲两个知青的面，怎么好说不同意？特别是何大全说租金不租金的，在乡下人的面子上，再穷也不能叫人说见钱眼开贪些小，而且人家两个城里的女子愿意来住是看得起这儿，也是他们的荣耀，所以两家人都说："只要看得起，有啥问题？拿啥租金，莫把人羞着！"

杜成四是个实诚人，回答何大全前面的话说："既然那边腾堂屋出来，我们就腾挨着这一间的正房，也接连些，大些！"

杜文金见杜成四已经抢先表了态，也赶快跟上，说："我们腾堂屋没问题。"

"这当然好啰！"何大全高兴地说。

两家人都同意了，这下张文静和张文玲的烦心事解决了。

何大全和张家姐妹在杜文金和杜成四两家人在阶沿上搭的板凳上坐下来，十分亲热地同两家人说了一阵话。

走出杜家新院子，何大全脑子里还在想问题。他要把好事做好，把好人做到底，问："张文静、张文玲，你们两姐妹煮饭，一口锅用得过来吧？如果打挤，我干脆就给你们打一个两口锅的灶。你们这才下来，不知要占好长时间。"

"那当然好啰！"张文静高兴地说。何大全说出了她的心里话，她本来想提出这个问题，又怕说她们要求太高，房子的事好不容易才解决了，又在说打灶的事。

正在高兴时，何大全很干脆，说："那没啥子，也容易！"

张文静和张文玲听队里的老人说，农村的堂屋女娃儿最好不要在里面搭床睡觉，于是她们把杜文金的堂屋做厨房，把灶打在里面。杜成四的那间正房用来睡觉。这间房子开间大，进深长，可以搭两架床，杜成四有多余的床，平时两姐妹一人睡一个铺，不用像原先挤在一个床上，这样即使母亲和弟弟们来，也用不着临时搭铺。

何大全很快就安排何德中给张文静和张文玲打灶，生产队派了一个人给打下手。泥调好后，何德中两天时间就打好了一个小巧玲珑的两口锅的灶。

杜文金和杜成四两家腾出的房子打扫得干干净净。灶干了八九成，可以用了。张文静和张文玲从新房子院子搬出。

搬的那天，队长何大全一说，队里的年轻人就都帮忙来了。一大路人，一人拿几样，一次就搬完了。何德远和牛娃也去了。何德远想，人家都去，如果他不去，就很显眼，就显得生分了，以后怎么再好意思跟张文玲说话？再说，他心里也很想去，想去看张文玲。他这是去帮忙，别人不会说啥闲话，张文静也没法在这时候给他冷脸。

母亲和大哥何德荣知道何德远去帮张家姐妹搬家，狠狠地把他说了一顿："你没事管那些闲事干啥？"他们听到张家姐妹这次从新房子院子搬出来找房子的经过，对张文静很是生气。何德荣说："我们并不是说自己房子多想谁来占，但是她们才来，我们又没有逗惹她们，她们为啥要对我们另眼相看？她们一到，我就到公社来接她们，我还要怎样？"他们对张文静平时对人的态度就有看法，就不爱搭理她。认为张文玲是一个好女子，又能干又直爽，对人比张文静热情仁义得多。

从这以后，张文静从何德远家后门子外路过，何德远的母亲没有了以前看见她时的笑脸了。"敏于事"的张文静也显然感觉到了，这个"阴肚子"的城里女子心里对这件事留下了深刻印象。

何德远的母亲是一个性格很强的人，年轻时本地的一个侄儿辈的人当大队书记专横跋扈、不可一世，一个大队的人没有不害怕他的，她却对他不买账，对他也像对其他侄儿辈一样，不称其书记，直呼其名，有时候还同他赌争赌闹。她想的是，你是一个人，我也是一个人，我为啥要巴结讨好你。对于何德远母亲的这种态度，作为一个知青的张文静，没有任何办法是可想而知的。

母亲和大哥不知道何德远喜欢张文玲，张文玲也喜欢何德远，以及张文静反对张文玲喜欢何德远这些事，如果知道，也许不是这样。

张文玲搬到上湾里以后，除了出工做活路以外，就很少能够看到，这让何德远时常都是空落落的。

姐妹俩在新房子院子里住，离得近，张文静态度再冷淡，假装没看见，不同他搭言说话就是了，而且他就是同张文玲说话，也不是不能让别人听的话，甚至有时候就是为了去看一眼，张文静又能怎样？而现在，张文玲住的那上面，是湾里的最尽头，那个院子又离沟边的大路还有几十米远，他就是装着有其他事的样子走到她们门前的大路上，院子里面的张文玲也不知道他来了，而且她姐姐就在身边，她即使知道，也只有找借口才能出来。

何德远苦恼极了。他只有一有空就到沟边上的路上去转悠，守株待兔般的等张文玲的出现，希望她或者是到堰沟里或者河里去洗衣服，或者是下来找秀清耍。但是，张文玲空闲时几乎没有在下湾里出现过，只是有些时候晚上生产队在仓库门前的晒坝里开会，她才同姐姐一起出现一下。开会她也很少一个人来，而且会一开完，杜明芬、杜成莲和前头老院子里的杜成兰几个女子就叫着她一起走了。

"她总要挑水嘛！"何德远突然想。

青湾里下湾的人离村口的大堰近，既可以在井里挑水，也可以在堰里挑水，井里的水不好往上扯，所以大多数人都在堰沟里挑。而上湾里的人，离堰沟远，除了天干灌园子里的菜以外，都是在井里挑水。何德远一有时间就拿起扁担到井里去挑水，想这可以碰上张文玲，如果她也在挑水，他好帮她扯水。井里的水不好扯，帮她扯水的时候，他可以边扯水边和她说话，这时张文静不在，说话方便，而且他往家里挑水家里的人也高兴。

何德远想的没有错，张文玲差不多每天都要到井里挑水。

何德远听她们院子里的人说，张文静是不挑水的，她说她不会扯水。而且，她的话很金贵，不愿意开口求人，不会有人主动帮她扯，从井里往上扯水那么费劲。水不好扯，她们住得远，挑水要爬一架大坡，谁也不愿意挑。但是，不可能不用水呀！姐姐不去，就只有妹妹去了。所以，挑水的事落到了张文玲的肩上。

　　有一次，他碰上了张文玲挑水。那是一个中午，只有他们两个人。他要帮她扯水，她没有推辞。他帮她扯的时候，她顺从地站在一边看着他，随时准备着帮他一把。但是他扯惯了，又毕竟是男娃儿，有力气得多，几下就把一桶水扯上来了，根本用不着她帮忙。他看到她特别高兴，想要显示一下自己，有意做出很轻松的样子边扯水边和她说话。可是，这种愉快的时间很短，他们没说几句话，就有一个人也来挑水，张文玲马上脸飞红，赶快挑起装满水的桶就走。其实她用不着这样慌张。

　　这种相遇，几个月里也就只有几次。张文玲两人没有水缸，还是用水桶装水，只有把桶里的水用完了才能又挑，每天水什么时候用完，是没有规律的，不像人家有水缸的人，一早一晚挑水，时间基本上是定了的，因此很难遇上。

　　没有规律也要去，只有在挑水的时候才有可能遇见，其他都没有可能，何德远还是一有时间就到井里去挑水。

　　这一向，家里人只当何德远是勤快，哪知道是想去见张文玲。但是，他想如果缸里有水再去挑，家里人会觉得蹊跷，看出破绽，所以用不着挑水的时候，他就装着闲逛的样子到挑水要过的山梁上，在张文玲挑水要经过的梁顶等她。梁顶是一个晒坝，也是一个圆场，北面有一棵几个人才能围抱的大黄梁树，那年生产队的富农分子何大福在山上的一棵桐子树上吊，抬回来就摊在树下。那时，何德远已经记事，很害怕，好多年都不敢一个人到这里来。也因为停过"吊死鬼"，队里其他人来这里的也很少，不仅娃儿不敢来，连很多大人都回避。为了见张文玲，何德远把这冤魂屈鬼全忘了，梁顶上一个人都没有的时候，他不知道来过多少次。但是，他只遇上了张文玲一次。那次，他走到那里，张文玲正挑着水在坡上往上爬。坡上没有可以搁桶的地方，他没法去帮她挑，只能在梁上等她。走到晒坝边，张文玲就搁下桶歇气，说每次挑到这里，都累得不行，必须歇一口气才能挑回去。他很怜惜她,想说凡是挑水就来帮她,可是又想无法做到,说出来也是假话,而且即使能够做到,张文玲也不会让他那样做,所以他没有说。他心疼地看着张文玲红扑扑的脸上挂着豆大的汗珠,她也深情地看着他。他同她说了几句话,很平常的话,就看见有人从杜家院子那边走来。她看了他一眼,又赶快挑起桶朝着来人的方向往她们住的地方走去。

有时候在梁顶等了很久都没见到张文玲,何德远就装着若无其事的样子往她们住的那头走,想能在那里看见她。有几回,他走到了她们前面的大路上,见没有人,就一直往前走,到了她们住的院子的大门口,还是没看到她。他想进院子里去,但知道两家房东这时都有人,要是问他有啥事,他还不好回答,同时他也不愿意看到她姐姐黑着的脸,只好满腹怅惘地转身往回走。

尽管这样,他还是时常在梁顶的晒坝转悠,在那里等她,好像这样是他的一种寄托。

五

　　油菜花快谢完了，蜜蜂还在围着早就蔫了的花朵"嗡嗡"着，好像还想从上面采到花蜜似的。蝴蝶上下翻飞。一只飞累了的、带着对称斑点的黑色大花蝴蝶，停在一株高的油菜树上，轻轻地扇动着翅膀。油菜角儿一天天鼓起来，从一个个凸起的小包里可以看出，里面的籽儿十分饱满。田地里的麦子长得齐嘟嘟的，快要抽出的穗儿满是花粉，一个个昂首向天，给一片片绿色上平添了一层厚度，这就是堆积的那么厚的一层麦粒啊！河坝里的一行行桑树长出嫩黄的叶子，上面缀满红红的桑葚，从颜色上看还要一段时间才能长大变黑，完全成熟。下了几天雨，石盘河里涨桃花水，堰沟里的水满当当的，水面上漂浮着风吹落的桃李花瓣，时不时还冲来一团团杂草……

　　早上八点过，堰陔上的大路上人声鼎沸——六队腾下秧田的人回去吃早饭了。春分过后，天气暖和了，清早起来就出工，做一早上活路才回去吃早饭。几十个男男女女，三三两两，断断续续，队伍拉了好长。

　　何德远一个人，走在中间，跟前面的人拉开了一些距离。走在他后面的张文玲笑嘻嘻地跑上来，兴冲冲地对他说："哎，我给你说，我昨天晚上做了一个梦，梦见你朝我腰杆上开了一枪，把我痛得哟，一晚上都睡不着——你猜是咋个的，原来是我把腰杆抵在床枋上了！"

"嗯？我朝你开了一枪？我……咋个……会……朝你开枪呢？"何德远莫名其妙，有些结巴地说。

整个早上，他们在同一个田里打土巴和往外拣杂草，虽然没有挨着——挨着很惹眼，人多也说不成话——但是他们不时地你看看我我看看你，在不停地传递着心中的喜爱。张文静早上没有来。这一向，她经常早上不出工，说是晚上睡不着，早上又"春眠不觉晓"，醒了也不想起来。又没有从事脑力劳动，怎么会失眠呢？她在想什么？只有她自己才知道。也好，她没在，张文玲可以放开些、自由些，脸上的笑容多些，话也多得多了。放工时，何德远看见张文玲在后面，但离得还远，他没有想到她会追上来对他说话，而且是说这些话。

这是张文玲第一次主动找他说话，突如其来，他毫无思想准备，回答得直接莽撞。

后面还有人，何德远不能停下来问她，更不能和她肩并肩地边走边说。张文玲也有顾忌，说完话就放慢脚步，同他拉开了距离。

张文玲为什么要对他说自己晚上做的梦，而且是这样的一个梦，还那么主动地追上来告诉他呢？想了刚才的情景和张文玲兴奋的样子，何德远猛然醒悟过来：张文玲是在说他进入了她的梦乡，她做梦在想他，告诉他她喜欢他，她心里有他！

何德远好高兴啊！自己才刚刚迈进十八岁的门槛，心中喜欢的姑娘就亲口说喜欢他，这是多么的难得啊！他满怀喜悦和激动，想立刻蹦几下、跳起来，对着长天阔野大声喊叫："张文玲喜欢我……"但是，前后都这么多人，旁边的人户家里这时人都在，众目睽睽，不能这样做。他压抑住心脏的狂跳，努力使自己平静下来，把张文玲对自己的挚爱悄悄地藏在心里。

何德远怎么不欣喜若狂呢？怎么不像珍惜无价之宝一样珍惜这份爱呢？他虽然也和张文玲一样是一个中学生，而且是进入的门槛比其他学校要高的县中的学生，但是他是一个农村的学生、一个农民的儿子，而且家庭成分不是贫农、下中农，也不是中农，而是接近富农、地主的上中农，父亲在解放前还有一点儿"历史问题"。

首先就城市和农村说，自古以来，城里人就比农村人要"高"一等，城里人这样看，农村的人也自认"低贱"，即使书上和戏里有城里人爱上乡下的穷书生，但也是屈指可数，凤毛麟角，极少极少。当下，就是农村再精明能干的人，也愿意到城里去扫地、守厕所。再说家庭出身和父亲的问题，"文化大革命"开始的那一年，选赴京代表见毛主席，他那么优秀，但是因为不符合"政治条件"，没有去成。谁不想到北京，谁不想见毛主席！这件事给了何德远极大的震动和打击，他不知道他家的上中农成分与别人有什么不同，也不知道父亲的"历史问题"有多严重。他如果真的能同一个城里的知青在一起，真的能同心爱的张文玲结合，这将是他多大的荣耀、多大的幸福啊！这在全石盘公社、全石盘区，以至全江城县，都多有名声啊！

在即将成人的何德远这时的心里，有取得一个好名声的想法，但很少，主要是得到了日思夜想的张文玲的爱情的喜悦和欢欣。

何德远越想越激动不已，越想越爱张文玲！

前一段时间，何德远还很惆怅和迷惘。

自从来到青湾六队，张文玲就像天空突然升起的一颗明亮的星星，不少人对她注目仰望。她阳光漂亮，活泼大方，对人和气，做事能干，大人小孩都喜欢她，老太爷老太婆都爱跟她说话，年轻人更是想随时同她在一起，牛娃何德林等几个男娃儿都对她动起心思。

出东边那窑石灰的那几天，张文玲很少跟何德远说话，却和牛娃几个一天钻拢叽叽咕咕，打得火热。放工了，社员们抖了身上的灰，背着背篼拿起撮箕往家里走。几个十四五岁的男娃儿动作麻利，天天跑在最前头，其他的男男女女牵起线似的跟在后面。走到河坝里，牛娃何德林飞快地跑过木棒搭的桥，站在河边，等张文玲走到桥的中间，就捡起石头给打水，给她溅一身。虽然已是春天，但河里的长流水还是很冰人。接连几天，何德林都搞这种恶作剧。然而就是这样，张文玲都没有对何德林冒火，有时从桥上跑过来，还继续嬉戏打闹。一次过来后，何德林说张文玲头上包着围巾像个"蝴蝶迷"。"蝴蝶迷"何许人？"蝴蝶迷"是著名作家曲波的小说《林海雪原》里一个国民党残匪女人。何德林这样说，是对张文玲极大的侮辱，不仅说她是敌人，还有说她样子难看的意思。何德远就在旁边，见何德林这样说，感到十分吃惊，心里愤愤不平，认为他太过分了。可是，张文玲没有生气，还说："我是'蝴蝶迷'，那你是啥？你是'许大马棒'！""许大马棒"是国民党残匪的一个旅长，是"蝴蝶迷"的男人！何德林还说张文玲是宋美龄，张文玲说何德林是蒋介石。她怎么这样说呢？是不知道这些人之间的关系吗？她没有看过《林海雪原》的书和电影，她能说出许大马棒说明她知道呀。蒋介石和宋美龄是夫妇谁不知道？她是有意把自己和何德林拉在一起吗？何德远疑惑不解，脸红了好久。

何德林家的成分是贫农，爷爷是何德远家亲房的叔祖捡来的儿子，从小放牛，长大成人后单独立了门户，解放后划成分，这样的人不是贫农谁是贫农。父亲何文枝从土改起就被培养，加入了组织当干部。青湾大队第一任书记因犯了工作作风粗暴和贪污腐化错误被判了徒刑后，他由副书记升为了书记。大队书记管辖几百户、一千多人口。公社、区上、县上下来的人，大事小事都要找他了解。老百姓谁能吃救济粮、领救济款等，就他一句话的事。一个大队的人办事，要签字盖章必须找他。"运动"来，整谁不整谁，他说了算……就像一方诸侯，大权在握，巴结讨好的人多的是。有人撑腰，有人求乞，有人吹捧，何文枝也不可一世起来，斗大的字认不到两箩筐，但他却好像天上地下都知道，对人趾高气扬，说话指天划星宿。有这样的老子，儿子牛娃何德林自然也是受吹受捧的"公子"无疑了！但是，何德林不争气，小学毕业没有考起中学。这也不能全部怪他，小学升初中是一次大的筛选，只有百分之几的升学率，新中国建立才十几年时间，经济贫穷，没有钱建那么多中学，也确实难考。倒是他小学毕业的那一年，考起也等于零——那一年考起的学生刚进校"文化大革命"就开始了，只上了一个多月课，也都回家了。不过，何德林输了面子，而且父亲要栽培他也少了对上面的人说话的理由。

何德林和何德远同一年发蒙，何德林留了一级，小学毕业比何德远晚一年。何德远头一年考起县中，何德林第二年没考起，书记何文枝和他老婆没有多怪自己的儿子，却怪何德远读书太行了，把气出在了何德远身上，见了何德远和他父母，随时屎一路尿一路的。尿泡不打人，臊气难闻。但是，何文伯和何德远的母亲没有多跟他们计较。

也难怪书记和他老婆有气，何德远的二哥读的是师范，毕业以后被分到城里教书，二嫂也是一个吃国家饭的公办教师。怎么书都叫这一家人读了，一家人好几个吃轻省饭的人？也因为这一点，每逢"运动"，何文枝总想给何德远家找出一点儿事来整治一下，但是又找不出啥问题，只好把气窝在心里，时常气鼓气胀的。

何德远回家做活路了，已经卸任的书记和他老婆心理平衡了一些：又回到了何德远上县中以前了，又是一样的了！但是，他们是贫农成分，何文枝不是书记还是党员，这些条件是何德远家里没有的，他们在背后鼓励儿子何德林一定要走到前头去。张文玲是多好的一个女子，何德林的妈对比张文玲小几个月的儿子说："怕啥，你去跟她耍嘛！知青要在农村安家落户，她那么大了，该说那些事情了。我们是贫农，她在农村安家，不找贫下中农，难道去找中农、上中农和富农、地主？"她认为，穷人要翻身，要当家做主人，也要表现在儿子接城里的女子上。"狗杂种！"老书记亲昵地叫儿子——他高兴的时候，经常这样叫，"你要是能结一个知青，那你就有名有气了！"

在父母的指使下，小时候常常横着揩鼻子、把鼻涕抹一脸、结多厚一层痂的何德林来了劲，时常手里拿一本连环画看，广播里放什么歌曲时，就站在广播箱下面听，记住了经常播放的《翻身道情》《绣金匾》《洪湖水浪打浪》几首歌的部分词，人前人后都哼哼哼的，像是一个爱读书、有知识的青年了一样。

在几个对张文玲有想法的男娃儿中，何德远认为其他人都不足以挂怀，唯有牛娃何德林不能小看。

虽然何德远也有自己的定力——人长得标致，聪明俊雅，有良好的品行，在学校里读书是成绩出类拔萃的学生，还在全国学生"大串联"时到过北京等好几个大城市，见多识广，眼界开阔，阅历比绝大多数人丰富，而且志存高远，有不怕困难、乐观豪迈的气概，即使辍学回到农村，处于十分困顿时期，也没有放弃理想抱负和对未来失去信心。正是由于充满自信，虽然张文玲是城里人，他也要"癞蛤蟆"去吃"天鹅肉"，敢于去追。

然而，他的担心也并非多余。他清楚地知道，爱情不是一厢情愿的，他是真心喜欢张文玲，但是张文玲是不是真的喜欢他，他还没有十分确定。尽管初次见面她那少女清纯如水的眼神里就闪动着兴奋的光芒，表现出对他的喜爱。还有，他知道自己的家庭情况对他是很不利的，"以阶级斗争为纲"，你的家跨越两个"阶级"之间，随时可以是"革命"的对象，哪一个愿意跟你一辈子受窝囊气？

有这些考虑，又囿于内敛含蓄的性格，何德远没有牛娃何德林的那些公开大胆的举动，他怕因为自己的唐突贸然闹出风风雨雨。如果因为自己的举止失措，给张文玲造成不好的影响，可怎么对得起她啊！牛娃何德林无知者无畏，凭着自己家庭的贫农成分和他老子的政治招牌，就敢有所仗恃、不顾一切地去亲近张文玲。他常听一些年长者和结了婚的年轻小伙子说，美女都怕"XX汉"，所以一有机会就找张文玲搭搭麻麻。但是在外人眼里，牛娃何德林和张文玲差得太远，根本就不可能。可能这也是牛娃何德林公开接近张文玲和张文玲心里根本就没有他，从而不怕同他嬉戏打闹的原因。何德远不知道这些，想的是知青真的要在农村安家落户，找一个贫农家庭、党员的儿子，即使不是她喜欢的男娃儿，抛弃一个家庭成分高的意中人，也不是不可能出现的事。"没有贫农便没有革命，若是否认他们，便是否认革命；若是打击他们，便是打击革命。"一个好的家庭成分，就是一块金字招牌啊！这是政治问题！

何德远把张文玲看低了，侮辱了她的人格品行！

张文玲告诉他，她梦见了他，他进入了她的梦里，她在想他，心里有他，他的担心"嚯"的一下冰消云散，荡然无存，留下来的只有难以言说的幸福。

十六七岁的女子已经有自己独立的感情世界，张文静在身边，张文玲觉得很不自在。张文静要管她，她却不要她管，说自己晓得。

对于姐姐那种少数城里人才有的莫名的清高和不应该有的娇气，

以及现在才发现的懒惰，张文玲本来已经很看不起她，甚至有些厌恶她了——张文静已经被全生产队的人瞧不起和遗忘了，加上她以姐姐自居，这也管，那也管，张文玲更不满意。为了一些事情，特别是个人感情方面的事情，在只有她们俩的时候，张文玲经常跟她争吵，对她说话很少有好声气，而同杜成四的女儿杜明芬和前面大院子里的杜成兰，却一天叽叽喳喳的，有说不完的话。

西边的房东杜文金家过分节俭，斤斤计较，长期和低一辈的杜成四他们关系不睦，两家的大人很少说话，更谈不上往来。杜成莲是领养的女子，养父母管得很严，也不敢和杜明芬多在一起。杜成四他们豁达大气，张文玲姐妹同他们往来多一些，和杜明芬的关系也很密切。

杜明芬只是小学毕业文化，性格单纯直爽，做事勤快麻利，经常给张家姐妹帮忙。杜成兰同杜明芬和杜成莲的关系都好，但因为杜成莲养父母的为人处世，跟杜明芬在一起的时候多一些，因此她也跟张文玲姐妹在一起的时间多。

农历三月间，秧下到田里以后，生产队专门安排有经验的老农管理，其他人搂豌豆和割油菜籽等。豌豆早上搂回来晒在梁上的圆场①里，下午就要打。油菜籽割下来，却绑成一把一把地放在田里，角儿快要裂了的时候才往仓库门前的晒坝里背。这时，油菜秆儿干了些，背起来轻省，少费劲。背到晒坝里丛②起，太阳大，要不了几天籽儿就自己往外迸，妇女们用连枷来打。打下的菜籽用风车扇去灰和渣子，然后就是往干晒了。

张文玲天天别人做啥她就做啥，从来没有耽误过。

一天，全队的人在河坝里的沙地里点③花生，大弟弟张文成和小弟弟张文明与一个年轻小伙子来了。张文静和张文玲看见，一起从地里走出去打招呼。说了一阵话后，张文静过来给队长何大全请假，说："我两个弟弟和一个同学来了，我要回去一下。"

①圆场：打麦子、豌豆、胡豆等的场地。
②丛：作动词用。为了干得快，一把挨着一把地立着放。
③点：种。

"你回嘛，客来了！"何大全同意了。

张文静同弟弟们回去了，张文玲又回到地里做活路。几个年轻女人说："张文玲，那个小伙子是你姐夫哥吗？"

"哪哟，那是她同学的哥哥。"不会撒谎的张文玲脸红了，说。

"那总是哟，年龄差不多嘛！小伙子长得标致，和你姐姐配得起……"女人们很会察言观色，见张文玲脸红，估计是张文静的男朋友。不管是不是，女人们先给做了肯定的结论。

"嗯……"张文玲没有说出话来。

下午，只有张文玲一个人来出工，张文静没有来。

这个小伙子真的就是张文静的男朋友，叫刘刚，是张文静同班同学刘凤的哥哥。刘刚的父亲是县医院的资深医生，儿子女子好几个，在城里很有名气。刘刚在"文化大革命"前初中毕业，不知道是没考起高中和中专，还是考起没去读，直接参加了工作，

在农村，姑娘、小伙子有了对象是大事，城里的知青耍的男娃儿来了是大事也是新奇的事——对于这些事，城里人是怎样的呢？高傲、斯文、娇气的张文静是怎样的呢？一时，张文静和刘刚谈恋爱的事成了六队这些热心的农村女人窃窃私语的话题。

男大当婚，女大当嫁，男女谈恋爱是普天下都有的事，没有什么好奇怪的，只是农村的女人很少出门，生活单调，一天都是收啊种啊猪啊狗啊，很少有多么开心的事，听到这些事就感到新鲜。张文静已经十九岁，该有男朋友了，如果在农村，早就说婆家了。

这几天，何德远家也在说他的婚事。

一家人围着桌子吃饭的时候，何文伯突然说起几个女子人才（相貌）长得好、爹妈对人仁义厚道。何德远的母亲听了，忙问："是哪儿的？家里咋样？"大哥何德荣也在搭话。何德远在当龙门阵听，根本没有想到与自己有什么关系——他才满十七岁不久，对女娃儿还是朦胧的，而且他心里只喜欢张文玲一个人，其他任何女子都没有想过。

何文伯说这些，就是在试探自己的儿子，看他对这方面事情的

态度。他说的那些女子,不是他采访④的,而是因为他们家在外的名气,何德远又是一个中学生,热心的人主动给他们说的。

见何德远无动于衷,何文伯忍不住了,问:"何德远,人家在给你说XX家的女子,你喜欢不?"

"……不!不!不!哪个说这些事哟!"何德远一下脸红得像过年时写对联的土红纸,觉得太突然,怎么说到自己头上了,赶快站起来端着正在吃饭的碗跑开了。

儿大不由父,不好勉强。何文伯有些生气,对何德远的母亲说:"不说了,干脆给人家打回话!"

没多久,何文伯原来当区队会计时的下属也是老朋友的老婆上门来给她娘家的侄女说亲。儿女大了,父母希望有人来说,又是多年关系好的人,母亲赶快去烧锅炕肉馍馍、面子和打鸡蛋烧汤。

饭端到桌子上,一身穿得干干净净的老太婆说她的侄女长得伸展(好看),是小学毕了业的,她的妹夫是一个工矿贸易商店的主任,要买烟买酒什么的,方便得很。

何文伯和何德远的母亲听说这个女子长得漂亮,也有些文化,父亲在工矿贸易商店工作,能同一个公家人打亲家,也是很有面子的事情。父亲笑着,何德远却听得不耐烦,冒火连天地说:"要吃饭就吃饭,莫要话多!"接着就站起来走了。满怀信心的老太婆被弄得下不了台,父亲一边斥责何德远没礼貌,一边连连给老太婆道歉和赔不是。

吃完饭,老太婆没有再坐,没趣地走了。

早在几年前,本队杜文兴就想把自己的三女子杜成兰交给正在县中读书的何德远。

农历八九月间,秋季已经开学。何德远星期天回家,准备下午赶火车往学校里去。杜文兴不知在哪里听说后,给何德荣说,他的三女子杜成兰要进城晚上住在她姑姑家,第二天好赶早市卖花生,也要赶火车,要何德远把她带上。何德荣回来说了,何德远认为这不是什么事,就是同路帮着照顾一下,最多就是帮她背个背篼——

---

④采访:寻找,打探。

卖花生不会背得有多重，就满口答应了。何文伯和何德远的母亲听说了，也叫何德远把杜成兰带上。

何德远还没走，杜文兴就亲自把杜成兰送到了何德远家后门子上等着。

走到岩脚里，何德远看见河里涨了水以后，水有些清了，但是水势比平时大多了，河中间还翻滚着那么大的波浪。他把裤子挽到大腿，帮杜成兰把背篼背上，叫杜成兰把他的书包抱上，裤子挽高些，免得被水打湿了。已经十三四岁的杜成兰有些害羞，怔了一下才红着脸把裤脚子挽起来。

踩到河里，何德远更觉得水又大又急。他叫杜成兰在他下边，他在上边把水挡着。他牵着杜成兰的右手，探着河底的石头，一步一步地小心前行。到河中间，水淹到了他的大腿，杜成兰的裤子已经打湿。他紧紧地拉着她，生怕她被水冲走。杜成兰一只手抱着何德远的书包，一只手抓住何德远的手，看见面前的河水这么大，惊慌失措起来。

"不要怕！看远处！"何德远大声说。

"嗯……"杜成兰声音有些颤抖地答应。

杜成兰答应得好，但没有做到。虽然她站在何德远的下边，何德远还在上边给她挡着，她还是虚了脚，在水里漂了起来。何德远吓出了一身冷汗。好在就那几步，走过水就浅了。

刚下河时，何德远去拉杜成兰的手，他从来还没有拉过女娃儿的手，他脸红了，杜成兰也红着脸。在河中间，杜成兰吓得脸惨白。过了河，看见何德远，脸又红起来。

想起一路上的情景，一个少男，一个少女，像订了"娃娃亲"的一对一样，何德远感到很不自在。上了火车，车上的人不多，他赶快和杜成兰分开坐，以免叫别人误会了他们之间的关系。

下了火车，何德远把杜成兰送到她姑姑家以后，自己才回学校。

杜文兴生了三个女儿：大女儿留在家里，招了一个上门女婿，取名杜成义，是六队劳力最大的小伙子；二女子嫁给本队，女婿小学毕业、家庭贫农成分，"四清运动"中入了党，当大队革委会副

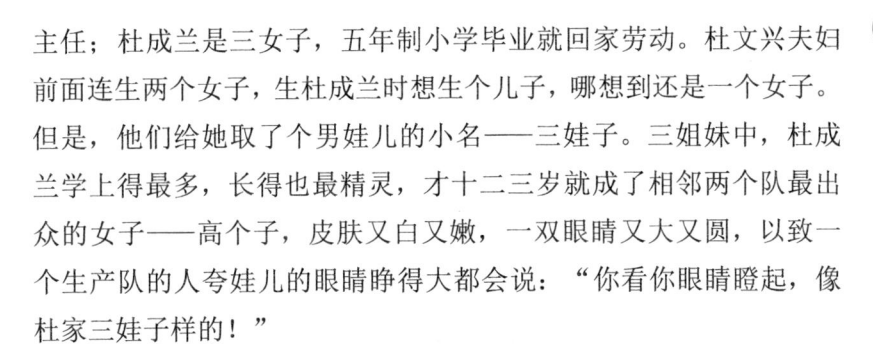

主任；杜成兰是三女子，五年制小学毕业就回家劳动。杜文兴夫妇前面连生两个女子，生杜成兰时想生个儿子，哪想到还是一个女子。但是，他们给她取了个男娃儿的小名——三娃子。三姐妹中，杜成兰学上得最多，长得也最精灵，才十二三岁就成了相邻两个队最出众的女子——高个子，皮肤又白又嫩，一双眼睛又大又圆，以致一个生产队的人夸娃儿的眼睛睁得大都会说："你看你眼睛瞪起，像杜家三娃子样的！"

杜文兴是很严厉且很讲究的人，在三个女子中最疼三女子，把她叫"三娃子""三儿"，一心指望她以后找一个好人家的好小伙子。

解放前，杜文兴同何德远的父亲经常一起同路做生意，关系非常好。后来何文伯因为亲房一个姥姥的事，得罪了杜文兴。虽然没有说出口，但是杜文兴心里一直有梁子。怎么也没想到，性格好强、多少年两人之间几乎断了来往的杜文兴这次却主动叫已经长大成人的爱女和比自己女儿大三岁的何德远单独同路。

何文伯和何德远的母亲认为，杜文兴是在主动改变对他们的态度，对他们记恨过了，在向他们开口了，一个地方的人，自己儿子大些，人家女子小，又进城的时间少，路上照顾一下也应该。

事情并没有这么简单。杜文兴是做过生意的人，工于心计，这次叫自己女儿和何德远同路是另有打算——他是看何德远家里好，何德远将来肯定有出息，如果把"三娃子"交给何德远，"三娃子"的日子会过得好，他脸上也有光。而且这一来三个女子在六队，六队的条件好，都过得好，自己在六队也会要风得风，要雨得雨，谁敢不高看他一眼，他要怎么样谁不给他面子。送杜成兰到何德远家等的时候，杜文兴特别对她做了交代，要她大方些，啥事听何德远的，不要像在家里使小性子。

何文伯没有想得这么深，杜成兰单纯幼稚，对何德远还不会多么亲昵，何德远也眼光高，没有把"三娃子"看在眼里。以致后来，有人对何文伯说："人家杜文兴想把女子交给你们，你们又不来气⑤。"何文伯这才恍然大悟。何德远的母亲说："过了就不说了，

---

⑤来气：做出反应。

在一个队，娘家近了也不好！"

杜成兰一天天长大，越来越漂亮，也懂事多了，经常主动接近何德远，给了他足够多的机会，但是他只是把杜成兰当成一个同自己关系好的女子，对她没有那种特殊的感情。

张文玲在青湾六队没有听说过何德远这方面的事情，包括和她天天在一起的杜成兰与何德远之间的事情，她也毫无耳闻。她不是一个爱打听别人私事的女子，对杜成兰，她也是把她当成一个小妹妹在看，没有想到过她会和何德远有什么，以及何德远会看上她。

张文玲心里已经装着何德远。她想，说姐姐也只比自己大两岁，她的男朋友都大老远地来看她了，青湾六队的人都知道，难道我就不该开始喜欢一个男娃儿？这几个月来，一直羞羞怯怯的张文玲在她姐姐张文静面前理直气壮起来。

六

　　搂了豌豆的地点苞谷，收了油菜籽的田插秧，活路堆起，做不赢。因此，生产队在劳动力的调配上十分注重合理安排，尽量减少"窝工"现象，同时用人所长，克服人与活路不"对号"的效率低下问题，从而加快了生产进度。在劳动力的使用形式上，大多数时间采取集中兵力打"歼灭战"的办法，如果有少量剩下的活路，就只留一部分人 "打扫战场"，其他人去做别的活路。少数时间也分兵作战。分别做不同活路的时候，张文静跟年龄大的妇女和老太婆做轻省活路去了，张文玲却去做重活路，同也在做重活路的何德远这些小伙子在一起。没有张文静在场，张文玲和何德远只要站起来伸腰杆，就要看对方。你站起来就要看我，我站起来就要看你，有时候不自觉地同时站了起来，目光交织在一起的时候，就对视一笑。如果临时分开，隔一阵才能够看到，就都觉得时间好长好长、过得好慢、好难熬，就想尽快看到，就担心对方离开这里又做别的活路去了。如果没在一起做活路，就心心慌慌，就时时刻刻地希望对方突然出现。

　　豌豆地的苞谷点完，人转移到插秧。水放来，牛下田，耕了田边，糊了田陔，就往田里背毛粪。粪不够，远处的田就背打了豌豆的草和打了油菜籽的壳去，或者是打青。肥料施了，田耕完，耙好，就插秧。

　　毛粪是草和扫地的渣滓等在圈里沤成的，里面有牛屎猪粪，有的还有人的粪便。因此背粪是最脏最臭的活路，也像往石灰窑上背石头矿子一样过秤背斤头，按背的多少记工分。过秤背斤头挣的工分多，但还是有人躲避。

还是用的那杆称量五百斤的大木杆秤，张文静和张文玲都不熟悉，不能让人家背着粪等，队长何大全仍然安排记工员掌秤，张文静记数字。如果她们不是亲姐妹，张文静不是姐姐，而是另外的任何一个知青，前一次背石灰矿子是张义静过秤，而且张文玲年龄小，这次背粪就应该是她受照顾，她过秤，没有谁该老是吃苦！但因为张文静是她姐姐，又那么斯文，队长没办法，只好叫张文玲愿意背就背，不愿意就歇气——这对其他社员可不行，之所以过秤，就是怕这又重又脏的活路没人做，才用高工分来吸引。如果愿意背，就每次少背点儿。

知青是来接受再教育的，其他社员都在背，不能逃避，张文玲也来了。

正是雨季，几天都在下雨，这天不过下得小一点儿。

雨雾蒙蒙，土墙青瓦的院落、青翠的竹林、远处的山梁……都湿漉漉地笼罩在一个混混沌沌、模糊不清的世界里。堰沟边上的路全是人踩过的脚印和牛蹄子印，烂糟糟的一片。走的人多了，牛又在过，踩得更烂，有的地方无处下脚。有时候一脚踩下去，陷在泥里，还把鞋子拔脱。男人们头上戴着草帽，姑娘媳妇们都包着头巾，裤子挽齐膝盖上头，有的穿着草鞋，有的就光着脚，手拄拐扒子，左一滑右一滑地背着使尽力气才能背动的又脏又臭的毛粪吃力前行……

在来来往往的人中，张文玲在杜明芬和杜成兰两个女子的护持下，背了整整一天。这是一个十七岁的城市花季少女、一个女中学生第一次背粪——背这城里人认为只有农民才接触的又脏又臭的东西！

这一天，张文玲尽了自己最大的力量，挣了比她的底分高出了好几分的一个全劳力的工分。

脏活累活不参加，会让别人说闲话，何德远也在这来来往往的男男女女中。对待艰苦劳动的态度，他和张文玲也像在其他许多问题上一样，是不谋而合、看法一致、态度一致的。到底是在农村长大的，他要适应些，每一次背的斤头都在与同年龄的那些男娃儿、他儿时的伙伴们比高下。

在细雨中的泥泞里，何德远和张文玲相遇时，也要对望一下，用眼神赞赏和鼓励对方。看到张文玲满脸通红、汗流浃背、裤子上满是粪水，何德远禁不住生出深深的怜惜和十分的钦佩，在心里说："我也没有甘于落后，没有给你丢脸！"张文玲看到何德远背那么多，对他已经有了男子汉的气魄和力气感到高兴，眼神里传达出少女对男娃儿特有的那种纯情和喜爱。

歇气的时候，何德远和张文玲坐在一起。他问她："行不行？"她说："还可以。"他叮嘱她："不要背太多伤了身体！"

打了豌豆，圆场里的豌豆草堆得像小山一样，先打的菜籽壳也还堆在那里，除了耕田、管水和糊田埂的人，其他的人都往远处的田里背豌豆草和菜籽壳。男的背架子，背得多些。女的背背篼。下雨时，豌豆草和菜籽壳里进了水，踏实了，又沤了一段时间，一扯开就发出一股使胃弱的人想呕吐的、难闻的霉味和腐臭气味，扑起的灰呛得不少人咳嗽。几十个人一起扯，几十个人都抱起往背架子上和背篼上着，圆场上灰扬起多高，臭气熏天。

背架子背得多，码得高，着的时间长。背篼背得少些，着得也快些。背背篼的着起，就忙里偷闲，站在圆场边歇气和躲避臭味。背背架子的也着起了，背背篼的人已经歇了一阵，这才一起起身走。

一大路人，前面是姑娘、媳妇，后面是小伙子、年龄不是很大的老汉，每个人都背很大一背，几十个人，几十大背，像一支声势浩荡、向同一个地方进发的驼队。男女老少，一个接着一个地走在路上，沤过的豌豆草和菜籽壳的腐臭味没有都在圆场上着的时候那么浓烈，但是因为没有吹风，还是能闻到那种味道。

几十个人背一趟就能撒遍好几亩田，确实人多好干活。

背架子背得多，往田里撒也要多花时间，背篼背得少，撒也用的时间少。所以，背背架子的男人们背三趟，背背篼的妇女和姑娘们要背四趟，头一趟以后，男女就完全错开了，何德远和张文玲只能在中途相遇时见面。这种见面，都是一个人空手，一个人正背着，但是每一次相遇时，两个青春勃发的少男少女也还是要相对一笑，避开人，抓紧时间说几句话。

开了"秧门"（一年插第一个田的秧），接连插了几天秧。第一天，张文静不敢下田，说她皮肤过敏，田里有蚂蟥，跟着老太婆们在仓库里做打择和晒粮食等零碎活路去了，张文玲同杜明芬和杜成兰一起来插秧。

先扯秧。下秧的田里十有八九有蚂蟥，蚂蟥要爬到人的腿上吸血，不仅城里人害怕，连农村也有人害怕。当年五队有一个胆子小的女子扯秧，把裤子挽起时，有人看见她腿上的一条青筋，吓她说："你看你，蚂蟥钻到你腿杆里去了，还不晓得打？"她低头一看，大腿青筋粗的一段，确实像钻进了蚂蟥，顿时吓得"妈妈老子"地哭叫起来。其他人也以为是真的，围拢来看。这一来，她更相信钻进了蚂蟥，叫得更加厉害起来。吓她的人说是哄她的，她不信，赶快上田埂。她哥哥把她背回家后，她还扯起嗓子地哭嚎，叫给她请医生。其实，蚂蟥是软体动物，只是靠吸盘吮血，不可能钻进人体。蚂蟥爬到腿上，用手使劲一拍，或者用扯起的秧苗叶一扫就掉了。

杜明芬和杜成兰叫张文玲不要怕，说："蚂蟥没有啥，不是有些人说的那样！"张文玲见她们两个下了田，也紧跟着下去。

扯秧是有技术的活路，扯得好的人扯得又快又好，淘得也干净，绑起后甩过去像一个个艺术品。扯得好的秧，插的时候好分秧，秧好分才插得快。不会扯的人，扯得参差不齐、七上八下，淘得不干净，背起重，多使劲，背远了很恼火，插的时候分不开，还会把秧苗的根扯断，扯断了根的秧插下去不会活。秧不好分，也插得慢。刚接触这门新活路，张文玲心里有些发慌。旁边的人教她："每次少抓几苗，抓住根往回抹，不要往上拔，多淘一会儿。"她按照人家说的摸索着扯起来。

秧扯得差不多了，年龄大的人留下来继续扯秧，其他的人背上秧去插。张文玲想跟着杜明芬和杜成兰去学插秧。插秧是主要农活，必须学会。

"手把青秧插满田,低头便见水中天。心地清净方为道,退步原来是向前。"唐朝布袋和尚的《插秧诗》把农民插秧做了形象的描写,并且从中悟出了人生哲理。

插秧弯着腰,在泥水田里两腿下蹲,一只手握着秧苗往开分,一只手拿过分出的秧苗往田里插,边插边往后面退。田大了,一幅①秧插出头,腰弯得又酸又痛。插秧是竞赛性的活路,后面的人追来,前面的人手脚慢,忙得气乏气喘。再插不快,只有让人家到前面来,自己退到后面去。如果不愿意让,就只有"顶笕槽"——后面的人插到前面去了,留下一幅秧宽的地方让你插。前后的人都插到前面去了,你夹在中间,形似头上顶着笕槽。"顶笕槽"和让到后面,是很惹人笑话很没面子的事。如果是互不相容的两个人,就是一种羞辱。

张文玲站在田陇上,杜明芬、杜成兰和几个妇女给她讲怎样把秧插下去、拿秧的手怎样在另一只手插的时候把下一撮秧分出来等插秧的要领,并且做出示范。她边听边看,认真在心里记。初学插秧,不能挡插得快的人,等人家会插的人都插起走了,她才下田按照杜明芬说的和示范的学着插。

不管插得快慢,都要一幅一幅地插出去,她前面的人插出头站在田陇上歇气的时候,她还在田里插,因此并不比人家少插多少,只是比别人累得多。

一天秧插下来,张文玲的腰痛得直不起来。

豌豆地的苞谷点完和把收了油菜籽的田的秧插上,一年里最忙的"双抢"(抢种、抢收)开始。先是割麦子,后是点种麦地的苞谷和大面积的插秧。

天很热,太阳火辣辣的,有的时候一丝风也没有。山坡上和河坝里,麦子一片金黄,晃得人的眼睛不敢久看。头上顶着烈日,脚下热浪蒸腾,人们手中镰刀飞舞,草帽下一张张涨红的脸上挂满汗珠,身后的麦茬地里横七竖八躺着一串串绑好了的麦把子。

---

①一幅:插秧时横着五窝秧为一幅。

这一向，队长何大全每天喊得早，天一破晓，累得筋疲力尽的人们就又要出门。年轻人的瞌睡还没有睡够，呵欠连天。从这时起，要做两个多小时的活路，太阳升起一竹竿多高的时候，才回家吃早饭。一顿饭连煮带吃一个小时，有的人手里还端着碗，何大全又喊起了："出工走了哈！时间抓紧些，莫慢条斯理的！"有些做事慢的女人抱怨说："催魂啦！往嘴里倒哇？你把饭咽到肚子里了没，又在喊？"何大全是个急猴子，做啥子都动作快，家里人少，又没小娃娃牵扯，要少很多事。午间也就歇一个多小时，下午天擦黑才收工。吃了晚饭，女人洗锅喂猪，收拾娃儿，男人又开始磨镰刀、把背架子、背篼和绳索找拢，检查背架子、背篼的背带是不是结实，好第二天早上起来拿起就走，免得再弄这弄那，东抓西抓，落在后面。

在学校"支农"时割过麦子，虽然热，也累，但不脏，也不重，割麦子张文静没有缺席过，张文玲更没有缺席。

割麦子大多数时间是吃"大锅饭"，几十个人排起，一齐往前割。她们姐妹俩，天天左边是杜成兰，右边是杜明芬，她们夹在中间，看着看着要落在后面时，两个女子就从两边帮她们割一阵。杜成兰是左撇子，割起麦子比有些右手拿镰刀的还快。杜明芬比杜成兰大一岁，做起活路更利实，一双手像铁叉一样，不管有没有什么扎与不扎，就伸出去了，动作麻利，是全队姑娘、媳妇中数一数二的快手，只要看见姐妹俩要落在后面了，就赶快帮忙，几刀就割到前面去了。个别时候，为了赶进度也采取割斤头的办法，割得多挣的工分多。割斤头，割多割少在自己，割得少，少挣工分而已，张文静和张文玲反倒不紧张。

田里百分之九十以上的面积种的是麦子，只有很少的田种油菜。田里的麦子割完，重点就转到插秧上。张文静是生产队有零碎活就做，没有就在家睡觉和煮饭、洗衣服。插油菜田的时候，张文玲插了几天秧，基本学会了这门活路。要说插得好，不是一两天的时间可以做到的，需要长期的练习才行。这些天，她坚持天天去插。

那天在两田湾，眼看天快晚了，还要插一个弯田。这里离得远，如果插不完，人人马马就还要来一次，也难得搬家什。中间歇气时，队长何大全走过来,说:"何德远,你先去打个列,插得快些,也插得好些。不是的话,有些人就弯在里面出不来了,以后也不好薅秧。今天这个田插不上,就还要来一道。"

打列,是先在田中间端直地插一幅出去,把田分成两半,然后来来回回地插,可以不再回到开始的那一头就接着插,节省时间,也插得好些,便于除草。打列必须插得直,只有秧插得很好的人才能够打列。青湾六队男男女女那么多,只有老书记何文枝和何德远两个能打列。

队长说了,正在歇气的何德远马上下田。他从这个田小的一头往大的一头插,想把田两边分得匀称一些。有经验的人打列,都是在大的一头定一个点,从小头开始,中间的一路秧对准这个点插。插秧是往后退,标准点在背后,虽然要对着标准点插几排才掉头背对着插,但也很难对得十分准。从小头开始,即使没有对上,也问题不大。如果从大头往小头插,斜了,田分得不匀,整个田的秧都会不好看,就要遭人谈嫌。何德远的秧插得好,插得端,田分得均匀。

列打出头,何德远伸了一下腰,想不上田坎就往回插。这时,他往突然那头一望,看见张文玲在最后面。

"这不正好去挨着她说话吗?"何德远一阵高兴,赶快上田坎,休息了一会儿,回到那一头。

插秧的人多,张文玲后下田,才插了不远。何德远下田就发起忙地插,没多久就追上了她。看见何德远追来,张文玲心慌起来。插了这一向秧,她知道了插秧的规矩,插得慢的要让插得快的,让人家前面走,不要挡住人家的路。

"你插得快,前面来。"张文玲有些愧色地对何德远说。

"你慢慢插,不要急。我也插慢点儿。"何德远说。

这是一个难得的机会,何德远巴不得能多挨着心爱的人一会儿,好和她多说说话。

一幅秧要插很大一阵,他们两个互相爱着,但还从来没有像这样紧挨着走过路和做过活路。

插秧挨得拢不会招人说闲话,他们边插边聊,虽然不是卿卿我我的情话,更不是爱到深处的甜言蜜语,他们还都单纯,只知道爱对方,还说不出过来人说的那些话,但是不管是说什么话,都满怀着对对方的喜爱,好开心啊!这时,他们没有觉得腰弯得痛,只感到幸福,觉得时间过得太快,没有怎样这幅秧就插出了头。

秧插完,苞谷全部点上,已经临近夏至,进入一年中最热的时候,这一段时间的活路是打麦、薅草、施肥和防治病虫等。

打麦子叫"滚场"。因为打麦子的时候要吆着牛拉着石头碌子一圈一圈地在铺开的麦子上碾轧而得名。也因为滚场牛拉着的碌子一头大一头小,场坝被碾成了一个圆形,所以打麦(也包括打豌豆、胡豆等粮食)的场坝叫圆场。在田地里做了一早上活路回来,吃了早饭,人们就到梁上的圆场里,把割回来基本晒干后旋②起来的麦把子分散到场上,砍开腰子③,抖散晒起,这叫拆场。拆散晒在圆场上的麦子晒一会儿就要翻一次,要翻三次以上,翻是为了使麦子晒得好,翻得越勤,晒得越干,越好打,这叫翻场。经过几个小时的暴晒,即使旋子里灌进水烂了的麦子,也干脆了。

吃了午饭,到下午两三点,歇好了(实际上只是有一些空闲时间,并不是完全停下来,农民没有完全不做事的时候)的男男女女,戴着草帽,年龄大的妇女包着毛巾,拿着连枷、扬叉、扫把、锨盘④来到圆场里打场。

圆场大,两头牛拉着石头碌子碾。人来打的时候,原来蓬起两尺多高的麦子已经碾实了,这样连枷好打些。打场是人分成两排面对面地站着对打,一排进,一排退。高高举起的连枷使劲地击打在晒干了的麦穗上,麦粒有的从壳里脱落,有的迸出多远。两头牛拉着石碌子一圈一圈不停地碾,碌架和石碌上的木轴磨挤,不停地发出"叽呀咕"的声音。

烈日如火,连枷不停地高高举起使劲落下,每一个打场的人浑

---

②旋:一圈一圈地往上堆放草和粮食等。
③腰子:捆束麦子、草等的一股麦子、藤条、绳索一类东西。因捆束的位置在中间得名。
④锨盘:打麦时扬场的木锨。

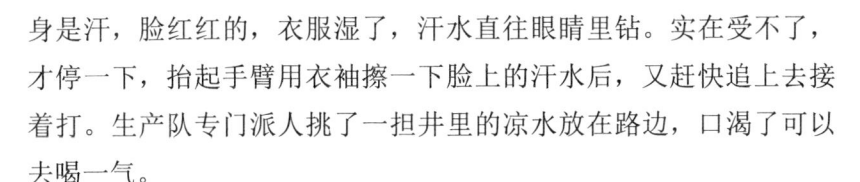

身是汗，脸红红的，衣服湿了，汗水直往眼睛里钻。实在受不了，才停一下，抬起手臂用衣袖擦一下脸上的汗水后，又赶快追上去接着打。生产队专门派人挑了一担井里的凉水放在路边，口渴了可以去喝一气。

连枷打过三遍，碌子碾过数转，随着队长一声喊，碌子停下，所有的人放下手里的连枷，拿起扬叉，把麦粒已经掉得差不多的麦草翻过来蓬着晒起，然后放下工具，都歇气喝水。

翻过来晒了一阵，再打几圈，碌子碾数转，正副队长随意抓起几处的麦草，用手拧，看有没有还没掉的麦粒——那样子像给他们自己家滚场一样，生怕没打干净。如果还有麦粒没掉，就要人继续打，牛拖着碌子继续滚，直到麦草上完全没有麦粒为止。

穗子上没有了麦粒，牛把碌子拉到圆场边，解下夹担⑤，放到场外吃草，人停下连枷，走到场外，把连枷放下，拿起扬叉，开始挑草。挑草是把已经打柔的麦草挑起来，把麦粒抖干净，草堆一堆后挑到圆场外面专门堆草的地方去堆起来。

草挑完，男男女女放下扬叉，又拿起锨盘扫把，把满场混杂着糠和壳的麦粒收拢，少则堆成一个锥体的圆堆，多则堆成下大上小的楔体方堆，等着扬场。

队长叫抽兰花烟的老汉到圆场边上煴一堆渣草夹带青蒿的火，用以从冒出的烟看风向，确定扬场时麦子的落点。然后，男子汉们开始扬场。几个人站成一排，依次把糠、壳、麦粒混在一起的麦子洒向空中，借助风力把麦粒从糠和壳里分离出来。

六队的劳动力多，滚场是两个圆场同时进行，正副队长各负责一个。这样的阵势，全石盘公社再没有哪个生产队有，所以其他队都很羡慕，六队的人自己也引以为自豪。两个圆场，不是竞赛的竞赛，都不愿也不甘落后，很紧张，很热烈，也很热闹。

滚场这活路，放下连枷就是扬叉，丢下扬叉就是扫把，搁下扫把就是锨盘，人没有闲的时候。这一连串活路做得好，是一个合格农民的标志。

---

⑤夹担：牛拉犁、拉磨、拉车等时戴在肩上的弯木用具。

滚场又热又累,麦灰扑得满身都是,痒得难受,但是人们都把它当成一件大事来做,身上难受,却心里发欢。一颗颗饱满的麦粒从穗子上脱颖而出,这是大半年辛勤劳动的果实啊,谁看到不由衷地喜悦呢?

滚场时,张文静做完了妇女该做的活路后就到一边歇气去了,张文玲却和几个能干妇女和姑娘一起,看到哪里忙就到哪里去帮,一刻也没有停闲。

薅秧和苞谷除草施肥时,张文静和张文玲都在出工,田地里治虫和田里施肥是男人的事,没有派过女人,她们自然也没有参加。

这一季田地里的管理,辛苦的在于天气热和秧苗、苞谷叶子割人,还有就是天热,在离人户远的山上找不到水喝。

全队的人在大山坡薅苞谷草和施肥的这天特别热。

这里是一个地理制高点,国家在上面设置了测量标志,这个山包周围是六队的土地和山场。吃了晌午,全队的人就背着肥料扛着锄头出门。爬上山顶,个个浑身是汗。刚才喘了一口气,队长就说:"今天天太热了,早些做完,早些收工!"于是,大家都动起来。一些人在前面往苞谷苗根上抓化肥,一些人在后面边薅草边壅土。

太阳像火烤一样,肉眼可以看见地上腾起一尺多高的热浪。没多久,很多人都觉得口渴。有的人知道山上没水,用空酒瓶子从家里带了几瓶水。但是,几十个人只有几个人带,只有几瓶水,杯水车薪,再省着喝也没喝几个人就没有了。

张文静见太阳太大,没有来。张文玲来了,但是她也没有带水。这些区区小事,何德远也哪里记起?虽然这时他也口渴得很,但他坚持着没有喝人家的水。他认为好多人用同一个瓶子喝水不卫生,更重要的是水少他不好意思同别人争抢。他看张文玲也渴得发慌,也不好意思向别人要水。见她渴得难受的样子,何德远借了别人的两个喝完了水的空瓶子,飞也似的到山下去打水。山下是相邻的光华大队 队的几户人,是何姓本家,那里能要到水。

从山顶到山下,有近一里路,坡很陡,要下一道岩,有的地方还没有路。凭着年轻力壮,何德远有路就跑,逢坎就跳,心急火燎地向山下飞奔而去。

但是到了山下,没看见一个人。进到院子里,门都关着,有的还上了锁,也一个人都没有。可能大人都出工去了,娃儿还没有放学吧。人家没人,不能进人家屋里去舀水,何德远一时急了!

"他们挑水的井在哪儿呢?"何德远突然想。

他顺着一条小路走到院子后面,在山根的两个山梁之间,看到了一个石板嵌起的、不到一米见方的池子里面有大半池子清亮透彻的水。

"这不就是他们的井吗?"他好高兴!

他先解决自己的口渴问题。这是一口舀水井,但是估计这些人挑水时是各家用各家的工具,井上没有共用的舀水的瓢盆等。用什么喝呢?用手捧?又害怕把人家的水弄脏了。没有其他办法,他只好单腿跪下,像牛马饮水一样,使劲把头伸到井里去喝。酣畅痛快地喝了两气,胃里装满了水,"咣当咣当"地响。口不渴了,也一下凉爽了,畅快得多了!

不能耽误时间,张文玲还渴着呢!

因为怕弄脏了井里的水,何德远从井边浇出水,把瓶子洗得干干净净,然后才伸进井里去灌。水灌满,他转身就发起忙地往山上爬。

上了山顶,走到崖边,才一露头,他就看见张文玲可能是渴得实在受不了,正向他这边走来。

"快来喝水!"没等张文玲走拢,何德远就递给她一个瓶子,说,"我就是给你打的!"

张文玲感激地看了他一眼,接过瓶子,没有说什么话,就"咕嘟咕嘟"的一口气喝了大半瓶。她太渴了!

张文玲突然停了下来。

"你喝嘛!你咋个不喝了呢?"何德远看见她没有再喝,看样子也还没有喝够,急忙关切地说。

"你拿人家的瓶子跑这么远去打水,我一个人就把一瓶喝完,你咋个给人家说呢?"张文玲说。

"这还有喃!"何德远举着另外满满一瓶说,"而且,你就是全部喝了，我还可以去打！"

"算了，这么远，天这么热，难得跑了！"

喝了水，口不渴了，舒服了，张文玲脸上绽出甜甜的笑，看了何德远好大一阵。她很少有机会这样看他。

张文玲转身向地里走去，何德远也跟在她后面往地里走。

上山下山，跑了这一趟，何德远浑身是汗。但是看到张文玲喝水的时候，好像丈夫为妻子做事、小伙子为自己女朋友做事的那种理所当然和心安理得的神情，他有说不完的开心和快乐："我终于为她做了一次事啦！"

只有晒麦子和田地里很少的一些活路，吃饭休息的时间长一些了，生产队还专门给社员放假赶场上街。这就是农民的消暑，是一年四季中农村人难得的稍微清闲些的时光。在这段时间，女人们拿出平时没有多少时间穿、叠得伸伸展展放在箱子里、上了身还带着折痕的衬衣，叫男人和娃儿穿上，说："把这拿去穿上，这穿上凉快些！"她们自己也换上干净的衣服，收拾得整整齐齐，然后变着花样给一家人做好吃的、好喝的。年轻姑娘们穿上了平时舍不得穿的花花绿绿的衣服串门或是相约着到堰里和河里去洗衣服耍水。

生产队不出工的日子，遇上逢场，张文静和张文玲也到石盘去赶场。来了大半年，她们很少赶场。刚来时，不知道农村这个广阔的天地是怎样的情形，也不知道赶场是怎么回事，想在城里已经见多了，农村的场还有什么赶头？接着，春耕生产开始，就没有时间赶场了。需要买什么东西，回城时买了带来，母亲和弟弟们来的时候买起拿来。需要在场上买的，去买了就往回走，有时还叫其他赶场的人捎带。不出工时赶场，主要是去耍，如果看上需要买的，就买点儿。

石盘场有一条从东到西的主街，中间有几条南北向的小巷与之相交叉，赶场在主街上。农村里的人，要忙都忙，要闲都闲，忙时没有多少人赶场，即使来赶场，也是需要买什么卖什么，买了卖了就往回走，没有时间久赶，所以场也散得早，闲时却挤得摩肩接踵，赶的时间也长，有时候要赶到晌午过后。这一向消暑，赶场的人多。

现在赶场，除了本地人以外，还增加了不少新面孔——城里下来的知青。都没出工，下在十三个大队的几十个知青差不多都赶场来了。他们多数人既不卖也不买。说到卖，才下来没多久，有什么卖的？说买，日常生活需要的那些东西，只要还有用的，能拖就拖，而且大多数人是从家里拿来，家里是父母买，他们买还要花自己的钱。他们就是来赶场耍，走上走下碰熟人找同学。

张文静和张文玲碰到了很多熟人，都是张文静的同学，也是张文玲来的第一天和开知青会见过面的。好久不见了，大家十分亲热，你问我的情况，我问你的感受。有时在公路上走，遇到熟悉的汽车，就一起爬上去回城里。有的不为别的，就是为难得煮那一顿饭，回去是父母煮，可以不自己动手。当然，儿女回来了，父母亲也高兴。

这几个月，是这些少男少女刚刚下来的一个适应期，是最艰难的一段日子，也该放松放松了！

张文静和张文玲也搭顺路车回去了几次。张文静回去，杜刚只要知道，白天上班不能来，晚上就一定要来。如果是休息，吃了早饭就来了，要耍到很晚才走。那次同张文静的弟弟文成、文明到青湾六队去了以后，他又和他的妹妹、张文静的同班同学——杜凤去了一次，他单独去了一次。他们正在热恋中。

当坠入爱河的时候，张文静把其他的事都放在了一边，理所当然地也把农村的青湾里忘到了脑后。不过，这是完全可以理解的。张文玲留恋生产队，都是头一天回城，第二天就要回去。张文玲要走，张文静还想和杜刚耍，对张文玲说："反正生产队这几天没啥活路，我们再耍几天回去！"

"你耍嘛，我回去了！"张文玲回答说。

"嗯……"张文静红着脸看妹妹，见她这么坚决，不好意思再说下去。

张文玲走了。张文静有时候也只得跟着一起走，有时候借故有事继续在家里耍。

七

不知不觉中，几个月过去。

田地里的颜色由绿变青，又由青变黄，苞谷和稻谷等都成熟了——秋收的季节到了。

刚开始掰苞谷的那几天，天还晴得很。苞谷从核上剥下来还没有完全晒干，就下起雨。过后一直时阴时晴，一些田里的谷子黄吊起了都等不到好天气打。快到中秋节，才大面积地打谷子。

一年的收获的粮食，三分之二是大春的谷子，打谷子是农业上的大活路。打谷子，所有的劳动力一起上阵。人下田拌桶①响。六队的人多，每天六七架拌桶下田，拌桶"咚！咚！咚咚！咚咚！咚咚咚！咚咚咚……"的响声彼伏此起，一片紧张忙碌和热烈喧闹的景象。姑娘、媳妇们挥舞着手中锋利的镰刀在前面割，男子汉们紧跟在后面打。割下的谷子要放成双手刚好够握的一把一把的，如果多少刚好合适，打的人走拢抱起就走，完全不吱声。如果多了少了，看清楚是谁割的，就要点名指姓地大声吼"XX，少割一点儿"或是"再多割一点儿嘛"。因为多了握不住，转不动，谷子打不干净，打起很费劲，少了又难得跑，耽搁时间，打的谷子比别的拌桶少，挣不到工分，还被人笑话，面子上过不去。打谷子的都是一些身强力壮的男人，双手握着一把把的谷子，高高地举过头顶，再使劲地摔下，

---

①拌桶：打谷用的形如升斗的大木桶。

三翻两扑过后，金黄的稻谷就全部拌落在了桶里。拌桶不能冷②，前面的两个人还没有打完，后面的两个就站着等起了。男人们动作麻利，抱谷把子和该绑草的时候全部是小跑。男女老少，即使是慢性子和病痛在身的人，听到一阵阵拌桶的响声和看到打谷子紧张热烈的场面，也会振奋和踊跃起来。

姑娘和妇女中，只有两三个身体强壮、会打谷子和会绑草的有时候上拌桶顶一下临时有事离开的男人，其他的女人都是一直在前面割。张文静和张文玲是第一次打谷子，对她们来说，这又是一个新活路。打谷子，打的人累，是整家整家地几家人凑一架拌桶，割谷子的姑娘、媳妇都是跟着自己家里的男子汉走，家里没有男子汉打的女人常常没有人接受。张家姐妹来，何德远不好叫她们到自己所在的拌桶上来，他还不怎么会打，而且叫了张文玲，还要叫张文静，大哥何德荣又为搬房子的事对她有意见。况且，他们的拌桶上不需要增加两个人割谷子。见没有人叫她们去，她们只好和杜明芬、杜成兰几人在一架拌桶上割。面对这种情形，姐妹俩有些尴尬。谷子割得整齐才能打干净，虽然已经割了一季麦子，但是她们割得还不是很好，张文静拖脚拖手的，张文玲却利落得多。

打完谷子，晾田晒草，天又接连下雨，直到霜降才把麦子全部种上。

这大半年里，张文玲同社员们一样，风里雨里，泥里水里，一起辛苦，一起欢乐，熟悉了农村，习惯了农村生活，学会了做农村的活路，完全融入了青湾六队这个群体和青湾里这片土地。

在个人的情感中，她深深地喜欢上了何德远。他跟她同年，比她大几个月，她觉得他与她过去的同学、现在所接触的任何一个知青和眼前青湾六队所有同自己年龄相近的男娃儿都不同，他就是她心中的那个人。不管他是城里人还是农村人，不管他的家庭成分是贫下中农还是上中农，她都愿意跟他在一起。她也像何德远每天想看到她一样，想多看到何德远，想时时刻刻和他同路，和他肩并肩地挨着做活路。她心里在想，但是每当何德远在跟前，她又脸红心

---

② 冷：空闲，指没有人在上面打谷子。

跳得厉害，不知道该对她说什么才好。当然，她知道，即使她什么也不说，何德远也完全知道她在想什么、想说什么，他懂她。

自己在农村劳动锻炼，姐姐又在身边，张文玲已经把内心的感情隐藏得很深了，可是不知道怎么回事，生产队的人好像还是知道了，有些人已经对他开起玩笑。这还怎么敢和何德远公开好呢？十七八岁姑娘的羞涩，使她只好更把这个秘密压在内心的更深处。

住在新房子院子里时，张文玲每天和秀清在一起的时间最多。搬到杜家院子里，出工收工和做活路都同杜明芬和杜成兰在一起。女娃儿对男女之间的事懂得早些，但是对于张文玲和何德远的关系，秀清并没有发觉，没有把张文玲见了何德远不好意思当一回事，没有往这方面想。杜明芬和杜成兰虽然年龄小，却从张文玲从来没有叫过何德远的名字，见了何德远就脸红，以及说话说得再起劲，何德远一搭话就马上闭住嘴，这些别人不在意的表现，凭着直觉，洞穿了她的心，看出了她喜欢何德远，只是怕招惹闲言碎语，才没有明确地说出来而已。

杜成兰只比何德远和张文玲小三岁，何德远和张文玲懂得的感情，这时候的杜成兰也懂了。几年前，父亲叫她和何德远同路坐火车，她才刚在五年制小学毕业，还什么都不懂，只是像在学校里男女生分界限一样，觉得单独和一个男娃儿同路害羞。后来，她知道了父亲的用意，听到他们摆龙门阵把何德远和她放在一起说，也觉得从相貌到品行和才学，何德远都是全生产队和全大队最好的，也是她最看得上的一个男娃儿——至于全公社，她出门少，不知道。外面已经有不少人到他们家里来提亲，本生产队的何德林、外号叫"讨口子"的何德信等人，也一天对她嬉皮笑脸、流里流气，明显地表露出想和她亲近的意思。对牛娃何德林、"讨口子"何德信几个的纠缠，杜成兰是说得不好就叫着几个的小名骂，如果几个娃儿动脚动手，她就捡起土块、石头或者拿着镰刀相向。她是父亲的掌上明珠，母亲把她说多了都要遭到父亲的斥责，姐姐和抱进来的哥哥更不敢吭声，因此她十分好强和任性，几个娃儿只要见她冒了火，就赶快离得远远的。何德远完全没有对她动过情，总像大哥哥一样对待她，从来没有过牛娃何德林、"讨口子"何德信那些言语和动作，他们家里的人也没有上过他们家的门。她想，不要急，自己年龄还小，何德远作为一个男娃儿，说这些事也还早。当她看到张文玲看何德远的眼神和见到何德远时的那种惊慌神情，知道张文玲也喜欢何德远。但是她也认为，张文玲是城里人，是知青，读的书比自己多，也长得漂亮，又能干，更同何德远般配。到底是一个自信大气的女子，杜成兰没有因为感情的冲突而对张文玲嫉妒和怨恨，而是默默地在暗中争取何德远和他们一家人对她的好感。她看到何德远的父母和大哥何德荣，老远就喊，表现出十分亲热的样子。何文伯没说过什么，何德远的母亲和大哥何德荣都说："杜家'三娃子'是个好女子！"何德远的妹妹秋艳比杜成兰小两岁，杜成兰对她像对亲妹妹一样，遇事护她帮她让她。因为没有放弃，不承认自己已经失败，杜成兰从来没有对何德远说过张文玲喜欢他的话。对何德远，她在人前人后说话都护着顺着，从来没有对他冒过火，做事还帮他。有时候何德远为了见张文玲，吃了晚饭到杜家院子里去耍，经过她住的屋子，她叫他进去坐。她的这间屋子在院子的后面，一个小门通到外面，十分僻静，如果何德远不正派，什么事情都可以做，杜成兰还是愿意的。但是，何德远从来没有迈进过杜成兰的门槛。他还不懂得男女之事，更没有侵犯任何一个女子的邪恶念头。

  杜明芬比杜成兰低一个辈分，她的婆婆是何姓女子，何德远该叫姑姑。按何杜两姓长辈通婚遗留下来的称呼，何德远把她父亲杜成四叫哥，她把何德远叫姥姥③。她的哥哥杜明武和何德远读小学时的同班同学。他们家同何德远家的关系历来很好，杜明芬对何德远非常尊重，见了很亲热。杜明芬纯洁正派，坦率直爽，觉得何德远和张文玲从相貌、品行到文化知识十分般配，一个劲地把他们往拢拉。杜明芬的脑子里没有家庭成分的概念，经常在张文玲耳边说何德远和他家里人的好话，又把张文玲对她说的话转告何德远。她先不知道何德远也爱张文玲，早就和张文玲有情义了，只怕他粗心大意，不知道张文玲喜欢他，不积极主动，错过了良好的机缘，说："姥儿，

---

③姥姥：对与自己父亲一个辈分的年轻男子的称呼。

人家张姐是城里的人,是个下乡知青,人长得那么精灵,心里那么纯洁,又那么能吃苦,那么能干,那么喜欢你,你是一个回乡知青,也完全配得上她,你一定要抓住哦!不是的话,你还哪儿去找这么好的一个女子?"何德远见杜明芬这么热心,对她说了自己心里的顾虑。杜明芬去给张文玲说,张文玲嘴里没有说啥,心里却非常高兴。她能说什么呢?一个青春少女,好意思明确地说自己爱谁吗?杜明芬不仅热心,还很懂事,遇到何德远和张文玲碰到一起的时候,对何德远一笑后就主动走开,好让他们能单独说一会儿话。杜成兰也在一路的话,她就拉着杜成兰也走开。杜成兰有自己的心事,有时不乐意走,说:"他们说他们的,我们装作没听到就是了,有啥子嘛?"但是,她和杜明芬关系好,自己又是高辈,杜明芬拉她,她不好不走开。

何德远是青湾里土生土长的小伙子,生产队的大人娃儿没有不了解他的,大家都说他将来一定有出息。队里的成年男女,只要是有心人,都认为在青湾六队,只有何德远才配得上张文玲。后来人们在不经意间发现,这两个少男少女似乎自己已经有些"意思"了。但是,他们又认为不可能——何德远是农村的人,张文玲是城里的女子,何德远家是上中农成分,他们要走到一起,恐怕难呢!

张文玲随和能干,是一个好姑娘。相处了将近一年,大家把她当成了快要长成的邻家女子,很多人主动关心起她的个人问题。

出工歇气的时候,有些年轻媳妇开玩笑似的对她说:"张文玲,你该耍朋友啰!"

"你耍得有男娃儿了吧?"

"十七八岁的女子,还不耍朋友,还等啥?"

……

"还早得很,急啥嘛?"张文玲红着脸,大方地回答这些在生产队和自己关系最密切的女人以后,打了一个顿又说,"给我介绍一个嘛!"

听话听声,锣鼓听音。张文玲的意思是她还没有男朋友,愿意别人给她介绍。嘻嘻哈哈的女人们听懂了她的话,马上给她当起媒人。她们首先想到的是本生产队的小伙子,一致说:"何德远可以,啥都配得上你。你们耍朋友那倒是男才女貌,天造地设,赛好远呢!"

"民意测验"正合自己的心意,张文玲认真地考虑起自己和何德远进一步的事。

原来是暗暗地在心里喜欢,现在是要公开关系,正式耍朋友,还要结婚,一起生活,一起睡觉,一起生孩子……张文玲的脸不知不觉地红了,心跳得"咚咚咚"的。

像自己姐姐一样,张文玲也失眠了——她很害怕,不知道结婚是怎么回事、女娃儿和男娃儿单独在一起会是怎样、自己能不能担负起农村里一个女人的重任,翻来覆去,好久好久睡不着。这可是以前从来没有过的事。幸好自从搬到杜家院子,她和姐姐各睡一张床,要不然姐姐还要说她,问她怎么啦,才不好意思呢。每当睡不着的时候,她翻身都很轻很轻,但是睡眠不好的姐姐还是发现了,问她:"文玲,你咋个的?还没有睡着吗?"听到姐姐问,她说:"嗯,没啥。"她怕姐姐以为她生病了,要起来问这问那,给她拿药倒水。

睡着了,何德远又老是进入她的梦里——她和他一脸羞赧,但很快乐。她和他都想上前去亲近,但是从来没有走到一起过。

白天见到何德远,张文玲更不自在起来,手足无措,脸红得像喝了酒,心跳得要迸出来。她很想看到他,但当他站到跟前,又不好意思地赶快走开。如果几个人在一起摆龙门阵,她没插过他的话,听他说完了她才开口。他正和牛娃何德林、记工员、"讨口子"何德信几人说得口水乱溅,何德远一来,她就立即闭住了嘴,有时候弄得何德远莫名其妙,还以为是他扫了他们的兴。社员出工,每天都要记工分。队里有一个总簿子,每一个人有自己的手册,簿子集体保存,手册社员自己保管。记工分时两个人,一个人往簿子上记,一个人上手册。张文静做活路不行,自从往石灰窑上背石头记秤以后,队长、副队长、会计都说她记得清楚,没有人为数字弄错扯过筋,每天下午评工分时,就叫她上手册。她不在,就叫张文玲代理。记工分要叫到人头,问清楚本人是做了一天还是半天,有无迟到早退,中间有无耽搁。张文玲上手册时,轮到何德远,就叫记工员问,她把何德远的名字叫不出口。记工员逗她,非要她问不可,她就指着何德远叫别人叫一下,她只问他的出工情况。离何德远近,没有人叫,她就"嗨嗨"地喊他,还是不直呼其名。每当这时,她一张脸红着,引起很多不知道他们之间事情的人的诧异。

八

　　那时，农民只靠农业不行，因为粮食不值钱，只能解决社员吃饭问题，没有钱进。小春粮食种上，青湾六队的重点又转到了烧石灰上。

　　这几年，六队的窑上石灰从来没有断过货。一旦只有一二十吨的存量，队里的几个干部就着急了。零售打灶、搪墙、嵌地下要不了多少，即使他们没有卖的，人家可以到别的窑上去买。但是，如果池子里没有灰膏，又没有石灰洗浆，就是一个大问题——虽然没有签文字合同，但是向人家做出了保证灰膏和散灰供应承诺的，而且是建国防厂用，不是小事。再说，谁也不愿丢了这么一个大买主。很多石灰窑上的石灰卖不出去，青湾六队的石灰供不应求，就是因为有这个买主。毛主席说，以农为主，林、牧、副、渔全面发展，六队没有林、牧、渔发展，只有搞副业烧石灰、洗灰浆！前些年没接上头，人家有汽车不愿意来拉，石灰烧出来，全队的人拉着架架车给人家送，何德远的父亲何文伯还把拉襻拉断，一个扑爬①摔在地上，额头都撞烂，鼻青脸肿了好久才好。所以，每年秋季粮食种上，六队的两个石灰窑就没有冷过，装完这个窑就出那个窑，出了那个窑又装这个窑，到生产大忙和大热的时候，窑上就一两百吨石灰囤在了那里。

---

①扑爬：双手向前伸出地躺在地上。

石灰销路不愁，买不到好煤却把人愁住了。烧石灰需要煤炭，而且窑底要垫块煤。煤炭是国家的统购统销物资，国营大煤矿的煤炭有指标才能买到，烧石灰哪里有指标？有一个国营煤矿离得不远，六队烧石灰找关系在那里买了一些零售的原煤，冬天煤炭供应紧张，原煤都买不到，更不用说垫底的块煤。生产队跑"外交"的何文元回来说了这个情况，何大全和何德中急得眉头打结，嘴里不停地"唤猫儿"②。怎么办？到邻县一百多里外的一个煤矿去买，人家也没有。四处了解打听，知道只有距离四五十里、但是不通车的一个公社煤矿有煤，还有块煤。车去不了，煤往外运只有靠人背和牲口驮。如果不是这样，那里也不会有煤堆起了。青湾里几十年都没有牲口了，别无他路，只有靠人去背。到这里去背煤，路远不说，还要翻山越岭、踩水过河，所以周围的人只有少数人冬天烤火才去背点儿回来用于攒火。这么远，这么难走，去背煤是非常辛苦的。这么累的活路，派谁去谁都不愿意，只有大家都去，才没有推托。对，就都去，多背些，反正烧石灰一直要用。

队里决定，按每家劳动力的总底分把任务分到各家各户。在晒坝里开会，大多数人赞成，劳力弱的和怕吃苦的人不开腔。少数服从多数，就这样定了。

全队的人都分到了任务，但没有给张文静和张文玲分，因为她们是知青，又是两个女娃儿。

散了会回去，杜明芬知道张文静不会去，没有问她，只对张文玲说："走，我们明天同路去背炭！"

"我去背得回来吧？"张文玲睁大眼睛，担心地问。

"路远，也的确恼火，但是少背一点儿也没啥。你就少背一点儿，反正没给你们两姐妹分任务！"杜明芬说。

张文玲动心了，人家要完成任务，背得多，而我少背一点儿，未必跟不上人家！平时背石头、背粪、背粮食……她也看见了哪些人能背多少，答应说："对嘛，我去试下子！"

"文玲，你可能不行哟？"害怕得不得了的张文静看着妹妹，

---

②唤猫儿：为难时嘴唇微张吸气发出的一种声音。

惊疑地说。

既然决定了，就不改变，张文玲问杜明芬和杜成兰要带些什么东西、注意些什么问题。两个女子说："把背篼的背带检查一下，看牢不牢。拿一个好垫肩子。最好拿一个拐扒子，恐怕有些地方找不到地方歇气。早上把饭吃饱，干粮带够，肚子饿了背不动。"

晚上，张文玲准备好了背篼和垫肩，炕好了喜欢吃的馍馍，拐扒子她不会用，不准备拿。

第二天早上，她五点多钟就起来煮早饭，给姐姐也一起煮上。杜明芬叫她不要煮，就在他们那里吃，但是她要自己煮。

像战士出征一样，她有些紧张。她从来没有走过这么远的路，而且还是山路，还要背炭。

这时，从上湾里她们住的院子到下湾何德远家，家家户户都亮起了灯，男人喊女人，女人喊娃儿，闹闹哄哄。被吵醒了的狗也漫无目的的"汪汪汪"地叫起来。

临近农历冬至的清晨，寒风凛冽，张嘴说话口里冒白气。按经验，越是这样，白天越应该暖和，是晴天。天还是黑黢黢的，谁能说准是晴天还是阴天。

天没亮，全队的劳动力先先后后、陆陆续续地出了门。

张文玲和杜明芬、杜成兰同路。她们走得不是最早的，但也算是走在前面一些的。

黑咕隆咚，张文玲打着电筒走前面，杜明芬和杜成兰紧跟在后面。走出湾口，没到庙坎脚就听到堰沟里水流的"哗哗"声。

下了堰陔，走到河边，电筒射去，树棒搭的桥下，石盘河里的水翻滚着波浪，急急匆匆地向下游流去，发出"轰轰"的声音。广袤的河坝笼罩在无边无际的夜幕下，冷风飕飕，寒气凛冽。天亮前的这一刻，比深夜时还要黑，连河坝里踩出的平时走惯了的路也看不见，随时被脚下的石头绊着，左偏右倒。管它的，方向是对的，只管朝前走……

从起床到现在已经一个多小时，人不懵了。三个姑娘一边朗朗地说着话，一边跟跟跄跄地在黑暗中急行。

"天大概要亮了！"

"可能还早哦！"

"现在有几点啦？"

"六点多吧。"

……

张文玲没有这么早出过门，还是去做一件从来没有做过的事——背煤，她很兴奋，叽叽喳喳，话最多。

顺着公路走了四五里，又走铁路。走到要翻山时，天才麻麻亮，勉强能够看清楚路和前后的人了。

爬上山顶，喘了一口气就下山，然后沿着一条河往沟里走。

煤场上堆着一大堆很难见到的块煤，大的一块有两百多斤，最小的也有三四十斤。这个煤矿全部是手工开采，所以才有这么多这么好的块煤。在外面买不到的块煤，在这里可以随便买。

队长何大全每天是全队起得最早的人，今天也是第一个。张文玲几人到煤场时，他已经把两块煤放到了背架子上。跟他一起走在最前面的几个社员正在场上选自己背起大小合适的。

手工挖的煤，矸石剔得干净，都是精煤，亮晶晶的，选煤只是选大小和形状——小了不够背，大了背不动；方方正正才好背，尖角掉嘴不好着；上背架子要长的，好横着放，最多不超过三块，往背篼里装，下面要小的，上面要大的……天天不离背篼、背架子的人，咋个装和着大家都知道。

"张文玲也来了！"队长何大全一脸惊喜。他被这个女子不怕吃苦的行动感动又一时找不到合适的说法，说了一句不是直接表扬但又是表扬的话："你们来得还早呢！"

"不早哦，你都把煤选好着起了嗬！"张文玲笑着回答说。

煤选了，着起装好以后就过秤。张文玲背了九十斤，煤是她和杜明芬、杜成兰三个一起选的。杜明芬背了一百二十二斤，杜成兰背了一百一十五斤。

没多大一会儿，何德远和父亲何文伯、大哥何德荣、大嫂李子英来了。

接着，副队长何德中和他老婆杜成秀、大女儿何芳英也来了。

前后十多二十分钟，所有来背煤的人全部到齐了。

煤场上，全是青湾六队的人，有的在选，有的在着，有的在装，一片忙乱。

场上最大的两个煤——这么大的煤，称之为"块"不能准确表现它的特殊性，被称为了"个"，生产队劳力最大的小伙子杜成兰大姐的上门女婿杜成礼背了二百五十斤的那一个，副队长何德中背了二百四十五斤的那一个。人们对他们有这么大的劲投以佩服的目光，啧啧称赞："好气力！"是啊，背这么重，走几十里路，还要爬坡上坎，翻山越岭，是不简单！

何德荣背了两块，一共二百三十多斤。

队长何大全背了三块，二百二十多斤。

何德远也是第一次到这里背煤，背了一百五十斤。

过了秤，几个年龄大的说，他们走得慢，先走了。

队长何大全、副队长何德中、会计何德荣、队里的出纳和记秤的记工员到矿部办公室合计了总斤头，付了款，大队人马立即出发返回。

过了离煤矿不远、掩映在树木和竹林丛中的几户人家，下了一道陡岩上九曲回肠般的几十个高高低低的石坎，就到了河边。河里的水流得"淙淙淙"地响，清得掬手可饮。一溜石墩连接河的两岸，过来过去都要踩着它过河，若是两头都有人，需要一方过了，另一方才能过。虽然石墩都大，但走到中间还是不好避让。石墩深深地插在沙石中，十分稳当，看起来很有些年代了，已经成了这条路的不可或缺的一个组成部分。来的时候，空着手的都是精干的青壮年，蹦蹦跳跳地过来了，回去背得这么重，就有些为难了。因为有的石墩上沾着的泥巴溅上了水很滑，大的石墩四周都长了青苔，一脚踩得不稳就要摔到水里，不仅大冬天的要把衣服打湿，把煤摔烂，还肯定要把人摔得腿脚损伤、头破血流，耽误大家的时间。所以，每一个人都把稳着实，不敢马虎。有的人还侧着身子慢慢地一点儿一点儿地往前挪动和叫年轻人来扶着往前走或是直接帮着背过去。

一条小路一会儿在河边，一会儿在田陇上，一会儿在人户门前。走了四五里远，又过一道从远处山里流出来的水大一些的河，背煤的大队人马来到了要翻越的山梁脚下。

这里的地名叫周家沟，这个山梁叫土地岭。

进沟右边的坡上，一条弯弯曲曲踩得很光还有扑灰的小路像一条干瘦的往梁口爬行的长蛇。从沟口到梁顶，直线距离不过五六里，但是全是上坡，一点儿平路也没有，更没有下坡，快要上梁的那一两百米，蜿蜒曲折，十分陡峭，实际路程在十里以上。

爬坡很费力气，背的重，走几步十几步就要歇一气。所有人都慢了下来，后面的能够看见最先走的，先走的也能看到最后面的。人全部散在了这一段路上，男男女女，老老少少，五六十号人，小伙子和几个老汉背背架子，其他人背背篼，最前面的快要到梁顶，后面的才刚过了水大一点儿的河，绵延不断，浩浩荡荡，很有一些气势。

走到第二重坡，很多人把背篼背架子搁下来歇气，说累得不得了。从这里往上走，横斜着的路已经走完，从有几家人户那里起，就是壁陡的坡坡下。开始爬坡的地方，路边有一个舀水井。过路的人，无论背、挑、扛、抬着什么没有，即使是空着手的，到这里也要停下来歇气和喝水，背、扛、抬着什么的，还要吃干粮。因为从起身走到这里，已经没有力气了，口也渴了，还要爬上面的坡，要做好准备。

这段路叫"抽筋坡"，名字就吓人。顾名思义，可见有多难爬。

路直冲陡岩而上，全是石坎，折来转去，好几十道拐，像是弯弯曲曲的石梯悬挂在岩上。空着手往上走都要脚乏腿软，气喘吁吁，浑身出汗，到梁顶非得坐下来歇气不可，背着、扛着、抬着什么上去，更是要一步一哼，走不了几步就必须歇一下，然后又才能往上走。

年纪大的人说，解放前他们在刚过的那道河上面的煤厂往城里的纱厂背炭，爬这架坡走几步就汗水顺着腿往下流，有时候要把立脚的地上打湿，浸出一个脚印。等上了梁口，人就像没了魂，两条腿就像把筋抽了一样，一点儿劲也没有了。说背炭的辛苦，主要就是说爬这架坡艰难。

没爬过不相信，爬了才知道并非是夸大妄言。

张文玲和杜明芬、杜成兰已经上了梁口！

从煤矿起身后，何德远这时才看到她们。"她们都上去了！怎么这么快！"何德远十分高兴和惊奇，也心生羡慕。这道坡这么难爬，梁下面的人，谁不想早些爬上去，可都还正在一步一哼地在往上挨，她们却上去了。杜明芬和杜成兰从小就经历了劳动的锻炼，而张文玲是第一次走这么远的路，背得也不轻，也上去了，不简单。她真行！

张文玲们把背篼歇在世世代代不知多少人歇过气的石坎上，像打了一个大胜仗的战士，欣喜、兴奋，不无骄傲地大声朝下面正在往上爬的人喊："快上来呀！我们都上来了……"她们还点着名的一会儿喊这个，一会儿喊那个。被喊的人正爬得汗爬水流，喊她们："等到我们……"

看见张文玲在前面，刚跨入十八岁门槛的何德远热血奔涌，加快脚步，一步紧接着一步地爬，把同路的牛娃何德林、"讨口子"何德信甩在了后面。管他们的，让他们慢慢来！

何德远爬上梁口，没有多歇就又往前走。

翻过梁就是斜砭路，爬了"抽筋坡"，走这样的路就太轻松了。在微微有点儿下坡的光滑的泥土小路上，何德远小跑起来。

跑了一阵，他看见在不远的一个背风的山湾里，张文玲和杜明芬、杜成兰把背篼搁在一个后面可以靠的地陇底的土台上，人就站在旁边吃干粮。她们上了梁也没有久歇就走了，梁口的风大，冬月天气，怕着凉，没有吃干粮。

太阳不知是什么时候钻出云层的，这时把温暖的光辉洒在山岭上。路边地里的麦苗又小又细，干枯的野草被风吹得"沙沙"响。除了翠绿浓重的松树和柏树外，一切莽莽苍苍，一片浑黄。

"你们这阵才吃干粮？"追上了她们，何德远高兴地问。

"我们在这里等你们嘛！"杜明芬说。

"我们要不是等你们，走到哪儿去啰！"杜成兰看了一眼张文玲后，对何德远说。

"你们要叫等嘛！"张文玲对杜成兰说。她把她们等何德远全部推到了杜明芬和杜成兰身上，不说自己也想等。她说的"你们"既好像是杜明芬和杜成兰，又好像包括何德远，欲盖弥彰。不管怎么说，张文玲的话恰恰说明了她自己想等。

"你们走得好快哟！"看着张文玲，何德远一脸的佩服，问她："你背得起吧？腿杆疼不？"

"没啥。"张文玲说。

"我们都走不动了，帮我们一个人背一点儿！"杜成兰不满意何德远只和张文玲一个人说话，冷落了她和杜明芬，给何德远出难题说。

走到这里，还不到全部路程的三分之二，但后面全是下坡和平路了，要说帮一个人背一点儿，还是没有多大问题的，如果要给她们三个人都背一点儿，就无能为力了。不管是开玩笑还是出难题，何德远回答得很大度："行嘛！"

阳光下，何德远和三个姑娘的脸都红扑扑的，他们笑声爽朗，充满快乐，完全忘记了浑身的劳累和辛苦。

牛娃何德林和"讨口子"何德信气乏气喘地追来了。

"你搞啥哟？一下跑得这么快，把我们撵得！""讨口子"何德信对何德远说。

牛娃何德林看见张文玲在这里，知道是怎么回事，心里酸溜溜的，没有开腔。

"你们就在后面拖起，还说我跑得快！"何德远反唇相讥，说牛娃何德林和"讨口子"何德信。

怕歇久了着凉，又还有十几里路，后面的大队人马也快赶来了，三个男娃儿和三个女子又起身走。

全队的劳动力都去那么远的地方背煤炭，是青湾六队仅有的一次。如果不是烧石灰，也许不会有这样的事。蚂蚁搬泰山，这次一共背了一万多斤煤炭，合成公制单位六吨多。真正是人多力量大，了不起啊！

杜成礼和何德中背回来的两个独炭，放在看守石灰窑和放工具的棚子门口很长时间,凡是走路从这里经过的人看见,听说是从那么远的地方背回来的,都不禁要赞叹一番。

"这两个炭好大!"

"是背回来的?不可能哦?"

"嗯!咋个不可能,是我们生产队的杜成礼和何德中背回来的!"

"嘿,这两个人的劳力不简单!"

"有这么多炭,可以垫四五个窑的底了!"何大全和何德中看见背回来的一大堆块煤,高兴地说。再大的苦也吃下来了,全队的男女老少十分欣喜,脸上挂满笑容。

说到背煤,都夸杜成礼和何德中背的炭大,夸知识青年张文玲:"这女子才吃得苦!这苦都吃得下来,农村的活路没有做不了的啦!"

三个池子建起了几年,石灰浆就洗了几年。原来,生产队怕一年四季派几个人洗灰浆影响农业生产,不承担洗浆和上车的事,由用户找的火车站的家属在洗,生产队只派了何德远的父亲何文伯帮助发石灰。车站的家属都是女人,有的年龄还比较大,洗的浆供不应求,上车也慢,用户方要求生产队派人洗浆和上车,他们提供工具和劳保用品,否则,停止使用青湾六队的石灰。跑"外交"的何文元回来说了,两个队长怕因小失大,嘴里打着"哑咪"③,又不得不答应派人。

于是,生产队派了八个人每天到石灰窑上洗灰浆和上车。何德远被派去了。这一来,这些人就都脱离了农业生产,不做农业上的活路了。天天在公路边上做活路,要多看一些汽车,多认识一些人,特别是多认得一些汽车驾驶员,这很有用。但是,何德远不是十分愿意,因为这样只有全队的人都在石灰窑上做活路和队里开会的时候才能见到张文玲。这次去背煤,是因为任务太艰巨,那天没有汽车来拉灰膏,不上车,才把洗灰浆停下来,在石灰窑上做活路的八个人也去背煤,他才能和张文玲在一起的。在石灰窑上洗灰浆和上车,有时候他们要好几天才能见上面。在不能见面的日子里,他们

---

③哑咪:为难时哑嘴并发出声音。

都感到时间难熬。这次去背煤,虽然很辛苦,但是和张文玲在一起,他很高兴。这一次,他进一步地看到了张文玲的吃苦精神,看到了她心里喜欢他。在她这次并不是很多的言谈中,张文玲掩饰不住地表现出了一个花季少女的纯情,眉飞色舞间透露出她和他在一起的开心和快乐。

九

一九七〇年元旦如期而至。

石盘场上，高音喇叭里播放着欢快的歌曲。生产队各个院子里的广播箱里，也响起音乐。一些机关单位的大门上，正中的横额写着"庆祝元旦"，两边是"大海航行靠舵手，干革命靠毛泽东思想"和"四海翻腾云水怒，五洲震荡风雷激"一类的对联。显眼处的墙壁上，贴着相关内容的红纸黑字的标语。

前一天下午，张文玲就回了城。

当天，何德远也进了城。在城里读了几年书，他也像城里人一样，对阳历的节日重视起来，至于农历的节日，除了春节、端午、中秋外，其他反倒没记在脑子里。这也难怪，一天在喊破"四旧"（旧思想、旧文化、旧风俗、旧习惯）立"四新"（新思想、新文化、新风俗、新习惯），传统节日被归入了"四旧"，谁还敢来过？再者，阳历的节日机关单位和厂矿才放假，国家的大型活动都是在阳历的节日里举行。农历的节日只有春节才放假，端午节和中秋节机关、学校、工厂等照常上班，农村照常出工。

何德远认为，过年过节十分重要，没有年节，生活就平淡无奇，像江河没有弯曲就没有景致一样，逊色不少。农村不过阳历的节日，而他要过，元旦、五一、国庆都要进城逛。当然，这也由于他进城不愁吃不愁住，可以到二哥何德华家去。到城里可以看热闹听稀奇，还可以去找在城里的同学耍，有时还能买到在农村买不到的书和一些必需的商品。

他这次进城，主要是想能见到张文玲。他知道她回城了，想在城里遇上她，和她说说话。在生产队，都是认识的人，没有多说话的机会。城里没有多少人认识他们，说话方便些。他没有过分的要求，只是想能同她单独待一会儿，不卿卿我我，只是想向她说出自己的心里话。

过节放假，街上人多车多，十分热闹。他穿行在自行车、架架车和人流组成的长河里，走遍全城的大街小巷，看到了不少熟悉的面孔，却就是没有看到张文玲，或者他想象的她和她母亲、和她同学手挽手走在街上的影子。他在她们家住的下河街来来回回地走了好多遍，都没有看到她。他想到她们家里去。他大致知道她们家住的地方，而且不知道可以问住在那里的人，如果是老街坊，没有不知道的。但是，一想到去人家家里干什么，人家问他有啥事，怎么回答，他又停下了脚步。当然，如果家里的其他人都出去了，张文玲一个人在家，那就太好了。谁知道她会不会一个人在家呢？他几次已经抬腿往认定的那个院子里走，但是走了几步又退了回来，害怕遇到难受的尴尬。他每次往院子里走时，都要鼓足勇气才能迈开脚步，身上都要冒汗。

他到底没有进院子里去。他十分沮丧，准备第二天就回青湾里。

想来想去，他还是不甘放弃，第二天又到街上转悠。他还是没有见到张文玲，却遇到了生产队的人，说他们是昨天下午来的，生产队派他们在嘉陵江对岸轧棉花，棉花轧完了后就回去了。队长何大全说他在城里，叫他不回去，晚上和杜成四在轧花厂守轧了的棉花，他人熟，叫他明天在城里借个架架车和杜成四到县土产公司去把国家的征购棉花交了，剩下的棉花用借来的车子拉回去给社员们分下去弹棉絮或是装袄子。

何德远很高兴，巴不得再在城里待一天。

在二哥家吃了晚饭，他从嘉陵江上的铁桥过去和杜成四守生产队轧的一千多斤皮棉。

一个大屋里，脱了籽的棉花堆成了一个小山。他去了，杜成四一个人无聊，已经在棉花里睡了。

"成四哥，还这么早，你就睡了？"他进到屋里，喊杜成四。

杜成四睁开眼睛，见是何德远，十分高兴，说："啊！一个人没事，不睡做啥？"接着，又从棉花里爬出来和他说话。杜成四才四十多岁，动作还敏捷。

看这里不仅没有床，也没有被盖，何德远问："今晚上我们在哪儿睡？"他想，数九寒天，这么冷，感冒了可是大事。

"那在哪儿睡？" 杜成四笑了笑，好像不理解他的话似的指着那堆棉花说，"就在这棉花里睡，还能在哪儿睡？"

这么大一堆棉花，铺棉花，盖棉花，未必还不能睡觉？何德远为自己没有想到这一点脸红了一下。是呀，出门在外，哪能再讲究那些形式，定要有床有被盖才能睡觉？他佩服杜成四这些吃过苦的人，不管在多么困难的条件下，都能想出解决问题的办法。他还是又问了一句："那不盖铺盖行不？"

"嘿，那咋不行，这睡起热和得很！"杜成四说。

摆了一阵龙门阵，杜成四打起瞌睡，何德远知道这个苦了大半辈子的人累了，说："成四哥，快去睡，我也睡了！"

杜成四去睡了，何德远也觉得无所事事，也脱了鞋子和大衣、毛衣，钻进了棉花堆里……

杜成四睡眠好，一会儿没说话就打起呼噜，而且打的声音很大。杜成四是湾里最上面的一家，何德远虽然住在湾中间，但是六队下面的第一家，晚上看守石灰窑和仓库或者有时在野外看守粮食等，一般都是两个人，从两头往中间轮流时，他和杜成四经常在一起睡觉，知道他爱打呼噜，也习惯了他打呼噜。

何德远没有这么早睡过觉，又想到生产队让他们两个守这么多棉花，这是值钱的东西，是紧俏物质，房子这么敞，都睡着了，如果有人进来把棉花偷了，他们不是还脱不了干系！因为这一点，他好久都没睡着。

轧棉厂建在嘉陵江边，后墙就在江堤上，江水拍打着堤岸，不时发出"乒乒乓乓"的响声,大江奔流的"轰轰"声一刻也没有间断。江对岸,城市的喧嚣声还没有完全停歇下来,大概是棉纺厂加夜班,又有规律地一会儿响起一声,一会儿又响起一声尖厉的啸声。屋里,一个大瓦数的灯泡亮着刺眼的光,杜成四鼾声如雷。

何德远一会儿睁开眼睛看一下,一会儿看一下置身其中的棉花,见原封未动后,又才闭上眼睛睡一下。因为他知道,抱走棉花是不会有声音的,就这样似睡非睡了一个晚上。

天一亮,杜成四就起来了。他这个人,在家里也是这样,睡得早,起来得也早。人家问他为什么这样,他说:"天黑不睡是贼,天亮不起是病!"

何德远睁开眼睛时,杜成四不知道已经坐了多久,打了多少个转转。他抽兰花烟,早上起来就要用纸卷起在随身不离的烟锅子里抽。屋里一大堆棉花,严禁烟火,他不敢在屋里抽,就卷好后到外面去抽,已经进进出出了好几次,卷了好几锅了。

何德远醒了,杜成四说:"外头冷,你再睡一会儿,我往河那边去吃早饭,我吃了来换你去吃。"江城人把嘉陵江叫西河,所以杜成四说到河那边。

何德远点点头,说:"对嘛!"他正想后去吃早饭,吃了好在城里耍一会儿再过来。

杜成四走后,他又闭上眼睛睡了一会儿。

天大亮了,何德远从棉花里爬起来,穿好毛衣和大衣,觉得肚子"咕咕咕"地叫起来。年轻人消化快,从昨天下午六点多在二哥家里吃饭到现在,已经十多个小时了,该饿了。但是,杜成四没有来,他不敢走。

天寒地冻,肚子已经前心贴后背。他上牙磕下牙,打着寒噤,感到很冷。

他知道杜成四是个慢性子人,没有办法,只好焦急地在那里等。

快十点了,他出去看了几次,这边路上和铁桥上都没见杜成四的影子。他心里埋怨起来:"这个人,整了这一天,自己吃饱了就不管别人饿不饿!"

马上十点了，何德远再也等不住了，估计杜成四也该在路上了，于是关上那间大屋子的两扇门，顺路向城里走去。

刚过了铁桥，他看见杜成四手里端着一个大碗，走到了上铁桥的半坡上。

天冷，路上没有人，杜成四也看见了他，知道自己确实太晚了，让他等久了，啥也没问，向他点头，面带笑容，说："快来吃饭！"

"吃啥饭？"何德远又好气又好笑地问。

"我在张家给你端了一碗饭！"杜成四说。

"哪个张家？"

"张文静和张文玲她们屋里喃！"

"你咋个这么久都不来哟？"

"我走拢人家才煮，煮熟我吃了就来了——你摸，这饭都还是热的。快来，将就是热的！"

"我到二哥那儿去吃！"

"人家煮起了，我都端到这里了，你咋个不吃呢？"

"我脸都没洗，咋个吃饭？"

"没洗脸咋个就没法吃饭？你蹲在这边边上，几口就吃了，又没有好多人，怕啥？"

"那……"

杜成四见何德远不好意思在路边上吃饭，要洗脸，说："那走嘛，到他们屋里去，洗个脸再吃！"

何德远不好推托，跟在往回走的杜成四后面往张文玲家走。

"杜伯伯，你回来了——这是何……"张文玲的母亲看见杜成四和何德远进来，站在她们娃儿的角度问杜成四。

"这是何德远，是我们那里的一个学生，原来在周家壕上学，这阵也回家生产了。他大哥是我们队上的会计。"杜成四说。

"快到屋里坐，外面冷！"张文玲的母亲把何德远让进屋里，边搬凳子边说，"文静和文玲昨天就回队里去了，说忙得很，又没在屋头！"对两个女儿没在家，张文玲的母亲有些歉意。

张文玲的母亲是个高个子，大嗓门，性格直爽，对人热情，到青湾六队去过几次，何德远见过，张文玲的母亲也看到过他。何德远这阵来到家里，她把何德远看了又看，见他瘦条瘦条的，个子高，还正在往上长，五官端正，人才标致，稳重大方，文质彬彬，很有礼貌，十分喜爱。她笑眯眯地对何德远说："我到老二她们那儿去，见过你，但记不得你的名字了！"她不说老大说老二，是看他和老二张文玲的年龄差不多。

"让他把饭吃了再摆——他要先洗个脸！"杜成四说。

张文玲的母亲这才记起杜成四端的饭，知道饭是给何德远端的，忙说："看我都忘了！"赶快从洗脸盆架上拿洗脸盆，把水瓶里的开水倒了一半在盆子里，又从水缸里舀了半瓢冷水掺进去，伸手试了试，刚好合适后，去拿了一条干净毛巾放进盆子里，对何德远说："先来洗脸！"

何德远洗了脸，杜成四指着桌子上的饭说："那是饭，快吃！"张文玲的母亲也在旁边说："这一天了，肚子饿了，快吃饭！"

何德远有些不好意思，客气了一阵，但肚子确实饿了，又见张文玲的母亲那么热情诚恳，就拿起筷子端起碗，没有再说什么。

他饿极了，很想像在家里饿了一样狼吞虎咽，但是张文玲的母亲在跟前，又不好意思。他费了很大劲才使自己吃得文雅些——要是只有杜成四在这里，他可能三刨两咽就把饭倒进肚子了。

张家住的是一个半边院子。从街门上的巷子进来，北面是人家院子的后墙，挨墙一个四五米宽的院坝。房子在南边，后墙是和背后的人家共用的，看起是一间，其实只有半间。他们住在街门口，往里走还住着几家。他们住的，进门的左边是一个小厨房，右边连着三间——第一间靠后墙搭了一张床，可能是两个弟弟在这里睡觉，靠窗子摆了一个小方桌和几个凳子，一家人在这里吃饭，来人也在这里坐；第二间是张文静和张文玲两姐妹在住；最里面的一间大一些，放了不少东西，是父母在住。说起来有四间房子，实际上很逼仄。

何德远在外间吃饭，张文玲的母亲怕他第一次来，他们坐在跟前，他不好意思吃，坐了一会儿就把杜成四叫到挨着的屋子里摆龙门阵去了。

这是一碗面糊糊稀饭，这时又不烫，他们走了，何德远敞开喉咙，一口气就把剩下的半碗吃完了。

吃了这碗饭，肚子饱了，何德远额头上渗出细汗，觉得又有劲了。

放下碗，他走到杜成四和张文玲母亲摆龙门阵的门外，说："我吃完了！"

"你这么快就吃了？"杜成四不相信他这么快。

张文玲的母亲也更用怀疑的眼光看着他。看到他确实吃完了，关切地说："你慢慢吃嘛，忙啥！"

"我不忙！"得人之食，何德远十分感激。

见何德远吃了饭，杜成四说："他们这里找不到车子，你在城里人熟，看借得到一个车子不。队里要我们两个把棉花拉去交了，把票拿回去。哪一天你哥哥来结账，下午还要拉几百斤棉花回去给大家分。"

"我去试一下，可能得行！"何德远知道杜成四说的车子是架架车，想了一下自己在城里认识的人，说。

"那这就去，时间还要抓紧呢！"杜成四边说边站起来要出门。

何德远见他要同自己一起去借车子，说："如果能借到，只拉一个空车子，我一个人就行了，你就不去了。河那边棉花没人守，你赶快过去。"何德远担心轧花厂的棉花，怕出问题。

"大白天，那边没问题！"杜成四听何德远叫他不去，乐得少走路，说，"那对嘛！"见何德远在出汗，说，"你拉车子要使劲，把大衣脱了，我给你拿着，免得你热——你冷不？"

"冷啥？对嘛！"何德远把身上蓝颜色的人造毛领的大衣脱下来，但当看到左边袖口上火烧了的一个豁口时，脸红了。大衣很贵，买一件要十多元。他穿的这一件，是在城里已经去世的姑姑给他父亲的，父亲叫他穿。给的时候就有个火烧了的豁口，他母亲每天家里的事多，一直没有时间补。

张文玲的母亲看见何德远不好意思，笑着，没有开腔。

脱都脱下来了，不管它，何德远把大衣交给杜成四，说："那我去了！"

"你麻利去,我也先不过去,在这里等你!"杜成四说。

张文玲的母亲面带着笑把何德远送到门口,杜成四以为她是不相信何德远一个人能行,说:"你还送他做啥,他得行!"

何德远从河街上去,穿过西街和东街,到后马路去找李文祥。李文祥和她姑姑家原来是邻居,李家在困难的时候,他姑姑帮过他们。李文祥是个记情义的人,对他姑姑,包括对他们,只要有事找他,能帮的都要帮。

"李伯伯——李伯伯——"何德远在李家门口叫李文祥。他一直这样称呼他。

"哪个?"李文祥的女人在屋里听到有人叫,边问边往外走。出来见是何德远,她认识他,问,"你有啥事吗?"

"李伯伯不在吗?我想借你们的架架车用一下!"何德远说。

"我去叫他来给你拿,我不晓得咋个弄。"李文祥的女人先就一口答应,还客气地说,"你进来坐嘛!"

"我们忙得很,就不坐啦!"何德远说。

女人进去,李文祥走出来:"哦,是你哟!你要车子做啥?"

何德远给他说,从河那边往这边拉几趟棉花,还要拉一车子回石盘,就一两天,大哥何德荣来结账时把车子给他们还来。

李文祥,四十多岁,高个子,脸膛黑里透红,为人耿直,肯帮忙,没有固定工作,天天在外面找事情做,到何德远家里去过好几次,对他们一家人都熟悉。

"哦——"李文祥转身进屋,拿出两只车轮子,投在门口的车架子上,看见气软,又去拿气枪打了几枪气,把轮胎捏了捏,合适了才停下来。又问:"你们拉棉花,总要绳嘛?"又进去拿了一粗一细两条几丈长的麻绳出来盘在车子前头,叮嘱不要把绳子给弄丢了。

何德远很感激,连连道谢——在那时,一部轮子打气的架架车,无论在农村,还是在城市,都是一个家庭的大件家产,何况李家还要靠它挣钱养家糊口,不但爽快地答应借,还想得这么周到细致,还问要绳子不。所以听李文祥嘱咐,何德远连说:"不会!不会!"

街上的人多起来。天冷,人们穿着厚厚的棉袄或者棉大衣,一个个蜷缩着身子，手插在兜里。一个近郊的农民拉着架架车卖菜。那些萝卜、白菜和葱子、蒜苗是才从地里摘的，十分新鲜，走不了几步就有人买。有人叫就停下来，卖一阵，没人了又拉起走。走走停停，生意不错。骑自行车的见了人把铃铛打得"叮叮当当"。商店、饭店、理发店、修理店都正开门。天阴沉沉的，看起来好像一天都不会出太阳了。

河那边的棉花没人守，杜成四还在等他，何德远没有心思看街上的稀奇事，一个人拉着车子在人流里左穿右拐，匆匆前行。

走到张文玲家门前，何德远停下来，左右张望一阵，确定车子放在这里不会被人拉走后，才边看着边往院子里走。

走到他先前吃饭的那一间的窗子外面，听到杜成四和张文玲的母亲正在屋里摆龙门阵说他和张文玲的事。

"这个娃儿确实是个好娃儿，不完全像农村人。"这是张文玲母亲的声音。

"是个好小伙子，从小跟我们儿子在石盘上学，学习又好，在班上数一数二，他考起了中学，我们杜明武没有考起。" 杜成四说。

"听说他们家里也好？"

"那人家一家人解放前后都好。解放前，他爸爸，我们喊舅舅，庄稼种上就做生意，挣了一笔钱以后就买田置地。但是，他们的土地都是自己在做，没有请过人，只是有时互相帮个忙。解放后，我们舅舅从土改开始就当农会文书、区队——现在是两个大队的会计，一直当到前些年。他大哥当生产队会计也好多年了。他二哥、二嫂都在城里教书，住在上河街的。这一家人对人处事都好得很，尤其是我们舅舅，知书达理，文墨好，待人热情诚恳，远近都有名气。"

"哦——那这娃儿的妈咋样？"

"他的妈，我们要叫舅母，为人处事也没说的，见了我们就'外甥外甥'的。天天从他们后门子上过，都喊来坐，来吃烟。"

"我们文玲今年进十八岁啦！"

"那和何德远是一年的，你们老二小月份，两个合适！"

何德远边听边看街门口的车子，听他们说话停下来了，才有意咳了一声嗽。

屋里凳子响，杜成四和张文玲母亲知道是何德远来了，没有再往下说。

何德远往前走了几步，红着脸跨进门槛。

"你这么快？借到车子了吧？"杜成四问。

"借到啦！"何德远说。

"这娃儿跑得快！"张文玲母亲满面笑容，夸何德远做事麻利。

"成四哥，那我们早些过去，那里这么久没人！"何德远说。

"那边没啥——车子放在哪儿的？"杜成四不担心河对岸轧了的棉花，却不放心起何德远借的架架车。

"街门上。"

"没问题吧？"

"那没得啥。"张文玲的母亲接过去说。

"我一直看着的！"何德远说。

杜成四害怕街门市口，来往的人多而复杂，把一部架架车丢了可不得了，说："那我们走！"

杜成四和何德远抬腿要走，张文玲母亲叫住何德远："那娃儿，把你的大衣拿上！"

张文玲母亲从里间拿出何德远的大衣，慈母似的说："我把你大衣袖口子上这个豁给补起了，就是没有找到合色的布。"说话时，她脸上带着遗憾。

何德远接过大衣一看，袖口子的豁口补起了，补的是一小块黑布。但是，这个补的针脚细密、十分熨帖，看得出张文玲的母亲手很巧，针线活做得好，也补得很用心。

看到张文玲的母亲亲手给自己补衣服，顿时一股暖流一下流遍何德远全身。他想自己才离开这么大一会儿，她就把烧了好多年都没补的一个豁口给补上了，她还在跟杜成四摆龙门阵呢！她这是把自己当成她儿子在看待啊！

何德远也有些不满意，他的大衣是蓝色，补的是一块黑布，不合色。但是他想，不管是什么颜色，补起了总比一个豁口好看，一时哪儿去找一个颜色那么合适的布?

不过,这个黑色的小补巴在何德远心里留下了一个抹不去的阴影。

何德远把大衣穿上,仰头看见张文玲的母亲还在看着他,那眼神就像自己的母亲。

拉着车子走在街上,杜成四问何德远:"你和张文玲的事,今天你去借车子时,我给她妈说了。他妈喜欢。你可是要占主动,不要还等人家来找你哦!"杜成四显然已经知道了何德远和张文玲的事,可能是他女儿杜明芬给他说的吧。

何德远"嗯嗯"地答应着,没有给杜成四说他同张文玲母亲的话自己都听见了。

"我们是农村的人,人家是城里人,得行不?"何德远表现得很谦恭地说。

"咋个不得行,她妈都同意了嘛!"杜成四说。

轧棉厂的双扇门是关着的,打开门看,一千多斤皮棉原封原样,何德远放了心。

他们走拢就动手往车子上着。棉花是泡的,不好码,幸好有两条麻绳,否则,架架车也拉不了多少,他们要多跑好几趟。

县土产公司的棉花仓库在东山背后,过了江走到后马路,再从东山街上去。从东山街西头开始,是将近一里路长的上坡,而且很陡,要拉上梁才稍微平一点儿。好在拉的是棉花,体轻,何德远在前面拉,杜成四在后面推,一大车子棉花,两个人都使劲,没有出多少汗就拉上去了。一共拉了四趟,才交够了征购任务。像何大全估计的那样,还剩了一车子,这拉回去给社员分。

上交的四车子,合计了数字后就开票。合计数字和开票是何德远办的,票拿过来,何德远想杜成四为长,从轧棉花就来了,自己是中途加入的,就叫杜成四把票拿上。杜成四不干,说:"我拿干啥?我拿回去还不是要交给你大哥,你拿回去直接给他就是了,他好拿上来取钱和拿到大队和公社去做完成任务的凭据,我记性不好,莫要叫我当成其他的纸卷了烟吃了还不得了,你拿上就是了!"

杜成四一脸的认真和诚恳,何德远不好推辞,说:"对嘛!"

111

把票装到自己贴身衣服的包里。

上午从张文玲家里走的时候,她母亲问杜成四和何德远,车子回石盘拉的棉花多不多,想给张文静和张文玲带一点儿炭去。杜成四说:"现在还不敢肯定,只要有法,就拉上。"何德远也理所当然的同意,说:"只要有法,一定拉上!"他们都没有说得十分肯定的原因,是害怕剩下的棉花多,着不上。

往回拉的棉花不是很多,他们也越着越有经验,尽量把棉花向后码,前面留了够放一两百斤炭的地方。用绳子把车子上的棉花捆扎好,何德远和杜成四先拉到张家去拉给张文静和张文玲带的炭。

张文玲母亲想,人家还要拉着一车子棉花走二十多里路,若能带走,为了不多装耽误时间,已经先做好了准备。何德远和杜成四一拉拢,就把装了一百多斤焦炭的筐子和一口袋引火的熟炭抬出来往车子上着。着棉花的时候留得有放炭的位子,把棉花稍微往后面弄了一下,使炭和棉花隔开,不让棉花沾上炭,把焦炭筐子抬上去,熟炭口袋放在焦炭筐子上面,很快就扎好绳子着好了。

张文玲的母亲想得很周到,怕因为他们带的炭增加了重量,车子拉不动,叫张文玲的大弟弟文成一起去,说上坡时也帮着杜成四和何德远使点儿劲。

车子着好,张文玲母亲要杜成四和何德远再进去坐一会儿,喝点儿水再走。杜成四说路远,要早些走,免得摸黑。何德远也说不进去了。

动身时,张文玲母亲一再邀请杜成四和何德远进城就到家里来耍,还拉着何德远的手说:"你进城到你哥哥那儿来,一定要到我们家里来耍哟!"

"嗯!嗯……"何德远连连点头。

车子拉起走,张文玲母亲送了好远都还要送。杜成四和何德远再三叫她不要送了,她才停下来。停下来又嘱咐了一遍儿子文成,叫他推车子一定要使劲。

从县城到石盘是泥结石公路,下雨时汽车把路面碾得只有两边车轮子走的地方是平的,但是架架车不管走哪一边宽度都不够,而且还要让汽车。没办法,只好骑着中间汽车碾下的那条梁,在中间拉并掌车把子的人在高低不平、干如钢碴的梁上走。何德远和杜成四在前面拉。在中间掌车把子的人最累,路又不好走,他们两个就轮流在中间拉。文成是一个实在的娃儿,一直在旁边推,一路上没有偷过懒。幸好路上没有遇上几辆汽车过,否则,车子上的棉花着得那么高,不停地从中间拐出去又拐回来,不仅要多使好多劲,还有可能翻车。翻了车,棉花沾上泥巴和渣子,是很难弄掉的。

爬那个又弯又陡的一个大坡,他们一个人在前面拉,两个人在后面推,都蹬起"八"字脚地使劲才拉上去。

午后,太阳不期而出。天不像早上那么阴晦,也黑得晚些了。

夕阳西下,何德远和杜成四、张文成三个人拉着车子过了石盘河,走在河坝里的大路上,身上披着金色的晚霞,车子上雪白的棉花格外耀眼。

六队的人正好放工往家里走,眼睛尖的社员老远就看见了他们,说:"那是杜成四和何德远拉的棉花回来了!要分棉花啦!"

车子在湾中间的仓库门前停下来,何德远和杜成四都说先把给张文玲们带的炭卸下来,帮着文成背上去,过队长何大全门上时,顺便叫他喊保管员来开门把棉花放到仓库里去。何德远叫杜成四看着,他回家去拿背篼,他们家离仓库近。他飞也似的跑回家,见到家里人只喊了一声,就拿起一个大篾丝背篼就走。到了车子跟前,和杜成四把张文玲等的焦炭筐子放到地上的背篼中,然后他背起来,和提着不重的熟炭口袋的文成同路往上湾里走。

到杜家新院子,张文玲和张文静刚放工回来,文成老远就叫:"大姐、二姐,快来帮一下,何哥背的是给你们拿来的焦炭!"

杜文金和杜成四两家人听见,都从屋里出来招呼何德远和文成。

张文玲和张文静一起来帮何德远把背篼搁到地上。何德远想她俩把这一筐子炭弄不动,就叫站在一边的杜明武来和他把装着焦炭的筐子从背篼里取出来,直接抬进张文静和张文玲煮饭的堂屋里。

"谢谢!"张文静见完全没有叫她们动手就弄好了,脸上第一次对何德远有了笑容,说了一句有礼貌的话。张文玲红着脸站在旁边,没说话，却用眼神表达了对何德远的谢意。

舒了一口气后，何德远对杜明芬兄妹和他们妈说："我们和杜成四哥一起回来的，他这阵在下湾里的晒坝里看棉花，马上就回来了。"

"哦！"母子三人很高兴。

从杜家院子里出来，过队长何大全家门前，何德远对何大全说，他们把交征购的棉花拉去交了，剩下的棉花也拉回来了，叫他喊保管员来一起把拉回来的棉花放到仓库里去。

何大全和保管员同路下来，四个人一起把车子上的棉花抱进了屋里。杜成四说了往县棉花仓库交棉花和拉棉花回来的经过，何大全非常满意，表扬何德远借车子解决了大问题，说他们这回吃苦了。

待杜成四把话说完后，何德远从身上掏出交棉花的票交给何大全。何大全看了一下又交给他，叫他拿回去直接交给他大哥何德荣。

何德远像李文祥那样把两条麻绳盘在车子上，把车子拉回他们家。没几天，何德荣进城到县棉花仓库结了交棉花的账，把车子还到了李文祥家里。

没过多久，张文玲的母亲来了。两个女儿出工去了，她从梁上下来，走到何德远门前面，站在圆场陔上看何德远家的院子。何德远的母亲在阶沿上看见，请她下去耍。张母满面笑容，没有推辞地走了下来。何德远的母亲见她下来了，赶快上前去接。

"这才是稀客喃！你好久来的？"

"我今天早上来的。两个女子都出工做活路去了，我没事，说出来耍一下。何妈，你在家哈！打扰你啦！"

"这打扰啥嘛！快请坐！"何德远的母亲边说话边给她抬凳子。

张母在阶沿上坐下，何德远的母亲去拿抹布把抹过不久的桌子又抹了一遍，然后去倒开水。

这是待远客，何德远母亲把供应的白糖放了一调羹，倒了半搪瓷缸子开水，搅匀后双手端来递到张母手里，说："他张妈，请喝开水！"

"何妈，你太客气了，把你忙的，你来坐嘛！"张母站起来一边双手接开水缸子一边说。

见何德远一家人单独住大半个院子,十几间房子前面全部是木头裙联板,阶沿和院坝扫得干干净净,各种用具摆放有序,使人感觉十分清爽,一看就知道这是一个很好的家庭,张母不禁连声夸赞:"哎哟,这么多房子!这才好喃!"

何德远母亲坐下来后,两位母亲摆起龙门阵。

张母说:"我们的两个女儿下到这里,给你们太添麻烦了,多亏你们的关心照顾!"

何德远的母亲说:"哪儿啰,我们也没照顾到啥!前不久何德远在城里轧棉花,你们不仅给煮饭,还把他大衣袖口上的豁给补起,劳问①你了!"

"你们何德远聪明能干,对人有礼貌,又长得标致,体质也好,是个好娃儿!哎,何德远是哪一年的?"

"那是你夸的!他属龙,阴历九月间的。"

"哦。和我们二女子一年的,我们老二小一个月。"

……

两位母亲你说我的儿子聪明,我夸你的女儿精灵,摆得十分投合。

张母是有目的而来的,是来看何德远家的,了解了他母亲的为人,看了以后很满意。何德远的母亲却蒙在鼓里。这次何德远轧棉花回来,只说了在张家吃饭和张母给他补大衣袖口,没有说杜成四给他说和张文玲的事。他不好意思说。他母亲只当张母是随便来耍,就只按一般的待客之道,坐了一会儿,谁知道人家是来看他们"门户"的,也是主动来带信的。晚上,何德远的母亲跟何文伯说起,何文伯给她说何德远和张文玲在好,她才恍然大悟:"哦,人家是来看我们家的!"

听说张文玲喜欢自己的儿子,何德远母亲高兴得不得了,何文伯却没有多高兴。

腊月根,生产队照例放假,包括在石灰窑上洗灰浆和上车的人也停了下来,让社员们砍柴、割草、赶场、进城置办年货。一年四季,难得有专门给自家做事的时间。这几天,除了必须赶场上街外,

---

① 劳问:谢谢的意思。

人们天天砍柴割草，南山上到处是人，到处都有人说话的声音。平时寂静的山上热闹起来。

去翻山早上天不亮就起身，快到中午的时候，弯弯曲曲、坷坷坎坎的山路上，就一路接一路的人背着柴草往屋里走。有时候，到太阳落山，路上都还有人。

张文玲不愿意闲着，也接连两三天地同杜明芬和杜成兰们去捡柴。妹妹天天去，张文静很不好意思，有时也去。她吃不了接着去几天的苦，去一天就要歇几天。这一年里，她们买了几次柴，前不久大弟弟文成随杜成四和何德远又带来一百多斤焦炭。她们主要还是烧生产队分的苞谷秆、黄豆秆、芝麻秆和麦草煮饭。才来时，张文玲和秀清同路去捡了两回柴，搭着烧了很久，觉得还是捡柴划算，生产队的人熟了，同路也快乐，于是也去捡柴烧。

杜明芬和杜成兰同家里的人去翻山，全是天不亮就走，张文静和张文玲跟他们同路，也要很早就起床。何德远和父亲、大哥、大嫂每天走得晚一些。何德远在后面，只要看见红砂土路上有三十六七码的横杠胶鞋底印迹，就知道张文玲捡柴去了。他观察过，张文玲穿的黄色胶鞋底的花纹与其他人的"解放"鞋的不一样。她的一切，何德远都很留心。虽然他爱好观察，擅长记忆，但是清楚记得的鞋底印迹只有张文玲的。

南山浩瀚广阔，草莽林深，即使每天都有很多人上山砍柴割草，也很难你见到我我见到你。何德远只在山上看到过张文玲一两次，而且有一次是一晃而过。他同自己一家人翻山，不好去和张文玲在一起，况且张文玲也不是她一个人。

那一天，何德远和父亲何文伯砍柴回来，走到都要在那里歇气的白石包喝水吃干粮，张文玲和张文静十分例外地出现在他们的后面。是张文玲俩？何德远不相信。当看清楚确实是她们，他好高兴哟！

快拢白石包的上面的那截路很陡。在那个急转弯的地方，杜明芬和杜成兰走到前面来了。这个地方必须稳步小跑，不是就要栽跟头。何文伯知道每个人到这里都已经筋疲力尽了，看到张文玲和张文静走到那里了，叫已经歇了一阵的何德远："快去把那两个女子接一下，恐怕滚了！"

何德远早就看见，想上去帮又不好意思。父亲说了，他赶快跑了上去。

"我来接你们！"何德远看到两姐妹害怕的样子，大声说。

接谁呢？走到跟前，何德远为难了！张文玲是自己心爱的人，他是冲着她去的，但她姐姐斯文，更需要帮。何德远愣住了。

红扑扑的脸上挂满汗水的张文玲知道何德远的心思，小声说："你接她！"

多么善解人意啊，他没有说，她就知道他的心思！他很激动，赶快说："你慢点儿，我下去了马上来接你！"

看到何德远，张文玲也又有了劲，稳步小跑了下去。

张文静站在坡顶，撕了一个大口子的裤子一块布吊着，露出了白白的大腿，腿像筛糠一样打抖，不敢向前迈步。何德远没由她分说，上去就扶住她的背篼，叫她放在地上，脱下背带，然后他帮她背上，她空着两手走。他是小伙子，背张文静背的那点儿柴不算什么，一口气就背到了歇气的地方。

喝了水，吃了干粮，何文伯叫张文玲、张文静、杜明芬和杜成兰四个女子走前面，他和儿子何德远走后面，说要是她们谁滚了，好帮她们。

会计何德荣和出纳、记工员算了几天账，拿出了上一年的决算方案，经队长何大全和副队长何德中点头同意、大队批准后，生产队按方案补粮和分红。这一年，六队的工分值又提高了两角多，增长的部分比不少生产队一天的工分值还高，全队的人奔走相告、喜笑颜开。这一年，扣除口粮款和所分副产物折价的钱，张文玲和张文静应进两百多元，扣除去年春节前预支的几十元，领了一百多元到手。这是一个不小的数字，相当于城里一个一般干部半年的工资。回到城里，父母和两个弟弟听她们姐妹进了这么多钱，高兴得不得了。张国正和赵秀莲说："这个生产队就是搞得好，老大和老二有运气！"张文玲和张文静在同学中说她们两姐妹年底进了两百多元钱的红利，很多人不相信自己的耳朵，等弄清楚真实无误时，没有谁不羡慕。

十

一九六九年珍宝岛一战，中苏两国的矛盾白热化，打大仗的可能性急剧增加，形势十分紧张。毛主席发出重要指示："提高警惕，保卫祖国，准备打仗。"国家加强在内地的战略物资储备，在石盘区建设一个石油储备库。建油库在全区调集民工，青湾大队去一个人，任务落实到六队。

一九七〇年春节刚过，队长何大全到何德远家里来，说派何德远去修油库。参加国家建设，一家人都同意，说他反正也是天天洗灰浆和上车，在哪儿都是干活。父母和哥哥、嫂嫂还想的是，他出去有可能有其他出路，窝在这农村有什么出头之日啊！何德远也很高兴，他没有想那里的活路他能不能吃得消，想的只是去参加带有保密性的"三线建设"是多么的光荣，是各级组织对他和他们家的信任。还有，出去也要多认识多少人、多见多少事。他唯一不十分想去的是，这样就不能经常和张文玲见面了。想到这一点，他心里有些踌躇和惆怅。

他很想把要去修油库的事告诉张文玲，听听她的意见。

那天，翻山回来，吃了饭，他出门去转悠，想能在哪里遇上张文玲。在沟边的路上走了几个来回，都没有见到张文玲的影子。他知道她在生产队，可是他又没有勇气到杜家新院子里去找她，他怕张文静看见他来找张文玲，给他难堪，还可能给张文玲带来不好的影响。

百无聊赖，他走上仓库门前的晒坝，从庙坎脚下的小路往岩脚里走。那里清静而且开阔，站在堰陔上可以看堰沟里的水静静地流淌，听石盘河里的水"哗哗"奔流，还可以眺望河对岸公路上来来往往的汽车，看铁路上火车进站时叫声大、走得慢的情形或者火车头前面的烟囱里急促地吐出一团团浓烟、"轰隆轰隆"地加大马力启动出站的雄壮……也许这些能够排解他的烦恼，给他答案。

快到堰陔边时，他听见堰沟里有人洗衣服。这里，堰沟上搭了一块青石板，住在湾里北边的人和上湾里的一些妇女爱在这里淘菜和洗衣服。

"是谁在洗衣服？"何德远想。

走到跟前，他一阵惊喜——是张文玲，而且只有她一个人，没有其他人！真是精诚所至，金石为开，天赐之好！这几天他都想见她，但没有见到，竟然在这里遇上，还是她一个人，他好高兴啊！

张文玲非常机警，听到上面有人走来抬起头来看。是何德远！

"是你嗦，我还说是哪个——你在做啥？"张文玲脸上飞起红晕。

"我没做啥，翻山回来没事，出来转一下。你也翻山去了？我们怎么没有看见你们？"何德远看见张文玲洗的是她翻山时才穿的衣服，于是问。

"嗯，我们也翻山去来的。不晓得你们是在我们前面还是后面。"

"我们回来快三点了。"

"哦，那我们早些，我们两点过一点儿就拢屋了！"

"我晓得，你们每次都走得早！杜明芬那女子是个急性子。你还是和她们同路的？"

"早些去就早些回来，也好。我不是和她们同路还能和谁同路？"张文玲后面的话流露出一些怨气。

"嗯……我给你说个事。"何德远不能再往下说，忙岔开话头。

"啥事？"

"队里派我到XX修油库。"

"我听说了。去嘛，到处都是干活！"

"我想去，又不想去。"

"你为啥不想去？"

"去了好久才能看到你一次……"

"嗯……那里肯定有礼拜天，回来再见嘛！"

张文玲说得很轻松，但何德远知道她心里也在依恋着自己，不过是她识大体罢了。

"我快洗完了，你走吧，不要被别人看见了！"说了一阵话后，张文玲说。

何德远知道她的意思，说："好嘛！"

说完，何德远带着欣喜和满足顺着堰陔向碾子口上走去。他没走多远，张文玲就端着一盆子洗了的衣服从堰沟里冒出头，从庙坎脚下的小路回杜家新院子去了。

油库工地上，石盘公社民工连正在搬砖。汽车从远处运来的青砖不能直接卸到油罐子跟前，他们的任务是把砖用手推车推到码砖的工人师傅身边，再递到他们手里。几个手推车倒下就走，推车的人满头大汗。手推车拢了就要装，装的人也在发起忙。码砖的工人跟前，砖倒得乱七八糟，不立即码起，就会越倒越远，再转一次，几个码的人着急起来。全连的人同时往三个罐子上搬，连长王定贵和副连长吴中保在几个罐子之间来回跑着指挥。

石盘公社民工连的人来自全公社的十四个大队，有的大队抽得多，一共三十几个人。搞国防建设，民工连是按部队建制成立的。但是，实际上一个连只有部队一个排的人，为了叫起来好听，号称"连"罢了。石盘区六个公社，只在三个平坝公社调集了民工，组成了三个连。年年岁岁，天天待在农村，单调和枯燥可想而知。特别是年轻人，非常难熬，都想出来看外面的世界，同时也都想的是，在公家的单位干活，总比做农村的活路要好，不说别的，电影都要多看几场，而且跟时常羡慕的正式工人一样有星期天耍。石盘公社民工连全是小伙子，另外两个连还有几个年轻女子，听说那几个女子是和大队、公社有些关系才来的，否则还来不成。三个民工连大多数时间各在一个区域干活，有时候也在一起完成一个共同的任务。这种时候，就成了小伙子们看姑娘、姑娘们也羞涩地偷看觉得可以的小伙子的难得的机会。

民工每天干什么由油库建设指挥部安排。主要是：给专业建筑公司的技术工人当小工，给砖、和灰；罐子里层的砖砌好了，往外围壅土；有时候也出去装车、回来卸车，或是干一些其他杂活。总之，民工是干正式工不愿干的，凡是粗活重活脏活，都是民工干。所以，一天下来，经常累得筋疲力尽。

民工同油库的正式工在一个食堂凭票吃饭，白米细面，有菜有肉，随便买。不过，正式工每月领工资，成了家的，至多两三天就要买一份肉吃，单身职工可以天天吃肉。民工由生产队记工分，油库每月发定量的饭菜票，肉吃得多，饭菜票不够用，吃不拢下一个月，谁有钱再买？因此，工友们都必须十分节约。

油库差不多每周六都要放电影，正式职工和家属、民工看，当地场镇机关的人和附近的社员也来看，每场常常都是几百上千人。每到放电影，就像过节一样热闹。

星期天，成了家的民工回家同老婆孩子团聚不用说，就是单身姑娘、小伙子，也要回家看父母。回家一般是星期六下午下了班搭油库和外面公路上的顺路车，没有车就走路。人年轻，空手走二三十里路不在话下。星期天下午又到油库来，有特殊情况，也必须赶上星期一早上八点上班。

对于油库的生活，除了很累以外，其他方面何德远都感到很满意。

春天的天气变化无常，有时风和日丽，阳光灿烂，有时阴雨绵绵，冷风飕飕。接连吹了几天风，在野外，即使干活也很冷，仿佛又回到了冬天。干体力活，衣服穿得单薄，想着离家不是太远，没有带添加的衣服，民工连里好几个人冻感冒了。在石盘公社民工连，何德远的年龄最小，虽然已经进了十八岁，但毕竟是刚成年，体力还没有完全形成，干活时时常汗流浃背。整天整天在冷风冷雨中，他有些流鼻涕。民工有伤风咳嗽和肚子痛一类小病，可以在工地卫生所免费拿药。工间休息时，他到卫生所找姓孙的医生开了一点儿感冒药。

孙医生黑黄头发，皮肤像欧洲人一样白，矮个子。问了他的情况后，又拿起听诊器在他胸口听了一下，说吃点儿药，出个汗就好了。接着，开了几包药给他，同时说了用法用量。

下午下了班，在食堂吃了晚饭，何德远和工友们一起回到驻地——一个中学校的教室。这是县里直管的一所单设初级中学，去年知识青年上山下乡，全校学生都到农村去了，学校没有再招生，教室全部空了下来，石盘公社民工连的三十几个人被安排在这里住。学校离油库工地有两里多路，上下班要走约半个小时的时间。

到了宿舍，何德远按照孙医生的嘱咐吃了药，然后就上床去睡觉。

谁知道，这是一剂"虎狼药"——医嘱的用量是正常用量的三倍多！

当天晚上，何德远高烧胜过火炭，汗如泉涌，打湿了衣服被褥，人神情恍惚，半夜里说起胡话，第二天竟然站立不起，无法下床。连长王定贵和副连长吴中保见何德远一个十八岁的小伙子一下变成这样，叫他不要上班，躺下休息，他们给上级报告。何德远早上和中午粒米未进，下午工友们从食堂给他带回饭菜，扶他下床，但是正血气方刚的他连站也站不稳了。王定贵见情况严重，立即派副连长吴中保和一名工友护送何德远回家。

吴中保是一个退伍军人，瘦高个子，他父亲同何德远的父亲何文伯有很好的交情，因此他和何德远的关系也非常好。他很负责任，与同路的另一个工友一直把何德远送到家里，给他父母说明了情况后才离开。

春寒料峭。何文伯和何德远的母亲见儿子感冒得这么重，立即在火房里把火攒起，扶他在背风的门背后坐下。一会儿，大哥何德荣和大嫂李子英、妹妹秋艳也回来了，见何德远这样，惊讶地询问原因。父母说何德远是喝了感冒药，出大汗出虚了。哥哥、嫂嫂和妹妹赶快安慰他："莫害怕，没好大的问题，将息几天就好了！"何德远很感动，但是说话的力气都没有了。

一家人都围着火房烤火，何德远突然惊叫起来："看，那里来了一个人！"

"哪里有人？"父母和哥嫂、妹妹都面面相觑。

"那里！那里！"何德远指着对面。

"哪儿有人？"一家人惊异地你看着我我看着你。

何文伯说："人都狂了，严重得很，今天晚上好好服侍一晚上，明天要送到医院里去才行！"

第二天一早，何德远被送到石盘卫生所。医生问了情况，把没服完的药看了，问了用量，确诊："药物中毒，大量出汗造成严重虚脱致神经紊乱！"

何德远在石盘卫生所住下来，每天服药、输液和疗养。

这是何德远第一次住医院。此前，他没有生过大病，偶尔感冒一下，几天自己就好了。严重时，吃几道药就症状减退。即使二十世纪六十年代初期生活那么困难，他年龄还很小，也没有生过什么大病让家人担惊受怕过，这次居然这么严重。

农村的人缺钱，生了病住医院的很少。凡是住医院，就是不得了的大病。何德远由工友送回来，在石灰窑上下车，洗灰浆的人还没有放工，见活蹦乱跳的何德远脸色蜡黄，眼睛里没了神，走路偏偏倒倒，站立不起，立刻放下手里的工具围上来，吃惊地问："这是咋个的？这是咋个的？"从石灰窑上回来，遇见的人见他被两个人扶着走，也神色张皇地问："这是咋个的？"

何德远在住医院，何德远得了大病！消息不胫而走，很快全队的人都知道了。

住在湾里最深处的张文静和张文玲无疑也知道了。一向怕何德远抢走自己妹妹而冷若冰霜的张文静也一脸惊恐："那是咋个起的？"张文玲听说何德远住进了医院，想他一定很严重，加上听到的一些议论，心里火急火燎。但是，她不好名正言顺地去看望他——她去了，他家里的人在身边，她怎么好说话？张文玲很着急，浑身冒汗，脸红一阵白一阵的。

出工歇气的时候，人们要到医院去看何德远，说他仁义，从来没觉得自己有多了不起，是个好小伙子。大家都这么关心，张文静说："我也去看看！"姐姐都要去，张文玲很高兴，也跟着一起到石盘卫生所去。

离县城近的人生了严重的病，就到城里的医院去看，所以石盘卫生所虽然是一个区的卫生机构，但是条件非常差。离得远的区和公社卫生所要负责一个片区的群众生了病，包括比较大的疾病的治疗，医生的配备和设施设备要好很多。石盘卫生所的病房里，只有铺着谷草的木床、破旧的长条木桌，被盖和水瓶等都要病人自己带。

全队的人都来看望，狭小的病房里挤满了人，外面还站了一大片。

风华正茂的何德远有气无力地躺在小木床上，看到他那个样子，乡亲们惊讶不已，不少人连声叹息，有的人不停地"唤猫儿"。大家问了病情，骂开药的虎狼医生，说应该找医生负责任。

这么多人来看望，何文伯和何德远的母亲很感激，连连请坐道谢。何德远眼里噙着泪水，望着这么多来看他的人。看到张文静和张文玲也来了，他强打精神坐了起来——他不愿意让张文静看到自己瘫软一团的样子，也不愿让亲爱的文玲为他担心。

先进来的人出去了一些，张文静走进来，一脸惊异地站在姑娘媳妇堆里看着何德远，眼里充满同情。她的内心还是善良的。张文玲跟在姐姐后面，她认为姐姐应该走在她前面，更重要的是，她不愿意让姐姐看到她控制不住自己感情时的样子——她一脸忧伤，短短的几分钟就转过头去擦了几次眼泪。何德远装作不经意地看了她一眼，她再也忍不住了，包不住的泪水一下像断了线的珍珠不停地掉下来……

做活路该动工了，来看望的人安慰过何德远和他的父母，一个个告辞后走出病房。张文玲让人家先走，自己走在最后面，向何德远投去深情的一眼后才慢慢地向外面走。这一眼，有安慰，也有鼓励——他是她刚刚进入成熟少女时期的第一个恋人，他现在是这个样子，她十分难过，但是她知道他坚强，是一个不怕困难的男子汉，她相信他一定能够挺住，一定能够很快站起来。

何德远知道张文玲这一眼的含义，欣喜和激动地给她点了点头。

在石盘卫生所住了十几天，何德远的病情大有好转，能够正常吃饭以后出了院。

回到家里，母亲对他精心调养，他按时服用带回来的药，人年轻，机能强健，没有多久，他就能够到处走了。

何德远时刻都想和张文玲在一起，即使不能给她说话和听她说多少话，哪怕是远远地看她一眼，他心里也高兴。

春日载阳，天气暖和。全队的人在下河坝打田，何德远转到工地上去，男男女女都上前来问候他，他忙不迭地回答大家的问话并向他们表示谢意。张文静在往撮箕里捡石头，张文玲在往外面背，离得远，没有走拢说话，但她们脸上的笑容传达着对他的关切。何德远知道，张文静不说话，张文玲是不好说什么的，而且就是姐姐说了，她也不一定说——她说什么呢？她要隐藏自己内心的挚爱，而且她知道，她没有说什么，何德远也能理解。

国际形势发展牵涉国内政策走向，知识青年上山下乡被明确地确定为青年运动的方向，要求知青扎根农村，在农村干一辈子革命。

石盘公社在知青工作中有一个未成文的制度——一个季度开一次知青会。

全公社知青的构成有所改变：除了一九六九年一月，高初中"老三届"（六六、六七、六八三个年级）的学生；少数进入初、高中只上了一个多月课的六九级城镇户口的学生，还有六九年后几个月分散插到一些大队生产队的十几个六四年下到县上两个林场的老知青。知青的人数增加到五十几个。从六七年开始，接着几年初、高中和大、中专没有招生，没有中学生上山下乡，

像往常一样，新的一年的第一次知青会，由公社团委书记、分管知青工作的李永和主持，公社党委李书记、何副书记到场讲话。会上，公社领导听了来自全公社十三个大队几十个生产队的知青的发言，了解了他们参加劳动的情况和在生活方面存在的困难以及需要解决的问题，学习了县上新发下来的有关知青工作的文件和一个先进事迹材料。文件的主要精神是，要求全体知青不要有临时思想，要安下心来，走一辈子与贫下中农相结合的道路，切实认识到"农村是一个广阔的天地，在那里是可以大有作为的"。先进事迹材料是同文件配套的，说的是省城下到本县剑门山区的女知青刘青骏，决心扎根山区，当一辈子农民，同当地一个青年农民结婚成家的感

人举动。

李书记和何副书记的讲话并不是不生动，但知青们认为他们说的是"官话"，都是广播里和报纸上说的那些。李永和讲得不可谓不亲切，大家也只是一般性地听听而已，没有引起多大的反应。而刘青骏同所在生产队的青年农民结婚的事，却一石激起千重浪，大家议论纷纷，个个一副难以置信的神情，说："这不可能啰！"

不久，省广播电台播送了刘青骏的事迹。农村的每个院子都有广播箱，家家户户都知道了这个女知青的惊人之举。接着，省报头版头条刊登了刘青骏的事迹。县里召开的知青代表大会，刘青骏理所当然地作为先进代表出席了会议。

刘青骏的事在知青中引起强烈的反响，已经接近婚龄的男男女女认真地考虑起自己的未来。一个姓杨的男知青与同一个生产队姓任的女知青正式耍起朋友，不久就领证结了婚，每天像农村的小两口一样，一路出工，一路收工。青湾大队一共六个生产队，三、四、五、六四个生产队有知青，除了四队是一个小伙子外，三队是两姐弟，五队也像张文静和张文玲一样是两姐妹。三队的知青，姐姐周新佳是高六六级的学生，在首批知青中年龄最大，也是文化程度最高的，正在同一个军工厂的青工谈恋爱。外面传得沸沸扬扬，有人在给五队的两姐妹和三队一家在西北当兵的两兄弟牵线搭桥。六队，张文静和杜刚在耍朋友就不说了。其他大队也传出一些知青之间耍朋友的新闻。在知青们都躁动不安的时候，张文玲却十分平静。

上次母亲来，把房东杜成四说亲的事告诉了她，也把自己到何德远家里去，同何德远的母亲摆的龙门阵说给了她听，说她对何德远一家人的印象很好。回到城里，他父亲张国正一如既往笑嘻嘻的——张文玲的母亲给他说了杜成四给他们二女儿介绍何德远的事。这个县级机关的干部没有提出什么反对意见，他的态度是：张文玲的个人问题，由张文玲自己和她母亲决定。也就是说，他对张文玲同何德远耍朋友是接受的。

张文玲对何德远是从心里喜欢。初见时，她只觉得在农村遇上了一个"同类"，能够跟他多说说话，后来却在不知不觉中喜欢上了他，天天想看见他，朦朦胧胧地产生了想成为恋人的愿望。原来，她认为自己年龄还小，而且一想到这个问题就脸红，心"咚咚咚"地跳，现在她决定公开他们的关系——一年多来，她和何德远都好像是做贼一样，没有好好地说过一次话，更没有单独相处过，各自的心事只能用眼神传达。太难受了！如果公开了，正式耍朋友，就可以名正言顺地说话、大大方方地来往了！这该有多好啊！想到这里，张文玲情不自禁地笑了。

在青湾六队来了一年多，她对人家好，人家对她更好。她感到农村的人确实厚道。同时，烧石灰装窑出窑，来回走七八十里路背煤，翻南山捡柴……一年四季的农活都做过了，她认为自己能够吃得下来做农村活路的苦，习惯了农村的生活。还有，何德远家是全生产队人口最多、最兴旺的一个家庭，屋里和外面都有人，一家人都有文化，在农村少有这样的家庭。最根本的是，她喜欢何德远，何德远也喜欢她。他不仅长得标致，而且有理想，有抱负，有不怕困难的气概，虽然没有对她直接说出过爱她，但是从她一年多的观察，知道他对她是一往情深、深爱无疑的。张文玲决定当又一个刘青骏式的知青，同何德远在一起，在青湾六队当一辈子农民。

在农村扎根，知青们一个个惶惶不安，觉得前途更加暗淡，张文玲却感到非常轻松，吃得下，睡得香，心里没有任何负担。

不出工的时候，张文玲不再想去赶场同知青战友们上场下场地走，觉得同他们要说的话就是那些，如果她说出自己现在的想法，还会招来不少人的冷嘲热讽，说她出风头，想出名。她甚至连城也很少回，姐姐经常回去，她待在生产队，在城里有啥事叫姐姐办。要从家里拿什么来，知道姐姐会拿来。

张文玲在生产队串起门来。吹风下雨在家，出工回来吃了饭，她一个人到湾中间和下湾里，和耍得好的秀清和她们下到这里以后才接来的几个年轻媳妇聊天。十九岁的杨益英，上午在圆场里拆场、翻场，同大家笑得嘻嘻哈哈，中午就生了娃儿，还是一个男孩，晚上生产队分菜油，按人口分，这个娃儿正好赶上，全队的人都说杨益英会生，这个娃儿有福气。晚上分了油，张文玲就和几个媳妇去看望杨益英母子。刘清香坐了月，第三天晚上生产队开会，张文玲就同何德远等几个年轻小伙子同路去看望，刘清香高兴得不得了。养父母给秀清说了一个邻村的小伙子，已经住在了家里，性情倔强的秀清不愿意，没结婚两个就经常吵架拌嘴。秀清以切身感受告诫张文玲挑选男娃儿要特别注意什么，而张文玲以说生产队的小伙子把话头引到说何德远。秀清说："那人家何德远倒好哦！"说了何德远很多好话，却没有觉察到张文玲心里对何德远有意思，是在导她的话。

张文玲同几个已经生了娃儿，是过来人，但比她大不了几岁的年轻媳妇耍得好，也因此特别谈得来，有几次话说得高兴时，这些媳妇关心地问她有男朋友了没有。她红着脸大方地说："给我介绍一个嘛！"这些媳妇说："你是城里人，我们只认得农村的小伙子，你看得起不？"她说："我也是农民，咋看不起呢？"这些女人知道她喜欢何德远，故意对她说："我们全生产队的小伙子，只有何德远配得上你，家庭条件也好。"

秀清和几个媳妇的话，使张文玲了解了更多有关何德远的情况，更加坚定了自己的选择。

张文玲同何德远的关系是很秘密的，但是没有不透风的墙，很多善于察言观色的人从他们的神情举止看出了他们的特殊关系，有些人已经经常拿他们开玩笑。

"张文玲，就予给我们这儿嘛！"一些年长的人说。

"你就像我们这儿的人样的，就交给何德远嘛，他也是一个学生……"已经结了婚的小伙子说。

"嫁给何德远，你们般配！"攀不上张文玲的小伙子们虽然有些吃醋，但也想把她留在青湾六队，也说。

每当这种时候，张文玲就满脸飞红，低头不语。无声胜有声，大家知道了她喜欢何德远。

秋季开学，青湾学校调走了两名公办教师，三队的知青周新佳和六队的张文静被安排到学校代课。周新佳是县中高中六六级的女才子，当老师教全大队社员的子女是众望所归，而张文静是因为娇气、斯里斯文、做农村的活路不行，才派去的。

接连下了几天暴雨，石盘河发大水，淹了河坝里的大片地方。下河坝里，一条大沟流出来的水与河水交汇的地方，水退了以后露出了一大溜厚厚的泥巴。

田里没有活路做，地稀得不能下脚。何大全和何德中说这里挨着沟，水源条件好，可以打一个田，一年能打好几百斤谷子。

两人商定，队长何大全就上梁对全队的人喊："各家各户注意，今天早些煮饭，吃了晌午，到下河坝去打田！" 在屋里窝了几天、睡了几天好觉后浑身是劲的社员们听到这一喊，立刻踊跃起来。

人年轻，何德远的身体恢复得很快，可以劳动了。他没有再到油库去做工，队里叫他还是去洗灰浆和上车。河里涨水，没法过去，洗灰浆和上车的人也在家里歇了好几天气，听说打田，也都背着背篼扛着铁锹来了。

打田是农业学大寨以来大家都熟悉了的活路。一拢工地，副队长何德中就喊了几个人跟着他去砌田陂，其他的人挖的挖，装的装，背的背，石头背去砌田陂，土背去往低处填。一个狭长的地方，几十个人聚集在一起，锄头飞舞，铁锹高扬，背土石的小伙子和姑娘媳妇来往穿梭……

歇了气，做了一会儿活路后就开始评工分。

记工员在簿子上记，张文静代课去了，张文玲接替上手册，有好长一段时间就是这样了。

记工簿上的名字是从张文玲住的杜家新院子排起，每家以户主开头。记工员按簿子上的顺序，从最上面一家的杜成四喊起，喊一个来一个，问清情况，没有迟到早退，就把当天做的活路和和按其底分半天的工分记在簿子上，上手册的接过每个人自己保管的手册，把簿子上记下来的活路名称和工分登记在手册上。如果有短工分的情形，就问队长或副队长短多少，队长或副队长说了，然后把从底分里扣减后的工分在簿子上记下来，并上在手册上。

评到何德远家，轮到何德远时，何德远把手册拿过去递给张文玲，自己又去背土。倒了土回来，记工员叫何德远去拿手册——张文玲不好意思叫何德远的名字。记工员在叫，手册在张文玲手里。何德远走过去，张文玲红着脸把手册交给了他。

这几个月里，何德远和张文玲耍朋友的事已经风风雨雨地传开了，队里的人把正在敏感年龄、害羞的他们两个弄得很不好意思。张文玲因为准备公开她和何德远的关系，所以表现得还比较大胆，而何德远不知道她的这个决定，仍然羞羞答答、遮遮掩掩的。

这时，何德远从张文玲手里接过手册，看见当天那一页的顶上写了几句歌词："赶快上山吧，勇士们！我们在春天参加游击队……"

何德远一看，是一部阿尔巴尼亚电影里的歌词的开头几句。中国和阿尔巴尼亚友好，是"同志加兄弟"，中国经常放阿尔巴尼亚的电影，这些电影他都看过，所以他知道。

就是在工分本上写了几行字，而且是张文玲写的，写的又不是什么坏话，何德远并没有觉得有什么。但是，他抬起头来时，看见记工员在对着他抿嘴笑，好像是在看他有没有什么反应，"讨口子"何德信几个也在不远处把他盯一盯地边笑边唧唧咕咕地说着什么，他一下觉得人家都在笑他，认为人家都认为张文玲是在践踏他，他面子上很过不去，顿时热血奔涌，满脸通红，几下把拿过来的手册撕得粉碎，把碎片甩在地上就气呼呼地走了。

自从下到青湾六队，还从来没有谁当着全队人的面叫她这样难堪过，张文玲一下脸红齐颈项，手足无措。

"何德远咋个把自己的手册扯了？"

"何德远和张文玲为啥子？"

工地上的人叽叽喳喳地议论起来，几十双眼睛一起盯着他们两个。

看到众目睽睽下的张文玲一下窘得难受的样子，何德远的怒气消了下来，后悔起自己刚才的行为："我怎么啦？我怎么这么莽撞？人家只是写了几行字，还写得工工整整的，又没有乱写乱画，这有什么，看把她方得（尴尬）。"他同时想，那么多手册她不写，要往我的手册上写，写的那几句歌词那么好听，是不是有什么另外的意思哟！

何德远懊悔起来，自己太不应该了！他想走过去给张文玲道歉，说自己不对，但是在这么多人面前，又不好意思。毕竟他太年轻，有面子思想。

　　正像何德远后面想的那样，张文玲在他的手册上写这几句话是有她的意思的——她要告诉何德远，自己已经拿定主意了，决心当一个刘青骏式的知青，在农村扎根一辈子，和他在一起，但是何德远还不知道她的想法，还没有明确地向她表白过喜欢她、爱她，要他主动些，不要怯懦，抓紧时间，大胆地上。

　　张文玲等不及了，这也是无奈。他父母都同意了，母亲还到他们家去了，可是他就还是没有行动！她想了多少次，要主动去对他说，可是又不好意思。哪有一个女孩儿主动地去向一个男子说"我要嫁给你"的哟？那多羞哦，传出去不叫人笑死才怪！

　　此前接连下了几天雨，今天太阳终于露出笑脸。天晴了，张文玲的心情也像这天的天气一样好，一天的工分记完了，又做了一件事，她好轻松，不自觉地哼起看了才不久的电影里的插曲，享受着它激越的旋律，体会着歌词的含义。突然觉得开头的几句表达了她对何德远的心情，就用还没有收起的笔把它写在了他手册本当天那一页的顶上的空白处，要他勇敢些，把想要对她说的话大胆地说出来，她接受他的爱。

　　这是张文玲抛出的"绣球"，谁知道何德远却不理解她的意思，没有满怀喜悦地接住她的"绣球"，反而给她炽烈的爱情火焰上浇了一盆冷水！

　　张文玲没有看见过何德远有那么大的脾气，完全懵了！她深感委屈："这么小一点儿事情，用得着发那么大的火吗？他不是那么小气的人呀？"

　　放了工，何德远回到家，草草地吃了饭后就进了自己的屋里。

　　晚上，一轮明亮的秋月升上天空，皎洁的月光从木窗的小方格中射进屋里，照在床上，何德远翻来覆去，怎么也睡不着。白天发生的事在他脑子里怎么也抛不开，而且像一团乱麻，怎么理也理不清。他细细地想张文玲在他手册上写的那两句话："那么多可以写的话，她为什么要写这两句呢？她已经上了好几个月手册，从来没有在我的手册上写过什么，为什么现在要写呢？"

他终于明白了，这是张文玲在含蓄地向他表白，她愿意和他在一起，在催促和召唤他赶快行动，勇敢上前！

何德远激动起来——他终于赢得了张文玲的芳心！

他想立即去找张文玲，但想到白天撕工分本对她的伤害，又很快打消了去的念头。

他到底还是压抑不住内心的冲动，穿好衣服，翻身下床，走到门口，开门走了出去。

夜已经很深。大半个圆形的月亮升到了大榆树的顶上，满院坝月光如水。

家里的人都已熟睡，牛娃何德林家和新房子院子里也一点儿声响也没有，只有圆场梁上下来的园子陔那里的蛐蛐在鸣叫。

他轻轻地关上门，扣上门扣，下了石阶，走过院坝，来到大门的墙边上。

忽然，上湾里传来两声狗叫。听得出，这是队长何大全那条从山里带回来的猎狗的叫声。这条黑黄色的狗十分凶猛，队里的人都怕它。整个湾里，从下湾到上湾，有好几条狗，这些狗没啥。何大全那条猎狗虽然厉害，但是他经常从那里过，已经认识他，只要他吼一声，听出是他的声音，它就不会咬他。他担心的是张文玲住的那个院子里杜文金家的那条麻狗，他平时很少到那个院子里去，它不熟悉他，他如果去，一定会拉住拉住地咬。还有，这湾里的狗，晚上只要有一个叫起来，其他的狗就要跟着叫。全湾的狗都叫起来，阵势很大，会惊动一湾的人，如果有人起来看狗叫啥，看到是他，问起他深更半夜是到张文玲那儿去，岂不是给自己和张文玲一个说不清？一个刚刚成人的年轻人，名声多么重要啊！如果造成影响，他没啥，而对张文玲一个姑娘家，怎么承受得起？他不能再给她造成伤害！他知道，张文玲这时在睡觉，难道去把她从床上叫起来同他说话？张文静也在队里，即使把张文玲叫起来，又能说什么？

想到这些，何德远停下了脚步，又转身回来，走下院坝，上了阶沿，轻轻地取下门扣，推开门，脱下衣服去睡。

为撕碎手册的事，何德远一直在寻找机会向张文玲道歉，可是他每天在石灰窑上，张文玲随"大部队"做活路，很难见到，有时见了又有人在跟前，没法说想说的话。

十一

何德远的心里乱极了。

一个月前。

晚上,全家人都睡了,母亲像每天一样,还在端着煤油灯这间门看看,那间的门瞅瞅,看几间没住人的房子的门锁好没有,猪牛圈的门关了没有。一切都放心了,自己才去睡。

她进屋,何文伯已经先睡下。

"他爸爸,你睡着了没有?"何德远的母亲站在儿女的角度轻声问何文伯。她们这个年龄的女人,对自己的男子是不直呼其名的,觉得那样对丈夫不尊重,不合古训。

"嗯,你说啥?"何文伯已经眯着,没有听清楚她说的啥。

"你说我们何德远和知青张文玲在好,张文玲的妈头一回到我们屋里来,也好像有那个意思,我们是不是托人去说一下?何德远都进十八岁了,听说那女子是同年的,小月份。"

"唉……"何文伯叹了一口气,没有再出声。

"你是说没法去说?"何德远的母亲试探性地问何文伯。一辈子不管是外面的事,还是屋里的事,她都是叫他做主,听到他叹气,知道一定有难处。

"人家是城里的人,我们是农村人,你看有法去说不?"何文伯没有说自己家的上中农成分和他的"历史问题",只说了城里人和农村人走不到一起。

"城里人、农村人又咋个,城里的人吃饭,农村的人也在吃饭!"何德远的母亲是个性格有些倔强的人,从不向人低三下四,她没读过书,也很少开过会,认的是亘古不变的道理,话说得简单实在。

"你晓得个啥?"何文伯没好气地说,"你看到哪个城里的女子予给农村?"

何德远的母亲想了半天,举不出城里的女子予到乡下的例子。

沉默了一阵,饱读诗书、熟知历史的何文伯说:"张文玲是城里的知青,人家终究要回城里,不要光听现在说的扎根农村一辈子,哪个晓得后头的事情?如果两个结了婚,张文玲回城里去工作,何德远还在农村,那成个啥子事?男子在外面,女子在屋里,还管得长,女子在外面,男子在屋里,你想管得长久不?"

"那何德远和张文玲都喜欢,我听张文玲妈的口气,他们也喜欢,你看这个事情咋个办?"母亲听何文伯说得有道理,问他说。

何文伯想了一阵,说:"咋办,现在马上另外采访①一个女子!"

"原来说的那些女子他都不喜欢,还哪里去采访?"母亲说。

"先那些女子是人家说的,都不咋样,现在要去采访一个比得上张文玲的、精灵一点的才行。多托几个人去打听。"何文伯说。

"杜家三娃子人才倒差不多……"母亲说。

"本队的不好!"何文伯说。

何德远家几间老房子的墙向后面仰,有一些安全隐患,也不好看,头一年全部拆了重新扎石脚筑墙,中间的木头牌扇也放倒重斗。前几个月,父亲何文伯抽时间断断续续地把壁笆子编起了,泥也调好了,趁天气热,田地里的活路少,请何德中等三个泥匠搪墙。

从何德中的父亲和母亲起,何文伯和何德远的母亲就和他们好,何德中的二儿子生下来头发立着长,经常生病,算命先生说要找"土命人"的干爹干妈护佑才行,恰巧何德荣和李子英都是"土命人",何德中夫妇正想给何德荣和李子英说这个事情。何德中做活路本来就实在,有求于何德荣,给他们做起活路来更加卖力和认真。

---

①采访:打听,寻找。

那天，何文伯在下面递泥，何德中在搭的架板上搪。何德远的母亲洗完锅碗从灶房里出来，想起为何德远提女子②的事，在他们跟前停下来和何德中摆起龙门阵。

"何德中，你经常在出门做活路，看哪家有精灵女子，给我们何德远说一个！"何德远的母亲说。

"哝——"何德中听何德远母亲说这事，想了一下，说，"我听说张文玲喜欢何德远喃，张文玲可以嘛！"

"嗯……"何德远的母亲看了一眼何文伯，怕自己把话说错了，没有再说下去。

"张文玲那女子还吃得苦，我看在这农村里还占得下去。"何德中见何德远母亲没有说话，接着说。

何德远母亲同何德中说话时，何文伯面带微笑，只是听，没有开腔。听何德中说到张文玲，何文伯说："哎哟，人家是城里的人，咋个会在这农村里哦！"

"那倒也是，愿意不愿意在这农村长期占就不好说啰！"何德中认为何文伯看得远，对这个问题他也不敢肯定。

"张文玲那个女子我看也确实是一个好女子，但是如果现在愿意，将来又扯起，那就要怄气啰，不如这阵就不走这一步。"何文伯说。

何德中好一阵没说话，在脑子里搜索他认识的其他女子。想了好一阵，他突然叫何德远的父亲，说："大老子，山后头陈家有一个女子长得精灵！那年，也是这一向，我们给他们屋里搪墙，她给泥，名字叫春华，十三四岁，现在也十五六岁了，我们还逗她，叫她长大了予给我们前山头，莫要在那山后面，她只是笑。你们托人去说看看，虽然在山后头，这路又不是多远。"

墙搪完，逢场天，何文伯去石盘赶场，遇上后山的熟人梁成功，请到茶馆里喝茶，打听陈春华是谁家的女子。

梁成功是一个爱跟外面的人打交道的人，听何文伯的儿子想提他们山后面的女子，高兴得不得了，很愿意成全这件事，说："陈春华是陈万钧的二女子，人长得确实精灵，心灵手巧，百里不能挑一，

---

②提女子：说女子，说亲。

只是没读几年书，文化浅淡一些。我和他们是一个生产队，人熟就不说了，关系还好得很！"

"那这样，就麻烦你给我们问一下，如果这女子还没予人，就先见个面。"

梁成功是个爽快人，同何文伯交情好，又是成人之美的事，满口答应："行，那没啥问题！"

何文伯回来，把托梁成功说山后头陈万钧的二女子陈春华的事说了，平时不爱开腔的李子英说："人家何德远跟张文玲在好呢！他干不干？"

"就是呢，晓得何德远同意不？他可犟哦！"何德荣提醒父亲。

何德远的母亲觉得何德荣、李子英说的是，转过去看何文伯，听他怎么说。

"不管咋个，先见个面。"何文伯说。

过了一个多月，又是一个逢场天，梁成功回话说，陈春华还没有主户，她妈说知道何文伯这一家人，同意见面，时间定在再下一场。

父母要另外给他提亲，何德远又是不好意思又是气。在个人婚姻问题上，他认为，自己不能像一般的农村娃儿那样，十七八岁就"父母之命，媒妁之言"，订一个有可能从来没见过面、对对方什么也不了解的女子，然后就逢年过节去拜年拜节，年龄一到就结婚生娃儿，从此一辈子操心的就是柴米油盐和猪哇狗哇的事。他不好意思对家里人说他喜欢张文玲、张文玲也喜欢他，只是说："莫说那些话！"他哪知道，一家人都知道她和张文玲在好，这样急急忙忙地提亲就是要把他们分开！

何文伯和何德远的母亲说，生产队的XX、XX比他年龄还小，女子都提了几年，再走动③两年就说结婚的话了，问他："你还要等到啥时！"

父母确实是要把他像其他农村娃儿一样，一结了之，完成他们的义务，可他们哪里知道自己儿子心中的志向啊！

一家人在一起的时候，说其他啥子何德远都高兴，只要说起给

---

③走动：往来的意思。

他另外提女子的事，他就把头转到一边，不听他们说的那些。

何文伯知道他的心思，挑明说："人家张文玲是城里的人，我们是农村人，你把人家在农村陷得住不？"

何德远坐在那里一言不发，不说陷得住，也不说陷不住，这个问题他也真的没有把握，也没有多想过，只是脑子里全是张文玲的影子——她正一脸羞赧地在对他笑着……

再下一个逢场天到了。

头天晚上，何文伯当着何德荣和李子英的面叫何德远第二天到石盘场上同陈春华见人④，说同意不同意后面再说。不知是强装的还是真的高兴，应该是退而求其次的勉强吧，何文伯还几次喜形于色地说："梁成功说，陈家的女子漂亮得很。"

"管他的，见个人嘛！"大哥何德荣说。

何德远不管那一套，第二天还是像往天一样，吃了早饭就到石灰窑上去洗灰浆和上车。何文伯早上起来就去出工薅苞谷草，等他回来，何德远早就走了。

何文伯问何德远的母亲何德远哪儿去了，何德远的母亲说不知道，她给他把饭煮好就到梁上去了，回来就没见人。

一同放工回来的何荣和李子英估计何德远是到石灰窑上去了。吃了早饭，何文伯叫何德荣到石灰窑上把何德远喊回来去赶场，说他是当哥哥的，好说话。

何德荣过河到石灰窑上，见何德远正在洗灰浆，很高兴路没有白跑。

"何德荣，你往哪儿去？"

"何德荣哥！"

……

从河坝里上公路是一截上坡路，何德荣刚从公路外面的坡下冒出头来，路里边池子里洗灰浆的几个长辈、同辈兄弟和晚辈侄儿就招呼起他。

"我来喊何德远有个事！"何德荣一边回答众人的话，一边叫

④见人：相亲。

何德远,"来我给你说话!"

大哥喊,不能不过去。何德远放下手里的铁锨,从洗浆池子里上来,走到何德荣跟前。何德荣语气轻缓地用好话诓他说:"不管你同意不同意,也要去应付下子嘛!你不同意,又没有哪个给你绑在身上!人家来了,你不去,叫爸爸咋个好说话?"

何德远没有想到自己会处于这样的一种境地,心里一阵酸楚:"文玲,我怎么对得起你呀!"

何德远不能叫大哥一个人回去,他这样回去怎么向父亲交代?同时他觉得大哥说得对,就是去了,不同意就是不同意,谁又能怎么样?如果跟人家约了,他不去,就是他们失信,父亲该有多难为情!

其他几个洗灰浆的人一直在看着他们两兄弟,还以为他们家里出了啥子大事,会计何德荣专门来喊何德远。

何德远不能当着那么多人说什么,特别是杜成兰的父亲杜文兴也在里面。

他无奈地迈开步子跟着何德荣向家里走去。

"……那你们几个就辛苦一下,何德远和我回去有点儿事!"何德荣见他说动了何德远,何德远愿意回去了,心里很高兴,转过身去对剩下的几个洗灰浆的长辈、兄弟和侄儿说。

望着两兄弟的背影远去,其他几个洗灰浆的人还是不知道他们回家去有啥子要紧的事情。

何德远回到家里,洗了脸,母亲拿出出门才穿的干净衬衣叫他换上。他坚持不换,何德荣再三给他说,他才换了。

父亲何文伯已经先去了,母亲没去。何德远和大哥何德荣同路,都是小伙子,不一会儿就到了石盘场上。

大春田间管理时期,农村的活路少些,天又热,赶场的人很多,有的卖东西,有的买家里需要的日常用品和农具,有的卖了自己家多余的东西又将那钱买家里需要的这样那样。卖东西的人,一字儿排在街两边,都面向街心,卖的东西摆在自己面前。街中间留出的空地走路和供买东西的人挑选自己要买的东西。这种格局,买东西的人可以两边看可以选。

街中间上上下下走着的人中，夹杂着一些知青和城里来赶场买乡货的人，他们的打扮与当地的人不同，一眼就可以看出来。卖的东西都是卖东西的人背起来的或者提着来的，不少人走的路还很远，一个个汗涔涔的。有的人衣服的后背都被汗水湿透了，一副十分劳累的样子。对于没有多少空闲时间的农村人来说，即使路很远，背得很重，赶场也算是耍，尽管很劳累，脸上也满是开心的笑容。

　　何德远和何德荣随着人流走到了场中间的供销社大门口，何德荣叫何德远在这里等着，他去找父亲何文伯和梁成功，看他们在哪里，也就是安排在哪里同陈春华见面。这时的何德远完全处于一种被支配状态，一切听从他们的摆布，何德荣叫他在这里等，他就在这里停了下来。

　　物资紧缺，供销社管农副产品收购和工业品供应，是最红火，也是人们最羡慕的单位。因为如此，所以凡是供销社，房子都修得好。石盘供销社是区社，在石盘场的中间，更比下面的公社所在地的供销社规模大得多、好得多，是赶场的人集聚的中心，所有赶场的人都要到这里来。进大门赶了百货、副食和农资三个门市部，从前面出去是街，从后面出去就到了公路上。即使是冷场，这里都是全场人最多的地方。

　　何德远好久没有赶过场了，站在大门口旁边的台阶上，看着场上来来往往的男男女女，心里像做贼一样紧张。他面红耳赤，身上冒汗，不大一会儿，出门时才换的衬衣背上湿了一大块，浓密的发际挂着黄豆大的一颗颗的汗珠。

　　在石盘读了三年小学，天天上学放学都从场上穿过，但年纪小，除了几个同班同学和相邻年级几个耍得好的，没有谁认识他。后来，他到县中读书去了，很少到场上来。回家劳动这一年多，他赶场的时候很少。然而这时，他觉得眼前走过的每一个人好像都认识他，知道他今天是来相亲的，浑身要多不自在就有多不自在。他很怕认识的人看到他，问他干什么。更怕张文玲也来赶场，和他相遇。看到几个熟悉的知青赶场，人家还在老远，他就赶快低下头，把脸转到一边，装作没看见——他怕别人上来搭话，问这问那，露出"马脚"。

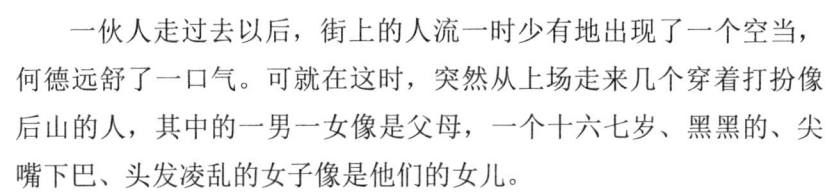

一伙人走过去以后，街上的人流一时少有地出现了一个空当，何德远舒了一口气。可就在这时，突然从上场走来几个穿着打扮像后山的人，其中的一男一女像是父母，一个十六七岁、黑黑的、尖嘴下巴、头发凌乱的女子像是他们的女儿。

何德远一惊，难道这就是自己要见的女子？顿时，一股巨大的悲痛袭上心头——爸爸、妈，这就是你们做的事！这叫我一辈子怎么见人！一霎时，他只觉得眼前热闹的街市，男男女女、老老少少，所有走着的人，低头买东西的和忙着卖东西的人，变得模糊起来，耳朵里"嗡嗡"地响，嘈杂的市声听不见了，蓝天白云和石盘场全部旋转起来……

当他刚刚定下神来时，大哥何德荣走到了跟前，说："人家来了。走，我们下去！"

何德荣如在梦中，木讷地跟在何德荣后面向下场走。

他清醒过来了，想起跟着大哥去是做什么。他横下心来："不管是谁，应付一下了事！"

何德荣领着何德远往石盘场上唯一的茶馆里走。一进门，碰见六四年下到县东风林场、现在插队到石盘公社的何东阳。何东阳是石盘公社新老知青中最不怕事、让公社干部最头痛的人。他知道何德远和张文玲的事，想何德远这个家在农村的回乡知青还被一个城里的女知青看上了，这小子一定有他的过人之处，所以对何德远还比较友好，前几次碰到就对他挤眉弄眼、诡诡秘秘的。

"你搞啥？"何德远正在懵懵懂懂中，没有看见何东阳，何东阳却看见了他。

"啊，到里面去有事！"何德远见是何东阳，惊慌地抬起头答了一句后，边说边忙着往里面走，害怕这个多事的主儿跟着进来看他们做啥。往前走了几步，何德远转过头看，何东阳没有来。何东阳没有看出他的异样，自去找茶喝去了。

这个茶馆临街只有一个门面，后面却通到一个院子里。平时喝茶的人少，只开前面一间。逢场天人多，后面的巷子里和阶沿上都搭桌子坐人。何德远跟着何德荣，拐了两道弯，来到最里面，也是最僻静的一张桌子。

何德远进去,老远就看见,桌子的上首坐着一个黑瘦的五十多岁、左手掌抬着一个烟杆近一米长的大烟锅子抽兰花烟、右手伸去端茶碗的老汉——茶馆的茶具是带底盖的青花茶碗。父亲何文伯面带微笑地坐在他的右手,一个十五六岁、身穿白底绿花衬衣的女子坐在他的左边。何德远估计,老者可能就是红叶⑤梁成功,这个女子是谁他不知道,但不是在场上看到的往下场走的那个黑黑的、尖嘴下巴、头发凌乱的女子。"这有可能是他自己的女儿或是和他同路的另外的女子吧。"他想。

父亲招呼两兄弟坐下,梁成功听见,知道是何德远和何德荣来了,脸没有来得及转过来就忙着叫:"坐!坐!快坐!"

何德荣已经同他们见了面,两兄弟坐下,何文伯指着梁成功对何德远说:"这是你梁成功表叔!"乡下人对亲族和近邻以外与父母年龄相仿的男子都叫表叔。又指着那个女子说:"这是陈家女子!"何文伯满面笑容地说。

"她叫陈春华!"梁成功是经常坐茶馆的人,懂得场面上的规矩礼仪,赶忙说陈家女子叫什么名字。

陈家不知什么原因,只来了陈春华一个人,父母和哥哥、嫂嫂都没有同路来。

寒暄过后,梁成功问起何德远的家庭人口,等等。何文伯家的情况他是大致了解的,他这时问这些,是让对方说给陈春华听的。何文伯一一回答了他以后,又转过来问陈春华的爹妈咋个没来和家里还有哪些人,以表示礼貌和关心。

两个长辈说话,晚辈不好插嘴。陈春华不时地瞅着空子偷看何德远。

互相问完对方的家庭情况,正事算是办完,后面何文伯和梁成功摆了其他龙门阵。

何德远借着上茅厕出去溜达了一阵,回来看见陈春华拿着他放在桌子上的一把篾条扇子在看。这把扇子上何德远写了"还看今朝"

---

⑤红叶:婚姻介绍人。

几个毛笔隶书字。

何德远从小就做事认真，字写得好。初中一年级时，县中开了写字课，写毛笔字，教他们写字课的邱老师很喜欢他，说他的字写得出来，经常在课堂上手把手地教他写。邱老师的隶书写得非常好，他回乡前专门写了毛主席的词《沁园春·雪》送给他，要他在农村劳动的空闲时间里好好练习，将来有用。以后邱老师见了他，就要问："何德远，你的字写得怎么样了？可能写得很好了吧？"几年里，虽然回在农村很忙，劳动很艰苦，但是吹风下雨不能出工和过年过节有时间的时候，他还是经常拿起笔来写字。他原来写毛笔字用的是学校发的描红本，后来父亲叫他写颜真卿的《多宝塔》。现在，他又在学写邱老师的隶书。新买来一把篾条扇子，他照着邱老师的隶书写了这四个字。

见陈春华在看这几个字，何德远产生了一些好感。

喝了一阵茶，已经中午时候，何文伯和何德荣请梁成功和陈春华去吃饭。从茶馆里出来不远就是石盘饭馆，买不到酒，五个人吃了几个炒菜几盘花卷。

吃完饭，何文伯请梁成功和陈春华到家里去，何德荣也在一旁礼节性地挽留，何德远没有开腔。何文伯和何德荣知道梁成功肯定不会去，梁成功也知道人家请只是一个礼仪，连说："不去了！不去了！"他也知道，他把人家的女儿一个人带出来，人家是相信他，他必须早些给人家带回去，让人家早些放心。还有，陈春华一个姑娘家，第一次同人家男娃儿见面就到人家家里去，是一种轻浮的表现，会被人笑话。

于是，同路过了石盘河的桥，看着梁成功和陈春华从右边的大路走了，何文伯父子三个才自己回家。

应付就这样完了。

何德远几人回到家，母亲急着问："那个女子咋在的？"

何文伯和何德荣都喜形于色地说："人倒是精灵，个子高，我们挨到的两个生产队的姑娘媳妇，没有哪个有那么高，眼睛也大，白得像粉团子样的！"

母亲听了后，笑了，说："那好嘛！"

说陈春华的长得漂亮，一点儿不假。可是，在一旁站着的何德远却紧绷着脸，一副毫不为之所动、不以为然的样子。

见何德远这样，何文伯和何德远的母亲没有再眉飞色舞、喜笑颜开起来——人家女子再漂亮，自己儿子不来气，也等于零。

没赶上下午出工时间，何德远就没有再去出工。第二天，他像啥事都没有一样，照常到石灰窑上做活路去了。

石盘和相邻的两个场轮流逢场，石盘逢三、六、九。过了几场，梁成功来赶场回话，说陈家没有什么意见，就看他们了。这天，何德远家里没人赶场，梁成功找人带信来，何文伯赶快到石盘场上去，找到梁成功，对他说："圆合一下，再等一段时间给你回话。"梁成功看那天何德远全无喜心，知道其中必有缘故，何文伯这样说，在他的预料之中，连说："是，是。对嘛。"自会去给陈家说。

何文伯多次给何德远说："我们咋不喜欢你和张文玲好，但是你想你行不？你想后头的事没有？论相貌和文化，你都配得上张文玲，而农村和城里是两重天，农村一年四季苦得没有明昼黑夜，你要人家一辈子在农村，你留得住不？"

"儿哪，你爸爸说的这些都是道理，我们咋不想你接一个城里的女子，你有名气，我们一家人也有名有誉，但是人家城里的人哪儿在农村占得久嘛！我们屋里又是上中农成分，莫把人家害了！不如干脆不走这一步！"接着父亲的话，母亲柔情细语地说。

对这件事，何德荣也不知如何是好，当然他也希望何德远接一个城里的女子，最好都到外面去工作，可根据眼前的政策，又哪里能行。他想叫何德远放弃张文玲，又知道何德远态度坚决，可能扳不过来。他一天也嘴里不停地打哑咪，帮着犯愁的父母焦心。

李子英不知道多少外面的事，见父母和自己男人为难的样子，一会儿看看这个，一会儿看看那个，更不知道如何才好。

说不通何德远的思想，何文伯愁眉不展，唉声叹气。何德远的母亲见他这样，出主意叫他找外面说话何德远会听的人。

何文伯觉得她说的有些道理，决定一试。但是找谁呢？何文伯又难住了——陈春华是他们托人去说的，长得那么精灵，自己的儿子不干，假如找的人也说不通，等于没找不说，还有可能因为找的人嘴不牢，把不同意人家的意思传出去，对人家伤害大。

何文伯是个遇事也为别人着想的人，考虑得很细致，想要找个天天和何德远在一起、说话他听、嘴又紧的人。想来想去，何文伯想到了给生产队跑"外交"的何文元。

何文元四十多岁，读过私塾，爱赶场上街喝茶看戏，很会说话，生产队批量卖石灰和把青湾六队作为基地，建池建棚洗灰浆，汽车拉灰膏，都是他跑的。因此，凡是他说的，队长何大全都要采纳照办，全生产队的人也对他也很推崇和拥护。他对为人处世好而且文墨好的何文伯十分敬重，又天天在窑上。

何文伯下午，上完两个汽车，天暗了下来。也是放工的时候了，灰浆的人收拾工具，准备回家了。

"何德远，你来跟我一起到石盘场上去办个事情。"何文元叫住了正要走的何德远。其他人看着他们，不知道他们有啥事，又不好问。

何文元叫，何德远停了下来。何文元脱了洗浆上车的筒靴，同何德远坐拉灰膏的车到石盘场上。

石盘供销社下了车，何文元去买了一个东西后就和何德远往家里走。

何德远很纳闷："他不是叫和他一起办事吗，怎么啥事都没办就回去了呢？"

他正想问，何文元开了口："娃子，我今天把你喊来和我一路，是想单独和你说个话。我听说山后头陈家的女子……欸，叫个啥名字……噢，陈春华，你们见了面，说漂亮得很嘛，你就同意了算了，免得你爸爸妈妈一天犯愁。"何德远这才知道，他叫他是要说这个事。

何文元不愧是跑"外交"的，没有说是谁叫他来说的——当然，何德远也知道是他父母叫他说的，而且是以一个旁观者、一个长辈的身份，以关心的口气对何德远说。

何文元看过不少古戏，时不时还要吼两嗓子川剧高腔。他以古戏里"人生在世，大登科金榜题名，小登科洞房花烛"的名言劝导何德远，说："陈春华我见过，人家长得那么精灵，你还不干？你同意算了，不要把你爸爸和妈拴在壕里。人家催着回话，同意不同意，他们没法说，作难呐！你这么大了，在农村里早该提女子啦！我才十八岁就过酒席，我们头一个女子跟你是同一天生的，我们想要儿子，还说跟你调……"何文元打了不少比方，说了很多动之以情的话。何德远却一直沉默不语，只听他说，没有表示任何态度。

何文元知道何德远和张文玲的事情，却装作不知道，只字未提张文玲。

何文元说没起作用，何文伯和何德远的母亲愁得眉头都打了结。

事情弄成了这个样子，何德远认为责任在他的父母，他们不好脱身，也把他陷进去了，如果张文玲知道了，还不知有多难受。

何德远当着张文玲的面撕手册，是因为面子上一时过不去的冲动，深层的原因是家里给他另外提亲的烦恼。

十二

又一个冬天来临。

几场大风过后，山上、坝下和房前屋后的树木的叶子掉得精光。风还在吹，光溜溜的枝条被吹得偏来倒去，交叉的树丫互相磨挤，发出"叽呀嘎"的难听声音。堰沟上的笕槽里往外漏的水，一出来就结成了冰。水不停地漏，冰不断地结，浇蜡似的使倒挂着的、开始很细的凌锥，变成了一根根长短不一、足有手臂粗的、洁白透明的凌棒。冬麦才冒出绿芽，柔嫩的油菜苗被霜打得蔫在地上。上学走在路上的孩子，脸冻成了两个红蛋蛋，小手也红红的。有的孩子在不大的镔铁桶上用一截铁丝系上，加几块燃炭在里面提上，边走边在空中甩圈，燃起呼呼作响的火苗。大人小孩都裹着厚厚的棉袄，年纪大的男人戴着栽绒的帽子，姑娘媳妇们的头上包着布帕或者四方的围巾……

天真冷啊！

可是，天寒地冻中却给城里下来的知青们带来了福音。

十一月份，国家征兵，城里的知青做农村青年对待，可以应征入伍。经过体检政审，在石盘公社，几个下来不满两年的男知青参军。紧紧关闭的知青回城的大门掀开了一条缝，觉得如长夜漫漫、前途渺茫的知青们从这条缝里看到了光明。但是，男知青可以去当兵，那女知青呢？女兵招得少，还不一定在你这里招。女知青们急了。

十二月份,城里的一个国防工厂率先解了不招工的禁。接着,所有中央部属企业单独面向知青招收工人。

第一家工厂招工时,石盘公社只有两个名额。青湾六队出名,一个名额分给了在大队学校代课的张文静。招工的政治条件高,要家庭历史清白,本人在农村劳动两年以上,能同贫下中农打成一片,表现好的。按照条件,名额下到青湾六队,应该是张文玲去。但是,大队、生产队考虑张文静劳动不行,已经耍了一两年时间的朋友,男朋友是城里的,年龄也大一些,就叫她先出去,张文玲是她的妹妹,也不会同她争。张文玲怎么会争呢?

这样的好事,首先就落到张文静头上,真正应了"懒人有懒福"的说法。

张文静进厂,给何德远带来机会——她走了,大队学校一个班的学生没有老师上课,公社学校没有老师派来,要大队自己上一个民办教师。

春节的前几天,大队支部书记杨兴荣到何德远家来。那天,何德远在城里教书的二哥二嫂放了寒假,带着女儿回老家过年来了。

杨兴荣是何文元的妻弟,何文元的父亲又曾是杨兴荣的继父,两家有连当地人都认为十分复杂的关系。根据这些关系,何文伯和杨兴荣从来以兄弟相称,虽然何文伯家是上中农,何文伯本人还有那么一点点"问题",但杨兴荣当大队书记以来,至少在面子上对何文伯还是尊重的。

一转过大门口的墙角,杨兴荣就看见何文伯在家,很少回来的何德华也在,先亲热地招呼起来:"何文伯哥在屋里喃!哦,何德华也回来啦!"

"哦,杨书记来了,快请屋里坐!"何文伯抬头看见是杨兴荣,赶忙回答并请杨兴荣到火房里烤火。

"杨兴荣爸来了!"何德华见杨兴荣在问他,也急忙招呼。

杨兴荣在火房边上坐下,何德华抢先从身上掏出一包"红山茶"烟,抽出一支递给大队书记:"兴荣爸,请吃烟!"

杨书记接过烟,何德华划了一根火柴给他把烟点燃。

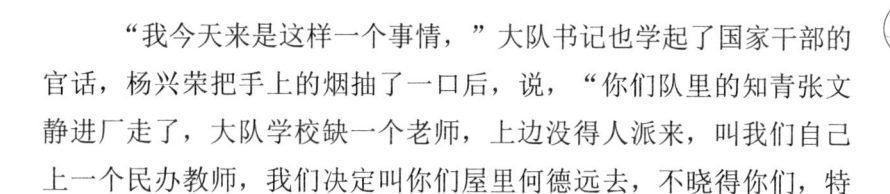

"我今天来是这样一个事情,"大队书记也学起了国家干部的官话,杨兴荣把手上的烟抽了一口后,说,"你们队里的知青张文静进厂走了,大队学校缺一个老师,上边没得人派来,叫我们自己上一个民办教师,我们决定叫你们屋里何德远去,不晓得你们,特别是何德远,愿意不?"

何文伯一听,心里很高兴,想教书到底比天天做活路轻省,又不日晒雨淋,问何德远:"你杨兴荣爸叫你去教书,你去不?"

杨兴荣来了后,何德远也随同父亲和二哥一起进了火房、坐在二哥何德华旁边,听杨兴荣来是啥事情。听是这个事,他并不热心,见父亲问,说:"我不去,我不想当老师!"他回答得很干脆,态度很坚决。

何德远说的是心里话,他从来没有想过要当老师。"文革"前老师怎样挨整他不知道,但是老师"文革"开始就受批判,被称为臭知识分子,因为旧社会把人分成"上九流""下九流",老师是上九流的第九位,就把老师称为"臭老九",仅仅排在"地、富、反、坏、右"之前,他亲耳听到,亲眼看到,老师们一个个灰溜溜的,有的因不堪批斗上吊自杀,他哪还愿意当老师呢!他一心想当工人——工人阶级领导一切,哪怕是在车站、码头扛包子他也愿意,他有的是力气!

挣工分的民办教师确实没有人愿意当。如果不是这样,不是何德远从小读书有名,比其他人当这个老师更合适,一贯阶级阵线分明的杨书记是不会想到他,不会来找他的。人家都不干的事叫我去,好像还是关心,我也不去!

"你去嘛!"在旁边听大队书记和父亲说话的何德华说。

何德远不愿意,杨兴荣有些难为情,看了看何文伯和何德华说:"那他本人不愿意喃!"意思是说,他们是一片好心,何德远不愿意就不能怪我们不关心他了。

"杨书记,他去!"何文伯怕把这个好事说脱了,以父亲的身份为何德远做了主。

父亲说了,何德远没有再说什么。

没两天就是春节，生产队的一九七〇年度分配兑了现。放了假，张文玲回了城。去年，生产队的劳动值上了一元。张文静进厂也是十二月底才走，两姐妹基本上算是劳动了整整一年，结算下来，进了三百多元钱。

这个春节，家里的大事是到陈家去给何德远提亲。

同陈春华见人好几个月了，何德远还是没有开口说同意。他这样拖起，是想让陈家和陈春华打"退堂鼓"，使这件事不了了之。

可是，性子本来不急的陈万钧和老伴急了，一次又一次地要红叶梁成功向何家讨回话，以免把自己女子的时间耽误了。受陈家之托，梁成功专门来石盘赶场见何文伯。拖了几个月，何文伯自知理亏，只好向前进一步，说："叫她们先来看个门户嘛！"

看门户是见了人以后，女方到男方家里了解家庭情况。梁成功很高兴，说："我回去叫他们定个日子，下场回答你。"

第二场，梁成功又来赶场，说陈家说不定日子，随便好久来看一下就是了。

话听起来轻巧，实际上有很多事办。

一般地说，女方来看门户前，男方要做认真的准备，防止在这个环节出问题，使婚事砸了。何文伯不怕婚事办不成，只怕人家来了家里乱糟糟的，逗人家笑话，而且也是对人家的不礼貌，不是他们一贯的待客之道。

农历冬月十几的一天，石盘逢场，陈春华的妈和陈春华在石盘赶了场后突然要来何德远家看门户。

陈春华的妈才五十几岁，由于生的子女多，那些年又没饭吃，身体十分虚弱，走路都摇摇晃晃，拄一根竹棍，但是却很有心计，说："就是要没得准备来才看得到平时到底是个啥样子，若说了日子，一切弄得好好的，不一定是真实的。"

那天，何德远和大哥何德荣恰巧因为他们要来翻山捡柴去了。哪知道他们捡柴还没回来，她们母女就来了。

何德远和何德荣捡柴回来，一副汗爬水流的样子，进火房烤火才看见她们坐在火房边上的。

陈春华妈的娘家在青湾二队，年轻时认识何文伯，知道他们家的名气，早就心里有数，所以看门户只是走个过场。

门户看了，陈春华母女住了一个晚上，第二天才走。

一天多的时间里，何文伯知道何德远的脾气不好，一再叮嘱他对人家要有礼貌。何德远是中学生，对人彬彬有礼，虽然心里不愿意，但是面子上做得好，像平时一样有说有笑，陈春华和她妈没有看出他的一丝勉强。

看门户的结果不能当面说，要通过红叶转达。不久，梁成功来赶场回话，何文伯没有赶场，叫经常一起喝茶的何文元带信，说陈春华母女到何家看门户，一切满意，叫他们一切按脚步走，即一切按规定程序进行。其实，陈家母女看门户在何家住了一晚上，就表明了他们的态度——他们看上了这一家子。如果看不上，上午来，中午吃了饭就要走。

知青回城开了禁，何文伯更觉得何德远要和张文玲在一起是不可能的，虽然也惋惜不能得到张文玲这个城里女子做自己的三儿媳妇，但是也认为好——这下断了何德远的念想，好一心一意跟陈春华来往。他认为，不可能的事，也该这样早些快刀斩乱麻——一刀两断，好两边利索。在失去张文玲的惋惜中，他也庆幸着自己有远见。

何文伯和何德远的母亲商量，定下正月初四到陈家去。

家里一步紧逼一步，何德远十分恼火。

他很敬重父亲，知道母亲也是疼他的，大哥大嫂都是为他好，他不能以激烈的方式反对他们，同他们大吵大闹，只能在心里坚持自己的意见和在行动上软拖。

他也认为，自己虽然十三岁就走南闯北，去了很多人可能一辈子也去不了的地方，见过他们一辈子也可能见不到的世面，现在已经满十八岁了，但是对一些事情的看法，还是有可能失之偏颇，对问题的处理还是缺乏经验，还远不是"世事洞穿""人情练达"。他想到了上半年宣传从省城下的知青刘青骏同青年农民结婚，要求知青在农村扎根一辈子的事，自己就认为知青一辈子在农村是铁板钉钉——无法改变的了，可是父亲何文伯和不少年纪大的人那时就说："知识青年咋个可能一辈子在农村哦！"没过几个月，像张文静这样下到农村没满两年、没有好好劳动的知识青年，就进国防厂当了工人。事实证明，他们是对的。

"自省"使他联想到自己和张文玲的事："对张文玲，我是从心里喜欢她、深深地爱她的，但是在返城的大潮中，她还能坚守吗？如果她不能坚守，我在农村，我们的关系还能保持和继续吗？"他确实没有十分的把握。

这几个月里，何德远一直在感情和理智、憧憬和现实的冲撞中煎熬。

过年到后山提亲的人情①家里已经全部备好了，可是何德远还全然不知。照理说，他已经成人，这些事他不全权办理，也至少应该参与，但是父母知道他非张文玲不可的态度，没有给他说就置办齐了。

前两天，晚上一家人在火房里烤火，何文伯念叨起这个事。何德远知道父亲是说给他听的，怕他到时间不去，把他们晾起就难办了。父亲何文伯说了以后，何德远的母亲、大哥大嫂、二哥二嫂都把何德远瞅一瞅的，是在看他的反应。十三岁的妹妹秋艳和几个侄儿侄女不知道他们说的事，惊异几个大人怎么都看着何德远。

何德远沉默不语，心里有说不尽的悲哀。

正月初四，全家人很早就起来，准备吃了饭早些动身到后山去。

这样的事，在农村一般都要央人帮忙，但因为不是皆大欢喜，何文伯没让央外人，决定就自己和三个儿子去。他怕央了外人，如果何德远硬是犟着不去，传出去让人笑话。

何文伯先后叫何德华和何德荣到院子南头的屋里催促何德远，叫他快点儿。

"何德远，准备好了没有？路远啰，早点儿走！"何德华在家时间少，不知道何德远心里难过，风风火火地喊叫着。

何德华是二哥，平时回来得少，何德远不得已地回答他："有啥准备的？"

二哥何德华过去没多久，大哥何德荣又来了。他知道事情的委曲，

---

①人情：礼品，礼物。

劝何德远说:"走哇,时间都给人家说了,不去咋得行?"

何德远看着何德荣,眼泪"滴答滴答"地掉了下来。看着自己的弟弟难受,何德荣长叹了一口气。

等了很大一阵,何德远还是没有出来,母亲又来了。见儿子哭了,母亲心疼地说:"娃娃,人是命,不由人想啊!你爸爸和两个哥哥都收拾好了,都在等你,快换衣裳!"

母亲眼里也泛起泪花。

看来不去是不行了,何德远愤愤地说:"我不换衣裳,就这样!"他说的是就穿他身上的那身衣服去,不穿母亲拿来放在床上的那套新衣服。

"去头一回,把新衣裳穿上!"母亲说。

何德远无可奈何,开始换衣服。穿过年才做的新衣服,像新郎官一样,别人看见,还以为他很高兴似的,他不穿新衣服,他要表现出自己的不乐意。但是,试了几件其他衣服,都觉得不好看,太一般。最后,他穿了过年的新裤子和杜家一个读了中技校、毕业后在外地工作的哥哥的蓝色敞摆夹克。

何德远走出门,一家人很高兴。但看见他身上穿的那件短戳戳的夹克,父亲何文伯的脸色又难看起来,他母亲也表现出不满意的神情。这件夹克是高腰,很新潮,但他们看不惯。二哥何德华可能已经知道了他不同意这门亲事,没有再多说话。大哥何德荣知道父母的意思,但认为不能因为这个事情又搞僵,说:"走,怕啥!"

父亲何文伯黑着脸站起来,大哥何德荣和二哥何德华背着人情先动了身,何德远怏怏地跟在后面。如果在平时,应该是何德远背装人情的背篼,但今天他是主角,身份特殊,情况特殊,同父亲何文伯一样享受空手走的待遇。

从青湾六队到后山大队,要路过本大队的好几个生产队,家家户户都是熟人,又在过年,人都在家里,看见他们父子四个一路,连在城里工作的何德华也在里面,知道是有什么大事,很多人走上来问。

"你们这是到哪儿去?有啥事吗?"

153

三兄弟不开腔，父亲何文伯回答："噢，就是有点儿事！"何文伯说话时脸上强装着微笑。

"这恐怕是有啥大事哟！"

"嗯——"

"啊……"

话难答，父子四人加快脚步，尽可能地避开那些爱打破砂锅问（纹）到底的女人。

他们往山后头去是为何德远提亲，别人并不知道，何德远自己却很心虚，见了人脸通红，直冒汗，走在最后面，见到人就恨不得躲开。

"唉——"何德远悲哀至极，他怎么也没有想到，自己一个县中的学生，从小走南闯北，在婚姻问题上也要像所有农村的男娃儿一样按这套陈旧的规矩来，这让他多难堪啊！

过年是亲戚朋友互相走动的时候，陈万钧通知所有的亲戚朋友要来都在这一天来。陈家是一个十几户人的生产队，除了四户其他姓的人以外，其他人都姓陈，而且是近族。按照山上的习惯，谁家有事，家家户户都要来人帮忙。何家要来提亲的事早已传出去，一个生产队的人都来了。亲戚朋友加全队的人，院子里闹哄哄的，热气腾腾，像过大酒席一样。

何文伯父子四个一拢，红叶梁成功就带着陈万钧和陈春花的几个哥哥上前迎接，帮忙的小伙子们赶快接住何德荣和何德华背的人情。屋里的人都跑出来看何家父子，何德远更是像"熊猫"一样被所有的人观赏和品评着。

何文伯父子四人被领进堂屋里烤火，他们在前面走，后面跟着一大群人。

同在石盘场上见人一样，何德远是来应付的。坐下来以后，除了别人问他什么时出于礼貌回答一下或是笑一笑外，其他就一句腔也不开。

陈家人都一脸喜气，陈春华跑出跑进，心里的高兴更不用说。

陈家准备得很充分，像正式办酒席一样，中午坐了八九桌，晚上又是五六桌，何德远等人是贵宾，都坐在主桌。

何文伯父子四个也在陈家住了一个晚上，这是对陈春华和她妈看门户时住了一晚上的回应，如果当天就走，显得很不礼貌，也表示不同意亲事。何德远倒是希望这样，但对他父亲何文伯来说，既然不同意，又劳师动众地来干啥？

第二天吃了早饭，何文伯借口家里有远客来，何德华要回城里上班，父子四个就从陈家回来了。

人民公社"一大二公"，有权调动任何一个大队、生产队和个人为另外一个大队、生产队和个人做事。近几年，石盘公社以这种办法调集全公社的劳动力，修了三个水库一个石河堰。公社把工程任务分到大队，大队再分到生产队。到了生产队，有些任务是集体完成，有些分到各家各户。

刘家沟大队有三个生产队祖祖辈辈靠天吃饭，雨水多的年份靠下雨时收水插秧，天旱的年头收不到水，就只有稻田里点苞谷。大旱之年，有的住户人畜饮水都成问题。这个大队二队的地面上，有一个可以建一座小型水库的地势。石盘公社向石盘区申报后，区水电站会同县水电局进行勘测，认为可行。规划设计出来，就立即上马。

公社成立了刘家沟水库建设指挥部，前期工程从各大队抽调劳动力，驻扎在工地上。这次青湾六队又派何德远去。去的人统一开伙，吃碗儿饭，每人每顿一碗饭一勺子萝卜白菜汤，数九寒天晚上睡地铺，干了一个多月，到年根才回家。

春节后筑坝，按照一贯的做法把任务按人口分到十四个大队。

各大队轮流完成土方任务。轮到青湾六队的时候，全队所有的劳动力都上水库背土，每天早出晚归，中午各家各户自备干粮。有几天，后山大队也全部劳动力上水库完成任务，陈春华也去了。

何德远家提陈万钧二女子的事，生产队的很多人都知道了。虽然是山前山后，但是杜明芬和杜成兰还不认识陈春华，不知道是谁多嘴，给她们指，说："那个女子就是何德远提的女子！"杜明芬又对来来往往都在一路的张文玲说："你看，那个女子就是何德远姥儿提的女子，还是可以哈，他还不同意！"

听了杜明芬的话，张文玲的脑子里好似"轰"地一响，脸红得像喝了酒。她看见陈春华个子比自己还高，皮肤白得透亮，眼睛是双眼皮，又大又圆，穿着朴素但不土气，走在人流中十分出众。确实是一个百里挑一的漂亮女子！

"这就是何德远提的女子？他在另外提女子……"张文玲心里像打倒了杂酱盆，五味杂陈，不可名状的难过向她袭来，两行眼泪忍不住的"滴滴答答"地掉了下来。

她是知青，又那么漂亮，不仅衣着，就是相貌，在几百人的工地上也非常抢眼，她怕别人看见自己这个样子，忙掏出手绢来擦已经流到腮上的泪水。

张文玲情绪的急剧变化没有躲过注视着她的杜明芬和杜成兰的眼睛。看到她这么难受，杜明芬后悔自己太冒失，叫她看陈春华，惹了这样一场事。敏锐的杜明芬怔了一阵，看了一眼杜成兰，自言自语地说："这些事，光家里人同意，本人不同意也成不了！"杜成兰知道杜明芬是在安慰张文玲，也说："何德远性情犟，可能家里也强迫不了他！"

"这个女子可以嘛，长得那么漂亮！"张文玲听了杜明芬和杜成兰的话，知道她们这样说用意，也强装若无其事的样子以赞赏陈春华掩饰自己内心受到的打击。

何德远上次撕手册，张文玲受到了难堪和委屈，但是她没有生何德远的气，她想他发那么大的火一定另有原因。她没有问何德远到底为什么，认为只要他知道自己错了就对了。听到杜明芬今天一说，看到陈春华，张文玲恍然大悟："哦，原来是这回事！"

春季开学，何德远到大队学校当了民办教师，没有再去洗石灰浆和上车。当民办教师，一年一个全劳动力的工分，工分值按所在的生产队计算，国家每月有几元钱的补助，有两个多月的寒暑假期，他觉得还是可以。特别是他们生产队的工分值高，他一年的收入不比那些刚参加工作的工人差。当了教师可以不再去出工，但是学校只上半天课，他还是一有时间就去出工。尤其是做那些肩挑背扛、很多社员都怯火的重活路，他都尽量参加。队长何大全经常以他为榜样，说他当了老师都还参加劳动，艰苦的活路没有哪回缺过，批评那些拈轻怕重、偷奸耍滑的社员。何德远想的是，他去出工，既是为了在乡亲们脑子里留下一个好印象，也是为了去看张文玲——虽然姐姐张文静走了，但是只要放工回去，张文玲仍然很少出来，他还是很难看到她，他只有去出工才能看到。还有，他去出工，也能多为家里挣工分。这一来，三全其美。

因为上课，这一次全生产队的劳动力上水库完成土方任务，何德远没有能去，水库上发生的事情他一点儿也不知道。

新房子院子里何德第家每天晚上都有人串门，何德远也经常去。那天晚上，何德远到何德第家的火房里去烤火。坐下不久，当天到水库上背土回来的年轻人吃了饭，也东一个西一个地来了，一会儿坐了一大圈。主人家喜欢来客人，请他们坐，给他们找凳子拿烟。小伙子们一个个像打完了一场大仗的战士一样轻松愉快，坐下来就兴奋地说起白天在水库上的事。大家你一言我一语，谈笑风生，看不出来回走了十几里路、背了一天土的疲劳。

人还在往拢走。先来了一些小伙子，接着张文玲和杜明芬、杜成兰，还有几个媳妇也来了。越来越多，火房边都坐不下了，也没有那么多凳子，只好有的人坐，有的人站。

杜明芬、杜成兰和几个媳妇招呼何德远，开玩笑地说他当老师躲过了这次在水库上背土的吃苦活路。

何德远答应和招呼着她们，跟她们说话，问张文玲："你也到水库上去啦？"

"我不到水库上去到哪儿去？"张文玲愤愤地，第一次叫着他的名字说，"何德远，她们队里的人也在水库上背土！"

何德远懵懵懂懂，不知道她说的是谁。

"我不上水库咋个看得到你那个呢？嗯——还可以嘛！"张文玲见何德远不明白，接着酸溜溜地说。

"嗯……"何德远听出了张文玲说的意思，脸"刷"的一下红了，知道后山大队的人可能也在水库上背土，张文玲看到了陈春华！

"她们队里的人也在水库上背土，陈春华长得精灵！"杜成兰跟着张文玲的话不阴不阳地说。

杜明芬是晚辈，见何德远有些尴尬，脸红了一下，说："就是，她们陈家的人也在背土。"

几个媳妇叽叽喳喳，逗何德远："人家张文玲这么漂亮，你……"

说到这里，火房边上的人都抬起头来看张文玲。张文玲羞愧难当，气愤地说："我算啥哟！人家……"张文玲说不下去了，怕自己控制不住情绪，叫人难看，转身一个人朝门外跑去。

"何德远哥，你还不去看一下！"一个比何德远小几岁的小伙子说。

"何德远，你还不去？张文玲莫要出啥事哟！"几个年轻媳妇也惊慌地睁大着眼睛说。

何德远知道张文玲不会像农村的一些女子那样心胸狭窄，不会做出什么愚蠢的事情，说："不会！她不会！"

虽然嘴上这样说，何德远心里却还是放不下。要是其他人，他也许早就追出去了，怕闹出什么事情，因为是张文玲，他还有些为难——不管同意不同意陈春华，前不久他们才上门提了亲，这时又当着这么多人的面去追张文玲，他真这样做有可能被人添盐加醋地说出去，传到陈家人的耳朵里，从而生出一些是非来。而且，他和张文玲的关系，这个两年来隐藏在他们心里的秘密没有正式公开，刚才张文玲在这个不小的范围公开表明了她对何德远的喜爱，如果他这时马上去追，表明他也爱她，两个人你爱我爱你，看样子不是一天两天了，又在一个生产队，难道不会发生什么？人们对这种事情很敏感，想象很丰富，很可能想到不正当关系上去，特别是他一个农村小伙子和一个城里来的女知青之间的事情，明天就可能传得全生产队，后天就可能传到全大队、全公社。这对他无所谓，而对张文玲却有可能造成坏的影响。虽然他们啥也没发生，一身清白，但影响造了出去，就可能弄得说不清，毁了他们都非常看重的清白！

不管怎样，何德远觉得是自己对不起张文玲，他想去向她做出解释。在场的人说的是对的，他应该对张文玲负责。顾不了那么多了！何德远猛地站起，拔腿向门外跑去。

夜色茫茫，没有月亮。何德远刚跑出院子大门，杜明芬和杜成兰就追了上来。杜明芬说："姥儿，你这阵不要去，张姐不是小气人，我和杜成兰先回去看看，如果有啥事，我们马上下来说，你这阵去不好说话。"杜明芬是房东的女儿，一直叫张家姐妹俩姐。

何德远听她说得有理，停下了脚步，嘱咐杜明芬和杜成兰："你们快点儿去，有啥子下来给我说！"

何德远重新回到何德第家的火房里烤火，等杜明芬和杜成兰下来给他回话。等到快十二点，杜明芬几人没有下来，何德远知道张文玲没有什么事，这才放下心来。

十三

何德远回到家，洗漱完就上床。但是，晚上发生的事情始终在脑子里萦绕，很久都没有睡着。

一切事情张文玲都知道了，还见到了陈春华，怎么办？

要他断绝同张文玲的关系，结束两年多来建立的纯洁真挚的感情，那是怎么也做不到的。不同陈春华往来，他求之不得，但是又不是他说不往来就可以不往来的。同陈春华的关系，按照正常情况，应该是最新鲜、最火热的阶段，在这个时候提出不再往来，无异于在刚刚燃起的熊熊大火上浇一桶冷水，父母他们怎么去说？而且事情是他们一手操办的，对陈春华的漂亮他们是满心喜欢的，怎么会同意算了就算了呢？他们是不会去说"不"的。

唉，事情搞到了这个地步！何德远懊恼至极。

他又想到了张文玲："她现在在做什么？她这几天够累的了，又受到了这么大的刺激，也睡了吗？"他估计，她一定也和自己一样，即使睡下了，也睡不着。

辗转反侧，何德远不知道是什么时间睡着的。

下午不上课，何德远改完学生的作业，又到沟边的路上去转。走了几个来回，没碰到几个人，很觉得无味。他走上晒坝，习惯性地从庙坎脚下的小路往岩脚里走。

快要走拢堰沟的时候，他又听见堰里有"欶欶欶"的声音——

有人洗衣服。他怕惊动了人家,于是放慢了脚步,轻轻地走过去。到跟前,他才看到是杜明芬在洗衣服。

杜明芬耳朵尖,也听见有人来,正抬起头来看是谁。

"哦,是何德远姥儿,我还说是哪个呢!"杜明芬笑着说。

"杜明芬,是你!"何德远很高兴,他可以从她那里得到张文玲的消息!

杜明芬停下洗衣服,站起身来同何德远说话。

"何德远姥儿,你们屋里弄的那些事,把人家甩下咋个办嘛?"杜明芬说。

何德远知道她说的是啥事,说:"就是嘛,我们家里总说张文玲是城里人,在农村占不住。"

"啥子占不住嘛?你们还不知道,张文玲和张文静不同,她在我们这里已经占惯了,人熟了,啥子活路都做过了,她说她就在这里一辈子。人家一来就看上了你,喜欢你。原来和你说话少,主要是她姐姐那个人在跟前。现在她姐姐走了,正好和你在一起耍,你们又去说陈春华!"杜明芬有些惋惜和激动。

杜明芬说的张文玲对自己的感情,何德远很感动,叹了口气,说:"这都是我爸爸他们造成的。他们也很看得起张文玲,但是不相信她能够在农村一辈子。"

"你们两个的事,我爸爸和你昨年在城里轧棉花就正式给她妈说了,她妈喜欢你。她爸爸也没有意见,说'二女子的事,二女子自己做主',那以后不久,她妈还到你们屋里来,和你妈摆得亲热的啥样。听你妈的口气,也喜欢张文玲。现在你们又另外去提女子,叫人家有啥脸面?"杜明芬设身处地站在一个姑娘的角度越说越激动。

说到张文玲的母亲,何德远的脑海里浮现出了去年那次到他们家里的情景:他埋头在桌子上吃饭,张文玲的母亲就站在不远的地方笑眯眯地看着他;他去借架架车,张文玲的母亲抓紧时间给他补大衣袖口……多好的老人、多好的母亲啊!何德远惭愧地说:"我对不起张文玲,对不起她的父母!"

接着，何德远没说一句话，望着远方，像在沉思，也像在下决心。

突然，何德远转过身问杜明芬："昨天晚上张文玲回去没啥事吧？"

"我和杜成兰同你分开后，虽然天黑，路看不很清楚，但是也没有多大一会儿就把她撵上了。想她那时心情不好，我们都没有说啥，怕说得不对，她更伤心。走到前面院子大门口，杜成兰就回去了，我和二姐两个回的我们院子。一走拢屋，她就趴在床上哭。哭得好伤心啰，我劝了好久才劝住。今天上午，二姐没有去出工，她的眼睛哭肿了，怕出去被人问起，不好回答。你晓得的，这两年多，她好久出工缺过？"杜明芬掉转话头，问，"欸，你们屋里另外给你提女子，你咋个要去呢？"

"我是不去的，他们下不了台，要我去应付场面，我没办法才去的。到现在，我也没同意这个事。他们托人来给我说，我也没同意。他们也很恼火，也有些后悔了，在等陈家那边提出来。"

"哦——我要赶快把衣服洗了回去，不然家里的人还以为我在做啥，洗了这么久。"杜明芬知道了家里给何德远提陈春华的经过和何德远的态度，然后边洗衣服边同何德远说话。

一个是长辈，一个是晚辈，何德远和杜明芬说话不会被人说闲话。何德远蹲在堰陔上，把想问张文玲的事情的问清楚了才站起来对杜明芬说："你洗衣服，我到岩脚里去转一会儿。"

何德远从岩脚里回来，杜明芬刚好把衣服洗完，说："我回去了！"端起装衣服的盆子走上堰陔回去了。

这一趟何德远很满意，虽然没有见到张文玲，但他从杜明芬口里得到了张文玲的情况，了解到了张文玲和她父母对他们往来的态度，把想给张文玲说的话给杜明芬说了。给杜明芬说了，也等于给张文玲说了，杜明芬一定会给张文玲转告的，她们整天在一起，张文静走了，随时都可以说。

果不其然，下午，张文玲去出工了，杜明芬也去了，但是那么多人在一起做活路，不好说女娃儿的话。放工回家，张文玲刚放下锄头，杜明芬就叫住了她，说："二姐，我给你说个话！"杜成四和杜明武同她们是一路回来的，但杜明芬叫张文玲说话，父子俩不以为然，认为很平常的事，女娃儿找女娃儿说话，管她们说啥。

张文玲开了门，杜明芬跟了进去。张文玲拿过凳子叫她坐，自己坐在床上。

杜明芬说："二姐，我今天在堰里洗衣裳，碰到何德远姥儿，他在问你。他说提陈春华是他爸爸的主意，不相信你能够在农村占一辈子，害怕影响你，才托人说的。他见人和上门去都是被逼得没有办法去应付场面的。他从开始就没同意，他爸爸、妈、哥哥说都没说通，又在外面找人说，也没说通。他心里只有你一个人。他说他们家里做的这些事，太对不起你了！"

张文玲的眼睛还有些肿，听了杜明芬的话，眉头微微舒展了，言不由衷地说："人家有人家的权利，如果在农村，陈春华还确实不错。"

何德远还是有时候下午去出工，见到张文玲，他像做错事的小学生一样，满脸飞红，很不好意思。虽然这种情形难受，但是他还是很想看到她。

张文玲是一个沉稳的女子，但从知道何德远家给何德远说陈春华以后，见了何德远也觉得有些别扭。

农村的人对端午、中秋、春节很重视，每到这三个节日，女儿、女婿，有娃儿的还要带上娃儿，回娘家。"准女婿"们也要到女方家给老丈人和丈母娘拜年拜节，情投意合的，还要同提的女子同路到男方家里耍几天。

一九七一年，农历闰五月，端午节来得早。大多数年份，这个时候已经插秧，或者已经插到一半，甚至已经插完，开始"滚场"了。这一年端午节，青湾六队割最主要的一片田里的麦子。这一季的活路叫"双抢"①，是每年农业生产最忙的一段时间。老人们常说："春争日，夏争时。"是说这一季的庄稼，早种一天甚至早种一个时辰都不一样，早一点要好些。所以，每到这一向，农村里的人忙得"倒

---

①双抢：夏季抢着收割麦子，抢着插秧和种其他秋季粮食，是农村一年中最忙的时候。

栽葱"。

端午节割的这片田，土层厚薄差异不大，自流灌溉，交通方便，是六队最好的几十亩田。为了抢进度，割这一片田里的麦子采取"割斤头"的办法，割的麦子背到梁上的圆场里过秤，按割的斤头记工分，割得多挣的工分多，割得少挣的工分少。

天刚麻麻亮，何大全和何德中就喊起人。正副队长一喊完，全队的劳动力牵起线地往坝里走。

到了田里，所有的人"一"字儿排开往前割，各自把各自割的麦把子甩在自己身后。

开始割麦子没几天，学校按惯例放了农忙假，这天何德远也割麦子来了。他刚开镰，张文玲和杜明芬、杜成兰三个也到了。她们本来应该和何德远挨着，但动作慢了一点儿，后面两个妇女加了进来，她们和何德远隔了两个人。

农村的活路，很多带有竞赛性质，手脚快，力气大，受人羡慕和尊重，反之则被人瞧不起。割麦子是比手快的活路，割斤头更像田径赛的"百米冲刺"，紧张激烈，又怕落在后面，又怕割得少，很斗硬。

每个人都是一下田就发忙，连平时爱嘻嘻哈哈说笑话的那些女人也紧闭着嘴，没有时间说，也没有人听她们说。一时，只见每个人手中镰刀飞舞，一片割麦的"嚓嚓"声。一口气工夫，田里只见割了麦子后的麦茬和每个人身后的一路路横七竖八的麦把子。

东边天上的太阳升起一竹竿多高，是吃早饭的时候了，每个人割的麦子也够自己背了。队长何大全和副队长何德中商量后开了腔："大家都注意了，我看大家割的麦子都够背一背了，今天过节，年轻人要去走人户，年龄大的女儿女婿要回来，所以早些放工。这一向忙，年轻人去走人户的早些去早些回来，年龄大的在屋里早些把挂的腊肉取下来洗了煮起，把平时舍不得烧的块架柴加起，不要到响午时间肉还煮不耙（软）！放工哪——"何大全辈分高，幽默风趣，他的话引得大家"哈哈哈"地笑起来。

几个来得晚一点儿的社员想多再割一点儿，还在"嚓嚓嚓"地割，见别人的背篼、背架子都快着起了,也赶快停下镰刀,飞快地把自己割的麦把子往拢收。

麦子都往圆场里背,从第一个人在田里起身,后面的人一个接一个,没有一处中断的。几十号人背着一大背一大背刚割下的麦把子走在弯弯曲曲的小路上,像一条蜿蜒舞动的长龙,所经过的地方留下一股股浓郁的麦香。

把麦子倒到圆场里,何德远和父亲何文伯、大哥何德荣、大嫂李子英回到家里,母亲已经把饭端到桌子上晾起了。她怕这一向忙,他们回来吃起来烫,饿着了,也耽误时间。

吃了饭,何文伯对何德远说:"你今天总要往山后头去下子嘛!"

"去做啥?"何德远明知故问。

"做啥?给人家拜节呀做啥?"

"我不去!"

"这才走头一年,不去?"何文伯有些生气,但又马上压抑着性子,语气平和地说,"我叫你妈把人情都收拾起了,快去!"

见父亲生了气,何德远没有再说啥,心里却无比的悲哀和委屈:"这把我整得完全像一个没上过学、读过书的了,还要去拜节!"

母亲从灶房里出来,说:"娃娃,咋不去,正月间才上了人家的门,咋就不去呢?"

"就是嘛,正月间才去了,又去干啥?"何德远有意诡辩,想能说脱就说脱,能拖过去就拖过去。

"嗨,一年三个节气,过年、五月端阳、八月十五,都要去!其他时间不去还说得过去,这三个节气不去,说不走!"母亲有些为难地说。她也不想儿子逢年过节往外面走,而且准备拜节人情还要花钱。

何德远和母亲说话的时候,父亲何文伯一脸忧愁地坐在那里听他们母子说,没有再开腔。

何德远性情倔强,但是对父母很孝顺,他不愿意叫父母生气,说:"哪个过年过节往外走,要去我也要吃了晌午才去!"

在一旁的父亲何文伯和何德远的母亲见儿子愿意去,转忧为喜,心想管他的，总算有个说法了，就没有勉强他吃了早饭就去。

大哥何德荣和大嫂李子英已经割麦子走了。何德远磨了镰刀，背起背架子，也去割麦子，父亲何文伯相隔不远地走在他的后面。

吃了早饭，田坝里没有了早上的紧张和热闹，小伙子们都走人户去了，只有一些年龄大的人和年轻姑娘来了，人少了很多。

"何德远，你咋个不去走人户？"队里的人都知道了何德远提了后山大队陈家的女子，他没去走人户大家觉得很奇怪。

"走啥子人户？我走哪儿去？"何德远红着脸回答那些嬉皮笑脸有意逗他的人，他还在隐瞒提陈春华的事。

"到哪儿去？到山后头去！"

"唉，不去哟！"

杜明芬和杜成兰还没有说婆家，张文玲和她们在一起。何德远和别人说的话，张文玲都听到了。他吃了早饭又来割麦子，就是为了向她表明自己对家里提亲的反对，要她看到人家都要去拜节，他就不去。

在家里吃了晌午，过了节，何德远才很不情愿地到山后头陈家去，第二天吃了早饭又借口割麦子忙回来了，又只是去应付了一下。

青湾学校原来在六队的东岳庙里，那时是青湾区队，现在是青湾和光华两个大队的学校，位置在两个大队的中间。青湾区队分成青湾和光华两个大队以后，青湾大队的土地呈一个月牙形，学校在最东北的边上，一、二、三、四队的社员有意见，说他们的娃儿上学往边上走，走得远，东岳庙里的神像娃儿害怕，要求把学校搬到全大队居中的地方，两头的娃儿都走一些路。牛娃的父亲何文枝当大队书记的时候，把东岳庙拆了，又按人口多少给各个生产队分任务添加了一些檩子、椽子和青瓦，把学校搬到了四队的地面上，兼顾了下面几个队的需求。学校从一年级到五年级，一个年级一个班，一共五个班，一百多个学生，学生来自本大队的六个生产队和相邻的光华大队一队。学校有六个老师，两个公办教师，三个民办教师，一个代课教师。两个公办教师是夫妇，男的叫向家杰，女的叫刘绍先。三个民办教师，除了何德远，一个叫杜成祥，是杜成兰的邻居哥哥；

一个叫何文坤，家住相邻的光华大队一队。代课教师是同张文静一起上的青湾三队的知青周新佳。

学校里五个班六个老师，每节课有一个老师守办公室。守办公室不是休息，而是备课改作业或者看报纸，该上课和下课时打钟。这个钟是一块铁路上卡钢轨接头的钢板，声音清脆响亮，一敲起来，一两百米外都能听到。这个钟在何德远没来时就有了。

学校在东岳庙时，只有初小，杜绍先就调来了，向家杰还在石盘小学教高年级算术。学校没有房子，刘绍先住在何德远家的一间房子里。何德远在石盘读小学时，向家杰教过他算术。杜成祥小学毕业后就在东岳庙上代课，何德远发蒙时，他就在那里了，说起来同何德远也可以说是师生关系。何文坤是光华大队一队人，光华一队的人都姓何，是何德远的本家，他同何德远的父亲是同辈。周新佳是县中高六六级的学生，何德远是初六八级的，虽然相差五个年级，但同时在一个学校，互相认识。在这样的一个集体里工作，何德远不仅觉得轻松，而且感到快乐。刚去时，在业务上他是一个新手，他们教他，他年纪轻，也虚心勤奋。他尊重他们，他们都喜欢他。下了课，他们或是聊天，或是在他们带领学生砌的球台上打乒乓球和在门前的空地里打板羽球。

秋季开学才一个月，国庆节和中秋节就到了。山上的草和树木莽莽苍苍，山上坝下的颜色愈来愈浓重。稻田里一派金黄，插得早的谷子已经打了，一个个假人似的稻草立在那里。掰早苞谷的时候还没有谷子打，下了一向雨后，有些还没掰的迟苞谷已经黄得吊起了。

"何老师，今天又该拜节去啰！你多久去？"下了第一节课，矮个子的杜绍先走到何德远跟前，笑眯眯地问他。

"到哪儿去拜节？"何德远还是装作不知道地问。

"嗯，我们都晓得了。"刘老师说她在石盘场上遇到过陈春华，还同她说了话，陈春华长得很漂亮。

刘绍先一说，何德远见瞒不住了，只好说："那是他们说的，我不管这些事。"

"我们晓得，你喜欢你们队上的知青张文玲，张文静的妹妹。"

是吧？"

"你喜欢张文静的妹妹？"在办公桌上埋着头给学生改作业的周新佳听见，惊奇地转过头来问，然后想了一下说，"人家是城里的喃，得行不？"

"嗯？说那女子也喜欢他。那女子到学校来开了几回会，我看也可以。"刘绍先帮何德远回答说。

"刘老师，你说陈春华精灵得很？"周新佳正在同一个国防厂的青工谈恋爱，对谁和谁耍朋友这些事很感兴趣。

"嘿，那是漂亮！单论人才，那是漂亮些。我认为哈！"刘绍先说。

"是不是？你说是后山大队的，那赶场要从我们三队过，那我见过不？"周新佳边问边侧过头在脑子里搜索。

"那女子赶场的时候还是多，你有可能碰到过。"刘绍先说。

两个女老师在那里说，向家杰、杜成祥、何文坤三个男老师也面带笑容地在一旁听她们说，把个何德远弄得脸红到颈项。

这一下，老师们都知道何德远提了后山大队的陈春华。

张文玲九月三十号就回了城，十月二号回到生产队。三号是中秋节，她没有再回城，在杜成四家里过的节，杜明芬的父母和杜明芬请她在他们家里吃饭。

因为过中秋节，这天比平时早一节课放学。家人见何德远回来了，赶快摆桌子拿筷子吃饭。

吃了饭，父亲何文伯又叫何德远到后山大队去给陈春华的父母拜节。

秋阳高照，天有些热，又喝了几杯酒，晕晕乎乎的，何德远实在不想去。看到父亲一脸的严肃，他又不好说不去。他知道，如果说不去，父亲一定会生气，大过节的，闹得不高兴该有多不好。母亲听着父子俩说话，见儿子没开腔，赶快进屋把人情拿出来，叹了一口气，带着哄的语气说："麻利去！"

何德远老大不高兴地背起人情，从灶房里往后门子外的大路上走。

经过青湾大队的三个生产队，有的地方还要从人家的院坝里过，他当了老师后，认识的人多了，很多人出于关心和友好地问他："你这是到哪儿去？"

"啊……"何德远很不好回答。

有的人后来想起他提的后山大队的女子，说，"你拜节该吃了早饭去嘛，咋个这阵才去？哦，你在学校里走不脱，该是哈！"

他还碰到一些学生，有的女学生书读得晚，十四五岁了，已经懂得了一些男女之间的事情，因为不知道他提的陈春华，也问他："何老师，你到哪儿去？"

他很不好意思，红着脸不情愿地说："到山后头去！"

为了躲避一些过分亲热的女人，只要可以绕过，他宁肯多走一截路，老远就绕开走。

上了山顶，就是后山大队的地界，路上的人少了，认识他的人更少，他这才放松下来，把背着人情的背篼放在石坎上，边擦满脸的汗水，边转过身看眼前的远山近水。每当这时，他就想起自己当下的处境，不正像被雾霭茫茫的重重关山阻挡，看不见前途，找不到出路吗？

他拢陈家已经晌午过后。陈春华的父母、哥嫂和婆婆正在家里盼望。陈春华的婆婆还在，已经七十多岁。凡是女子有人提了亲，逢年过节都要有所准备，但是烟、酒、茶都轻易买不到，只有一点儿供应。过年过节主要的一顿饭是中午吃，他又没来。他是个学生，现在在教书，在农村又是先生，别人家都高看一眼，不能随随便便打发。所以他这时候来，人家很为难。中午，一家人等了又等，哥哥、嫂嫂都有了一些埋怨，娃儿也闹起饿，实在等不住才吃的饭。他到，人家才吃了不久。晌午没赶上，晚上一般的饭菜不好意思端出来，幸好陈春华的妈有心，留了一些菜。

见了人几个月，何德远家没有回话，正月间来提亲不是很高兴，端阳节是吃了晌午才来。这之前，陈家就隐隐约约地听到了一些传言："何德远不同意这门亲事……"一切都清清楚楚、明明白白地摆着，可是陈家就是不张口说"不"。他们知道，要再选像何德远这样一个有才有貌、从小就有名气、家庭也好的女婿不容易，所以即使听到外面的风言风语，也当没听见，还是依然如故地对何德远好，何德远来了还是那么热情和客气。

何德远的态度和做法是他内心的真实表现，是想用拖来让陈家主动退出，他即使落个被人"甩了"的名声也愿意。见人的时候只有陈春华和红叶来，家里人都没来，何德远家看出了陈家人的"大性"。看门户随意，更看出了这一点。就是这种"大性"，你拖我也拖，把何德远紧紧地缠住，使他无法脱身。

又像端午节一样，在陈家住了一晚上，第二天吃了早饭，何德远早早地就要走，说要回来上课。陈家人见他执意要走，只好让他走。

当了老师，要上课，何德远到陈家"迟到""早退"就好找借口了。

十四

知青下来三个年头了,农村的人熟悉了他们,他们也熟悉了农村。人地都熟了,年龄也大了几岁,原来晚上偷鸡摸狗,大白天在钓鱼钩上挂苞谷粒钓农民的鸡等荒唐事不好意思再干了,思想和行动也涣散下来。石盘三天逢一场,有的知青场场赶场;马路上天天有知青爬汽车回城和从城里爬汽车到石盘;像农村的人走人户一样,三个一路、五个一伙"串队"。

"天下知青是一家。"不只是石盘,各个地方的知青都是这样。

除了下来的时间长了,出现这些现象是一种必然外,也与国家解禁知青回城的政策有关——反正迟早要回城,在农村表现得好与坏都一样。

张文玲同石盘的其他知青不是一个学校的,起初不认识别人,别人也不认识她,一个季度开一次知青会,她同姐姐张文静一路,认识了一些知青。劳动出色,在农村表现好,开知青会受公社李书记表扬的时候,大家把目光投向她,看到这个女子年龄这么小,个子却这么高,浓眉毛大眼睛,还长得漂亮呢!她害羞,爱脸红,不好意思看别人,别人却不转眼地把她看得很清楚。原来她同姐姐张文静一路,男知青不敢随便叫她。张文静进了厂,她只身一人,不止女知青,包括一些男知青,开始约她一起耍。都是知青,人家诚心诚意,不好一概拒绝,加上也想去看看别的知青下的地方和他们一天在做啥,她有时候也在石盘赶了场以后到别的知青那里去,或是爬上天天在这条路上跑的江城电厂拉煤的车回城里和到邻近公社的场镇去。青湾六队不少人说:"今天我看见张文玲跟一伙知青往那头去了。""没到那里哟,人家爬上汽车走了!""嗯,那天我还看见她戴着墨镜站在车门上的呢……"

一天下午,何德远在家里备课,有人带信来说张文玲叫他去。何德远立即合上钢笔,收拾起书本站起来。对着镜子照了照,梳理了一下一头浓密而有些凌乱的头发,出门往上湾里走。他和张文玲在一起做了很多活路,包括背粪挑粪这些在农村都嫌脏的活路,经常汗爬水流、蓬头垢面,他都没管那么多。做活路嘛,讲究不了。今天是张文玲第一次主动叫他到她那里去,他才特意收拾一下。

他很高兴,张文玲在叫他,这说明她没有记恨他,心里还有他!

原来,张文玲不是单独叫他一个人来有什么事,而是有两个知青到她这里来耍,叫他来。

"何德远,你今天在家里?"何德远刚进杜家新院子大门,就听见站在张文玲门前阶沿上的杜文彬叫他,杜文彬后面站着笑盈盈的应红。

"啊,是你们哪!"何德远赶快招呼杜文彬,同时向应红点头。

杜文彬是何德远二哥何德华刚毕业出去在师范附小的学生,下在范家梁大队二队。春天的时候,何德远带学生到全公社打会战的范家梁水库送撮箕和参加劳动回来,到他下的生产队去过。他和杨天乐、张光明、赵绍延四个下在一起,四个小伙子,也是四个同学,一天在一起,好耍得很!何德远和他们都认识,他们也都认识何德远,年龄都差不多,上学虽然不在一个学校,但是同一个年级。何德远去,他们留他中午吃饭,把四个人供应的两斤粉条全部煮了,凉拌了一份,加菠菜炒了一份,焖了一大锅白米饭。五个小伙子性情相投,边吃边说话,饭菜吃得干干净净。他至今记忆犹新,而且想起来就很开心,很感激。

应红是一个皮肤白皙、爱打扮的女子,下在河对面姜家大队,已经耍了男朋友——小伙子是百货供应站的,工作好,什么都买得到,很吃得开，人也潇洒倜傥。这么好的单位，这么好的小伙子能看上她，足见她非等闲之辈。

何德远走拢，应红笑眯眯地问："你住在哪儿的呢？"

"我们家住在你们来的时候进沟不远的那里。"何德远赶忙回答说。人家那么俏丽，还这样和蔼，何德远很感动。

"他们住的那儿好哦，在沟口，过了那个堰沟没好远，用水近得很！"杜文彬不知是怎么知道何德远住的地方的，对应红说。

"哦，那你们住在下面方便些！"应红说。

"我们今天碰到张文玲，她请我们来耍，我就和应红两个来了，也想来看看你在做啥，叫把你喊来！"杜文彬说。

张文玲从厨房里出来，很高兴，说："哦，你在屋里嗦！杜文彬问你，我就说把你也叫来。"

"那不是我不问，你还不准备叫人家何德远来？"杜文彬笑着问张文玲。应红也面带笑容地看着她。

这一说一笑一看，本来很镇定的张文玲脸刷的一下红了，看了一眼何德远，说："我们一个生产队的，叫不叫咋个嘛，反正在一起！"

话说到自己头上，何德远也脸红了。

应红正在热恋中，在这方面善于察言观色，她看看张文玲，又看看何德远，从他们的表情，断定在外面听到的那些传言是真的。

杜文彬了解何德远的才华，知道张文玲会喜欢他，他也会喜欢张文玲，就没有再添盐加醋地继续求证了。

杜文彬言中了。如果不是他提起，张文玲是不会叫何德远的，虽然她很想见到他，有很多话要对他说，但是她不想有其他人在场的时候说，而且他们中间有个陈春华。

说笑一阵，是该煮饭的时候了。张文玲问应红："你喜欢吃啥？我煮饭了。"

应红回答："随便！"

"杜文彬，你想吃啥？"杜文彬年龄比张文玲小几个月，张文玲直呼其名地问。

"你煮啥我就吃啥！"杜文彬模棱两可，转过头来问何德远，"你说呢？"

张文玲说："我准备炕① 茄子馍馍，煮稀饭。"

应红见张文玲问了她和杜文彬，没有问何德远，指着何德远说："你咋没问人家呢？"

"我无所谓。"何德远听说问他，为了避免杜文彬和应红看他和张文玲的笑话，抢先说。

"他没啥子，你们是客！"张文玲把何德远摆到了主人的位置，并为他做了主。应红笑着说："是吧，只有我们是客？"

张文玲开始动手做饭。先淘米煮稀饭。

何德远认为张文玲说的对，杜文彬和应红到他们这里来，人家两个是客，自己和张文玲是主人，自己应该和张文玲一起把客人接待好。于是，张文玲上灶，他就去烧锅。

"这阵你不来，熬稀饭我一个人就行了！"何德远刚在灶门口坐下，张文玲就说。

张文玲说了，何德远又坐过来同杜文彬和应红聊天。

张文玲把水掺上，米下到锅里，往灶孔里加了柴，也时不时过来插话。

应红可能喜欢煮饭，她估计米快煮熟了，就说："张文玲，我来帮你把面调起，茄子切好，一会儿只炕就是了。这样弄得快些，面发一会儿也好些。"

"那我来弄嘛！" 杜文彬说。

"你弄过没有？" 应红和张文玲几乎同时问他。何德远从来没煮过饭，认为煮饭很难，对杜文彬更是一脸怀疑。

"那有啥弄头！在家里有我妈弄，下到农村，想吃不做咋行？"杜文彬这样说，大家相信他也做过，虽然石盘离得近，经常回城，但是不可能天天回呀。

"算了，你还是等着吃就是了，你们是男娃儿，我来弄！"应红说，"饭都快好了，有啥弄头？看我的！"

应红一副行家的架势，往上挽了一下袖子准备动手。

---

①炕：烙。

张文玲把面撮来,把茄子洗干净放在小筲箕里,然后让应红来弄。

应红很熟练地把面倒在一个搪瓷钵里,从桶里舀来一瓢水,边往钵里加水边用筷子搅,搅了一阵,用筷子往起挑了几下见不干不稀,刚好合适,就把剩下的水又倒回桶里。

面浆发起,应红拿起菜刀在张文玲洗干净的砧板上切起茄片。不愧是心灵手巧的人,应红切的茄片不薄不厚,而且没有一片切烂。

应红很得意,也得到了看着他做的张文玲、杜文彬和何德远的夸奖:"会做!会做!"

这边,张文玲正把已经煮好的稀饭往一个不大不小的搪瓷盆里舀,说先晾起,等茄子馍馍炕出来吃起刚好合适。

把饭舀完,洗了锅,张文玲准备炕茄饼。张文玲刚把铲刀拿在手里,正做在兴头上的应红说:"你算了,还是我来炕,今晚上就看我来操!"

"还是我来哟,你忙了一阵,去歇一会儿!"张文玲想人家是客,不好意思全部让人家做,对应红说。

"我来!我来!"应红坚持要做。

不好扫人家的兴,张文玲笑着把已经拿在手里的铲刀给了应红,顺手把油瓶子也拿过来放在她面前,好让她用起来方便。

何德远见自己什么也没做,很有些不好意思,说:"这下我来烧锅嘛!"灶上的事情虽然他不会做,但锅还是会烧。

"我听说你衣来伸手,饭来张口,你会不会烧哦,莫一会儿火烧大了,把茄子馍馍炕焦了,还没法吃呢!"张文玲像是疑惑又像是开玩笑地说,"你还是过去陪杜文彬耍,我来烧!"

何德远涨红着脸,分辩说:"你说的,那咋会哟!"

杜文彬说:"那他总还是会哟——算了,让她们两个女娃儿去做,你过来,我们两个喝茶!"

何德远听了他们两个的话,又过来坐下。

天暗下来,屋里的光线不是很好了。张文玲对在灶上忙乎的应红说:"停一下,我把灯点上,亮一点儿,不是看不清楚。"

已经炕了一些茄饼的应红停下来。张文玲拿过一个墨水瓶做的煤油灯，划了一根火柴点上。

屋里立刻亮了起来，煤油灯豆大的亮光和麦草燃起的火光在墙上映出了四个人的剪影：两个姑娘的脸庞秀气和漂亮，她们一个在灶门前加火，一个在灶台后操铲；两个小伙子一边说话喝茶，一边看着她们，听她们说话。好一幅美妙的图画啊！

突然，应红"嗬"的一声尖叫，随之"咚"的一声，屋子里一下黑了——应红从锅里往外铲焦糊了的面渣渣时，不小心一铲子把煤油灯打倒在稀饭盆子里了……

屋里寂静下来，四个人都没有说话，只有灶孔里麦草燃得"轰轰轰"的。

好一阵，大家才反应过来，知道是怎么回事。

接着，除了始作俑者应红一时懵了，没有出声，其他三个人都"哦……哦……"地叫起来。

"哦，这下去吃嘛！"杜文彬像幸灾乐祸地说。

屋里四个人的尖叫惊动了两家房东，杜成四家和杜文金家不知道发生了什么事，一起从屋里跑了出来，都一脸惶恐地问："咋个的？咋个的？""啥子事？"

张文玲强装镇静地说："没事！没事！"

应红满脸羞惭地站着，不知所措地说："我铲锅里的渣渣，把煤油灯打倒在饭盆子里了……"

"哦，这好大个事嘛，没来头！"两家人都给他们宽心，说。

"要不我们就给你们煮上嘛！"杜文金的女人李文英说。

"这容易，我们水才开，把米给你们下上就是了！"杜成四说。

"不了，杜伯伯，我们把锅洗了重新煮就是了。"张文玲说。

"你们看看，如果锅里洒得有煤油，那一下咋个洗得干净？我们给你们四个人煮上！"杜成四的话马上得到杜明芬的支持，也叫张文玲不要再去煮。

两家人下午都在出工，收工回来天已经快黑了。他们拢屋，见张文玲屋里来了客，一个是何德远，看杜文彬和应红是两个知青，打了招呼，同何德远说了一阵话，就进自己屋里去了。

事情确实也不大，饭杜成四答应给煮，张文玲又去拿来睡觉的屋里的煤油灯点上，屋里又亮了。

张文玲端着煤油灯去看饭盆子，其他三个人也围拢伸出头去看，煤油灯斜躺在盆中间，瓶盖和铁管、捻子甩在了一边，米汤灌进了墨水瓶，饭上面飘着红红绿绿的油花儿。

"这饭肯定没法吃了。"杜文彬首先下结论说。

"这还有法吃啥？不好意思哈，出丑啦！"应红看了，抱歉地说。

"来，把煤油灯捞起来，把饭倒了！"何德远说，说着伸手把煤油灯一样一样地捞起来。

有煤油的东西，猪和狗也不能吃，只好倒掉。

"看锅里洒有煤油不？"张文玲端着灯，大家都帮着看。还好，其他地方没有。

接着，应红舀水，张文玲洗饭盆子。

洗了两道，张文玲说："先简单地洗一下，明天我拿到河里去洗。"两个女娃儿洗盆子时，杜文彬和何德远洗煤油灯。何德远说他已经把手弄脏了，叫杜文彬舀水，他洗。他把灯捻子抽出来甩了，把墨水瓶和瓶盖、铁管洗干净后立在门前的平台上，等把水晾干了，再扭个捻子穿上，倒上煤油，又可以用了。

何德远和张文玲用肥皂把手洗了又洗，直到没有了煤油味才拿毛巾把手擦干。

全部洗了，四个人坐下来，想起当时的情形，你看看我，我看看你，不禁又都"哈哈哈"地大笑起来。

吃一顿稀饭，谁曾想在快要到口的时候闹出这样的事来！但是，如果没有这个插曲，这么简单的一顿饭可能没有谁记得，有了这件事，才在几个当事人的脑子里刻下了深深的印象。

不一会儿，杜明芬端来一盆干饭请他们吃，他们连连道谢。倒了稀饭吃干饭，干饭下茄饼更好！

吃了饭，说笑了一阵，就到了睡觉的时候。晚上，应红和张文玲一起住，何德远领着杜文彬在他们家住。

下在范家梁的四个男知青，开会、赶场、回城，做什么事都在一路。

他们年龄相差不到一岁,个子高矮也差不了多少。在学校时,他们同一个年级,只有一个不同班的。几个小伙子都人才标致、举止潇洒,很时髦,在全石盘公社的知青中很引人注目。杨天乐,圆脸,白胖,走起路时两腿外分,一叉一叉的,气度不凡,爱说爱笑,笑起来眼睛就眯成了一条缝,是这四个中带头的。四个小伙子出门,大多数时候都是他走在前面的。杨天乐早就把个子高、身材苗条、眉毛浓、眼睛大、质朴能干的张文玲看在了眼里。张文静进厂之前,两姐妹形影不离,杨天乐不好同张文玲说话。那时候年龄也小,男娃儿不好意思跟女娃儿在一起,在一起也不知道说什么。后来,又听很多人说,何德远喜欢张文玲,张文玲也喜欢何德远,他和何德远关系好,何德远只要进城,就要找他耍,有时还在他们家里吃饭睡觉,他怎么能去插足呢?有道是,朋友妻,不可欺。虽然张文玲还不是何德远的妻子,但是人家两个相爱,也不能夺人所爱啊!春节以后,杨天乐听说何德远的家里不同意张文玲,给何德远提了后山大队的一个女子,这个女子长得很漂亮。他问了在后山大队的知青,都说有这回事。杨天乐也认为,何德远人长得标致,有才华,但是家在农村,要和张文玲在一起,前途难料。知青们一个二个都有了主儿,他也应该找个女朋友了,于是追起张文玲来。

"欸,张文玲,跟我们去耍!"杜文彬和应红到张文玲那里去了不久,石盘逢场,杨天乐看见张文玲一个人在赶场,就叫住她。张光明、杜文彬、赵绍延站在杨天乐旁边看着张文玲笑。

"我不去,这一段时间我们队上忙得很!"看见四个同自己年龄一般大的小伙子,张文玲有些窘,红着脸撒谎说。

"走嘛!今天你在赶场,又不出工。我请你进馆子喃!"杨天乐说。

"对啰,杨天乐请客喃!"也爱说话的张光明搭话说。

见人家是诚心诚意,又都是知青,张文玲松了口:"我准备回去喃!"

"走嘛,走嘛!你去我们也好沾光,吃他!"杜文彬和赵绍延见张文玲犹豫不决,把嘴呶向杨天乐说。

"走嘛。"张文玲同意了。

四个小伙子和一个姑娘来到场中间的石盘饭店。

饭店的堂子里摆了五六张大方桌,每张桌子都围着四条大板凳。这种桌子,一方坐两个人,四面就坐八个人,就是所谓的"八仙桌"。"文革"以来破"四旧","八仙桌"的叫法就少有耳闻了。

饭店里既卖饭也卖面,先买牌子,后上饭菜。杨天乐一进来就去买牌子。张光明、杜文彬、赵绍延也争着买。"客是我请的,咋个要你们开钱?如果我身上的钱不够,你们可以借给我!"杨天乐说。他这样说,张光明、杜文彬、赵绍延只好作罢。

杨天乐买了两荤一素三个菜,烧了一个汤,一个人一大碗米饭。

四男一女在一起吃饭,又是第一次,大家都有些拘束。四个男娃儿怕被张文玲笑话,出言吐语、举手投足,都很谨慎。张文玲觉得只有自己一个女娃儿,心里也有些不自在。她抬起头看其他几张桌子上的人,好像人家都在看她。有些人从街上进来,可能也是想来吃饭,看见他们几个知青在里面,人家望了一眼就走了。看到这些,她更不自在起来,吃饭夹菜像一个传统淑女。

几个人都在埋着头扒饭,拘谨地夹菜,杨天乐觉得太沉闷,需要活跃一下气氛。客是他在请,而且是带有目的的,他先开口说起话。

"欸,你们咋个都埋起头吃不说话呢?"杨天乐笑了笑,看了一眼张文玲,问他的三个男伙伴后,然后转过头问,"张文玲,你们兄弟姐妹几个?"

"四个。我和姐姐,还有两个弟弟。"

"哦!那你排行老二"

"嗯,你们呢?"

"我们兄弟姐妹六个,我是儿子中的老二,加上姐姐妹妹排行老三。"

"哦,你们多!"

"张文玲,你们生产队的劳动值高哦!"张光明见他们互相在问对方的家庭情况,都问清楚了,换了一个话题说。

"嗯,可以!"张文玲谦虚中带着自豪地说。

"他们队里投得高哦！据说去年是一块一毛八？"杜文彬说。

"嗬，那高哦！"平时话少一些的赵绍延感叹地说，"我们生产队要是有你们的一半，我们就满足了！"

"走，我们都转到青湾六队去！"杨天乐开玩笑说。

……

几个男娃儿说的都是平常话，杨天乐是为结好张文玲说的，但是不能说张光明、杜文彬、赵绍延三个对漂亮质朴的张文玲就没有跟杨天乐一样的想法。

吃完饭，走出饭店门，都往上场走。

杨天乐四个下的范家梁二队和张文玲的青湾六队都在一个方向，但是一个在河这边，往前走走不多远然后进沟，一个在河那边，过河再往前走。从石盘场上到范家梁二队远得多，是到青湾六队五六倍远。这时候，如果张文玲要请他们到自己生产队去，他们肯定是很乐意的，但是张文玲没有请他们去，说："今天我就不请你们到我们生产队去了，以后请你们来耍！"

张文玲没有请，只好互相告别，杨天乐几个回范家梁二队，张文玲自己回青湾六队。

这次一起吃饭以后，杨天乐到张文玲那里去了两次。

一次是同周老红军在海军里当兵的儿子周中同路。周老红军是与石盘相邻的一个公社的人，离休后几经辗转，住在杨天乐们家背后山腰的红军院。周老红军有一个姐姐住在张文玲住的前面杜家老院子，姐姐姐夫年近六旬，没有儿女，周老红军把自己的三儿子交给姐姐在带。周中从部队回来探亲，去看望姑姑、姑父和弟弟。周老红军家每天出入都要从杨天乐家门前经过，因此杨天乐和周中很熟悉，听说周中要到青湾六队去，杨天乐主动提出陪同，说他对那里熟悉。在那里有熟人。周中姑姑家离张文玲住的地方很近，从一条小巷子穿过去就到了。杨天乐陪周中去，到张文玲那儿去了。这一次同老红军的儿子去，既陪了朋友，又很有面子地单独见了张义玲，一箭双雕。

第二次是和另外一个知青去的。

何德远每天在学校里上课，杨天乐去了两次都没有遇上。

生产队里有人说，这一段时间在石盘赶场，看见一个知青小伙子和张文玲同路，见了六队的人就躲。还有人看见张文玲在江城电厂拉煤的车上，那个小伙子也在。这个小伙子就是杨天乐。

听到这些议论，何德远心里不是一种滋味。但是他也只能一个人暗暗难受。

尽管他仍然没有同意陈春华，但是不管是自愿还是迫于无奈，过年过节还在往后山去，而且这件事只是那回叫杜明芬给张文玲转达过真实情况和他的态度，他也有一些反抗的行动，但是他没有当面向张文玲做过解释。之所以没有当面解释，也有没有机会见到张文玲的原因，也有他不好意思面对张文玲的问题。他喜欢张文玲，张文玲也喜欢她，父母认为不现实，又提陈春华，时间已经一年多，他们至今还没有割断关系。在这种情况下，张文玲同别人耍朋友，既是人家的权利，也情有可原。他以什么身份，有什么理由去干涉和指责别人呢？

其实，张文玲心里还装着何德远。对目前和何德远的关系，她不是没有想法，也不是没有动摇过，但是她没有放弃，因为她相信他，舍不得他！杨天乐请她吃饭、两次到生产队来、赶场时遇到就想和她走在一起、约她到相邻的公社去耍，等等，她都知道他的意思。但是，她去同他们吃饭、在生产队接待他，同他一起走路说话一起耍，更多是出于礼节，看的是都是一个公社的知青的面子，还有就是她有时候没有事也想出去耍一下。当然，她不是没有把杨天乐放在男朋友的位子上考虑过，也不是因为杨天乐是一个徒有其表、身无长物的"街娃""浪荡子"，相反，她很欣赏杨天乐的潇洒、幽默，以及家在城里，将来的生活基础好得多这些何德远所缺少的方面。但是，她清楚地看到，何德远蓬勃的朝气中隐藏着的自卑和沉默蕴含的能量和可以创造的广阔前景——诚然，家在农村、家庭成分不是贫下中农、父亲有一点儿"历史问题"是横亘在他们中间障碍，也是他们之间的关系出现眼前这种状况的根本原因，但是，女孩儿心细如丝，感觉敏锐，单纯质朴的她有和自己天生的一双水汪汪的大眼相匹配的观察和审视能力。在同杨天乐的接触中，她发现他有一种她不能接受的趋炎附势和虚伪狡黠，感觉不是多么靠得住，没有何德远那么可以信任和依赖。

杨天乐的确有一种华而不实、两眼向上、不是十分可靠的个人品质。追了张文玲一段时间后，杨天乐突然冷了下来——他又有了新的追求目标。

山坡上的红军院住着好几家老红军，挨着周老红军们住着郭老红军。郭老红军是南边张家区的人，解放时回到家乡做地方工作，当县公安局长。他脾气大，性格暴躁，提起他的名字，当时没有人不怕。

周中回家探亲的那一段时间，杨天乐经常和周中在一路，还到周中家里去了好几次，周老红军和夫人都很熟悉他了。那天，杨天乐和周中从周家出来，一个风姿绰约的女子迎面走来。

"周哥，你好久回来的？"快走拢时，那个女子给周中打招呼。

"哦，小凤！你到街上去了——我回来五六天了！"周中说。

走到跟前，两人站在电线杆旁边说话，杨天乐站在周中身后。

小凤问："周哥，当海军好耍吧？"

"当兵好耍啥嘛？辛苦得很！我们一天都跟海打交道，眼睛看到的是一望无际的水，但是有时还口渴没有水喝——海水是咸的，没法喝！哦，我介绍一下。"周中突然想起同杨天乐在一路，赶快拉过他对小凤说，"他叫杨天乐，在石盘公社当知青，家就住在我们这坎坎下面。以前看到过不？"

"看到过，但是没说过话！"小凤大方地说，并且马上自我介绍，"我叫郭凤，就住在那个门里面！"郭凤指着挨着周中家那边一个院子的门说。

"小凤是郭老红军的千金，我们的邻居，她十七岁，昨年也下乡了！"周中说。

"哦！你下在哪儿的？" 杨天乐笑眯眯地问。

"我下在我们老家的。"郭凤说。

"你们老家是个好地方，有水库，堰塘多，鱼多米多，是江城的鱼米之乡！"杨天乐早就听人说郭老红军是张家区的人，于是赶快眉开眼笑地奉承说。

杨天乐同郭凤握手，郭凤很快伸出了柔软细嫩的小手。

这一握，杨天乐神魂颠倒。这是他第一次握一个妙龄女子的手，还是一个老红军千金的手，他从来没有握过这样"高贵"好看的手！

说完话，郭凤向她家那个红漆双扇门院子走去，杨天乐和周中往街上走。激动中，杨天乐有些舍不得，禁不住回头看郭凤，郭凤也在回头看他们，她对他一笑。

凡是漂亮女子，没有标致小伙子能够轻易忘怀的，反之，凡是帅气的小伙子，没有俊俏姑娘不上心的。杨天乐和郭凤过去经常见面，没有人牵线搭桥，从来没有说过话。他不好意思开口问郭凤什么，老红军的女儿像骄傲的孔雀，也不会主动问他什么。周中无意间一搭桥，原来彼此就认识，杨天乐和郭凤关系的大门立即打开了。

第二天，郭凤从杨天乐家门口过，杨天乐正在门前。

"你在干啥？"郭凤问杨天乐。

杨天乐听见是郭凤的声音，赶快抬起头回答，说："哦，没做啥！你到哪儿去？"

"我上街。"

"你好久回生产队？"

"我自由，无所谓，想去就去。可是我爸爸叫我没事就去。"

老红军的女儿，在别人的眼里看来很不得了，其实她们比普通人家的女子寂寞得多。因为"高处不胜寒"，轻易没有人去"高攀"，不认识的人不会同她们说话，认识的人很多又不敢同她们说话。所以，认识了一个人，特别是喜欢的人，她们会很兴奋，会对你很好。像郭凤这样情窦初开、从来被父亲视若掌上明珠、性格开朗的女子，对中意的小伙子更是热情似火。郭凤知道杨天乐比自己大两三岁，从小就看见这个娃儿帅气潇洒，但是她还小，还有她"高高在上"的家庭，不能同经常看到的杨天乐说话和在一起耍。离开学校下乡了，她认为是走上了社会，用不着再像当学生时那样拘拘谨谨，应该放开一些。对昨天周中介绍她认识的这个邻家的哥哥，郭凤很高兴，今天见面她就先开口招呼起他。

坎上坎下，屋前屋后，杨天乐对郭凤很熟悉，对这个老红军的千金只有仰慕，但是无缘搭话，昨天说了话，还握了手，他受宠若惊，激动不已，晚上做梦都在和郭凤在一起。

杨天乐和郭凤只要一在一起，就有说不完的话。很快，他们火热起来，一天不见就坐不安睡不着。

杨天乐移情于郭凤，放弃了追张文玲。这对于杨天乐来说，也不是一个草率的决定，而是把张文玲和郭凤做了认真比较后的选择。

杨天乐认为，张文玲虽然漂亮能干，但是她的父亲只是县工会的一个普通干部，办不了什么大事情，母亲没正式工作，姐姐刚进厂，两个弟弟都还小；郭凤比张文玲小几岁，穿着洋气得多，有一种慑人的高贵气质，父亲是老红军，在江城县他跺一下脚，地都要抖好一阵，以后自己想办啥事，就能办成啥事。同时，他认为自己的长相就不说了，父亲是地区一个大厂的高级技工，哥哥在部队当军医转业到一个国防工厂卫生所当医生，嫂子是厂里的工人，北京人，有这些条件，老红军的女儿他也可以攀，对张文玲追求了也不久，看起来人家似乎对他没有多少意思，用不着再耗费精力和时间了。

杨天乐和郭凤谈起恋爱，不仅在城里的大街上两个人手拉着手，还把郭凤带到石盘赶场，带到了范家梁二队。没多久，他们的关系在知青中传遍了。

事情往往有意外，最终杨天乐和郭凤分了手。时间大概在他回城工作以后，他与一个家在省城、同他在一个单位工作的女子结了婚。

十五

二十四届联大恢复了中国在联合国的合法地位。第二年初尼克松访华,中美两国领导人握手。秋天,中日建交。世界格局发生重大变化,国际形势趋于缓和。但是,来自于另一个方面的战争威胁没有解除。中国继续做着打仗的准备。

在知青们赶场、串队、耍朋友和四处游荡的时候,一个个好消息接连传来!

几年前开工建设的国防工厂全面建成,面向知青招收工人投入三线建设。这是继去年底张文静那批招收少量知青回城进厂后的大招工。这次招人的工厂多,招收的人数也多,对年龄在十八至二十岁的首批下到广阔天地接受再教育的知青们来说,无疑是值得欢呼雀跃的大好事。

星期天,张文静来看望妹妹张文玲。自从离开以后,她这是第一次来青湾六队。

这天,全队的人在仓库前的晒坝里做活路,人很齐,张文玲也在里面。

张文静在这里劳动了一年多,在学校里带了将近一年课,毕竟在这里住了近两年的时间,看见她来了,男女老少对她很亲热,姑娘媳妇们争着走上前去跟她说话,小伙子们在招呼她,上了年纪的老汉老太婆们在喊她,对着她笑。人们在表达着自己热情好客的时候,大家看见，过去在这里太阳大的时候眼睛都睁不开、萎靡不振的张文静当了工人以后的另外一种风采：身穿印着她所在工厂字号的劳动布新工作服——人人都羡慕工人，劳动布的工作服是最时髦的衣服，裤子是自己做的，头发洗得乌黑发亮，脸上红光焕发，意气飞扬，似笑非笑地回答着面前一堆人的问话。在人群中，她是那样的亮丽和显著，就像鸡群中的一只凤凰。

张文玲见姐姐受到了近似电影里的新闻简报中的大人物来访问一样的欢迎，没有去打扰她，等高潮过去，围上去的人散了一些，她才走过去问她："你咋个来了呢？"

张文静盯了她一眼，有些不太高兴地说："我不能够来？你咋个这么久不回家？"

听惯了姐姐用这种语气对她说话的张文玲心想："要是我今天人没在，或者没出工，还不知她要怎么呢？"也不高兴地说："你看这里这么忙，走得了不？"

"再忙家还是要回嘛！"张文静还是紧绷着脸。

"回去说哈！"张文玲不耐烦地把钥匙给她，"你先回去。"

张文静接过钥匙，没有再同谁打招呼就走了。

到了杜家新院子，张文静不由得到处看了看，一切依然如故。她走了才一年，又会有多大变化呢？

杜明芬的妈听见有人来，马上到门口来看是谁，一看见是张文静，说："哎哟，是张文静嗬，我还说是哪个呢！你这一年了都没有来，今天来有啥事嘛？"房东大妈一边打量着她，拿板凳来请她坐，一边问。

"没啥事，我来看看我妹妹。杜妈，你今天在家？"张文静回答了杜明芬妈的话，又礼节性地问她。

"他们都出工去了，屋里的事好久都没做了，我说我收拾半天。"那时候杜明芬的爷爷还在，全家人都是劳动力，除开杜明芬的妈，都还有四个人出工，每年是生产队进钱最多的主户。

"哦！"

"你口渴吧？我给你倒开水哈！"

"噢，我不喝。"

张文静坐下来后，杜明芬的妈也来坐下，两个说了一阵话。

快到中午，张文静想张文玲做活路辛苦，去给她煮饭。杜明芬的妈叫她不要煮，两姐妹就在他们家里吃。张文静说，张文玲已经把钥匙给她了，她们好久没一起煮过饭了，就自己煮。

杜明芬的妈知道张文静不爱开腔，但是如果把话说出来了，也不好改变，就没有再勉强。

张文玲放工回来，一年来在工厂食堂打饭吃的张文静已经把她和妹妹的饭菜弄好。张文玲进门洗了手，张文静就把饭菜端上了已经用了好几年的小饭桌。

在小板凳上坐下来，两姐妹就端起碗来吃饭。

"你这么久都不回去，我来是有事情给你说。把我急得哟！"张文静看了一眼妹妹，说，"我听我们厂里一个耍得好的同事说，XX厂要在江城招工，给石盘公社分了两个名额，其他公社有没有他没说。他的一个亲戚在县知青办，他是听这个人说的。我来是叫你去找下子公社的李永和，看这次你走得了不？"

"是不？"张文玲知道这个厂在省城，是一个飞机制造厂，规模很大，在中央都是挂了号的。

这是很好的一个厂！但是，张文玲没有多激动，她嘴里吐出的这两个字，像是询问，也像是回答，并且说完就又埋起头吃饭，没有再出声。

张文静见她不当一回事的样子，有些不可思议地问："你未必还不想去？"

张文玲还是没有说话。

吃完饭，张文玲收拾碗筷去洗，张文静坐在小桌子旁边生气。她没想到自己告诉她这么好的事情，她居然无动于衷。

张文静感到，妹妹不再是才下乡时那个单纯的小女子了，她和自己完全说不拢了，她不听她的了！她知道，妹妹的这无所谓的态度里，就是心里有个何德远！妹妹呀妹妹，你太不懂事啦！农村有什么好？又苦又累，用水要挑，洗个澡都没法，上茅厕屁股上都要被蚊子咬起包，还在照煤油灯，豆大一点儿光，鬼火样的！就是何德远，一个农村娃儿，家里成分是上中农，他值得你以身相许，在一起一辈子吗？

这时，站在灶台跟前洗碗的张文玲，手上在做事，心里也在想面临的这件事。实实在在地说，她想学刘青骏在青湾六队过一辈子，同何德远在一起。她想的是，在这里，她经历了最艰苦的劳动的考验，一切困难都不在话下了，习惯了，觉得很好；在这里，她认识了这么多人，人们见了她老远就是一脸笑容，客客气气，对她关心爱护，她觉得很开心；在这里，生产条件这么好，吃饭不愁，副业也搞得好，劳动值高，当社员跟在城里当工人差不多，人不管在哪里工作，不都是为了生活吗？自己在这里会生活得很好。最重要的是，何德远爱她。何德远的家人不相信她的一片真心，她就是要用行动来证明自己的真心，改变他们的看法。何德远对家里说的亲事是以软拖对抗，他一个人的力量太单薄了，她怕他坚持不住，她在这里对他是一种很大的支持，如果她离开了这里，就证明他父母说的是对的，她果真是靠不住的，何德远就有可能被压垮！她要对得起何德远！她对何德远充满信心，相信他的理想抱负一定会实现，相信他一定会改变自己的命运，相信他将来一定能干成大事情！何德远这样的男娃儿，在人群里是可遇而不可求的啊！

把锅碗洗完，张文静问她："下午去出工不？"

她说："要！"

张文静说："我回厂里有事，我就走了。我把事情给你说了，你要好好考虑，不要幼稚！"她总是这样居高临下的。

张文静给两家房东打了一个招呼后走了。杜文金一家放工回来，也跟她说了一阵话。

张文静要走，张文玲把她送到大门外的大路上。

张文静走后，张文玲又出工去了。那一向，她还像平常一样，天天出工，连石盘的场都没有去赶。

过了十多天，大队书记杨兴荣和生产队长何人全来找张文玲。

"你在啊！天天都在出工？"大队书记像是一般问询，也像是来检查工作一样问张文玲。

"哦，杨书记、何队长，请坐！"站在门口阶沿上的张文玲看见杨兴荣和何大全来了，打了招呼后就赶快进屋拿来两个板凳出来放在他们两个跟前。

杨书记和何队长坐下，书记杨兴荣说："张文玲，你在我们大队的知青中表现好，何队长经常在说。今天我到公社去，XX厂在我们县招工，人家主要是招从省城下来的知青，县里要了一些指标，给石盘公社先分了两个，后来又追加了一个，一共三个，经公社研究，给了你一个名额。名额这么少，给你一个，不容易哟，这是公社对你的认可和关心哦！"

"那是哦，全公社才三个！这个娃儿也确实表现好，合格！"何大全说。

大队书记和生产队长演双簧似的说着，张文玲没有开腔，只忙着去给他们倒水。杨兴荣连声说："不倒水啦！不倒水啦！"张文玲知道这是他客气。

张文玲把水端来，先给了杨书记一杯，然后才给何队长。杨书记是大队领导，又来得少。

杨书记的话证实了那天她姐姐带来的消息是确实的，她没有想到，名额这么少，却有一个落到自己头上。

"XX厂在省城，是造飞机的，不简单啰！你这下在我们这里就劳动满了，是大城市的人了！"大队书记羡慕地对张文玲说。

"哪里哟！"张文玲并不热衷但有些惶恐地说。

"我今天来，是公社叫我来通知你，具体好久走、怎么办手续没说，你马上到公社去问一下！"杨兴荣对张文玲说。对自己领导下的大队的知青能到那么有名的国防厂里去工作，杨兴荣感到很有面子，一直沉浸在喜悦中。

听了杨兴荣的话，张文玲点了点头。没有说什么，没有喜不自禁的表现。杨兴荣认为这是天大的好事，谁还不乐意去呢？认为张文玲这种态度，可能是她的性格就是这样，没有以领导的身份批评她。

坐了约有半个小时，杨兴荣站了起来，说："就这样了，我走了，我还有事！"

生产队长何大全见大队书记站起来要走，也站了起来。张文玲留他们再坐一会儿，两个领导都说要走，就去送他们。临行时，何大全说："张文玲，你有啥事需要生产队帮助的，你就给我说！"

何大全把大队书记杨兴荣送到碾子口才回来。从下湾到上湾，路上遇到人，人家问他哪儿去来的，他说："我去送大队杨书记去来的。张文玲要走了，要到XX厂造飞机去了！"人家没问他，他也抑制不住兴奋地给人家说："张文玲要去造飞机去了！"何大全舍不得张文玲走，又为她能进这样的一个厂，去做大事情而高兴。

晚上一家人坐在桌子上吃饭，何德荣说了张文玲要进XX厂的事。父亲何文伯和何德远的母亲听了，很惋惜。何文伯说："那个女子是个好女子！唉——"何德远的母亲说："张文玲倒比张文静强哦，张文静大模大样的。我这个人，见她不开腔，我也不开腔！"

这天，何德远上午上课，下午在学校里参加例行的政治学习，听到了张文玲要走的消息。这时大哥何德荣又在说，何德远想这可能是真的了。

相识三年，从见第一面就为之心动、就喜欢的姑娘！你说走就要走了，要远走高飞了，要到那繁华的省城里全国有名的大工厂当工人去了！何德远此时除了为她高兴，为她祝福之外，攫住他整个心的就是依恋和伤感。再见了，文玲！

何德远只吃了一碗饭就放下了筷子，他吃不下去了。一家人都愣住了，你看我我，我看看你，沉默了很久都没有谁出声。他的父母和大哥、大嫂，以及已经十五岁的妹妹秋艳，都知道他是为了什么。他们都暗自叹息，本事再大，生在农村，生在这样一个家庭，有什么办法啊？

张文玲得到这个通知，脑子里不停地翻腾着："怎么办？"

下午，她还是出工去了。何大全见了，问她："你去办你的事嘛，还来干啥？"

张文玲支吾着说："那些事情不忙！"

做活路的每一个人都知道张文玲要走了，都向她祝贺，对她比平时更加热情和关心，对她依依不舍。是啊，三年了！三年甘苦与共，三年风雨同行！

"好，这下是大城市的人哪！"

"不简单，去造飞机！"

"我们这里这么好，你莫走嘛！"

"这一走，也许这一辈子再也见不到你啰！"

……

情深意长，青湾六队的人把她当成了自己的女儿、姐妹！

歇气的时候，秀清、杜明芬、杜成兰、杜成莲和几个耍得好的媳妇拉着她的手流眼泪，她也泪水在眼眶里打转儿。

所有的人都像大队杨书记、生产队何队长一样，只有羡慕和依恋，却不知道她心里还有千千结。

回城进厂，特别是要到省城的大厂，是一件大事。张文玲知道，这件事是她个人的大事，也是全家的大事，她不能轻易地自己做主，必须要告诉父母。如果自作主张，选择了放弃，她将有可能受到全家人甚至包括亲戚朋友在内的责备：哪个农村的人不想进城，哪个知青不想回城工作？

早上，张文玲怀着一腔复杂的心绪在石盘供销社后面的公路上等车回城。

消息传得很快，在石盘场上和进城以后，就有好几个人向她道贺，有两个人还是她不认识的。在街上遇到几个知青，人家也知道了，说的跟大队杨书记说的完全一致，说她运气好，进了这么好的一个厂。

回到家，母亲赵秀莲刚从街上买菜回来，看见二女儿回来了，很高兴。她有些嗔怪地问她："文玲，你咋个这么久不回来？"

"这一向忙，你们都好好的，我回来又没事！"张文玲实话实说。

"没事就不回家哪，定要有事才回来？"

"嗯……"

"你今天回来是给队里办事吗？"

"不是。"

"那是啥事？"

母亲问起，张文玲把XX厂招工，公社决定叫她去的事告诉了她。

张文静回城进了厂,只有张文玲一个人在青湾里,虽然那里好,她也习惯,但做母亲的还是随时心里牵挂。张文玲说了这件事,赵秀莲很高兴。但一转念,又马上收敛了脸上的笑容,她问:"你见到何德远没有?他还在上课?"

"他每天都在学校里,我还没有见到他。"

"你如果走了,这个事情……"

张文玲知道母亲说的意思,她也正是为这个事情纠结。

十二点过,父亲张国正回来了,文成、文明也放学了。父亲看见张文玲,老远就笑嘻嘻的。他今天上班,知道了石盘公社推荐张文玲进XX厂的事,虽然觉得离得有些远,但是他知道自己的女儿自理能力强,能够吃苦,心想就让她去锻炼吧。

"爸爸回来了?"张文玲叫父亲。

"欸!我知道你回来有事!"张国正答应了一声后说。

"你咋知道有事?"张文玲调皮地问父亲。

"你这么久都没回来,没有事你是不会回来的!我还知道你回来有啥事!"张国正逗女儿说。

"没事就不能回来?你说说看,有啥事?"张文玲被父亲逗乐了,笑着问他。

"能,怎么不能?随时都可以回来!我知道你被推荐进XX厂!"张国政有些兴奋地说。

"嗯。我就是回家给你和我妈说这件事,你说我去吧?"张文玲问父亲。

"你妈晓得了吧?"张国正问。

"我给她说了。"张文玲说。

"哦。好事!好事!公社具体咋个给你说的?"张国正问。

张文玲看父亲只是在高兴,把她和何德远的事情全然忘了,但这件事她自己又不好说,于是回答说:"是大队杨书记来我们生产队通知我的,公社也没给他说得很具体,叫我自己到公社去问。"

"你咋个还没到公社去问呢?你赶快去,不要让人家以为你不愿意,又换上了别人。"

"我觉得太远了,好久都回不了一次家,不太想去。"

张国正沉吟了一下,说:"离家远是远了点儿,但大城市不好进哦,而且是进那么有名的一个厂!你不去,想去的人多。你这次不去,能保证下次人家还推荐你?"

张国正边说边往厨房里走,问赵秀莲饭熟了没有。赵秀莲点头叫他过去。走到跟前,赵秀莲小声对他说:"二女子丢不下何德远,想到走这么远就只有彻底分手了。"

"我不是听你说他们家另外给他说了一个姑娘吗?"

"那是他们家里说的,何德远不同意,只喜欢我们二女子!"

"哦……"

平时很少过问女儿这些事的张国正这才全明白了。

赵秀莲把饭菜端出来,五个人围着小方桌吃饭。文成和文明知道一些事了,他们在跟前,张国正和赵秀莲不好说张文玲的"个人问题",只好说些别的话。

吃了饭,张文玲要帮母亲收拾碗筷,母亲不让她做,说:"你快过去坐,我一个人收拾就是了,这又不是好多事情!"

张国正也叫她不管:"几双筷子、几个碗,你妈收拾就行了。你过来我问你。"

张文玲跟着父亲进到里屋。

"何德远那个娃儿还在教书?"

"在。"

"他教得怎样?群众反映好不?"

"还可以。"

"哦。我还说他们家另外给他说了一个姑娘,你和他分开了,那阵听你妈说,你们还保持着关系,你和他舍不得分开。我看这样,公社这次推荐你,你不去不好,况且是到大城市去,是那么有名的一个厂。你下午就回石盘,到公社去把具体情况问清楚,招工必须填表,先把表填了,然后还要政审和体检。如果都没有问题,离得远也去。何德远在教书,等国家政策的变化,如果能够转成公办教师,可以调动嘛。"

听了父亲的话，张文玲豁然开朗，心想："我咋个就只想到在农村，没有想过转成了城市户口，工作可以调动呢？"

想到这里，张文玲有了一些喜心。

张文玲赶回石盘，去了公社。

进了公社大门，李书记看见她，老远就喊："张文玲，你在农村表现得好，这次我们推荐你去造飞机！"李书记笑着，像是跟她开玩笑似的说。

张文玲红着脸，叫了一声"李书记"，声音小得像蚊子叫一样。但是，这也算是跟石盘公社的这个最大的官打了招呼。

公社团委书记、分管知青工作的李永和听见外面李书记叫张文玲，从侧面的办公室里走出来，有些生气地说："这女子，你咋个这个时候才来，未必还不想去？人家那两个早就把表填了！你是好久得到通知的？"

"昨天。"张文玲说。

"我们好久都没看到你赶场了，昨天你们大队杨书记来，我叫他通知你，一定要通知到。他通知到了嘛？通知到了你不来，我们咋晓得通知到没有？"李永和还在发火。

"算了，算了，到此为止！"李书记见李永和把张文玲说了又说，制止了他，转过头来说，"你劳动那么积极，咋个对自己这么好的事情又不积极了呢？"

"我们队里这两天活路忙得很。"张文玲说。

说完，李永和转身从他办公室里拿来一张县里发下来的招工表给张文玲，说："你把这张表填起，不知道的地方问我。你有笔吧？"

张文玲慌了，她没有带笔。

李永和见她惊惶的样子，从胸前拔出自己的笔给她，叫她到中间的大办公室里的大桌子上去填。

张文玲迈进门槛，来到这间他们三年前才到石盘公社的第一天放行李和休息的大办公室里，上下左右地环视了一遍——还是原来的老样子，一成未变。她在一条长板凳上坐下，在大办公桌上展开招工表。

这个办公室是两间打通了的大屋子，前面同院子里其他三面的门面不一样，是几组木格门，这几组门平时只开中间的两扇，只有进出的人多的时候，开其他几扇，人很多才全部打开。屋里的山墙是穿斗木牌扇和上面搪泥和石灰的竹子编的壁笆子。后墙是土筑的。办公室中间的这张办公桌，两米多长、一米多宽，一边带抽屉，上面放着一部手摇电话机，靠后墙的一面摆着三把木椅子，其他三面围着三条一条能坐五六个人的长板凳，靠着墙、壁和前面没打开的门后边，也搭着几条这种少有那么长的长板凳。看里面的摆设，就知道这是接待来办事的人和召开会议的地方。

张文玲没有想到，三年前到石盘来最先到的是这里，今天又在这里填这张只要她愿意就可能结束自己知青生涯的招工表，觉得三年的历程，所有的事情，像是画了一个圆，始于这里，终于这里，又回到了起点。

坐在大办公桌一侧的张文玲心里很乱，她老是想起何德远，想起父亲中午吃了饭后给她说的话……

李书记和李永和也进里边来了，他们坐在离她不远的地方聊天，在看着她。她十分紧张和慌乱。姐姐张文静走了以后，她给社员们上工分手册，天天都在拿笔，可是这时拿着李永和递给她的这支笔，却似乎重如千斤，手抖得不行。

时间过去了好几分钟，她都没写下一个字，脸憋得通红，额头上冒出汗珠。她努力控制着情绪，使自己平静下来。她抬起头，望着屋顶，装出想问题的样子来掩饰内心的慌乱。

她不想叫李书记和李永和笑话她，说她还是个中学生，是个知青，填这样一张表都这么难！很快，她学干农活的那种劲儿上来了，镇静下来，在表上飞快地写了起来。

其实，这张表很简单，不到十分钟，她就填起了。

她把表填完，交给李永和。李永和接过去先交给李书记过目。李书记看了，说可以，又交给李永和。李永和细细地看了一遍，没有问题，夸她说："这女子，你的字还写得好嘛！"

"填了表以后还要政审和体检，人家XX厂是军工保密单位，严格得很。你这几天不要走远，政审马上就要进行，恐怕需要找你。政审后，合格的参加体检，体检的时间还没有定，到时候通知。"李永和这时候火气全消了，笑嘻嘻地给她交代后面的事情。李永和本身是一个态度平和的人，先是因为张文玲迟迟没来，他不知道到底是什么情况才批评了她。

"张文玲，这次到XX厂，我们公社先才分了两个名额，后来又追加了一个，一共三个，几十个知青，名额给谁？我们公社经过研究，认真分析比较，综合各方面的情况，才定下了青湾的你、龙洞的宋萍、跃进的郭玉华，三个都是女娃儿。你们大队和生产队说你能吃苦，跟贫下中农打成一片，表现好。我们公社坚持一条，谁表现好，谁就先出去。后面是政审和体检，你爸爸是县上的干部，政审没啥问题，你的身体一看就是健康的，你就放心，该做啥做啥，最后在大队、生产队留个好印象。"李书记以一位领导和长者的口气说。

李书记的话使张文玲完全清楚了这次招工的具体情况。

张文玲告辞了公社的两位领导，走出石盘公社的大门，从场上往生产队走。

出了场头，前面传来石盘河"轰轰轰"的流水声，两岸的鹅卵石像一个个刚出笼的大馒头的河坝一眼望不到尽头。万里晴空一样蔚蓝的河水欢乐跳跃，奔流不息。河中间的急水流上翻卷着银色的波浪，河边的平缓处清浅见底，鱼虾游动。正是社员出工干活、学生上课的时候，四周一个人也没有，河上的小木桥也没有人过。多么开阔，多么漂亮！张文玲又一次被石盘河吸引住了！

三年里，她不知道多少次在石盘河边流连，不知多少次望着它清清的河水发呆，但是她此时此刻的心情与往日又不一样，今天除了陶醉，更多的是依恋。说实话，她深深喜欢上了这条河和承载它的土地，同这片土地融合在了一起。

刚到这里的时候，她才十六岁，只有粗浅的一些书本上的知识和城市生活的简单常识，其他什么也不懂，同每一个知青一样，对农村更是一无所知，对农村生活和农业生产劳动充满畏惧。三年多过去，她已经习惯了农村，熟悉了农民，会做各种农活了，在这里抛洒了辛勤的汗水，也得到了丰厚的回报。在个人感情上，她由一个青涩少女变成了一个身心成熟的女子，收获了爱情！可是，不出意外的话，她很快就要离开这里。人非草木，孰能无情。她舍不得这里的一切，包括山川、土地、石盘河和何德远！

伫立桥头，面对河水，她思潮翻滚！今天，她不用再像三年前那样要去追赶走在前面的队长、会计和姐姐，不用担心他们在前面等她，不用担心因为不认识路而找不到地方，这里已经是她想一生扎根的地方！她在河边站了很久才离开。

过了搭着一溜石磴的溪流，走到河坝里，她四处张望，看生产队的人在那里出工，可是没看见。于是，她向湾里走去。

大人都出工去了，大多数人家里的门都锁着，只有一些年龄大没法干活的老人在家看门，放了学的孩子在玩。她想回来再去出一会儿工，可是这些老人和孩子不知道社员们在哪里做啥去了。也已经过了歇气的时候，就是去，也做不了多久，她只好不去了。她坐下喝了一点儿水，歇了一口气后，把屋子收拾了一下，然后端着盆子到堰沟里去洗衣服。

一个星期后，政审结束。像公社李书记说的那样，她"有啥问题"？他们祖宗三代政治历史清白，符合XX厂严格的政治要求。

三天后，在县人民医院进行体检，她每一个项目都是良好和正常。

很快，政审和体检合格的人拿到了到XX厂报到的通知书。

这次招工，从省城下到江城的知青招的名额数量只有县里管这件事的人清楚，但是社会上都知道只从江城当地招了八名知青。按照一般情况，从省城下来的知青中招的人数，应该大大多于从江城当地招的人数。两个方面相加，总共至少是好几十个人。人不算少，但是厂里没有派车来接。办完户口迁移和粮油关系，被招的这些人，家在省城的知青大多数先回去了，从当地招的八个人怀揣着对大城市、大工厂的想象以及对未来的憧憬与梦想，怀着不同的心情，按照通知书上规定的时间，相约着坐火车到省城，等待厂里的车到火车站接。

江城的八个人，张文玲在列。

张文玲走了。

十六

每天，何德远都同六队在大队学校上学的学生一起到学校里去。放学如果全校不统一集合，最后一节课的下课钟一打，学生们就一窝蜂似的挤出教室门往家里跑，他还要到办公室里把教科书、备课本和学生的作业本装进天天背的一个军绿色书包里带回家去，所以天天走在后面。他在家里备课和批改作业，以免下午再到学校里去，来回走路耽误时间。有时候，放学回家吃了饭，能赶上生产队出工，他都要尽可能地去同社员们一起做一会儿活路。特别是做那些脏活重活的时候，只要没有很重要的事情，他都一定要去。下午去出了工，备课批改作业就晚上加班。

刚去时，学校安排他教小学二、三年级的复式班，第二年教三、四年级的复式班。复式班要备两个班的课，批改两个班的作业。两个不同年级的学生在同一个教室各坐一边，这边讲了又那边讲，给这个班讲的时候，那个班做作业，给那个班讲的时候，这个班做作业。这种形式的教学，互相干扰可想而知，老师要费更多精力，除了备课、讲课的任务加重，每节课的时间安排和组织教学、课堂纪律的维持都很费神。他不知道复式班是怎么回事，临时负责人周新佳叫她教，他就教，没有推辞就接受了。结果，天天嗓子喊哑，弄得筋疲力尽。但是，他知道，他是最后来的，也最年轻，这苦头他不吃谁吃？他只有人家叫做什么就做什么，人家叫怎么做就怎么做。当然，他本来就不是一个拈轻怕重、做事讲价钱的人。

隔行如隔山。起初，他对教学的方法一窍不通，但是天资聪明的人，做什么事都差不到哪儿去，包括做从来没有做过的事。他的个人素质好，又爱动脑筋，肯学习，舍得在学生身上下工夫，一年过去，两个复式班的学习成绩大有起色，老师们对他投以赞赏的目光。

当老师工作很辛苦，他却认为比起农业上的体力劳动，教书既不流血流汗，又不风吹日晒，觉得没有什么。

在教书和劳动的空隙时间，他心里思念张文玲的情丝剪不断理还乱——她还好吗？她这时在干什么？

他也经常要自己不要去想，人家走那么远了，还去想来干什么？但就是控制不住自己，若不去想反而想得更厉害。

他清楚地知道，造成和张文玲远隔千里不能见面的主要原因，已经不是家庭成分问题，而是因为张文玲是城里人，自己是农村人。要和张文玲在一起，关键是要走出农村，脱掉"农皮"，成为工作可以调动的城市居民户口。怎样才能成为吃商品粮的城里人呢？要直接转成城镇户口是不可能的，现行政策不允许，唯一的希望是等待国家政策的改动。

他在寻找着和等待着机会，为能够把握机会做充分准备。

张文玲进厂的那年，师范招生，叫他去。如果去了，毕业后就是城市户口，而且是中专文凭，但是他没去——他不愿意一辈子当教师，也认为自己已经在教书了，师范毕业以后还是教书，读书要从家里拿钱，有可能引起家庭的矛盾。

年底，国家征兵，一个汽车团在石盘公社招收新兵。当兵是青年人前途发展的重要路径，也是文化水平低的农村青年的唯一出路。因此，适龄青年参军入伍非常踊跃，不少人托人情、走"后门"。汽车兵是技术兵，众人更挤破脑袋往里钻。

何德远有幸被大队民兵连长批准参加体检报名。

征兵体检场设在石盘学校里。填表时，有些小伙子连表都不会填，又不允许别人帮忙，急得出了一头黄豆大一滴一滴的汗。表发下来，何德远很快就填好了。接兵的刘连长收表，见他是初中文化，字写得好，书写流利，字迹清楚，身体也很好，标致帅气，十分喜欢。

学校中间是操场，周围十几间教室，一个教室检查一个科目。操场上到处是人，每一个教室的门前都排着长队。很多青年的家长，甚至亲戚朋友，都来了。有的还找的有帮忙的人同路，一旦在某一关口出了问题，就马上有人去帮着说话。何德远没有人陪，一个人拿着表一关一关地过。

才检查了几个科目就花了一个多小时。何德远有些着急，他是跟学校请假来参加体检的，所教班的学生是别的老师在帮他守。照这个速度，说不定第二天才能检查完。何德远去找刘连长，想给他说明一下情况，希望能提前给他检查。杜连长听了，马上拿着他和石盘场上一个他也看上了的小伙子的表，带着他们每一关走拢就检查，很快就检查完了剩下的几个科目。何德远和石盘场上的那个小伙子非常感激他。

刘连长叫刘德朝，山东人，一米七几的个子，瘦瘦的，是招兵的这个汽车团的一个连长。他们团的汽车主要是往西藏运送物资，招的兵属于高原兵。到了江城，他被分到石盘区，负责该区六个公社的征兵工作，包括别的部队在石盘招平原兵的事也归他管。

刘连长对人直爽诚恳，何德远说自己很想去当汽车兵，他说：“只要你体检合格，我们欢迎你到我们部队！”接兵连的连长这样说，何德远受宠若惊，认为自己的身体不可能有问题，这次兵他当定了，汽车开定了，开上国产的"解放"牌汽车，是多么自豪啊！

他太想去当兵了，太想去当汽车兵了。因为他能去当成兵，就有把握在部队干出个名堂，就能去找张文玲，就能和她在一起啦！如果还能当上汽车兵，那就更神气了！

他太紧张了。因为这个原因，总检的时候测出他的血压90/130，属于高血压，不能当高原兵。他听了，大吃一惊，脸都变了颜色，陡然从希望的顶峰跌到了失望的深谷，不知所措。

带着他们两个检查的刘连长接过很多次兵，遇到过不少这种情况，知道他是由于心理紧张造成的短暂性血压升高，是符合条件的，他走过去对总检医生说：“这个兵我要，记在我们部队这边！”刘连长前面还跟总检医生说了一些话，何德远没听得很清楚，推测大概意思是说他不应该是高血压，一时血压高是心理紧张造成的。

看到总检医生把何德远的名字记在了合格高原兵的名单里以后，杜连长也赶快掏出自己的小本子，把何德远记在自己要带走的新兵单子里。何德远测出的这个血压，当高原兵按要求是不合格的，但当平原兵合格。刘连长太喜欢他了，不愿意别的部队把他带走，要打"擦边球"，叫他成为自己的兵。刘连长的器重，何德远一直铭刻在心。

体检完，何德远立即回学校给学生上课去了。

就在何德远在诲人不倦地教学生，同时"守株待兔"地等待入伍通知书时，不少人在紧张地活动。

刘连长没有参加石盘公社的定兵会，他到另外一个公社去了。可能这个会他不该参加，也许可参加可不参加，也许没有通知他，有意要避开他。否则，有些"走后门"的就走不了。但是可以肯定地说，兵是部队征的，部队接兵的领导参加自己负责的这一片的定兵会是不会错的。

石盘公社的定兵会上，何德远被刷下来了。理由是他在教书，走不脱。实际上是他和他们家没有去活动，家庭是上中农成分，而且陈春华的母亲是武装部长老丈人的姐姐，知道何德远不同意这门亲事，如果他当兵走了，和陈春华的婚事就要告吹。

一次众人瞩目的征兵，结果走的是公社书记的侄儿，一些大队、生产队干部和活动了的人的儿子或兄弟。青湾六队何德远没有走，生产队长何大全结了婚的抱儿子走了。抱儿子走了，老婆带来的女子不甘寂寞，同本队的一个小伙子发生关系，生了一个傻儿子。小伙子破坏军婚，被判了徒刑。抱儿子离婚同别人结了婚，离开了他家。无事生非，一家人四分五裂。不过这是后话。

这次征兵，何德远受到沉重的打击，生了一场重病。

接兵的刘连长回到部队，担任新兵教导队队长，训练他接回去的兵，教他们开汽车。他同石盘公社接去的兵闲谈时，对没能接走何德远深感内疚和遗憾。何大全的抱儿子回家探亲，他叫他向何德远转达问候，邀请他到他们部队来玩。体检结束后，何德远没有再见到刘连长，可以想到，刘连长对他是做出了努力的，但是没有奏效。

在省城郊外的那个大工厂里，张文玲过得也不是十分开心。进厂离开青湾六队时，她没有向何德远告别。她没有见到他，他们连话都没说一句，她就走了。她不是不想见他，没有时间见他，而是见了面说什么呢？说她要到大城市去了，要进大工厂了，炫耀自己吗？最后，她选择了悄悄地离开，认为这样对何德远的刺激也许不大，也不至于自己如果控制不住感情痛哭流涕，叫人笑话。但是，对没有见何德远这一点，她心里总是有些歉然的。

她好多个晚上都没有睡着觉，做梦想的都是和何德远的事，都和何德远在一起。她感到这次改变初衷，离开青湾，虽然是迫于家庭和社会的压力，但毕竟是她对不起他。

XX厂是一个有几万人的特大工厂，在广阔的平原上占了很大一片地方。这里是中国最肥沃的土地、最富饶的地方之一，若不是为了国家的安全、国防需要，偌大的面积要长出多少稻谷、小麦和油菜籽，要养活多少人啊！

来的那天，张文玲一行人下了车，出站口厂里接的人举着"接XX厂青工"的牌子接他们。厂里来了一男一女，他们一出了站就接到了。

"你好！你好……"

"辛苦了！辛苦了！"

寒暄过后，在来接的人的带领下，他们来到一辆后厢板上挂着铁梯的"解放"牌货车跟前。

铁梯可以上下人。当了几年知青的他们觉得有车坐就很不错，一走拢就把被盖卷儿从下面递给上面接的人，手里只提着网兜爬梯子上了车。

他们一行八个人，虽然有的在"大串联"的时候到过大城市，有的还到过这座城市，但是已经过去了好几年，也有人从来没出过远门，没有看过大城市是什么样子，所以大家还是很想一睹省城的风采。可是，厂里来接他们的人长期生活在这里，对这座城市已经习以为常，没有想到他们还有这种愿望，也许想的是以后他们有的是时间逛，就没做这个安排，车没有拉着他们到城里去遛一圈就直接向十多公里外的工厂开去了。

来接他们的两个人是厂里人事政工处的。到了厂里，下了车，他们就男女分开，分别被领到宿舍放行李。

女工宿舍是一溜简易平房，红砖墙，米黄色的木门，门口写着入住新工人的姓名。大部分房子是两人间，只有少数三人间。房间里床位没分到人头，由自己选，若觉得不合适的，自己私下去调剂。两人间临窗一张两个抽屉的桌子，一人一个抽屉，一把共用的椅子；两张单人木床，左边右边没什么区别。三人间宽些，同两人间一样挨着窗子一张两个抽屉的桌子，一把椅子，两边各一张床，进门靠墙一边一张桌子，一边一张床，这个床离窗子远，光线差些。不过，如果视力好，也不碍事，而且可以单独使用一张桌子、一把椅子。这大概算是对不临窗的补偿吧，有的人还愿意这样。

把行李放下，出了门，带她们的人向左边指去，说那里有水龙头，厕所也在那里，叫她们可以拿上毛巾去洗一下脸，要解手的解个手，然后带她们去报到。

她们几个一起跑了过去，知道这个地方就是她们以后打水的地方。离得不远就是一个大公厕，很方便。

这次招的人多，厂里专门设了一个青工报到处。同其他厂一样，前些年XX厂的工人全部来源于转业军人，今年第一次面向社会招工，招收的就是知青。

在青工报到处注了册，办理了一些手续，领了三天的饭菜票，讲了一些注意事项，又去看了食堂的位置，然后就回寝室。

报到后，厂里放了一天假，让新工人们熟悉工厂和周围的环境，买一些日常生活用品——牙膏、牙刷、肥皂、香皂和女娃儿擦脸的雪花膏，等等。张文玲和宋萍、郭玉华三个一路坐公交专线进了一趟城，在最热闹的商业中心逛了半天，除了洗漱用品，还买了镜子、梳子和一些其他想买的东西。

进厂的第一课，是为期一个月的青工培训。

XX厂是国家大型军工厂，保密级别高，青工培训主要是学习政治和保密守则。厂分管领导在开训大会上讲了话，他们第一次见到级别那么高的干部，心情很激动。具体的培训分别由厂办、人事政工处、保卫处负责。

培训结束，新工全部下车间。张文玲分到铆工车间。带她的师傅姓李，一个四十多岁的中年男子，是一个八级铆工，厂里的劳动模范。

下到车间后，青工们开始了学徒生活。

张文玲每天跟在李师傅后面，李师傅干，她就看，讲她就听，叫她干什么就干什么、叫怎么干就怎么干。工厂的活儿跟农村的活路不一样，体力的付出少得多，但责任大，需要十分细心。如果粗心大意、马马虎虎，达不到质量要求，不仅耗费了工时，还要造成材料的浪费，而这些材料的价格贵得吓人，有些是国家花十分紧缺的外汇从国外进口的。而且，产品如果有瑕疵，哪怕是一点点，被检查出来还好，如果漏过，用在飞机上，出了事就是大事，损失难以估量。因此，每个人都必须有高度的责任感，一切按操作规程进行，严肃认真，一丝不苟。

张文玲组织纪律性强，十分能吃苦，胜任工作是不成问题的，而且觉得很轻松。至于技术水平，没有止境，是需要一辈子追求的。但是，她在观察、摸索和积累，在前行，在提高。

星期天，如果不加班，青工们都不搞个人卫生，就进城逛街。张文玲也是这样。进厂以前，她没有来过省城，但是关于这座城市的传说和故事却听到很多。来到这里了，她想熟悉环境，想把最有名的地方都看看。

光阴荏苒，时间流逝，青工们的业余生活也在发生着变化。刚进厂，他们一起来的几个江城老乡，上班不在一起，下班以后你不到我寝室里来，我就到你寝室里去，或者一起聊天，或者一起在厂区转路。星期天进城，互相邀约，一路去，一路回。有时候其他人不齐，至少她和宋萍、郭玉华三个是走在一路的。大约是在三个月以后，老乡之间的来往变得少了，有些人有时候一个星期才看到一眼，常常还是看到同不认识的人走在一路,遇到了就打个招呼、说几句话,就各自走各自的了。半年以后,老乡间的来往越来越少,大多数时候是一个班组或者一个车间的同事在一起耍,有时候看到,就是别人同一个小伙子或者一个女孩儿在一路,不好叫住人家聊其他的事。

从石盘公社进厂的三个女孩儿,宋萍和郭玉华正在耍朋友。

宋萍是北方人,个子高大,浓眉大眼,性格直爽,爱说爱笑,父母都是南下干部——父亲是北大的学生,多少年前就是县委委员、县中校长;母亲也是知识分子,是嘉中的教导主任。出身干部和知识分子家庭,形成了宋萍少有的高贵气质和直率性格。都二十岁了,已该是为人妻和生儿育女的年龄了。"老女不嫁,踏地呼天。""阿婆不嫁女,哪得孙儿抱!"她使出了北方人的性格脾气,开始主动出击。

一天,她有一点儿事需要进城。已经是上午十一点,她在厂门口等车,很久都没有车过来。正在她十分着急的时候,一辆乳白色的"上海"牌轿车从厂里开出来,车里只有驾驶员一个人。当了几年知青、时常在路上招呼车的她招了招手。车里的周师傅见她一个人站在那里,一副着急的样子,不知道她有什么事情,把车在她面前停下来。

"谢谢!"她对周师傅莞尔,边开车门边说。

她开的是后排车门,周师傅说:"前面没人,就坐前面吧!"

"那是厂长坐的位子,我能坐吗?"她知道这是厂长的车,经常看见他坐在前面的位子上,于是开玩笑地说。

"他现在没在,怎么不能坐?"周师傅说。

她在前排的空位子上坐下后,说:"我可以问你姓啥吗?"

"怎么不可以,我一个普通工人。"周师傅笑着说。

她听老周一口的普通话,而且说得还很地道。他说了自己的姓以后,她问:"你是北方人?"

"北方人!"

"北方哪儿的?"

"河北保定。你呢?"

"哦，我们还是老乡呢！我是江城的，祖籍石家庄。"

"老乡见老乡，两眼泪汪汪"，他们聊了起来。

老周实际并不老，年龄不到三十岁，个子高大，魁梧健壮，对人谦虚诚恳，当兵在部队给军首长开车，厂长和这位军首长是老战友，把他要来给自己当了驾驶员。

从那次坐老周的车，宋萍对这个男人有很好的印象，冲着都是北方人，还是离得很近的老乡，他们特别聊得来。她经常坐他的车进城和回厂。起初，厂长在车上，周师傅不敢带她，她也不敢去坐。后来，厂长认识了她，叫她来坐。这样，她跟厂长也熟悉了，厂长在不在车上都可以坐了。她觉得这样很好，出门进门有车坐，又方便又风光，还可以直接给厂长说事。于是，她同老周好上了。但是，老周年龄大得多一点儿，没啥文化，还是有妇之夫，已经有一个孩子。父母知道了这件事，认为她不道德，辱没家风，坚决反对，以至同她断绝关系。她很倔，不顾这些，生死要和老周结婚，并且发生了关系。结果，老周只好把原来的老婆离了，同她结了婚。结婚后，四年里她为老周生了两个儿子。计划生育是基本国策，那么严格，不知道是怎么生出来的。

宋萍的事，在全厂传得沸沸扬扬，没有人不知道。

郭玉华是一个标准的南方美女，朴实稚雅，不多言多语，下在石盘公社跃进大队。自从下去，就以生产队为家，同社员打成一片，与农村社员拼起劳动，学大寨打田几天几天地背，背磨破了皮仍然坚持，表现十分突出，被公社推荐出席全县知青先代会，受到县领导的接见。郭玉华下的生产队有一个公社的干部，天天晚上都要回家，知道她的事情后，上班时就在书记、主任、副书记的耳边说。张文玲和她一样，但当时还没有被公社发现。知道张文玲也非常出色以后，说石盘的知青表现好，有"东张西郭"的说法。进了厂，郭玉华对人处事的态度和工作表现也很快受到班组和车间的好评。比她早两年进厂的一个转业干部主动向她示好。小伙子一表人才，在厂里搞管理，父母是本厂的老工人，家就住在厂里。郭玉华认为这小伙子本人和家庭条件都好，本来就想找个家在这座城市的对象，这正好，于是很快确立了恋爱关系。

高兴国是江城县地方上那批进厂的八个知青之一，小伙子是县中高六八级的学生，下乡时在南边的张家区。政审结束后在县医院体检，高兴国见到张文玲，对她很有好感，成天跑前跑后献殷勤。进厂之初，宋萍和郭玉华都还没有谈恋爱，见张文玲有男娃儿主动亲近，嘴上没说，心里都有些嫉妒了。高兴国三天两头的今天借故这样事、明天借故那样事地到单身女工宿舍找张文玲。宋萍和郭玉华看见，郭玉华不说啥，快人快语的宋萍却憋不住，半开玩笑半认真地对她爸爸的这个学生说："高兴国，你一天哪儿那么多事来找人家张文玲？"大几岁的高兴国知道老校长女儿的意思，红着脸，支支吾吾地说："就是有……事……嘿嘿……"

高兴国的心思，张文玲不是不明白，也知道他文化基础好，进厂就分到了要物理学得好的电路车间，而且他机灵勤快，对人热情，肯帮忙，长相就不用说了，上初中、高中都是挑选过的。张文玲心里有数，始终同他保持着距离，从来没有找他帮过什么。高兴国几次约她，都被她推掉了。

高兴国还是经常来，但张文玲从来没和他单独一路过。这些情形，宋萍和郭玉华都看在眼里。宋萍直截了当地说："老高，你还在跑啥嘛？你没门儿！人家张文玲在农村就跟他们队上的何德远好上了，人家何德远在教书，我认识，很优秀，是你们县中初六八级的尖子生！"郭玉华说："宋萍说的是真的，石盘全公社的知青都晓得。"

"哦……"一头雾水的高兴国这才明白张文玲为什么对他不冷不热。

一年后，同期进厂的那批青工，大多数处上了对象，有的在热恋中，有的已经准备结婚了，宋萍已经生了儿子，张文玲却还形单影只，来去一个人。

带张文玲的李师傅是个一门心思扑在技术上的人，有时为了解决一个技术上的问题，连回家都搞忘，他爱人常跑到车间里来找人。这样的人自己的生活都是马马虎虎的，很少关心别人的私事，但见徒弟张文玲跟着自己一年了，仍然没有看到同那个年轻小伙子亲热来往过，有一天突然问："小张，你耍朋友了没有？"

听到师傅突如其来的问话，张文玲的脸红了，害羞地说："我还早！"

"早？不早了，可以耍了！你如果耍朋友需要耽误，就给我说一声，不说我就不知道哈！"李师傅关切地说。

"嗯……"张文玲看着师傅点了点头。

张文玲离开青湾六队没有告诉何德远。何德远天天在学校上课，不知道她什么时候走。她没有和他见面，他也没有来送她。对这件事，何德远内心一直歉疚——不管怎样，他应该去送她，为她祝福。他不知道她为什么不告诉他，但相信她是重情义的，绝不会以这种方式来断绝她和他的关系，而且无论是谁，感情上的事不是说断就能断的，何况是张文玲！

张文玲走了以后，没有给何德远写过信，因为她觉得这样的事还是应该男娃儿主动向女娃儿开口，还有就是她知道往农村寄的信是有可能收不到的，还有可能被私拆，因为邮递员不把信送到收信人手里，常常是找人带。带的人拿了别人的信，往往要私自拆开看，如果忘了马上送去，时间长了，不好意思再给，就干脆撕掉或者甩了。即使不私拆，有的人给别人带信，老远就大呼小叫："XX，你的信，XX来的！"弄得大家都知道。有的人还到处说人家的信是谁写的，写的啥，她怕自己写的信何德远不能亲收，落到别人手里，造成不好的影响。她不写信，何德远不知道她的具体通讯地址，也没法给她写。

就这样，他们失去了联系。

十七

一九七三年，国家启动大中、专招生工作。从"文革"开始，大、中专就停止了招生，各行各业没有高素质的人才补充。时隔六年，举行大、中专考试，很使人振奋。

这次，石盘公社分了两个大学、六个中专的考试名额。知青是城里人，消息灵通，知道得早，龙洞大队和姜家大队的两个知青提前占了两个大学名额，分配给何德远了一个中专名额。他虽然非常羡慕大学名额，但是又不敢奢望。拿到中专表，他也就欣喜若狂。

填表的那一天，虽然想的是不同的事，但他也像张文玲填招工表一样，迟迟不敢动笔。他知道填这张表意味着什么，生怕填错了会影响一辈子的前程。他想，这是国家正式招生，考起了，读出来就是中专，就有工作，就是城市户口，就能理直气壮地去找张文玲，就会一辈子同她在一起了！他暗暗要求自己，从现在起，要把每一个细微之处都做好，不仅要把试考好，而且要把表填好，表上不能有一个黑疤疤！

越这样想，越紧张，越不敢动笔。表在石盘学校里填，他拿着表在一个老师的寝室去填，走出来又走进去，走了好几个来回。

"何老师，你填起没有？快填啰，我要收表了哈！"管这次大、中专招生考试的余光秀说。

余光秀是区完小校长的老婆，当过公社小学校长，都叫她余校长。

区完小校长是区所在地的小学校长,又领导下辖的几个公社学校。换言之,是一个区学校的领导,权力很大。

"还没有!"何德远说。

"那有个啥填头嘛!"她没设身处地,说得很轻巧,"快填,我要收表了哈!"

他很着急,但还是没有下笔。

一会儿,余光秀又来问他:"何老师,你填起了吧?"

"还没有。"他说。

"我不信!"余光秀边说边往回走。没走几步,又转身回来,对他说,"我就不信你还没填起,拿来我看看!"

"你看嘛!"他把表给了她。

余光秀接过表,真的一个字都还没写,说:"你不填了!"

"不填了?"他愣住了,以为是不让自己去考了。

君子好交,小人难防。这个女人心眼多,走了几步又回来看何德远的表是她的过场。她知道要直接收回他的中专表,他是不会给她的。

他哪里想到,当过堂堂校长的人也会这样下作。

余光秀收回何德远的中专表另有原因。

"你填这张表!"余光秀转身往自己坐的办公室走,何德远紧紧跟在后面。

余光秀拉开办公桌的抽屉,拿出一张空白表给何德远。

何德远接过来一看,大吃一惊,这是一张考大学的表!

"我咋个填这张表?嘿,我咋敢啰!我这个水平咋个能去考大学?"何德远惶恐地说。

"你可以!"余光秀语气缓和了,带着诳哄地说,"我们公社两个考大学的名额,有一个不得去考了。你得行,你去考!"

"我行啥哟!我还是去考中专嘛,余校长!"何德远几乎是哀求地说。

"这个表是公社李书记叫你填的!"

"他咋个会叫我填这个表呢?我不填!"

何德远明白了，原来是姜家大队的那个知青听说要斗硬按成绩录取，不敢去考大学，要改考中专，要把已经全部发出的中专的表收回一张给他，中专表被收回的人去考大学。

何德远无比气愤："人家不敢去考，才让我去，这不是拿我开玩笑，拉我去当炮灰吗？你们知城里的知青惹不起，就去讨好，拿我有法，就整我！这关系我一辈子的前途啊！"

是啊，他初中二年级的课才上了一个月，"文革"就开始了，这几年也只是看了一些初中的课本，高中的书全部没有接触过，怎么敢去考大学呢？能上大学的，都是人中龙凤，全石盘公社解放后十几年才考起了两三个，他想自己怎么能是这种人尖，能成"龙"为"凤"呢！

"你不信，那你跟我一起去问李书记！"

余光秀急了，她已经给几个人做过工作，人家都不干，如果何德远硬是不填这张表，她就交不了这个差！

余光秀拉着何德远到离学校不远的公社去，何德远才知道余光秀说公社李书记叫他去考可能没说假话。

来到公社，李书记不在，何副书记和李永和听了，看着何德远笑。何副书记对何德远说："有啥不得了，你才二十岁，能考到二十五岁，我们年年推荐你，未必你还考不起？"

何德远没开腔，因为何副书记既是公社的领导，又是母亲娘家的亲房侄儿，何副书记和他是表兄弟，他把何副书记叫表哥，他想他不能不听他的话。他心里也有一个没说出来的想法——真的能像何副书记说的那样，公社年年都推荐自己，考到二十五岁，确实是"未必还考不起一个大学"？如果能考起大学，我就真正成了人中龙凤了！

看见何德远神情张皇，李永和也附和说："你得行，没问题！"

"天哪，没问题！什么没问题？知识的问题，来不得半点虚假和骄傲，这可是伟人的名言啊！"何德远掩盖着内心的"野心"说。何德远知道，今年就去考大学，真的是无异于拿起鸡蛋去碰石头。但是，已经说到这个程度，不接受又能怎样？

从公社出来，余光秀一身轻松，边走边给何德远打气。何德远

211

听得出来，她的话里带着歉意。何德远没有吭声，跟在余光秀后面，一起到学校里她的办公室去拿那张大学表。

父亲何文伯放工回来，问起下午考试填表的事，听何德远说是去考大学，一下把头转了过去，叹了一口气，说："这回你又送了！"

面对父亲，何德远哑口无言。

事已至此，不能考试交白卷吧，何德远在复习功课上用起功来！

这次考试，招生简章规定的参考年龄段的人，不管农村户口的还是城市户口的，现在都在农村劳动，这些年都没有多少时间读书。考虑到这一点，所以无论中专还是大学，只考政治、语文、数学三门。对这三门考试，何德远做了分析，认为政治和语文应该没有大的问题，因为自己天天在看报纸，每期的《红旗》杂志都要一字一句地读完，但是数学的差距大，必须把主要精力放在数学上，多花时间赶上去。

政治、语文他只看了自己的一些书。数学，他从石盘公社小学（附设初中）教数学的老师那里找齐了初中课本。又向生产队的一个刚毕业的高中生那里借来了四本高中课本。初、高中都是二年制，一共只有八本书，也都不很厚，他从初一到高二的内容，一章一章地看，有的地方看不懂和有的题做不起，就到公社学校去找刚分来的大学数学系毕业的老师和进城向县中教过自己数学的老师请教。一两个月时间里，他除了备课、上课和批改学生作业以外，其他时间全部是复习功课。每天手不释卷，夜以继日，把整个初、高中的数学课本从头到尾看了两遍，演算和解答了所有的习题。临近考试时，他对这三门课基本上有了把握。

考试在六月底的最后两天举行，地点在江城师范学校，武装押运试卷，考场门口警察站岗，戒备森严。

进考室前，何德远看到，参加考大学的绝大多数是县中高中部的同学。在考室里，他左边座位上坐的就是县中高六八级一班——他们高中朋友班的一个女同学。这个女同学的歌唱得好，同学们都叫她"钢琴过门"，文艺演出的时候，没有乐器伴奏，全是她清唱，嗓音清脆尖利，高得吓人，而且学习也好好，是班上成绩最优秀的学生之一。他全部考生扫视了一遍，除了一个省城下的女知青，年龄和他差不多，可能也是初六八级的外，其他全是比他年龄大、学历高的。他高度紧张，觉得自己参加这个考试，好像是小孩子和大人比摔跤，而自己正是小孩子！小孩子怎么能摔倒大人呢？管它怎样，尽自己最大的努力，其他就听天由命了！

谁知道，考题很简单，并不像人们传说的那样都是难题怪题。

第一场语文，考了几个词语解释和写一篇议论文。他看了一下题，都会做。他想，题虽然简单，但是要求高，这是考大学啊！要求到底有多高，他不知道，只是十分紧张，浑身冒汗。他最易脸上出汗，几次汗珠掉到卷子上，把写的字都浸湿了。他赶快拿出手帕来揩。一是紧张，二是天气热，他的两张手帕全部揩湿了。这情形，好像不是在考试，而是在干最重的体力活，在打仗中冲锋。

下午是第二场考试，考政治。他的二哥何德华在参与这次的考务工作，江城师范是他的母校，人熟，中午给他找了一个地方休息。农村的人天天都是累的，他这几个月每天都睡眠不足，一倒下去就睡不醒，已经打了考试铃，他还在呼呼大睡。何德华就担心他睡过头，误了考试，抽空来看他，进来看见他还在睡，赶快喊醒他："你咋个还没去，人家考试都开始了！"他一筋斗翻起来，揉了揉眼睛，睡眼惺忪地就往所在的考室里跑。监考员问了他迟到的原因，让他进去了。他拿起卷子看，所有的题都会做，赶快拿起笔飞快地做起来。考试时间结束的前半小时，他就把题全部做完了，并且检查了一遍。见还有时间，他又从头到尾检查第二遍，认为没什么问题，自己也就只有这个水平。见有人交卷，他也把卷子整理好，翻过来放在桌子上，然后起立走出了考室。

第三场考数学。这是第二天上午。卷子发下来，何德远一看，必做的题似乎都没有多大的难度，最后一道题的后面有一个括号，里面写着："此题可做可不做，仅作参考。"把全部试题浏览了一遍后，他按顺序从第一题开始做起。每道题都有难度，但他复习得扎实，都做出来了。把必做题全部做完，检查了一遍，没有问题。时间还很充足，他准备做参考题。他抬起头，松了一口气，一转头看见背后的考生——本公社龙洞大队的那个男知青，在卷子最后一题的空白处写了四个大字："此题无解。"这个知青是嘉中六六级的学生，比他高两个年级，皮肤白白净净，戴一副近视眼镜，斯斯文文，是一个很爱读书、很书卷气的人。他想，他的数学应该比我好，他都没做，我还何必做呢？我的必做题检查了两遍，都没有问题，这道题注明了的"可做可不做，仅作参考"！他以一种无所谓的态度看了一下这道题，已经看出了"名堂"，但是受前面的必做题都做对了、石盘公社的"同窗"都没做和"仅作参考"的影响，他没有再做。

三场考试，都很轻松，但是他不放心——他怕是"自我感觉良好"，不知道标准是什么，自己符不符合国家的要求。

对于考试，完全可以放心，他的三门功课都考出了很好的成绩！他功底好，复习得扎实，考出好成绩是必然的，但是他还是感到意外："人家那么多高中同学未必不如我？"

这次招生以县为单位阅卷，县中的很多老师参加了。老师很关心自己学生，他读县中时教他语文的卢老师和他二哥何德华在一个院子里住，阅完卷后记下了他考的成绩。他去看成绩就住在何德华家，卢老师看到他，高兴地说："你这次考得很不错！语文是全县最高分，九十九分；政治八十三分，全县第二，只比第一名低一分，第一名八十四分；数学九十七分。各科的成绩都分了等级，每科的前五名划为一等成绩。你语文和政治是一等成绩，数学是二等成绩。"

"怎么九十七分还是二等成绩？"何德远不解地问。

"数学那道参考题没做，必做题得一百分也是第二个等次。"

"哦！它括号里不是说'可做可不做，仅做参考'吗？"何德远问。

"这是上级规定的。啊，你报的哪些志愿？"欣喜中的卢老师问起考试一鸣惊人的何德远。

何德远说："我填了两个师范学院，第一个是 NC 师范学院，第二个是 XN 师范学院。我咋敢填好学校哦！"

卢老师听了，认为他的志愿报得太低，说第一个志愿是一所普通师范学院，第二个志愿是国家教育部所属的师范学院，又说："你这回 XN（部属师范学院）上定了，回去准备被盖卷儿！"

听卢老师这样说，何德远内心的高兴就不用说了，但他这时还是把它压抑着没有表现出来，只是让别人不易察觉地微微笑了一下。

简直就像做梦一样，何德远不相信地问自己："我考上大学啦？我是大学生啦？"

好几天的时间里，他都觉得如在梦幻中，神情恍惚，不敢相信这是真的。

住在二哥何德华家里，二哥、二嫂和二嫂的母亲听到他考得这么好，都认为他不简单，为他高兴。

在城里住了两天，何德远回到家里，父亲何文伯问起他考试的成绩，他说了考的分数，父亲喜笑颜开，转过去又给何德远的母亲说。

大哥何德荣也知道了。

一家人得到这个喜讯，都高兴得不得了。

暑假天，何德远在家里休息，等待录取通知书。

这一年，石盘公社又调集全公社的力量在北边的碑林大队修建石河堰。这条石河堰是在位置很高的深沟最狭窄的地方筑一道石坝，把上面的水堵起来灌溉下面的稻田。

这个工程基本没有土方，主要是使用石料，按惯用做法，又是把任务分到各大队，大队再分到生产队。青湾六队是请外地石匠打石头，石头打了，担心时间长了不抬被偷，决定尽快往工地上抬完成任务。

大热天抬石头，又听到现场去看了回来的何大全说，石头打得大，很多挣"十分"的小伙子都胆怯。"十分"是"工分"的最高底分，一天挣十分的是劳力最好的小伙子。最重的活路都是这些人去干。否则，就挣不到十分。小伙子挣不到十分，就不是一个真正的小伙子！少挣工分是小事，男人的面子重要。

何德远是老师，刚考了大学，取得了那么好的成绩，只是等通知书了，他不去抬石头，任何人都不会有异议。但是何德远想，这么多人都害怕，他应该去，他去对其他人是一个带动，自己过不了多久就要上大学去了，从此可能不会再做农村这些活路了，自己走之前应该再给乡亲们脑子里留下一个好印象，于是主动报名去参加

215

这次抬石头。

三伏天，树上的蝉都热得懒得叫了，人稍微动一下就汗水长流。

吃了晌午，何德远和大哥何德荣、副队长何德中一路，带上干粮，扛着挂着铁丝襻的杠子，从岩脚里过河，抄近路翻山到石河堰上去。

晌午过后，暑气正盛，地上腾起一两尺高的地火，走在泥土小路上两腿也好像夹着一个烘笼，翻滚着烧烘烘的热浪。才爬了一会儿，就浑身汗水直淌，脸上擦了一把又一把。就这样汗流浃背地走，一个多小时才拢石河堰。

到了那里，找到约定集中的那户人家，歇了一会儿就是下午了，于是大家吃了一点儿干粮——这就是晚饭。

太阳的热度终于减了下来，何大全和何德中一声喊，所有的人都从坐的树下、阶沿上、屋子里、院坝边站起来，扛起挂着抬绳或铁丝襻的杠子往山上走。

为了公平和能够按时完成任务，抬法是：把从石山到交料地点的那段路分成几段，人自由组合，四个人一段。这种抬法叫"吆截截"，不论石头大小，都要抬一肩，避免了拈轻怕重，相当斗硬。

石头打得大省工省力，承包给外地匠人打的石头都大，有的一条就有七八百斤。石头大了抬起来很伤人，几个石头抬下来，就把肩膀压疼了。

何德远同大哥何德荣、副队长何德中在一组。他从来没有一天半天地抬过石头，也不是很会抬"靠靠肩"②，有时杠子还没搁好，人家就抬起来了，也只得咬着牙伸直腰抬着走。

到第二天天亮的时候，全部石头才抬完，整整抬了一个通宵。青湾六队的这些精壮好汉们，全部累瘫了！何德远更是累得坐下去就不想站起来，后颈骨上擂破了铜钱大一块，血肉模糊，痛得钻心。同行的长辈和兄弟们看到他擂得那么厉害，还坚持抬到了底，都连连咂嘴，问他是怎样忍下来的，称赞他："行！"

半个月后，广播里播出辽宁的一个考生交"白卷"的一封信。很快，《人民日报》头版头条进行了报道，发表了倾向性鲜明的评论员文

---

②靠靠肩：两人肩靠拢并排往前走抬石头等重物的方法。

章。一场全国性的大中专招生考试，就此录取标准由从高分到低分、择优录取变为了看家庭出身和关系好坏，走"后门"之风大行其道的一场闹剧。

何德远因为家庭问题和直接管这一工作的区完小校长到何德华家做客接待不周被刷掉了。从江城到石盘没有班车，石盘区完小校长不想天天来回跑，有一天晚上提出到在参与招生工作的何德华家里去住，何德华家没有准备酒菜，只煮的酸菜稀饭，晚上睡觉帐子有个洞，被蚊子咬了。何德华夫妇工资低，还要供养一老一小，经济拮据可想而知，拿不出好东西招待客人。龙洞大队的那个知青也掉了，因为他父亲的"历史问题"。一个比何德远低一个年级，刚迈进中学大门"文革"就开始了、报考中专、家庭成分好、给区完小校长送了一架架车柴的小伙子去读了一个专科学校。

县里分管教育的领导同意何德远去读江城师范学校，但是他不愿意。参加这次高考，他看到了当时年轻一代的真实学业状况，看到了自己的潜力——他绝对不是只能读中专，而且能读大学，还是名牌大学！

十八

  高考被刷掉，何德远的情绪十分低落。但是，这次考出的优异成绩使他的心性高了，他只萎靡了很短的时间，就又振作起来。他尽量去适应形势，努力地去"挣"表现，希望走公社何副书记说的路，准备再去考。

  第二年，彻底取消了考试，只是推荐。公社给青湾大队分了一个名额。

  上午，全大队的党员和大队、生产队干部在青湾学校北边的教室里开会，在本大队的知青和回乡知青中推荐上大学或中专的人选。参会的是全大队的当家人和先进分子，大家一致推荐何德远。看到这种情形，主持会议的大队书记杨兴荣脸上出现了为难的神情。他忍了很久，都没有谁提出其他的名字，于是不得不开了口了："都是一个大队的人哈，我也不好说。今年这个名额交给我们大队，公社的目的是推荐下到六队的知青马胜利。李书记专门给我打招呼，马胜利的爸爸是八级电工，大伯是七级电工，我们公社安高压电，在技术上就是他们两兄弟在负责，全公社能照上电灯，他们是立下了功劳的。"

  听杨兴荣这样一说，党员和干部们议论开了。有的气愤地闹起来："既然是这样，那他们定了就是了，还要我们推荐啥？还要走这些过场耽搁我们的时间！"

杨兴荣一脸尴尬，说："那我去汇报一下，看能不能给我们大队增加一个名额……"

会议在叽叽喳喳的吵闹声和一些人的叹息中散了，参加会议的党员和干部们气愤地走出大队学校各回各家。

名额全部分下去了，收回谁的都难以放平，也可以理解，就好像已经到口的肉，谁愿意吐出来？而且，这里面难说没有其他的"关系户"，谁又能够去动！公社没有再给青湾增加名额，也可能认为不一定非要给何德远增加一个名额不可。杨兴荣从公社回来，照着公社领导出的主意，不再召开全大队的党员和干部会，而是直接到六队找何大全，要他吃了晌午先召开个生产的社员会，把马胜利推荐出来，然后再安排大家做活路。

何德远去参加了生产队的社员会。

会上，杨兴荣吞吞吐吐地说了公社的意思。有两三个人也说："一家人都出去了，这挖土巴的活路哪个来做？该还是要人做嘛！"何大全说："也是，也不能一家人都出去。"马胜利也在参加会议，当着当事人的面，当着大队书记杨兴荣，一些社员说了马胜利的一些好话。

社员会还在进行，在家里的何文伯叫何德荣把何德远喊回来，叫他到自留地里去点蒜。何德远回来，何文伯生气地说："人家把你都取了，你还去参加那个会做啥？"何德远满腹郁闷，没有开腔。

公社没有像何副书记去年说的那样，年年都推荐何德远，让他考到二十五岁。当然，何副书记说的是推荐去考试，现在是推荐出来就等于拿到了入学通知书，是两码事。即使何副书记说了话没算数，何德远也原谅他——也许是因为他这书记的前面带着一个"副"字，也许他忘了自己说的话，也许年年分名额时他都不在场。

前一年的当兵，第二年的考大学，第三年的推荐，何德远饱尝了心酸，深深地感受到社会的严酷，甚至想就此趴下不再起来，但是他又不甘心，不愿意屈服。他还没有失掉勇气，他还要笑傲前行！

何德远清醒地认识到：兵不是他能去当的，特别是谁能让他去开汽车？大学不是他能去上的，不论他考的分数有多高、本事有多大！

他没有再在这个时代去争取上大学。他的事情不只在青湾大队清楚，就是在全石盘公社，大家都清楚，推荐是推荐不上的，下面推荐出来也没有用。在这个问题上他已经是个"老人"了，后面又下了那么多知青，大学就让那些弟弟妹妹们去上吧！

何德远的心平静下来，不再去想那些不着边际的事情，一心一意地在青湾学校教父老乡亲的子弟，谁都可以对不起他，但是他要对得起每一个对他好的人！

在两年复习考大学的过程中，他吃了不少苦，但也获取了很多知识，从读书中得到了快乐。他养成了读书的习惯，每天手不释卷。习惯一经形成，改掉也没有那么容易。教学之余，他仍然一如既往地读书，自学中学的所有教材，不仅学语文、数学、政治，也学历史、地理、物理、化学、生物。他想弥补被"文革"耽误的学业，先使自己成为一个名副其实的中学生，然后再读其他的书，学习更多的知识，当好一个人民教师。

青湾小学是国家公办学校，但是民办教师占了三分之二，贫下中农管理学校，房子是老百姓修的，因此又像是民办学校。不管公办民办，单位不论大小，都应该有一个负责的人。照理说，这个学校应该由一个公办教师当负责人，因为他们是国家派来的，端的是"铁饭碗"。向家杰读过解放初期川北行署办的"革大"，教过荣军学校。解放前，女子读书的少，刘绍先读过初师，是"科班"。但是，两夫妇家庭出身不好，向家杰是一个吊儿郎当的人，刘绍先文化水平低，近似一个家庭妇女。所以，原来的负责人是周新佳。首批知青回城时，周新佳因为进厂当工人年龄大了，直接转为了公办教师，调到了石盘学校教初中，青湾学校没有了负责人。公社学校的领导把几个人刨来刨去，就这个情况，六个教师中只有何德远合适，老师拥护，于是指定何德远负责。

后来，石盘实行几个学校一起成立一个联合教研组，青湾学校和光华学校一起，何德远又任联合教研组组长。其实，联合教研组并不只是开展教学研究，还要组织所属学校教师的政治学习，教师开会的分组活动、有时的"政治任务"的完成，等等，都以联合教研组为单位。这一来，青湾和光华这个教研组无形中形成了青湾小学带光华小学的格局，何德远成了两所学校的负责人。

这几年，何德远在工作上基本上算是顺风顺水，但是在个人感情上仍然停滞在原来的状态。

他很想见到张文玲。但是，距离太远，他没有时间去找她，而且据说她那个厂在省城的郊外，到底在哪里，具体在厂里的哪个部门，他都不知道。

他想她总要回家，等她回到江城去见她。星期天只有一天的时间，她不可能回来。元旦、五一只放一天假，如果不连着星期天，她也是不可能回来的。只有国庆节放两天和春节放三天，她才能回来。因此，每个国庆和春节，他都要进城。进了城，他就到张文玲家附近的那几条街上转，想在那些地方遇上她。他不好到她们家里去，怕遇到张文静，他不愿看到她马起一张脸的样子。

一个国庆节，他走到了张文玲家的街门口，下了很大的决心走进院子，结果他们原来住的房子住上了别人。问新主人，说张家搬到下面的巷子里面去了。

他知道那条巷子离得不远，转身出来就去找。

这是一条小巷，只有两米多宽，上面两边的屋檐好像都要接拢了一样。他由外面到里面一家一家地看，走出头都没有张家的影子。他相信他们老房子的新主人是不会说错的。难道是自己看漏了？他又转身回来一家一家地看，还是没有。这是怎么回事？原来，从西头进巷子的左边，中间有一条垂直的小巷，他走到转角处问，这才确切地打听到张家搬到了这里面。

走到张家门前，他一眼就看到了张文玲的母亲赵秀莲和姐姐张文静，还有县中高六六级的学生陈建林。

他们也看到了他。

"哦，是你，进来坐。"张文静不是很热情但又不失礼节地招呼他。

赵秀莲听见张文静在招呼人，放了手里的事转过身一看，见是何德远，赶忙站了起来，满面笑容地边往拢走边说："哎哟，这娃儿！

好久没看见你了，快坐，快坐！"何德远以为她先就看见了自己，其实她只是看见有人往里走，实际上并没有看清楚是谁。

张文玲母亲的亲热使何德远感动，他忙问候她："张妈，你身体还好吗？"

"就这个样子，也不行了，时常病病痛痛的。"张文玲的母亲一边说一边要去给何德远沏茶。

"不去了，我已经沏好了！"他们说话的时候，陈建林已经沏好了一杯茶端过来。

张文玲的母亲也去拿了一个凳子过来坐下，问何德远："你爸爸妈妈身体还好嘛？"

"好！"

"我听说你还在学校里教书？"

"嗯！"

"好好教，以后转成正式老师就对了！"

"那要等机会——欸，张伯伯呢？"何德远突然想起了张文玲的父亲。

张文玲的母亲悲戚起来，说："他走了！"

"走了"是对人死了的避讳说法，想张文玲的父亲年龄不是很大，何德远很惊讶："哎哟，这是啥时候的事？"

"去年下半年，快一年了。"张文玲的母亲说。

"是生病吗？"

"就是因为害病，那快得很，前后才一多月时间。"

"哦……"

"你是咋个找起来的？"张文静不愿意何德远再同母亲说父亲的事，岔开了话题。

"我到你们原来住的那个地方去过，说进去看看，好久没看到你们，现在住的那一家说你们搬到了这里，才问来的。"何德远看到张文静有些不高兴，后悔搞忘了说话的忌讳，老问人家的伤心事。他不是不懂这些，而是对张文玲父亲的去世感到太意外。听到张文静问他，马上意识到，顺势回答她的话调过了话头。不过，他对张文静撒了一点儿谎。

"我们搬到这里半年多了,你还行,找到了!"张文玲的母亲也可能听出了大女儿对何德远久说她父亲的事不高兴,也许年龄大了,眼睛也不是很好了,并没有发现,也转到说他们搬家的事情上来夸何德远。

张文玲的母亲了解何德远的心思,知道他是来找自己二女儿的,对何德远说:"你中午就在我们这里吃饭,文玲和文成、文明也要回来了!"

"噢,那就不了,我中午要在我二哥家里吃饭。"何德远客气着。

来了这半天,说了这么多话,张文玲回没回来还不知道,见张文静在跟前,他又不好问。张文玲的母亲这一说,他知道张文玲回来了,现在出去了,有可能是一个人到同学家里去了,也有可能是同两个弟弟一起做什么事去了。他想到城市居民靠供应粮吃饭,不应该给人家添麻烦,而且张文静在,不一定高兴,但是听到张文玲母亲说张文玲回来了,他又很想在这里,毕竟他一两年都没有见到她了。

"你在我们家里和在你二哥家里吃一样嘛,莫要客气!"张文玲母亲真心地挽留说。

张文玲的母亲进厨房去了,张文静没在跟前,何德远和陈建林聊了起来。

何德远是县中初中部最低一个年级,陈建林和周新佳是一个年级,是高中部最高一个年级,过去在学校里时认识。陈建林是他们那个年级长得最标致的男生之一,平时不大爱说话,有些腼腆,一米七几的个子,不胖不瘦,皮肤白净,浓眉大眼,还是小伙子中少有的双眼皮,现在还是一说话就脸红。

何德远问陈建林:"你现在在哪儿?"

"我在部队。"陈建林说。

"你在当兵?你下乡没有?"陈建林没着军装,何德远不相信他是军人。

"没有。在大规模下乡的前一年的冬天我就走了。"

"哦——你六八年冬天就走了！你是啥子兵，在哪儿当？"

"我们是空军。在北京。"

"你这次回来是出差还是请假？"

"我们每年有探亲假，是回来休假。"

……

从来没说过话，又多年没有见面，何德远没敢冒失地问陈建林同张文静的关系，但他从陈建林和张文静的神情和语言以及陈建林对张家这么熟悉，在这里这么随便，已经看出陈建林和张文静在谈恋爱。但是，他心里还是在嘀咕："张文静不是在跟杜刚耍朋友吗？怎么又是陈建林呢？她换男朋友啦？"管人家是怎么回事！他提醒自己。但是，他认为，陈建林的个人条件比杜刚好——陈建林比杜刚人才更标致，又是货真价实的高中生，有这个文化，在部队绝对不只是一个普通的士兵。如果他是干部，退伍转业到地方，也绝不会是当一个一般的工人。"小荷才露尖尖角，早有蜻蜓在上头。"但是杜刚"螳螂捕蝉，岂知黄雀在后"，虽然行动早、动作快，但是不如陈建林条件好！

何德远猛然间从陈建林和张文静的事情中走出来，站起来告辞说："我走了！"陈建林挽留他，叫他不要走。张文玲的母亲和张文静听到他要走，也一起出来留他吃了饭再走。除了怕添麻烦和张文静不高兴，何德远想，人家一家人都在，即使张文玲回来，他们也说不成什么话，已经十一点了，现在出去，可能正好遇上她，还可以单独说一会儿话，就坚持着要走。

从张家出来，在巷子里没有遇到张文玲。走到街上，他一边走一边看，也没有看到张文玲的影子。他很失望，但是到了张文玲家，已经传递了他对她的思念，也感觉到了一些满足。

在家里坐了那么久，都没有见到张文玲的面，出来后也没有看到她，她现在是什么样子？人说女大十八变，她一定长得更漂亮，也打扮得洋气了吧？何德远在脑子里想象着张文玲现在的样子和她如果见到他时眼睛里闪射的惊喜和热烈的光芒。

街上人来车往，十分嘈杂，何德远却什么也没看见，什么也没听见，完全沉浸在张文玲的世界里……

转眼快三年了。

秋天，一个既不是中秋也不是国庆的平常日子，何德远在河街上往下走，突然看到了张文玲——一身素衣，臂戴青纱，脸色惨白，疲惫而虚弱地在他前面。看到昼思夜想的她这个样子，何德远心里一惊："他们家谁又去世了！"

他快步上去，轻轻地叫了一声："文玲！"

张文玲停住脚步，回头见是他，等着他向她走来。

他走到面前，她问他："你好久进城的？"

"昨天下午。"他说。

见他吃惊的样子，她对他说："我妈走了！刚办完了事，我到一个老邻居家还东西……"张文玲眼里满噙着泪水。

老人家不是身体还好吗？这是怎么回事？何德远惊呆了，眼前立即闪现出老人家到青湾里来，在窗下给他缝袖口和两次在她们家里她对他那么喜爱的影像。想到这些，何德远深切地悲痛起来。

"你到哪儿去？"张文玲问何德远。

"哦——我到前面去……"何德远随意指着河街的南头说。

"你去办你的事……"

"我——到你们家去。"

"你不去了，事情都办完了。"

"那……"

"我走了！"

张文玲深深地看了何德远一眼后朝家走去。

何德远很想到她家去看一下，但民间有丧事过后不能去的说法，张文玲也不允许。也想，她母亲刚走，兄弟姐妹都在悲痛之中，他这时去干什么，况且张文静是不愿意他看到他们痛哭流涕的样子的。想到这些，何德远停下了迈出的脚步。

十九

　　这次邂逅后,何德远又有一两年没有同张文玲见面。他们仍然没有书信来往,张文玲还是没有给他写信,他想给她写,不知道通讯地址,说当面问,那次见面又是在那种情形下。

　　父母都"走了",张文玲可以不回江城了,也许再难在江城见到她了!何德远想。

　　学校的事一天忙得分不开身,时常在一些场合抛头露脸,看起来还很红火,但是何德远清楚自己说到底还是个农民,还在土地上耕种收割,还在砍柴割草,还在打米推磨。张文玲已经是大城市的人,是全国有名的大型国防工厂的工人,自己和人家相差太远了,想和她在一起,可能是"水中月""镜中花",而且远隔几百里,面难见,没音信,这样又有何意思?人家在那样的地方、那样的单位,比自己好的小伙子多得是,就让人家去吧!

　　每当想到这里,何德远就黯然神伤,长吁短叹。

　　没有办法排解内心的苦闷,何德远就用拼命地学习、工作和劳动来占据自己时间和感情的空白。

　　刚当教师的时候,他给学生上语文课只知道怎样教学生识字写字和组词造句。周新佳借给他一本薄薄的语法和修辞书,他才知道说话还有那么多规则和规律,那么多讲究。他拿着书一看就着迷,白天一有时间就看,晚上看到更深人静。这种书买不到,他就手抄,用了一周多的时间把书里的主要内容全部抄了下来。很多好书都被禁止和销毁，找不到书读，但是他在读中学各科教材的同时，经常千方百计地借一些人家藏下来的中外名著来读。从这些书中，他汲取了很多营养。爱好学习的习惯和刻苦读书的精神，使他在被迫考大学时成绩成为全县考生中的佼佼者，也使他在教学、会议和日常生活中表现出引人注目和佩服的知识积累和独到见解。

身为青湾学校的负责人和联合教研组组长，在工作中他以身作则，既尊重和团结同事，又认真组织教师学习政治和业务，严格管理和监督每个人的教学活动，使学校呈现出一派生机勃勃的气象，得到了领导的肯定和学生家长的好评。

教育改革中，提出学校要办到学生家门口，学生要就近上学。石盘公社学校附设初中班以后，又办了一个高中班。十几个大队小学以联合教研组覆盖的区域划片，增设了四个初中班。青湾学校附设初中班时，公社学校领导点名要何德远担任青湾学校首届初中班的班主任，并任主要课程的教学。

设初中班以后，教师不够，允许再上两名民办教师，具体人选由学校和大队党支部物色。周新佳调公社学校后，青湾小学补充了一名民办教师，又增加两名，一共配备了八名教师。青湾初中的招生范围为青湾、光华两个大队和后山大队东头三个生产队的小学毕业生。由此，青湾小学（附设初中班）一共六个班，学生人数由原来的一百三十多人增加到了近两百人。这是青湾学校的迅猛发展期，也是全盛期。学校规模扩大，何德远肩上的担子更重了。

教初中了，说得好听一点儿，就是教中学了，是中学教师了！何德远心里并没有底。他清楚自己的原始学历和对一个中学教师的知识量的要求有多高。同时，他是学校的负责人，担负着管理任务，中学教学的管理对他是一门新学问。他战战兢兢，随时感到压力在身！他想，不管如何，自己不能不成为一名合格的初中教师，青湾的初中班不能落后于其他几所学校的初中班，否则，他们将颜面无存。

光怕没有用，光说也无济于事，只有拿出实际行动，才能更接近和实现目标。

青湾学校第一个初中班招了五十多名学生，都是没经过考试的五年级制小学的毕业生。这个班的全部课程由何德远和在本大队落户的一个外地老高中生包干——何德远任班主任，教语文、政治、体育；老高中生教数学、物理、化学，他会拉二胡，还教音乐。对自己的搭档，他是信任的——中学的全部课程人家是学过的，音乐教得好不好，升学不考试，无关紧要。对自己，他却感到要从头学起，尽管全石盘公社的老师都说他行。他辗转借来现代汉语、哲学、政治经济学等大学教材自学，提高自己的知识水平。对所任的课程，他认真钻研教材，找尽可能多的资料备课，课堂上努力多教给学生知识，对学生的作业边批改边把存在的问题记下来，上课时点到人头订正，使学生多吸收一些营养，并且学得扎实。

他肯钻研、有干劲、脑子灵活，自己担负的教学工作和学校管理都健康有序地进行着。

对陈春华，屈指算来，从在石盘见第一面以来，已经五六年时间了。在农村，除了"娃娃亲"以外，没有走动这么长时间还没有结婚的。每年的端午、中秋、过春节，在父母的迫使下，何德远都还是不得不去应付。他知道，如果他不去，会使父母生气。但是，他每次仍然去得晚，住一个晚上，第二天吃了早饭就要走。陈家人早就看出他对这门亲事的不情愿。他们家里的人在石盘赶场和到青湾这边来，也听到了一些何德远不同意的传言。但是，拖了这么多年，陈春华和他们家还是不说退亲的话。

拖起就拖起，耗着就耗着，何德远不急。

一九七六年，唐山发生大地震，首都北京有强烈震感。距江城不远的松潘等地，也接连发生了几次震动。在江城，无论农村还是城镇，到处搭起了地震棚，所有的人都住进了棚里，人们每时每刻都是提心吊胆的。年初周恩来总理去世以后，夏天和秋天，朱德委员长和毛泽东主席又相继逝世。这是新中国成立以来从没有过的一个年份，先是大地震，然后是三位开国领袖接连去世……

这年，何德远二十五岁，陈春华二十三岁，他们这个年龄的发小、伙伴、同学，有的娃儿都三四岁了，有些甚至发蒙读书。很多年龄比他们小的都结婚了，陈家再也等不住了。何德远每次去，陈春华的父母和哥嫂看着他的目光里充满期盼，想要他提出结婚的事。陈春华的母亲一次又一次地说："你们早些结了算了嘛！今年这年成，活不活得出去都难说，你们活一场人，不结个婚，我们心里咋得过？我们都岁数大了，今天不晓得明天的事，也想看到你们成圆结就，有个后辈……"

陈家父母去找梁成功，说他是红叶，事情是他说起的，陈春华这么大了，还结不成婚。梁成功也感到确实时间拖得太长了，对不起陈家，去石盘赶场喝完茶，同何文元一路，到何德远家里找何文伯，说："人家陈家在催了，你们这么大的儿子也该安排了，不是把我夹在中间不好说话呀！"

红叶登门来催，何文伯很难为情。他何尝不想早些把媳妇接进门，他们作为父母也好了却一桩事情，但是儿子大了，已经在学校里管那么多人、那么多事，他担心只是自己说何德远不听。他把何德远的大哥何德荣叫来一起商量。何德远的母亲听他们在说何德远结婚的事，放下灶上没洗完的碗也来坐在旁边听，也还在灶房里做事的李子英也做一阵就出来听一阵。

"你大哥也在这里，人家梁成功来说，陈家在催你们结婚了，你要咋个？如果你不同意，就赶快给人家打回话！"一开始何文伯就有些生气地对何德远说，"你是咋个想的，不好对我和你妈说，你大哥也天天在屋里，给你大哥说也可以。人家养女儿的，我们把人家拖了这么多年，也确实说不过去了！"

"也是，走了五六年，该结婚了！"何德荣接过去说。

"儿呢，人想的，哪有都达到的？张文玲都走了几年了，离那么远，你想还可能不？就和陈春华算了，走了这些年，我看陈春华还是可以。"母亲知道何德远的心结，劝他说。

何德远坐在几个亲人中间，只觉得无比的沉重和痛苦，无法回答他们的话——他说同意是违心的，说不同意又能改变吗？

父母和何德荣分析了他的现实处境，认定他要和张文玲在一起是不可能的，除此之外，和陈春华结婚就是最好的选择！

何德远一言不发。

沉默就是同意！家里把何德远结婚的事情定了下来。

何文伯赶石盘场去会梁成功，请她给陈家回话，时间定在农历冬月十一、十二，公历跨越两年，十一是一九七六年十二月三十一号，十二是一九七七年元旦。

等了几年，终于有了遂意的结果，六十几岁的陈万钧和老伴欢喜得合不拢嘴，陈春华的哥哥、嫂嫂也一天都是笑呵呵的，陈春华更抑制不住内心的激动，走出走进都哼着她会唱的歌。小孩子不知道这些事，但看到大人高兴，在院子里追逐嬉戏得越加尽兴。

与陈家商量定以后，何文伯给何德荣布置了任务，要他赶场的时候遇到有好布给陈春华扯两套衣服。他自己进城去，给何德华家说了何德远婚的时间，要他在城里买一些在石盘场上买不到的东西。

农村办酒席，豆腐自己点，豆芽自己生，萝卜白菜到自己地里去拔去铲就是了，最恼火的是肉的问题。先没想到今年过酒席，没看下猪，割肉要肉票。集体分的粮食人都不够吃，也没有用来喂猪的。这一向，不少人爬火车到陕西去买粮，回来说那边也好买肉，价钱还便宜。

何文伯已经五十六七岁的人了，知道正值寒冬，到陕西去过秦岭冷得很，爬火车既辛苦又危险，但是他想到儿子结婚是该自己管的事，不愿意给何德荣说叫他去，就叫何德远请两天假，连上星期天，跟他一起去。

过秦岭有多冷、爬火车有多难不用说，但是陕西果然好买肉，价格比四川拿肉票买还要低。父子俩吃了一些苦，但办酒席的肉的问题解决了。

办任何事情都有可能遇到意想不到的情况。说自己能做的事不用急，到时间做就是了，可是有时间"砍竹子恰恰碰到节节上"。这一年的冬天，天气奇冷，竹子和树木都冻死了不少。何德远的母亲推豆浆，推着推着磨就凝住推不动了。因为推得多，就驾起牛推，牛把磨都拉垮。

事情办得热火朝天，家里的人都个个有任务，何德远虽然心里不乐意，但是事已至此，也不好意思完全袖手旁观。这毕竟是他的事！到办酒席的前几天，他把自己睡觉的屋子——结婚的新房糊了一下，给窗子做了窗帘，收拾了屋子。

所有的东西备办整齐，办酒席的日子就到了。

一切按照当地的习俗规矩办。

初十的晚上，亲房的各家各户和生产队里关系好的人就来帮忙，安排第二天去接亲和家里烧锅煮饭、洗碗、淘菜、借桌子板凳等的人。

十一陈家办酒，何家的人去接亲。吃过早饭，接亲的人就起身到后山陈家去。遵循"去单来双"的规矩，接亲的人数去的时候是单数，回来加上新媳妇是双数，寓成双成对之意。接亲的人包括红叶、娶亲的、事务总管、管理礼品的、去时背聘礼回来背新媳妇陪奁的、吹唢呐敲锣打鼓的……中午坐了席后，管理礼品的经管把陪奁背回来，剩下的人第二天早上接新媳妇走。

十二是何家的正酒日子。大哥、大嫂、二哥、二嫂接亲还在后山没有回来。家里的事由何文伯和何德远的母亲、妹妹以及何德远经管。事情主要在这一天，所以在家里的人很早就起来安排和看管。没多久，亲房和生产队里帮忙的人来了，一走拢就做分给各自的事情。

移风易俗，"破四旧"立新风，石盘河两岸接新媳妇提倡走路，路远的骑马，路好走的、近的也有坐滑竿的。从青湾到后山，要翻山，回来时，那边要爬一两里路的坡，这边下山的路陡且崎岖，陈春华没有要求骑马坐滑竿，同意自己走路。早上五六点就起床，天没亮就拢了何家。陈家送亲的紧跟在接亲的人和新媳妇的后面。

新媳妇拢婆家，大多数要熬"利市"，男方给了钱才肯进门。陈春华没有熬，跟着这边等在大门口接引的人就直接走进了新房。

喝了交杯酒后，后山送亲的女客——陈春华的姐姐、嫂嫂、侄女等到新房里来坐，何家这边还在抢交杯酒喝的一些年轻人赶快从新房里出来。

何文伯还是接大媳妇李子英的时候办过酒的，何德华在城里结婚没有办酒请客，整整二十年没办酒席。这次何德远结婚，各处的亲戚朋友、何德远的同事、本队的客人、亲房、近邻和陈家来送亲的，坐了三十多桌客人。院子里，人头攒动，锣鼓喧阗，唢呐齐鸣，青湾六队过酒席的，没有哪家有这么多的客，也没有哪家有这么热闹。

　　酒席大，人多事多。尤其是中午开席那阵，你在喊，我在叫，这里要这，那里要那，人忙得跑趟子……帮忙的人在忙，家里的人在忙，何德远却只是招呼一下必须招呼的客人，比如自己的同事等，没有管其他任何具体事情，有些像个局外人。

　　在过去，新媳妇要"三天不吃婆家饭，三年不穿婆家衣"。遗传到现在，新媳妇刚进门，不能上桌子坐席，晚上客人散了，才可以悄悄地吃点东西。但是，中午开席后，帮忙的人就给陈春华舀了一碗饭，夹了一些好吃的菜，端到新房里来叫她吃，说她从娘家走之前完全没有吃饭，又走了这么远的路，一定很饿了。确实也饿了，陈春华没有推辞地就吃起来。

　　散了席，不少吃酒的人到新房里来看新媳妇，都夸陈春华长得漂亮。陈春华心里的高兴自不必说了。

　　远处的客人走了，该是当地人闹洞房的时候，一群小伙子到新房里来坐。凡是认识的，陈春华就很有礼貌地先打招呼，请人家坐，给大家行烟，跟人家说话，以这种彬彬有礼、洒脱大方先发制人，使一些本来想来动粗逗她的人不好意思起来，没多久就一个二个都走了。

　　吃了晚饭，远近的客人和亲房帮忙的人都走了。九点多，忙了一向的父母和哥哥、嫂嫂、妹妹以及侄儿侄女们都睡觉去了。他们多少天都没有好好地睡一晚上觉了，实在是累了，是该好好地睡一觉、歇一歇了！

　　院子里的门都关上了，阒无灯火，四周寂静下来。高大的榆树巅后面，一轮圆了大半的冰月在蓝蓝的天空缓缓滑动，一会儿藏进云堆，一会儿钻出云外，暗暗地偷窥着人间的夜事。院子的西边，一地如银的寒光。

何德远呆呆地站在石阶子边上，望着天上的月亮独自发愁——他不知道自己这时该做什么。

已经是平时睡觉的时候了，他突然觉得很冷，打了一个寒噤。不敢再在外面站了，这样会冻感冒的！他叹了一口气，只好进屋里去。

新房的门半掩着，桌子上早上就点燃的一对红蜡烛还燃着，两个做蜡台的硕大的馒头盖着的正方形红纸上，结了厚厚一层红红的烛油。床上挂着白白的新帐子，两床崭新的缎面被子放在床的中央。屋里的新木头衣柜、桌凳、火盆等，散发着一股浓浓的油漆味道。

陈春华也不知道该干什么，坐在火盆边无所意识地用火钳夹着还红着的没化完的碎炭。

看见那忽闪跳动着的烛光，扫视了屋里的木具和床上的摆设，何德远清楚地知道：自己结婚了！

这时，他想起了远在他方的张文玲："她可能不知道我结婚了吧？她若知道我已经同别人结婚了，会多么失望和痛苦啊！"他好像看见张文玲正一脸忧郁地看着他，他站在她的面前，歉疚和惭愧地低着头。

"我太对不起她了！"他想到当张文玲知道说娶陈春华不是他的意思后，她没有怪他，甚至想放弃进XX厂那么好的机会。就是至今，也没有听到任何说她又耍了别的男朋友的消息。"她还在等着我啊！可我却没有顶住，已经结婚，我还有什么脸面对她啊！"

何德远深深地痛苦着。

自古人们都说，"洞房花烛夜"是人生的大喜时，可这时的何德远却怎么也高兴不起来。他知道，这是无法改变的事实了！自己已经丢失了一生最宝贵、最纯洁的爱情，正在一步一步地走向痛苦的深渊——从此，自己将被这条婚姻家庭的大绳牢牢地捆着，像每一个曾经意气飞扬的农村青年那样，一辈子为了最低的生活要求终日劳累，最后弓腰驼背、满脸皱纹地终老——最好的结局也不过是，既像教师又是农民，忙忙碌碌，平平庸庸，到一头白发，哪还侈谈什么抱负和理想！

何德远又叹了一口气后，对陈春华说："夜深了，睡了！"

何德远结婚了，和陈春华结婚了！

"何德远和知青张文玲好，不同意陈春华"的事终于这样结局！

何德远对自己的婚姻不满意。外面的人知道他和张文玲在相爱的，既为他没能和张文玲成遗憾，又羡慕他娶了陈春华这样一个在全石盘数一数二的精灵女子；不知道他和张文玲在相爱的，有的只是羡慕，说他们是真正的男才女貌。

何德远每天到学校去和放学回家都要从青湾五队经过，他结婚以后，一个同他父母关系特别好，也从他小就喜欢他的大妈一看见他，就夸陈春华："那女儿个子高的，我们挨着的这两个队，还没有哪个有她那么高！人精灵得、白得，只怕全公社都没有几个跟得上哦！"大妈说的是真心话，而何德远的心里，却总有一种难言的苦涩。他想，也许大妈知道他不喜欢陈春华，在帮助父母安抚他吧。

三天回门后，陈春华就同父亲何文伯、大哥何德荣和大嫂李子英去出工，全生产队的人也像看以前的每一个才来的新媳妇一样，要把她看个清楚，同她说话，问她这问她那。何德远怕耽误学生的课程，结婚后的第三天就到学校里上课去了。

何德远是一个有责任心的人，既然同陈春华结了婚，就一心一意地对她好。没几个月，陈春华怀了孕，年底时生下一个儿子。两年后，又生了一个女儿。两个孩子都长得乖，儿子像陈春华，女儿像何德远。

一九七七年秋季，青湾学校招了第二个初中班。至此，小学五个班，初中两个班，按照生源全部招齐。增加一个初中班，至少要增加两个教师才能开展教学。上面派来刚从滨城师范毕业的小张老师，一个小个子女孩儿。光华大队一队的小学生和整个大队的初中生在青湾上学，从群众办学任务分摊上，光华又上了一个民办教师。教师的人数够了，但是新来的小张老师和光华大队上的民办教师都不能胜任初中课程的教学，只有调整周新佳调走时上的周世用和向家杰任新招的初中一年级的课。向家杰教数学是全石盘区都认可的，教初中数学没有问题。对周世用教初中语文课，何德远不是很放心，他了解周世用的知识功底。但是，周世用出于虚荣心，很想教初中，私下找了他几次。

周世用是青湾三队的人，从小学四年级起到小学毕业都和何德远同班，在县中同年级不同班。知识青年上山下乡的前一年，周世用就回了家。同年冬季征兵，他报了名。大队书记杨兴荣不是很同意他去，因为他们家是中农。但是，周世用的哥哥在部队当兵，还是空军修理飞机的机械师，杨兴荣不好说啥，让他去了。据他自己说，在部队新兵训练一结束，他就到连部当文书，不久当了连的团支部书记，并且入了党，看起来很有发展前途。可是几年义务期满，他却退了伍。还在部队时，他就向杜成兰提了亲，很快就结了婚。他退伍，可能是由于他性格粗暴、争强好胜、骄傲自满，也可能是由于想家，把年轻漂亮的妻子丢在家里不放心。

他复员回来时，正值掀起新一轮农业学大寨高潮的时候，石盘公社各个大队成立基建队，他是青湾大队最年轻的党员，又是复原退伍军人，有文化，加之杨兴荣的老婆的娘家在三队，论辈分，周世用应该把杨兴荣叫姑爷。但是，他们家和杨兴荣一直有些矛盾。杨兴荣认为，这是和他父亲那一辈的问题，周世用是晚辈，如果把他培养为接班人，既表现了他杨兴荣的胸怀，他父亲也不会与他作对了，而且自己总有一天要下来，把周世用提起来，以后也有好处。于是，杨兴荣按照公社的要求，自任基建队队长，提名周世用任副队长。周世用得此重用，踌躇满志，跃跃欲试，决心要在这个舞台上大显身手，干出一番叫人瞩目的事业来。一次，在学校里来开会研究基建队的工作，周世用来找何德远耍，兴奋不已地吹起他要把青湾大队搞得如何如何。首先，他要把他们三队家家通架架车、出门脚不沾泥、修篮球场，等等，他嘴里描绘的就是一幅社会主义现代化新农村的图景。他的想法离农村实际太远，脱离当时的物质条件，忽略了人与人由于思想认识的差距带来的阻力，包括教过他小学高年级算术、平时吊儿郎当的向家杰都笑话他。何德远是他的老同学，直截了当地说他做不到。在兴头上的他被泼了一盆冷水，非常生气，脸红筋胀，说何德远从来就是悲观保守，胆小怕事。周世用对农村的认识和了解不够，太理想化，在基建队里很多时候与杨兴荣意见相左，不到半年就垂头丧气地来找何德远，问青湾学校缺不缺教师，要何德远帮忙，他也想来教书。

何德远知道，读小学的时候，周世用在班上不是成绩出色的学生。在县中读初中，他更名不见经传。他要求来当老师，何德远感到很吃惊。

周新佳调走后，学校缺人，已是青湾小学负责人的何德远推荐了周世用当民办教师。公社学校领导相信何德远，表示同意。大队书记杨兴荣早就想把他这个经常唱对台戏的主儿踢出大队主事人的圈子，也同意他当民办教师。

刚到学校时，周世用还算虚心，教学上经常向何德远请教。工作基本熟悉以后，他的毛病就出来了，就狂妄自大，开始翘尾巴。

何德远没把周世用的自高自大往心里去。他想的是，在农村，周世用算是见过世面的人，是党员，在部队当过团支部书记，经受过锻炼，这些对于青少年树立远大理想抱负、形成较高人生境界至关重要，而且周世用脑子好用，有钻研能力，可以赶紧急应付一些事情，其他几个教师都不具备这种长处。因此，这次新招的初中班选任教师，他又同意了周世用的请求——让他任班主任并任语文课。但是，何德远还是担心因为周世用的粗心大意和知识的缺陷有可能带给学生造成的影响，十分注意对他教学工作的监管。

同年，国家恢复高考，十二月份考试。报名不限身份，不限婚否，不看家庭出身，只要求年龄不超过二十五周岁，具有相当于高中毕业学历水平就能报考。广大应届高中毕业生和机关事业单位、厂矿企业、农村以及社会无业人员中具有相应文化程度的青年奔走相告，欢呼雀跃。

听到这一消息，何德远欣喜若狂——虽然他已经结了婚，但也可以报考！

对要考的课程，何德远充满信心并有十足的把握。唯一叫他为难的是，他任班主任并任语文、政治课的青湾学校的第一个初中班的学生第二年夏天才毕业，他不忍心抛开他们——这个班的学生太可怜了,读书发蒙于"文革"之中,小学学制缩短为五年,初中缩短为两年,上中学在这样的大队学校,有时连课本都没有,语文课靠老师抄报纸上的文章作为课文,理化课没有任何实验设备和器具,生物课没有开。但是,学生求知欲强,有一批可造就之材。如果他走了,又找不到好老师,将对全班学生造成很大的影响,这种影响对于这些农村同学来说,也许就是整个人生的毁灭!

何德远对这些学生有深厚的感情,舍不得他们。他决定晚半年,第二年即一九七八年夏天去考——国家已经公布,从一九七八年开始恢复到正常时间,每年七月举行大学招生考试。他认为,只晚几个月,没有多大关系,那时这个班的学生毕业了,他也考走了,师生互不牵挂,两全其美,皆大欢喜。

何德远觉得,一个人只为自己打算,活着是没有意义的,也是没有能力和不自信的表现,体现不出人生的价值。

何德远怎么也没有想到,他做出的这个决定毁掉了自己一生的远大前途,留下了终身遗憾——从此他再也没能迈进普通高考的考场!

一九七八年夏天,他的学生毕业了,他为他们尽到了责任,他无歉疚了。而这一年的高考,有了婚否限制,已婚的他没有了报考的资格!

仍然像去年一样,应届高中毕业生在所读学校报名,符合条件的社会青年,包括工厂、农村、机关和城市无业青年,知青也在其中,在校外设置的报名点报名。估计经过去年十二月份的高考,这次社会青年报考的人不多,校外的报名点减少了。石盘公社是区所在地,也只在区公所设了一个报名点。凡石盘公社和区级机关企事业单位以及农村青年符合条件、要报考的,都在这个点报名。

何德远走进区公所,找到报名点。正埋着头做事的工作人员问了他的姓名、性别、年龄、婚否、学历、原就读学校、现在的住址和单位等等以后,才抬起头来说:"你不符合条件。"

"为啥?"何德远觉得很奇怪。

"结了婚不能报考!"

"昨年不是婚否不限吗？"

"昨年可以考，今年不行。"

"这才几个月，怎么就变了？"

"你不相信，你看文件！"

工作人员拉开抽屉，拿出一份文件给他。何德远拿过文件来看，白纸黑字，上面确实写着要求未婚。

何德远懵了！

像被雷电击了一下又醒过来后，何德远对工作人员软磨起来："我昨年就该去考，因为教的学生没毕业……"

工作人员听了他说的情况，很感动，也想到耽误了考大学对一个人一生是多大的损失，同情地说："我们是办事人员，不敢违反政策给你报名，你去找一下领导，看行不行！"

"哪个领导在管？"

"许区长！"

"许区长在哪儿？"

"刚走。到学校里打篮球去了。"

何德远按照工作人员说的，抱着一线希望，急急匆匆地到石盘学校去找石盘区区长许洪发。

操场上，区上的几个干部在球场东头的篮球架下打球，火急火燎的何德远一看，许区长在里面，心头掠过一丝短暂的欣喜。

许区长不是江城人，瘦高个子，是从县委组织部下来任石盘区区长的。何德远没有同他接触过，但是多次看见过他，听说他很正直，说话干脆直爽。

何德远快步走过去，站在球场外，见他们是在自由抢球投篮，等许区长把抢到手的篮球投出去以后，他才走上去叫住许区长，说有事找他。

许区长走到球场外边，问他有啥事。何德远把在区公所对工作人员说的情况又说了一遍。许区长听了，十分佩服他的思想境界，很同情他，但是也没有办法，说："怎么办？县上规定了的，我们石盘区没法改呀！"

何德远听他说得有理，无话可说，像泄了气的皮球，立即觉得全身软了，一点儿力气也没有。

可惜好个何德远，满怀壮志，一腔豪情，却时乖命蹇，就这样被挡在了国家"拨乱反正"后的正式普通高考的大门之外！

何德远任班主任的初中班这年的高中升学考试，政治课教的是毛主席著作《正确处理人民内部矛盾》和《论十大关系》，在考前的一个月才通知考《社会发展简史》。何德远急了，他自己都没学过这门课，甚至听都没听说过，不知道这门课讲的是什么。怎么办？新华书店没有这个书卖，他只有到处去找，最后在公社学校一个县中高中部的同学那里借来了一本——这本薄薄的书，已经纸发黄、多处撕烂。但是，他好高兴啊！他熬夜加班地阅读，拟出了问答式复习提纲，然后写在黑板上，让学生抄下来背。土墙盖青瓦的教室，只有一边的墙上有两个竖了几根木条的窗子，光线很差，也不透风。正值盛夏，学生在下面抄得头上冒汗，他站着在上面写，汗水顺着腿往下流。

天道酬勤，一分辛劳，一分收获。考试成绩出来，青湾学校初中班的政治平均成绩全区第一，最高分的学生在青湾初中班。

这一届，青湾初中班考起了一名县重点高中的学生以及七名普通高中的学生。

学生们笑了！

可是，却很少有人知道何德远为他们牺牲了自己的前程。

送走了第一届学生，何德远对初中教学心里有了数。

大学不能考了，何德远一门心思想的是通过自己的努力当一个中学名师。

他持之以恒地学习，苦练教师的基本功，潜心研究教学方式方法，不管什么考试都去参加，叫他讲公开课也不推辞。

他是石盘区最年轻的中学语文教师，这次开展教研活动决定以讲解分析一篇文言文为实例，几位知名老师都怕在同行面前出现知识性缺陷影响名声，都推三阻四不讲，最后推到了他的头上。他没有知名教师的心理负担，勇敢地接受了任务。回到家里，他认真钻研课文，对每个知识点都弄得十分准确和透彻，并且对一些常用虚词解释精准，富有新意。课讲完，全场鼓起掌来，称赞他讲得太好了。一个有名的语文教师称赞他讲的这一课是"全区中学语文文言文教学的第一枝报春花"！

更有趣的是，石盘公社的全体教师研究小学语文教学，要找一名教师把其他教师当学生讲一篇课文，但几十个教师推选不出一个人来讲。他是初中语文教师，学校领导竟指定由他来讲。

暑假，其他老师都在家休息，他被召到公社学校制定学校管理制度。参加这一工作的，只有校长和他与一名后来担任教导主任的公办教师。

开会时，小组讨论要他带头发言，开大会要他代表学校或者联合教研组登台……

这些时候，需要知识的储备，也需要胆量，而知识是最重要的胆量。他的这些展示受了"逼迫"，但也促进了他能力和水平的提高，培养了他的气质，使他在全石盘区声名鹊起！

一九七八年，东方风来花满树，神州大地春潮急。国家果断地把工作的重点转移到经济上来，批判极"左"路线，解放思想，实事求是，实行改革开放，国家走上健康发展的轨道。高中毕业文化程度、愿意从事教育工作的知青直接被招录为国家公办教师，农村户口的民办教师可以通过考试读两年师范转为公办。青湾学校，从外地迁入、同何德远做搭档教第一个初中班的老高中生考上了江城师范，毕业后调到了石盘学校教初中，从青湾学校走了……

凭何德远的知识水平，完全可以考上师范，"曲线救国"转为公办教师，但是屡屡受挫的他豪气不减，不愿"好马"吃"回头草"，再去读师范，转户口，出来当拿国家工资的老师。他要等待通过考试直接转为公办。为了保守这点自尊，他坚定不渝还是在青湾学校当民办教师。

一九八〇年冬，地区给江城县下达了十四个"民转公"指标。全县十四个区、镇，平均下来一个区、镇一个。民办教师开玩笑地说，"狼多肉少"，竞争太激烈了。为了把最优秀的民办教师转为公办和鼓励民办教师学习，县里没有把名额平均分到区、镇，完全以考试分数从高到低依次"录取"，无论哪个区、镇，有就有，没有就没有，多就多，少就少。全县五百三十七名做了充分准备的"狼"参加角逐，录用比百分之二点六。何德远以靠前的成绩有名在册，转为了公办教师，转成了城镇户口，端上了"铁饭碗"，成了城里人！

从开始教书算起到这时，何德远在从他家到青湾学校的那条泥土路上走了整整十年！在青湾学校当了整整十年民办教师！

吉人天相！

终于扬眉吐气！

二十

五一劳动节。

省城师范学院的校园里，进门的中国和加拿大合资建设的教学科研大楼上彩旗飘动，"庆祝五一国际劳动节"的红纸黑字标语格外引人注目。标语是手写的，字写得十分漂亮。临街的校门口，跨越两边的横梁中间一面鲜艳的五星红旗迎风招展，下面"欢庆五一"四个大字遒劲潇洒，同里面标语的字是出自同一个人之手。

阳光灿烂，浓浓的节日气氛扑面而来。

这天，何德远决定到XX厂去看望已经阔别了十多年的张文玲。

早上一起来，他就开始收拾整理自己——他上身穿着蓝色涤卡中山服，左上方的衣袋里别了一支笔挂亮晶晶的钢笔，里面衬衣的领微微露出了一点儿白色的边线；下面穿着一条八九成新的藏青色裤子，抻抻展展，前后还留着两条竖着的折痕；脚上的皮鞋擦得又黑又亮；一头浓密的头发三七偏分，一丝不苟。虽已而立之年，但青春犹在，风华正茂，沉稳和儒雅中透出蓬勃朝气。

在寝室里用小镜子照了又照以后，他又到北头的公共洗漱间的大镜子前照了一番才完全放心，他要把自己最好的形象展现在张文玲的面前。

认为一切都妥帖了，何德远才拿起书包出门。

他知道张文玲也结了婚，有了自己的丈夫和孩子，但是他想，即使这样，他以一个普通朋友的身份去看她，怎么说也不会叫她难堪吧。

张文玲结婚和生孩子的事是杜文彬告诉他的。杜文彬从农村返城，被招到省城东边的一个火车货站当工人。他到张文玲在的厂里去过两次，说她找了本厂的一个"转二哥"——社会上对转业军人的称呼，生了一个女儿。

下到杜家梁二队的四个知青，在张文玲进XX厂的那一年，先后都从农村里出来了：杨天乐进了县供电所，工作了一年后被推荐读西北交通大学；张光明和杜文彬一起招到铁路上，后来杜文彬调到他女朋友——下在与杜家梁挨着的红旗大队的知青杜芳厂里，张光明随后也调回了江城火车站；赵绍延七二年去当了汽车兵，服役期满，转业到县机电公司当驾驶员。四个小伙子都成了家，有了孩子。

光阴似箭，距离那次在江城的河街上同张文玲相遇，转眼已经十多年了！

这些年，何德远虽然工作辛苦，但是一切都还算是顺利。

前一年底转为公办教师，第二年春季，全部撤销大队小学附设的初中班，他带着青湾学校招的才读了一学期的第四届初中班的二十几个学生，调到石盘公社学校初中部，除继续当班主任、教语文外，只在平行班任了几节地理课，肩上的担子比在青湾学校时轻松多了。他去的时候，石盘学校初中的平行班学生人多，分了几个过来，其他被撤销的三个大队学校初中班转来了一些学生，几个方面凑起了一个足额的班。这是一个"杂牌军"。又刚走到一起，学生互相不认识，新来的乡下学生行为习惯差，平行班分来的学生中，男女生各有一个很调皮的学生，整个班的学习成绩比起石盘学校原来的那个班有很大的差距。他对新来的学生也不熟悉。只要不是其他老师上课，他都要到班上去，跟学生在一起，认识他们，了解他们。认真弄了一学期，他们班上才基本上像个样子。到二年级上期，他们班赶上了平行班，后来一直领先。中考时，他的班上破天荒地考起了一个中师生，填补了石盘学校自办初中以来的空白。

在工作走上正轨时，川北师范学院和地区中学教师进修学院同时面向学历不达标的中学教师招生。前者招本科，函授四年；后者招专科，一年离职，两年函授。先以区为单位筛选，后在县里参加正式考试。正是"学历热"的时候，本来只面向教师的招生，一些只有高中、中师文凭的县级机关干部也来参加考试，而且全部占用本科名额，使参加考试的一部分成绩好、该读本科的教师没能读本科。对外的说法是，只有单设中学的教师才能读本科。石盘学校的初中班也是附设的，何德远也只能去读专科。"地势"使然，有什么办法？专科就专科，也是大学，也去读！就在这一年，他被评为先进教育工作者，出席了县里的"先代会"。第二年，他离职学习还没结束，学校领导班子调整，他远在地区教育学院读书，全公社的教师无记名投票推荐教导主任，他得的票数最高。他只想学习了以后好好教书，给学生更多知识，但是新任的校长登门拜访，他无法推辞，只好当了教导主任。这个教导主任不仅要负责石盘学校小学和初中的教学管理和指导，还要负责其他十三所大队小学的教学管理和指导，责任重大。

　　一年后，他被调到石盘区教育办公室，负责全区六个公社近百所学校的教学辅导工作。

　　不到一年，他进入了省城师范学院的中文系。这所学校的本科教育旨在培养高中合格师资，招生对象是全省具有大学专科毕业文化的中学教师，而且每个专业只招四十名，英语专业还只招三十名，考试非常严格，试题难度特别大。凡是中学教师，认为进入这所学校学习拿到毕业证，只教中学，所学知识足矣！

　　何德远已经是本科二年级，在过去的一年里，他感觉这所学校入学非常难、门槛高，而进校以后多是自己读书，很轻松。正是期中，学习不是太忙，所以他决定去看望张文玲。他对她经常昼思夜想，同在一个城市，离得这么近，来一年多了，还没有去过，也觉得有些不近人情。

　　街上，到处国旗飘扬彩旗舞，人比平时多了许多。来来往往的公共汽车上人挤得满满的，自行车的铃铛声响个不停，每个人的脸上洋溢着节日的欢乐。已是初夏，人们彻底脱下了风风雨雨的春天里穿的衣服，显出一身的轻松和灵便。有些姑娘还显得有一点儿超前地穿上了衬衣和裙子。年轻人青春似火，不怕冷，但更是为了迎接又一个充满生机和活力的夏天。

市中心是四面八方的人们奔赴的目的地。"万岁展览馆"前，摆满盛开的鲜花的基座上，毛主席向人民挥手的全身塑像巍然矗立。广场四周车水马龙，中间人头攒动。广播里，男女声高音的歌唱激越嘹亮。人声、车声、喇叭里的歌曲声，汇聚成欢乐的海洋。

何德远经过那里的时候，各种庆祝活动即将形成高潮。但是，他急切地想见到久违的心上人，没有进入那涌动的人群。

何德远向人打听到XX厂怎样乘车，知道的人告诉她："在文化公园坐XX路专线。"还是专线？XX厂就是不一样！

何德远对这一带的每一条街巷都很熟悉，只是不知道乘哪路车，听人家说了，很快就找到了XX路专线的发车地点。他看到前面停着几辆公共汽车，就是XX路。原来这里既是它的始发站，也是终点站。

九点多钟，进城的人多，过来的每辆车都挤得满满的，向那头开的车几乎是空车，不存在上车没有座位的问题。

车发出，没多久就驶出了市区。

郊外，一片安静。大平原一望无际，油菜籽已经成熟，麦田里也泛出了黄色，要不了多长时间就该收割了。但是，远望近看，路两边和田野里没有人户。这些庄稼是谁种的呢？何德远心里想。

没有人，站与站之间的距离远，车开得飞快，车窗外的黄色、青黄色和绿色疾速地向后面退去……

约莫二十分钟，车开到了终点站——这里就是XX厂。

"嗬——这么大一片！"何德远惊讶不已！

一眼望不到边的厂房和宿舍以及其他配套建筑，全是XX厂的！这么大的地方，到哪里去找张文玲呢？何德远难住了。他怪自己冒失，没有把张文玲的情况打听清楚，更没有想一想今天放假，张文玲在没在厂里，就贸然跑来了！

镇定了一下，他又想："没啥！来都来了，问一下，如果她没有在厂里，就当是来熟悉路的，然后再坐车回去就是了呗！"这样一想，他又乐了起来。

他看到一个大门，门口有门卫，就走上去询问。

"师傅，我来找张文玲，请问她在哪里？"

"是哪个单位的嘛？"

"就是XX厂的！"何德远有些慌了，没想到厂里还要分单位，在他脑子里，XX厂就是一个单位，找到XX厂就能找到张文玲。

"我知道，这里就我们一个厂。我是说，我们厂这么大，你要找的人是厂里哪个部门的。"门卫解释说。

"具体部门我不知道，只晓得她是铆工。"

"是男的还是女的？"

"女的。七二年知青进厂的。"

"那你在这里面去翻。"

XX厂是级别非常高的保密单位，但是门卫看何德远的年龄、装束和言谈举止，不存在什么可疑之处，拿出一本厂里各部门人员的簿子叫他自己到里面去找。

何德远认为这是对他的信任，连声说："谢谢！谢谢！"

这个簿子不是一个只有十几页或者几十页的名册，而是一本长宽是一般书的两倍、一寸多厚、有好几斤重的大书，里面全是人的名字。XX厂是一个是特大工厂名不虚传，一个厂的正式员工就有这么多，大概有好几万人吧！如果加上家属子女，不是就有十几二十万？何德远吃惊地张了张嘴。

簿子里面的人按姓氏的第一个拼音字母的顺序排列，有姓名、性别、部门或单位、联系电话等内容。何德远翻到"Zh"找"张"姓，看到有的一个名字就有几个人。然而，他翻了好几遍都没有找到张文玲。正式员工还有没写上的就有这么多人，如果都写上了不是人更多，簿子不是更厚？何德远进一步地感受到XX厂的大。

"师傅，你们就这一个簿子吗？"何德远又急了，问门卫。

"我们这里就一个，其他的门还有没有不知道。"

"你们厂未必有几个大门？"

"那是嘛！"

"走其他门还有多远,我再到他们那儿去查一下。"

"那还远啰!"

"那咋办……"

另外一个一直在翻报纸的门卫听到何德远很失望,抬起头问:"你找的这个张文玲是个啥样子,大致给我说一下,我看是不是她……"

"三十五岁,身高一米六三四,原来很瘦,白皮肤,眉毛又密又浓,大眼睛……"何德远描绘了张文玲的外貌,说她原来瘦是怕她后来长胖了,本来是她,人家说不是。

"她男的姓啥?"

"我听人家说姓李。"

"哦,那可能就是。我先给她的车间打个电话问一下。"

热心的门卫拿起桌子上的电话话筒,把号码拨了出去:"喂,你们车间有没有个张文玲?"

"有!"那边回答。

"她有个很多年没见面的朋友找她,叫她出来一下!"

接着,那边叫张文玲接电话。张文玲跑过来接过话筒,问:"他在哪里?"

门卫说:"在我们二号门。"

何德远不敢肯定来的就是张文玲,但他想,来的人名字叫张文玲,也许她就知道他要找的张文玲,他抱着希望在门口等着。"哪个找我?"从厂里走出来的一个女工问门卫室。

何德远在看外边,听到就是他熟悉的张文玲的声音,他好高兴啊!他匆忙转过身,走过去,说:"是我!"

"是你嗦!"张文玲没打顿就认出了何德远,眼里掩饰不住地闪射出久违的、同以前一样的热烈和惊喜的光芒,红着脸问,"你咋个来的?"

"我……我在师范学院读书,已经快一年多了……"见到了多少年来心里想见的女人,全身的血液涌到了脸上,思念、羞愧和激动使他说话也结巴起来。

眼前就是梦中人,只是微微胖了一点儿,但是还是那么漂亮!

三十几岁的女人,又生了孩子,胖了点儿是正常的,还是这么有灵气、这么俏丽就太难能可贵了!

"走,到家里去。"心情稍微平静了些的张文玲说。

何德远愣了一下,对被她邀请到家里去惊诧——他已经是别人的女人,这样方便吗?但是,他没有推辞。他就是来看她的,十几年从来没有好好地和她在一起说过话,今天要好好地叙一叙!

没走多远,就是一排排宿舍楼。走到一幢楼前,张文玲用手指着说:"我们就住在这栋楼的二楼。"

走到楼梯拐弯的地方,张文玲说:"这是一个公厕。"何德远侧过头去看,知道楼房凡是这样设计厕所,都是两层楼共用的,张文玲是估计他这么远来,可能想解手了,告诉他如果需要解手就在这里解。她想的多么周到啊!

"我们就住的这一间。"张文玲拿着钥匙打开这幢外廊式职工宿舍左边的第一个门说。

这就是全国知名的国家特大型工厂的职工之家!进门右边一条只有一米宽、直通后墙、后面有一洞窗户的巷子,外面一个水龙头洗衣、洗漱和洗菜、洗锅、洗碗,里面是灶台,墙上挂着厨具;往前走是一间大屋,中间用一个平柜隔开,里面一张大床,后面一洞窗子,外面放着一张小方桌、几个小凳子,是吃饭和来人坐的地方;大屋左侧后面连着一间小屋,约莫七八个平方,放着一张不是很宽的床。

"这里坐!"进了门,张文玲招呼何德远,接着就去沏茶。

张文玲把茶端过来放在何德远面前,也在对面坐下来。

十多年没有见面,可以想象他们各自心里有多少话想要给对方诉说!但是,乍一见面,他们都有些拘束,都不知道从何说起。

"今天是五一节,你们怎么没休息?"沉默了一阵,何德远提出了话题,问张文玲。

"我们这一段时间忙得很,做'麦道'飞机,要赶交货。"张文玲说。

"哦——也幸好这样,不是我今天还可能找不到你呢!"

"你今天是咋个来的？"

"我曾经问过杜文彬——他不是到你们厂来过吗？他说你们厂在西郊，离市区有二三十里，在文化公园有到这里的公共汽车，我今天走到那里，问了赶车的地点，就坐这路车来了。"

"哦！嗯——杜文彬好像来过两次，那好多年啰！"

"你们厂好大哟！我在门卫室查名字，那么厚一个簿子，那么多姓张的，里面都还没有你——你们厂有多少人？"

"我不太清楚——好几万吧？"

……

将近一个小时的时间里，两个人说的都是一些普通朋友好久不见面说的话，但是都非常开心和快乐。

"妈妈！妈妈！"一个小女孩儿从外面进来跑到张文玲面前。

"这是我女儿。菲菲，快叫何叔叔！"张文玲对小女孩说。小女孩的名字叫菲菲。

"何叔叔好！"菲菲大方地叫了何德远并向他问好。

"噢，菲菲乖！上几年级啦？"何德远见菲菲那么高了，估计她已经在上小学了。

"上三年级，下学期就四年级了！"菲菲骄傲地说。

"菲菲是哪年生的？"何德远问张文玲。

"七八年一月十八号。"

"七八年一月十八号？我们儿子也是七八年一月十八号，同一天！"何德远很惊奇，张文玲也愣住了——难道这两个孩子的生命是在相隔几百公里的同一时间产生的？何德远不好意思说出口。张文玲的脸也飞红，显然她也想到了同样的问题。

"你几个娃儿？"张文玲问。

"两个。还有一个女儿，八〇年生的。"何德远回答。

快十二点，张文玲边让她女儿出去玩边对何德远说："我去把饭煮起，等一会儿只炒菜。"

"不好意思，我来给你们添麻烦啦！"何德远说。

"有啥麻烦的，你大老远地来，我们也要吃饭。"张文玲说。

十二点过一点儿，一个将近四十岁、穿着工作服的男人走进来。张文玲短暂地紧张了一下，红着脸对何德远说："这是我们老家的，叫李成林！"接着又指着何德远说："李成林，这是我原来下乡那个地方的知青朋友，叫何德远！"

何德远听了张文玲的介绍，赶快站起来打招呼："哦，李师傅！你们过节还加班哪？"

"哦，请坐！这几年都不是太忙，今年给外国人造飞机，到期要交货，要忙点儿！"李成林谦虚、客气、热情。

"他在师范学院读书，今天放假过来的，好多年都没见到啰！"张文玲又对李成林说。

"你是多久来读书的？"李成林问何德远。

"去年秋季。"何德远说。

"哦，这么久都不来耍？城里到这里来还是方便，来耍嘛！"

见面并寒暄后，张文玲叫着李成林进了厨房。一会儿，张文玲出来了，留下李成林在厨房里做饭。

"你不去做饭，让人家弄？"何德远怕他和张文玲在这里聊天，叫人家李成林上班回来歇都没歇一下又去做饭。

"没啥弄头，他会弄。"张文玲说。

没多久，菲菲又从外面回来了。她一边叫着"妈妈"，一边走拢就坐到张文玲的腿上。可以看出，张文玲很疼爱自己的女儿，但当着何德远的面又叫女儿下去，说："哪个小学生还坐在大人身上！"

"让她坐嘛，小孩子就这样！"何德远说。

李成林是个熟手，没多久就端了两盘菜上来。张文玲看见，忙把靠墙放着的小方桌摆到中间，接住李成林端来的菜。何德远也赶忙站起来帮忙。

桌凳摆好，张文玲也进厨房端来两盘菜，然后拿碗拿筷子。

吃饭时，李成林示意张文玲，张文玲懂他的意思，是叫她问何德远喝不喝酒。张文玲问，何德远说："不！"何德远说了假话，他会喝酒，但是第一次到人家家里，不好意思麻烦，也怕人家家里没有酒，若他说会喝，人家还要去买。

"不喝酒，那就吃菜！"张文玲拿着公用筷子往何德远碗里夹菜，说，"不晓得好吃不好吃！"

何德远赶快吃了一口张文玲给他夹到碗里的菜，说："好吃好吃！李师傅手艺好！"

李成林听到何德远夸奖，忙说："手艺好啥哟，只是能弄熟——能够吃就不要客气！"

三个大人，一个小孩，小四方桌一人一方，一边吃，一边说话。

张文玲问起青湾六队同她耍得好的那些人，何德远给她说了那些人的情况。何德远说话的时候，张文玲不时插话回忆当年和那些人在一起的情景。

何德远和张文玲说的事吸引了没有下过乡的李成林和年幼的菲菲，父女俩为他们当年的艰苦生活和在艰苦中奋斗的精神动容。

"妈妈，你那时候多大？"菲菲十分好奇地问。

"比你现在大不了多少！"张文玲说。

"那你就干农村的活？"小菲菲为自己的妈妈那么小的年纪就做农村的活路感到不可思议。

"是啊。哪有你现在这么享福哦！"

"真的？"

"当然是真的！"

听了何德远和张文玲的话，菲菲对她妈妈敬佩不已。

何德远问宋萍和郭玉华，张文玲说她们很少见面。"李成林，你最近见过宋萍和郭玉华没有？"张文玲转过头问。

"我每天都跟你一路，还不是跟你一样，我哪儿去见她们？"李成林说。

"你想不想见她们嘛？若想见，我们一会儿就去找她们。"张文玲说。

"方便吗？"何德远看着张文玲，问。

"一个厂的，有啥不方便？"张文玲说。

吃了饭，洗了锅碗，张文玲问李成林："车间里的事情你走得了不，走得了就休息，我们一起去同宋萍和郭玉华她们耍？"

251

李成林说他就是还走不了。张文玲说:"那你下午就去把活干了,明天休息一天!"

下午,何德远和张文玲出来,先去找宋萍。

到宋萍家住的楼下,两个小男孩在那里玩。张文玲对何德远说:"这就是宋萍的两个儿子,一个叫大平,一个叫二平。"

"她咋个生了两个,不是违反计划生育政策吗?"

"哪晓得人家的。你政策再严,人家就敢生,宋萍你又不是不知道。大平、二平,你妈在家没有?"

"在!"大平答应了一声后又玩他们的去了。

宋萍的家住在三楼。张文玲轻轻地敲了两下,门就开了。来开门的就是宋萍。

"宋萍!"看见十几年没见的老熟人,何德远高兴得禁不住叫起来。

"啊——是你!"宋萍好记性,立即认出了何德远,但是很吃惊,没想到会在这里看到他,问,"你好久来的?在张文玲家里耍?"

"今天。刚在他们家里吃了饭,说过来看一下你!"何德远说。

"快进屋!快进屋!"宋萍满面笑容地说。

把何德远和张文玲让进屋里坐下,宋萍这才顾上问张文玲:"你们老李咋个没来?"

"他车间里忙!"

"啊?你们两个一起,老李不吃醋?"大大咧咧的宋萍一见面就开何德远和张文玲的玩笑。

一上午说话,何德远和张文玲都没有说他们俩原来的事,宋萍一说,两个人对望了一下,都脸飞红地把头埋了下去。

"你们两个的那点儿事,人家不知道,我可知道哈!要不是那个年代,你们就是两口子啦!何德远我熟悉得很,小学五年级的时候,他哥哥是我们的班主任,又教我们的语文,他到他哥哥那儿来,我们就认识了。他后来在县中上学,我爸爸又是他的校长。"

"哦,你们还有这么深的关系!"

"那当然啰!"

说了一阵话，宋萍才记起没有给何德远和张文玲倒水："你们看我高兴得只顾说话，水都忘记给你们倒了！你们喝啥？"

何德远和张文玲都说："随便！"

很快，宋萍端来一杯茶放在何德远面前，然后，给自己和张文玲一人拿了一听饮料。

"老张！"宋萍叫张文玲，"晚上就在我这里吃饺子，何德远这么多年不见了。你回去叫你们李师傅和孩子都来，再把郭玉华也叫来，我们三个这些年也没在一起聚了，我们包饺子——包饺子可是我的拿手戏，不是吹牛，又好又快！"

"我们家的就不来了，菲菲看是跟她爸爸一起还是跟我来。"

"那你说了算，李师傅能来争取来，菲菲一定要来，就说宋阿姨想看她了！"

"你们周师傅到哪儿去了？"

"他出车去了。他跟领导有好吃的，我们自个儿管自个儿！"

说着，宋萍就进屋换衣服出去买肉买韭菜。

走的时候，宋萍对何德远和张文玲说："在我这儿，就随便点儿，你们两个想做啥就做啥哈！"

宋萍做了一个鬼脸，转身随手带上门出去了。

屋子里只有何德远和张文玲两个人，门又是关上的，张文玲觉得不自在，站起来提水瓶往何德远的茶杯里掺水。

"我自己来！"何德远一边客气，一边出于礼貌地端着自己的茶杯站起来，在旁边看着她掺。

十几年来，他们从来没有这样关起门来在一起过，如果有什么不正当的想法，这是一个绝好的机会，又都是过来人，何德远离开家好几个月了。但是，他们没有任何越轨的举动——他们非常理智，连对方的手都没挨过。

给何德远掺了水，他们谁也没说话，也许沉默才是他们俩交流积压多年感情的最好方式吧。

说实在的，何德远从来没有过侵犯张文玲的想法，他认为如果在她不情愿的情况下对她怎么样，那是无理，甚至是罪恶——她是他的心上人，是用来爱的，不是可以任意踩躏的。但是他想，如果她有要求，他绝对不会拒绝，他求之不得。

何德远不知道张文玲在想什么，他想更多地知道她这些年的事，于是问她："你是多久结婚的？"

"问这干啥？"

"我想知道。"

"七七年三月。"

"哦……"同龄的男女，应该是女娃儿先结，她却比自己还晚三个月！何德远愧疚难当，差一点儿流出眼泪，说，"你结得晚……"

门外传来敲门声，张文玲赶快起身去开门。

"没打扰你们吧？"宋萍进门就说，"我有意磨蹭了一会儿，不是我回来得还更快。我顺便把郭玉华也叫来了！"

何德远和张文玲没管宋萍的话是关心还是开玩笑，只管去招呼跟在她后面的郭玉华。

郭玉华的样子也没有怎么变，何德远一眼就认出来了她。"郭玉华！"他喊了一声。

"你好！我听宋萍说你来了，先没想起是谁，后来想起来了，宋萍一喊，我就过来了！"郭玉华也很高兴。

知青时期，何德远对郭玉华很熟悉，但由于青湾大队和跃进大队一个在东，一个在西，离得远，来往不是很多。

郭玉华进来，张文玲用她们特定的亲昵拥抱了她。

"来，你们也动手，帮我择韭菜，我去剁馅儿。这样你们把韭菜择完了，我的馅儿也剁得差不多了！"宋萍笑着用大嗓门儿说。

"馅子不好剁，我们换着剁！"张文玲和郭玉华都说。

"那用不着，这大一点儿事，我一个人还是能行的。"宋萍是典型的北方女子的性格，虽然从小生长在干部家庭，但是很能干。

张文玲和郭玉华择得干净快当，一会儿就一个人择了一大把。何德远动作也不慢，但是这些事做得少，显得不是很熟练。宋萍出来看见，点着名说："何德远，一看就知道你是饭来张口衣来伸手的人，笨手笨脚的，要是文玲嫁给你，还不把人家累死呀？"

"文玲能干，不至于累死！"郭玉华插嘴说。

"你何德远这么多年都不来看看张文玲，人家等得你好苦啊！我儿子都多大了，郭玉华也有了孩子，人家还不耍朋友，好多好小伙子追，不搭理人家，还在等你！外面的人不晓得，还怀疑她是不是生理上有问题。后来听说你结了婚，人家才同李师傅耍朋友，然后'闪电式'的结婚。你要赔偿人家文玲的青春损失费哟！"

宋萍说话快，酣畅淋漓，把个何德远说得脸红一阵白一阵，抬不起头。

"宋萍，莫要说了……"张文玲急了，赶紧制止快嘴利舌的宋萍。

"何德远，说老实话，人家张文玲一直是把你装在心里的。你们两个原来都爱得那么深，但是你有话又不说。张文玲的要求不高，你态度坚决、大胆一些，你们早就在一起了。那几年上个师范就可以转户口，你又瞧不起。你要是那几年转了户口，成了公办老师，文玲还不就是你的啦！今天你倒是体面，但是人家文玲又和李师傅是两口子了，你也有了老婆！"言语不多的郭玉华说。

宋萍和郭玉华一唱一和，说得实在、在理。把何德远说得哑口无言。

张文玲埋着头择韭菜，脸红着，没有开腔。

一切都清楚了！何德远原来还把一些责任归咎于张文玲不给他写信、不给他通讯地址，认为自己结了婚，她也结了婚，就扯平了，只怪他们有缘无分。宋萍和郭玉华说出了真相，他才如醍醐灌顶，大彻大悟，觉得自己太对不起张文玲了，在心里更加爱她。

宋萍突然记起她还没把事做完，说："不说了，不说了。何德远是来做客的，我们也不要把人家说得太狠了哈！你们都把韭菜择完了，我还没把馅儿剁好呢！文玲，一会儿罚他多吃几个饺子！"

好厉害的宋萍，把人家说了，然后又给一个台阶下。

厨房里又响起剁馅儿声，宋萍正在忙。

韭菜择完，张文玲进厨房问宋萍："我们把任务完成了，又做什么？"

"我也快剁好了，你们把韭菜拿进来洗了，放在筲箕里把水沥干。"宋萍说。

"切不切？"

"你们不切，洗了就不管了，我一会儿直接切在馅里，然后就动手包！"

没多大工夫，宋萍把馅儿连同砧板一起端了出来，"嚓嚓嚓"地把韭菜切进了剁好的肉里，然后用筷子弄到一个瓷钵里，叫张文玲拌一下，说大体弄匀就行了，说完自己进厨房去和面。

宋萍把擦洗干净的面板和小擀面杖拿出来，把已和好的面和拌好的馅儿放在面板上后，四个人就说说笑笑地开始包起来。

宋萍果然快！

饺子包了一半，宋萍叫张文玲回去叫李成林和菲菲，说李成林可能要下班了。张文玲说李成林干脆就不来了，就菲菲来。宋萍和郭玉华想了一下说："也好，李成林来了大家说话不方便，要是说漏了嘴，把你们的事说出来了，还不知道要惹出啥事呢！"

张文玲说："李成林没那么小气哟！欸，叫不叫高兴国？"

宋萍问何德远："他是你们县中的同学，你想见吗？"

何德远说："他是高中部的，比我们高三个年级，只是认识，从来没有说过话。"

"那就算了，高跛子年龄大些，也不一定和我们说得拢，就我们四条龙在一起！"宋萍说。

"高跛子"是高兴国在学校读书时调皮的同学给他起的外号，其实人家一点儿都不跛，不知怎么叫到这儿来的。可能是一个传一个，传到XX厂的吧。

宋萍一说，何德远、张文玲、郭玉华三个你看看我，我看看你，才想起他们这一男三女，是一年出生的，都属龙。大家会意地笑着说："还真是呢！""那不是咋个！"

张文玲离得近，回去一会儿就和女儿菲菲一起来了。进了门，张文玲叫她叫了何德远和宋萍、郭玉华。

菲菲按她妈妈说的叫了人以后到一边玩去了，张文玲继续坐下来包饺子。

宋萍确实像她自己说的那样，是个包饺子的高手，擀面皮和包馅儿都又好又快。张文玲和郭玉华两个也包得好。何德远从来没有包过饺子，更不会擀面皮，但是他怕他不动手，宋萍又要数落他，只好硬着头皮学着包。他要她们帮他擀面皮，已经很用心了，但是他包的饺子仍然有些露出了馅儿。

　　三个女人看见，笑了。张文玲和郭玉华没有说话，宋萍却忍不住，调侃地说："我们不管，一会儿自己包的自己吃！你吃不了就让文玲帮你吃！"

　　何德远被弄得很不好意思，红着脸说："行，我包的我吃！"

　　张文玲笑着，没开腔。

　　饺子下了锅，宋萍在窗口叫两个儿子："大平、二平，回家吃饭！"

　　两个男孩子可能也玩累了，听到他们妈叫，很快就"叮叮咚咚"地跑回来了。

　　"快叫人！"大平、二平一拢屋，宋萍就对两个儿子说。

　　大平、二平把张文玲和郭玉华叫了。菲菲是二平的同学，小孩子和小孩子之间可以不打招呼。对何德远，大平、二平不认识，不知道叫什么。看到两个孩子难为情，宋萍赶快说："哦，我忘记介绍了！这个叫何叔叔，是妈妈和张阿姨、郭阿姨的朋友，快叫！"

　　宋萍对两个孩子既疼爱又严格，两个孩子很听她的话，一起用银铃般的童音说："何叔叔好！"

　　何德远赶忙回答说："谢谢！你们好！"

　　吃饺子时，宋萍用两个大方凳拼着，摆了三个小板凳，让大平、二平和菲菲在一起吃，自己和何德远、张文玲、郭玉华在饭桌上吃。何德远和郭玉华说桌子坐得了，让孩子们也来坐到一起吃。宋萍说："我请你们吃饭是个名，就是吃个饺子，比吃饺子重要的是，老朋友了，很难聚在一起——你看何德远，十几年了才见面，我们坐在一起，好说说话，和这些孩子在一起，说话不方便，也叽叽喳喳的，有时说话还听不清楚。莫看这些娃儿，几岁十岁了，懂得了好些事！"

　　何德远和张文玲、郭玉华说她说的也是。

　　饭桌上，老朋友十几年后再聚首，又像回到了在石盘的时候，嘻嘻哈哈，天南地北，无话不说。

说到家里的事时，张文玲说他们想做几件家具，但是木头不够，木料太难买了！宋萍说，她没有什么可做的，老周在外面跑车，人家送了几截木头，拿回来放在柴火棚里，还挡路。

何德远知道驾驶员吃香，办这些事容易得多，赶快说："张文玲需要，你送给她几截嘛！"

宋萍白了何德远一眼，说："马上就为文玲说话了？人家文玲自己不晓得说？"宋萍到底是个直爽大方的人，转过头去对坐在她左边的张文玲说："如果你们需要，就来搬过去！"

"你们家你能做主吗？"何德远激宋萍说。

宋萍好强地说："我咋不能做主？我们家啥事就我说了算，他不管这些！"

"好，那就挑几截你们用不上的给他们！你们周师傅给这么大的厂的领导开车，哪里找不到几截木头？"何德远马上问张文玲，"你们找得到一个架架车不，吃了饭我帮着拉过去？"

张文玲不好意思，但话已经说到这个地步，说："车子找得到，我们楼下那家就有个三轮车。"

"拉货的三轮车也可以，一次搬不完，多跑几次就是了，又不远。"何德远说。

吃完饺子，何德远帮着张文玲把宋萍们的几截两米多长、脸盆那么粗的柏木拉了过去。

终于可以做家具了，看着几截木头，张文玲和李成林都很高兴。

晚上睡觉，张文玲叫何德远和李成林在外间的大床上睡，她和菲菲在紧紧相连的里间睡小床。

还是人年轻，白天只顾开心快乐，压根儿就没想晚上睡觉的事情，张文玲现在说了，何德远才局促起来，知道叫张文玲两口子为难了。但是，时间已经这么晚，已经没有车了，要想回学校是不可能的，于是只好听张文玲安排，打发一个晚上。

张文玲打了招呼就从外间大床的一头经过，进小屋子先睡去了，可能她想两个大男人都上床躺下，她再从那里过来过去，怕何德远觉得不雅观。

就安排来说，也只有这样。如果不这样，让何德远一个人睡里间，女儿和他们两个大人睡外间的大床，女儿那么大了，怎么能够再跟他们这一对年轻夫妻睡在一起？如果她和女儿睡，让何德远一个人睡，李成林又睡哪里？李成林和何德远睡里间，如果晚上何德远要上厕所，要从她们母女床前经过，已经入夏，单衣薄裳，睡觉时穿得更少，更不雅相。母女俩睡里间，可以拿尿盆进去。还有，张文玲估计她和女儿都不会起夜。这样睡，母女即使有特殊情况要起来，从外面过，何德远和李成林是两个大男人，说到底也无大碍。张文玲已经煞费苦心，但房子只有这么大，真是没有办法！

何德远怎么也没有想到，自己还要和张文玲名副其实的丈夫在一张床上睡觉。想到自己和张文玲的关系，李成林和张文玲是夫妻，身下睡的床就是人家两口子平时翻云覆雨的地方，他觉得很别扭，好久好久睡不着。他怪自己太不懂事，留在这里住一夜，把人家夫妻分开！李成林就在身边，他碰也不敢碰他，哪怕是轻轻的一下，都觉得不好。他更不敢老是翻身，怕影响李成林休息，人家明天恐怕还要上班。只有实在不舒服了，才很轻地翻动一下。

李成林肯定也不习惯，在这个床上他可能是第一次，也许是仅有的一次不是和自己老婆睡觉。今天何德远来，他不可能没有想其他。但是，这个热情实在的人睡眠极好，睡下不久就打起了呼噜。从他完全没有翻看，是真的睡着了。不过，他做没做梦，是不是梦到自己的老婆和身边的何德远曾经有过很特殊的关系，就不知道了。

张文玲睡得早，但也没有睡着，好久好久她眼睛都睁得圆圆的。往天她都是菲菲睡好了，把通里屋的门在外面扣上，她才去睡。不这样，他们睡在床上，娃儿后去睡，从她们床边经过不雅观，如果他们正在床上亲热，娃儿突然从里屋出来，那要多尴尬有多尴尬。睡早了，生物钟被打乱，睡下去也睡不着。特别是，她还在何德远来的惊喜中，宋萍和郭玉华白天说的那些话仍然萦绕在耳畔——这些都是她一直埋藏在心里、从在青湾里就想对何德远说的话啊！现在她虽然没有亲口说，但是宋萍和郭玉华代她说出来了，她这下心里好畅快啊！在青湾里的事情、进工厂后这十几年的事情、昨天一天的事情，等等，都不停地在她脑子里闪现……还有，她是这屋里睡着的四个人的轴心，只有她才同其他三个人都有关系，她既要给睡在身边爱打被子的女儿盖被子，又要关注门外睡的两个男人。只有一墙之隔，中间还有一道门，薄薄的一道门，她在侧耳聆听他们的动静……她很不好意思，安排何德远睡她和李成林睡的床。何德远也是过来人，他睡在那里难道不会想入非非？这两个男人，一个是自己的初恋情人，一个是在自己爱情饥渴的时候给了自己幸福，并且要跟自己过一辈子的丈夫，他们都是我最亲最爱的人啊！男人就是不一样，一倒下去就没有听到声音了……李成林扯鼾了！这家伙，也不怕何德远笑话！何德远不打鼾吗？他怎么一点儿声音也没有呢？他没睡着吗？她暗暗地叹气——阴差阳错，有缘无分，世界上如人意的事情太少了！听着想着，想着听着，不知什么时候，她像是睡着了。迷迷糊糊，她进入了梦乡，做起了十几年前她告诉何德远的他"朝她的腰杆上开了一枪"一样的梦……乱七八糟的，似睡非睡，天快亮的时候，她才真正睡着了一会儿。

　　早上，何德远怕自己还在床上躺着，张文玲如果要早起，出入不方便，于是虽然一夜没睡好也早早地起来了。李成林叫他再睡一会儿，张文玲问他睡好没有。他说睡够了，睡得好。

　　吃了早饭，张文玲叫李成林去上街买菜，自己在家里陪何德远和守菲菲做作业。

　　李成林提着菜篮子买菜去了，女儿菲菲在外面的走廊上做作业，昨天被宋萍和郭玉华捅破了心里的窗户纸，这时只有他们两个人，何德远说话胆子大些了，张文玲也不再那么拘谨，他们说起他们心里想说的话，聊他们都知道的人和事，问想问的问题。相爱相思了十几年，有这样一个说话的环境，他们倾心交谈起来。

　　张文玲说，她一天没事就坐在这里看屋子里的那些桌子、柜子和床，觉得看不顺眼，就去把它们重新摆放过，一个人拖得动，就一个人拖到认为该放的地方，一个人拖不动的，就等李成林回来一起拖。

"李师傅听你的不？"

"老李是个老实人，话不多，只知道实实在在地干活。我叫他做什么，他没有不做的。有一段时间我心情不好，经常骂他。有一天，我们都在'麦道'飞机上干活，我骂了他几个小时，车间里的人都劝我……"何德远没有问她为什么事情心情不好，但张文玲可能是想起了那时的情形，突然伤感起来。

"都已经结婚成家了，你还要骂人家干啥？我看李师傅确实是个好人，你还是要对人家好一点儿。"看到张文玲那样，何德远心里也有些酸楚，但他不要她伤心，说，"人都有情绪不好的时候，过去了的就不要再想它——我们还是说高兴的事吧！"

何德远说起当年在她住的杜家新院子里，她叫他去，应红把煤油灯打倒在饭盆子里的事，张文玲记得清清楚楚，一下笑了起来："那个事情太搞笑了！太搞笑了！哈哈哈哈……"

"哈哈哈哈……"受张文玲的感染，何德远也禁不住大笑起来。

笑声传到屋子外面，在不远处做作业的菲菲听到妈妈和何叔叔说得高兴，放下笔跑进来倚在张文玲身上听他们在说什么。张文玲赶女儿走，说："你快去做作业，大人说话，你一个小孩子家听啥？"

"嗯！"听了妈妈的呵斥，菲菲噘着小嘴走开了。

李成林提着一篮子菜回来，何德远看见，不好意思地说："李师傅，你看我来，把你们忙得！"

"忙啥？你不来我们也要买菜做饭嘛！"李成林笑着说。

李成林把菜拿进厨房，张文玲跟着进去了。

张文玲给李成林吩咐后，帮着择了一阵菜后又走了出来。何德远问她："你不去帮忙，人家李师傅一个人做？"

"他一个人能行。我平时做饭的时间也少，他要去做，我也不和他争。地方也窄，站不了两个人。"张文玲说。

狭长的厨房里传来"哗哗"的水声、砧板上的切菜声和锅碗盆瓢不经意间弄出的碰撞声，李成林在做饭了。

张文玲又继续和何德远说话。他们的声音比先小些了，但说到高兴处，还是禁不住地大声笑起来。

菲菲又跑过来了。"过去，快去做作业！"张文玲又赶女儿走。

女儿不情愿地过去了。张文玲对何德远小声说："我们声音小点儿，这个女子精得很，啥子都晓得，又巴她爸爸得很！"她怕和何德远说不该李成林听到的事，菲菲听到了去给她爸爸传嘴。

度过了一天多难得的愉快时光，吃了午饭，何德远要回学校去，张文玲和李成林带着小女儿菲菲把他送到公共汽车站。

二十一

昨天，何德远刚走，后面就有人来找他。

回到学校，他一进寝室门，大嗓门的郑忠诚就对他说："有人来找你！"

"谁来找我？"

"两个人，说是你的老乡。那个男的还说是你的同学和曾经的同事，那个女的长得多漂亮的，说老家和你是一个生产队的。看样子是两夫妇。我说你到 XX 厂看朋友去了……"

"这是谁呢？哦——"何德远的脑子里打了一个转儿，立刻想起了是周世用和杜成兰。

周世用还在青湾小学教书。何德远到石盘学校去了以后，他凭他的政治面貌和教过初中班的经历，接替何德远在青湾小学当负责人。五一劳动节放假，杜成兰在农村的活路还不太忙，两个都没到过省城，就一起来省城耍。

江城是出入四川的大门，铁路交通非常发达，江城火车站是一个大站，他们是坐火车来的。

在省城，火车站离师范学院的距离不算近，但却是直路，中间不拐弯抹角，很好找。他们下了火车，坐 16 路公共汽车就直接到了师范学院门前。两人在校门口询问，说了何德远是那一年进校的、所学的专业，门卫告诉他们："就住在右面这幢宿舍的六楼，至于哪个寝室你们上去问。"这么容易就问到了何德远的具体地方，两口子很高兴，谢了门卫，就兴冲冲地往学校里面走。

五一节，师范学院的校园里一派节日气氛。广播里播放着喜庆悦耳的音乐，国旗高高飘扬，彩旗迎风招展。右前方一幢崭新高大、十分气派的大楼，操场上人来人往……

两人从来没有进过大学校园，感到十分新鲜。但是，他们没有见到何德远，没有心思久看这大学风光。他们转向了右边，走进宿舍楼大门，向楼上爬去。在楼梯上，遇到几个往下走的同学，他们问中文系的学生住在几楼，一个同学告诉他们："六楼！"楼很高，他们爬了一层又一层，身上都冒出了毛毛汗。

来到六楼，走廊上有几个同学走过来，他们问何德远住在哪个寝室。何德远说："就在你们前面右边的第三间。"走到门前，他们抬头看，门上印着"006"几个数字。周世用知道，这是6号寝室。

寝室门大开着，里面三架学生宿舍专用的双层床，靠窗一张书桌，右边上铺一个同学正躺在床上看书。

"请问同学，何德远是住在这个寝室吗？"周世用和杜成兰站在门口问。

"他不在。"躺在床上看书的同学郑忠诚侧过头朝门口看了一眼后对他们说。

"你知不知道他到哪儿去了？我们是他的老乡，我还是他从小学到中学的同学，也曾经是同事。"周世用急于找到何德远，又指着身后的杜成兰说，"他和她老家是一个生产队的。"

"他到XX厂看朋友去了，要明天才能回学校。"见他们跟何德远的关系这么密切，而且是远道而来，郑忠诚很为他们遗憾，并且深表同情。

周世用和杜成兰这次来耍，想的是到了省城以后就来找何德远，至少他要请他们吃一顿饭，要陪着他们去逛，还有可能给他们找到住的地方，这样他们耍一趟很轻松，也花不了多少钱。哪知道却扑了一个空！

有兴而来，败兴而去，两个人十分懊恼。

没找到何德远，周世用和杜成兰到城里最有名的几个地方去逛了一转，就又坐火车回去了。

"糟了！杜成兰肯定知道我到XX厂是找张文玲去了，要是她回去说出去，说我还在和张文玲来往，对我要造成多大的影响，陈春华听到就更麻烦了！"

"那他们到哪儿去了呢？"何德远问郑忠诚。他想从江城到省城那么远，周世用和杜成兰来一趟不容易，如果他在学校，也应该招待他们，陪他们去玩。就像昨天上午自己到XX厂去找张文玲一样，如果没找到，虽说是坐车回来就是了，但心里该有多么失望和沮丧！

"我说你晚上可能不回来。他们听了，就走了。我也不知道到哪儿去了。"郑忠诚说。

何德远很想去找周世用和杜成兰，可是城市这么大，而且时间已经过去了一天，到哪儿去找呢？

出了一次远门，周世用和杜成兰回来了。知道他们到省城去了的人问他们："你们这次去耍得好哦，去找何德远没有？"不问则罢，一问两口子就很是丧气。

回来没有几天，杜成兰就回青湾六队的娘家。农村搞了家庭联产责任制，不像原来一个生产队的人在一起做活路，全队的人都能看到，但是田地是连在一起的，也有很多人同时在一片田地里做活路，要遇到不少人。杜家上面的、下湾里何家的和她好的媳妇、姑娘看见她，老远就在喊："杜成兰，你回去看你爸爸？你和周世用去耍好久回来的？耍了哪些地方？总去找何德远去来的嘛？"有的还走上田陇，跑到路上来跟她说话，问她到省城是咋个耍的。

"耍啥嘛，就是打了个转转，看了一下，就回来啦！去找何德远，人家到XX厂找张文玲去了，晚上都没回来！"杜成兰没好气地说。女人，心爱的男人没有得到以后，是不会为他遮掩什么的。这时的杜成兰就是这样，恨不得把何德远一切不好的话都说出来。

"咹！何德远找张文玲去了，晚上还不回来？"杜成兰说的是实话，没捏造事实，也没有对事情夸大缩小，但这些听话的人品出的却是其他的味道："何德远还在同张文玲来往，晚上还不回去？"

没回去就可能是在和张文玲一起住，不是咋个晚上都不回去呢？他们是老相好，就不用说了！

杜成兰结婚得早，已经生了两个女儿，不再是二十几年前那个单纯害羞的少女，在她的婆家——青湾三队，人家问起，她也是这样说的。

周世用在青湾小学和石盘公社的老师中，人家只要问他们到省城耍总去找何德远来的嘛，他就愤愤地说："我们去找来的，他到他以前的女朋友那里去了，晚上都没回学校。"

"耶，看不出何德远还是这样的人！背地里有这些事！"即使有些老师知道何德远和张文玲苦恋了十几年都没有能够结婚，十分同情，但也认为他不应该到现在都还丢不开旧情。

封闭的地方，难得听到外面的事情，这个来自省城的"消息"，风一样快地成了不少人做活路歇气和茶余饭后摆龙门阵的话题。人家摆龙门阵，陈春华去听，人家就闭住嘴不摆了。陈春华很奇怪。最后，她终于听到，人家是在说何德远还在和张文玲来往。

陈春华不是个很爱说话的人，没在嘴上说，心里却很怄气。

光阴似箭，转眼两年就要过去了。何德远在师范学院就要毕业了。想到前一次到XX厂去，张文玲和李成林的热情接待，自己很快就要离开省城回江城，这一去不知道什么时候才能再来，何德远认为还是应该去向张文玲夫妻告别一下才算是不失礼节。

星期天，何德远又去XX厂。

第一次去空着两手，什么也没带就去了。他是有工资的人，这次必须要带礼物！但是买什么呢？他难住了。不能给张文玲买衣服和她一个人才能用的东西，那样她们老几会多心。给他们家里买个什么，小的东西人家都有，钱多的又囊中羞涩。买糕点之类又落入俗套。费了好大一番心思，他想到了给张文玲的女儿菲菲买一个文具盒和一盒十二种颜色的画笔，觉得这正是她那个年龄的孩子想要的。

去了一次，路线熟悉了，不像第一次，什么都不知道，在哪儿坐车也要问。这次，他直接到乘车点坐那条专线，很快就到了。

那天，张文玲夫妇都在家，一如既往地热情接待了他。菲菲拿着他买的文具盒和彩色画笔欢喜雀跃。

　　他在那里待了半天,玩得非常高兴。李成林人熟了,话也多了,同他摆龙门阵还摆得很投机。离开的时候,张文玲拿出一截蓝色咔叽布,叫他拿回去和陈春华一人做一条裤子。这是他给菲菲买文具不知多出几倍钱的东西,他坚辞不要。张文玲说这是她的心意,叫他一定拿上。盛情难却,而且是张文玲,他不能过分矜持,伤她的心,只好伸出手接住。他接过来,感到沉甸甸的。

　　离校前,学校举行了简朴隆重的毕业典礼并开展了一系列活动。师生之间,同学一起,大家高兴快乐了几天,然后握手告别,各回自己的工作地去了。何德远回到了江城。

　　回到家,何德远打开行李,把那截布料拿出来给陈春华,如实地说这是张文玲送的,叫他们用这截布料做两条裤子,这是张文玲的一片心意。陈春华没有多高兴,但是也没有说什么。以后,他多次提出拿这截布去做裤子,陈春华都推推拖拖。被逼急了,陈春华才说:"要做你去做,我不要!"他这才知道陈春华心里有芥蒂,从此再没提这件事,这截布料一直压在箱子底。也难怪,听到杜成兰回来说的那些,哪个女人不会推测想象到一边去?哪个女人心里会舒服?陈春华长相浓眉大眼,却也心细如发,在夫妻感情上,她也是自私的。

　　何德远调石盘区教办那年,江城撤县建立了地级市。在省城读师范学院期间,石盘区被撤销,教办随之解体,何德远回到江城面临重新分配工作的问题。他准备到自己中学时的母校——县中去当教师。县中已经收为市管,成为江城中学。他认为在这里教书,也是一份很体面的工作,能够教出一批优秀的学生,是非常有意义的事情。寒假期间,他去找一个在江城中学任教务处副主任的同学说,校长同意他马上来试讲。他没有带任何书籍回来,就凭学校给他的一本教科书仓促应战,通过了严格的试讲考核。但是,市教委说他是带薪读书的教师,毕业以后必须回原学校工作三至四年才能调动,他们刚发了文件。他带着师范学院老师的私人推荐信去找市教委主任,主任很难为其情,说文件刚发出去,是他签发的,他不好带头违反，表态说："石盘区撤了，理所当然，教办也就不存在了。'皮之不存，毛将焉附？'你是一个特殊情况，你先不管在哪个学校待一年，明年我亲自送你到江城中学去！怎么样？"见领导这样真诚，确实为难，他只好道谢辞别。

石盘区教办解散，原来的人分别分到几个学校，何德远在外读书，工资关系转到了石盘学校。

那一年，"文革"后教师、医生、科技工作者首次评职称，何德远被评为中学语文一级教师，是石盘公社，也是原石盘区最年轻的中学一级教师。不能调江城中学，他工资关系所在的石盘学校的校长是当年他任教导主任时的副主任、垂直下级，他不愿意到那里去，觉得他去，人家不好给他安排工作，于是就自己去找其他的单位。因为没有熟人和区文教局不放，他没能如愿调动。没有地方上班，从来没有赋闲过的他一天郁郁寡欢，心神不宁。

快开学了，他才被分配到城里的一所职业中学教普通高中班的语文。可是，他去报到时才得知，人家上学期末就把课分了。校长也是新调来的，同是天涯沦落人，叫他支持他的工作，去当初中二年级最乱的一个班的班主任并任语文课。

这个学校的条件很差，在城边上，不通公共汽车，他的家还在青湾，周末要回去，周日下午就要来，很不方便。就在教育主管部门分配他到这个学校的时候，区里的一个部门调人，在全区范围内挑选考察，他被推荐接受考察和参加考试。他在这个学校工作了不到一个月，就调到区里去当了干部。从此改了行，告别了一参加工作就从事的、干了十八年的教育工作。起初叫他当老师，他不愿意。要离开了，不当老师了，确实又非常依恋，魂牵梦绕。

翌年，江城中学派他同学来找他去教书，他无法去对领导说，人家对他也有知遇之恩，只好婉言谢绝。

凭着能力水平和能吃苦的精神，从零开始的何德远一年后就成了全区公认的一号"笔杆子"，进入了领导的视野，当上了所在部门的办公室主任。同时，在领导的关心下，把陈春华和两个孩子转成了城市户口，家搬进了城。这种一家人的户口"农转非"，多么的不容易啊！这比登天还难的事他办到了，很多人羡慕不已！

家庭跨出了这样的一大步，不是投机钻营得道的，而是他努力工作并做出了显著成绩的回报。

一年多来，他在工作上吃了不少的苦，本部门的工作要点和工作总结、全区的所有重要材料都是他写或者他主笔，所有的大型活动他都是秘书组组长。晚上加班赶材料是他的平常事。有时候，要求整个办公大楼的人"必须""不得缺席"的义务植树等劳动，他一个人被留下关起门写文章。那一年写一个重要会议的报告，他坐了一个多月，造成严重的腰肌劳损，腰痛得伸不直弯不下。

他的能力水平和工作成绩有目共睹，个人发展顺风顺水。换届时，很多局长、乡镇街道的书记和乡镇长街道办主任为了保住自己的位子，一天四处打听，请客吃饭。想上一步的人，更是伸长脖子地挤。他想都没想，一是认为跑"官"要"官"为人不齿，二是觉得自己调到机关的时间不长，资历不够，却意外地被调去分管全区的文秘工作，当上了领导干部。当然，这个变动主要是因为这是个苦差事，偷不了懒，耍不了滑，并且必须具有较高的政策理论水平和较强的语言文字能力，没有人愿意吃这份苦和一般人不能胜任，没有人争抢的缘故。

机关文字工作的辛苦和"官场"人际关系的复杂，他都不怕，因为这些都可以通过苦干和不参与来对付。他压力最大的是，他一个月只有一百多元钱的工资，陈春华进城后没有工作，一家四口人要吃饭，两个孩子要上学。父亲何文伯早在他转为公办教师的第二年上半年就因病去世，母亲还在，住在青湾，他要对老人家负一部分责任。而且，两个孩子的学费越来越高。

山区过去不重视女子上学，陈春华没读几年书，在农村没有什么难处，而到了城里，什么事都不能干。没有办法，他有一个中学同学在搞建筑，他在那里给陈春华找了个零工打。接着，陈春华进一个私人的厂上班，因为他的关系，这个厂的主管部门把陈春华调到了下属的一个门市部站柜台。上这个班，挣不了多少钱，有时还要何德远给送饭。在这里，由于陈春华不懂往来账务，不但没挣到一分钱的工资，还差一点儿赔几千元的款。这可是一个了不起的数字，是何德远一两年的工资！倘若赔，他家没有一分钱的存款，而且一家人要吃饭、两个娃儿要上学怎么办？特别是，他很疑惑，陈春华又从来没有从店里往家里拿过什么回来，怎么会都短那么多钱呢？于是，他叫陈春花把账本拿回家，他白天上班，晚上给她清账，最后算下来，还该给陈春华补几十元钱。他舒了一口气，赌气几十元钱一分不要，要陈春华长见识，得教训！

何德远在区机关工作了几年，市里的几个部门来调他，他都因为家庭的原因而放弃。市政府办来调，这是很多人都羡慕的部门，他也很想去，但是区里的领导挽留，区委书记专门安排区长和常务副区长给陈春华安排工作。他想，自己再风光，家里没饭吃，娃儿没钱上学，他也心不安宁。这么好的一个机会，也被他谢绝了！

陈春华的文化水平低，何德远怕好工作她不能胜任，压力大了难受，让她到商业部门去当了一个服务员。

不几年，刮起了干部到乡镇工作才能提拔的风，何德远下到了一个街道办事处。三年干满，一个大镇换届选举出了问题，没人愿意去趟那函浑水，又派他去。

机关文字工作具体实在，基层的事情纷繁冗杂，没有经济条件宽松的家庭，何德远如蜗牛负重，身心疲惫。

对这种情形的出现，何德远是早就预料到的，从和陈春华结婚的那时起，他就知道会有这一天。但是，这是短时间里不能改变的。随时为生计发愁，他没有时间，也没有心情想远在省城那个大工厂的张文玲。而且他想，张文玲已经有自己的丈夫和孩子，日子过得还不错，他很放心，他不应该去打扰她的岁月静好。因此，他没有主动跟她联系。而张文玲，也都有了自己的家，怕若再同何德远往来密切，说不定会引出不应该有的矛盾，回江城也没有来找过他。这十几年，又像在省城见面前的那几年一样，他们没有见过面，也没有通信，但是彼此的心里没有忘记对方。

二十二

一天，到青湾里的大路上来了两个客人。

这一个是当年的知青张文玲，一个是她的女儿李菲——一个生在大都市、长在大都市的十七八岁的姑娘。女儿菲菲参加完高考，张文玲休假，带着女儿回这里。

这是二十四年前离开以后，张文玲第一次回来。这时，青湾大队变成了青湾村，六队变成了六组。

张文玲对眼前的这片土地充满深情。虽然她身在大都市，但仍然时常魂牵梦绕——她在这里劳动了整整三年，是在这里锻炼合格，才取得回城工作资格的！

在这里，她洒下了辛勤的汗水，形成了自己的人格。

在这里，她有了人世间最美丽的初恋……

在这里，她失去了在学校的文化知识的学习，却收获了学校里学不到的东西！

过了石盘河，踏上六队的土地，张文玲就给女儿讲当年在这里劳动和生活的情景。女儿菲菲像听天方夜谭一样，瞪着一双清澈的大眼睛惊讶地看着她。

"妈妈，你说的是真的吗？"

"怎么不是真的，妈妈还说假话？不信回去问你大姨妈！"

"你原来说的我忘记了，你说你们那个时候多大？"

"刚下来时，你大姨妈刚进十八，我满十五不久！"

"你们这么小就天天跟农民一起干活？"

"是啊！不干活到农村来干啥？"

女儿沉默不语，心里又一次升起对母亲的敬佩。

过了石盘河，眼前一个望不到边坝子。路旁的苞谷顶着红缨，一棵就长两三个大苞谷；田里，稻子抽出嫩嫩的长穗，稻花飘香；地里的花生、红苕和园子里的蔬菜茁壮茂盛，农家的房前屋后竹木葱茏……

菲菲惊喜不已，高兴地说："妈妈，你们这里好美呀！"

"是漂亮嘛！眼前的这些，我也好多年没有看到了！"张文玲说。

村口，如磐的石碾子还像几十年前那样蹲在那里。张文玲想起，她曾经在上面给队里碾油枯做肥料，不知多少次背着重重的东西在上面歇气，夏天不知道看见过多少人在上面歇凉……

她指着碾子问女儿："你知道这是啥？"

菲菲摇摇头，说："不知道！"她从来没有见过，哪里知道是什么。

张文玲告诉她："这叫碾子，是用来碾米的。现在用机器打米，它就只用来碾一些其他东西了。"她也没有看到过在这个碾子上碾米，她下到这里的时候就有了打米机。

"哦——"菲菲一种增长了知识的高兴。

正是雨季，石盘河里的水大，堰里的水平了几个搭着洗衣服的小桥。很长时间没有下过大雨，水很清，水面上有"罗面架子"，也偶尔看见有小鱼儿躲在边上静静地喝水……像当年她的两个舅舅第一次来看到时一样，十七八岁的姑娘也惊奇得直叫："妈妈，妈妈！你看，你看！那是啥？"

张文玲给了她一句："大惊小怪，浮在水面的是'罗面架子'，水里面是鱼嘛啥子！你们还是该下农村，这都不晓得！"

城里的孩子咋知道这些。如果不在农村几年，她也不知道。

张文玲知道农村的土地已经承包到户，各家各户自己耕种，不像她们下在这里时那样，统一出工收工，评"大寨工分"。但是，具体是个什么样子她没看到。走进湾里，她有了亲身感受。

正是做一早上活路回来吃早饭的时候，湾里有的人在吃饭，有的人才回来，有的人吃了饭又出门了。有的先，有的后，参差不齐。她问了一些人，他们做活路的地方和所做的活路也不一样。有的在这里，有的在那里。有的薅草，有的施肥，有的割草，有的放牛。各人都是根据各自的情况自己在安排……

这是一种松散自由的状态，同集体化时候，队长一声喊，男男女女跑得铃铃啷啷、带有军事化性质的统一行动，完全是两回事。

对于这种自由式的生产劳动，张文玲感到很新鲜。这样能产出粮食吗？她没有问，先前看到河坝里的苞谷和秧田里的稻谷，比她们那个时候长得还要好，这给出了答案。她感到莫名的奇怪，一种政策的改变有这么大的力量？

由于这种自由式的生产，她们一路走来，不但没有一下看到全生产队的人，而且没有遇到多少人。遇到的人，有些好像认识她，但是把她看了又看，又走了。有些当年年轻一些的人认识她，叫她，问她，她又不知道人家是谁了！年龄和她上下的已经成了老年人，原来就年龄大的大多已经过世了。张文玲有些怅然，后悔这些年没有来，好多对她好的人看不到了！

过了五队的几家人就是六队，就是何德远家。土墙下青上白，房上青瓦如旧，高挺的屋脊像一道耸立的山梁把房前房后分成两半。房后面，翠竹青青，蓊郁葱茏……一切还是她脑子里的印象。她知道，何德远的母亲，他大哥、原来生产队的会计何德荣，大嫂李子英和他们的小儿子还住在这里，但是他们多数时候出入的后门关着，她没有见到他们。

"菲菲，这是你何叔叔的家！"张文玲对女儿说。

"这是他们的家呀？"女儿若有所思，抬起头看着张文玲，说，"妈妈，我好久好久就想问你，你年轻的时候，是不是跟何叔叔好过？"

"你个没规矩的娃儿！说你妈什么？"张文玲嘴上在骂女儿，脸却红了。

"妈妈，我知道啦！"女儿全明白了。

在何德远家背后的路上，张文玲站了很大一阵。

张文玲和女儿来到新房子院子。这个大院子已经有名无实——大门没有了，东南角上何德第家搬走后拆了一个缺，西北角秀清的房子卖给了人家，自己修出去了，人家买了后拆了修的楼房，改为面朝沟边的路。院子里再也没有往日的热闹，她们站在大门上，没有听到一个人的声音。

母女俩走进院子，张文玲指着左前方一间门锁着的土墙房子说："菲菲，我们才来时就住在这里。"

"哦，先住在这里的？"

"嗯，住了两三个月后搬的。"

站在院坝中间向四周望了望，母女俩然后就转身往外走。

从队长何大全家门前经过，一排三间的瓦房早已没有当年那么簇新有生气了。门全是锁着的，她向队里的人打听，说他们家这些年十分不幸，女儿出了事，离了婚，远嫁他乡。分田地到户，何大全没有了用武之地，很不习惯，后来得了重病，没有钱看。今天逢场，他爱赶场，可能到石盘场上去了。

张文玲听了，心里凄然。

顺路上去，张文玲带着菲菲到杜家新院子去。

母女俩进了大门，看见院子里打扫得还像过去那样干净，但是没有狗叫。原来一有人来，杜文金家的那条麻狗老远就叫起来。狗呢？她心里想。院子里右边的房子全部拆了，东边全部敞开了。

"这是咋个的？"张文玲自言自语地说。

杜成莲在家里，听见外面有人来，从屋里走出来。

"哦，是二姐！你今天咋个舍得回来的？"杜成莲还是有眼力，一眼就认出了二十多年没见过面的张文玲。

"杜成莲，你一个人在家？"杜成莲也长胖了，老了些，样子没有大变，张文玲也认出了她，问她。

"这是……"杜成连指着菲菲问。

"这是我女儿，叫李菲，我们老几姓李。菲菲，快叫杜阿姨！"张文玲说。

菲菲羞怯地说："杜阿姨好！"

"啊!"农村的娃儿没有这些礼节,大人喊就叫一声罢了,菲菲还问好,杜成莲不知道怎样回答才对,忙问,"多大啦?"

"十八啦!"张文玲怕女儿不愿意说,抢着回答说。

"那可能还在读书嘛?"

"刚刚考完了大学,这有时间,我就带她回来耍一下!"

"就是嘛,走了这么多年,都没回来!多回来耍嘛!"

"上班忙得很,如果没事,一年才回一两次江城。离得远,来去坐火车就要一天多,在家多耍一会儿,就要坐夜车赶过去上班,好多次想回来都没回来成。"张文玲听杜成莲的话好像有些哀怨的意思,忙做解释,又问杜成莲,"你一个人在家?你们的狗呢?"

"嗯。他们都做活路的做活路。上学的上学。"杜成莲先没顾上回答,后来又忘记了,这才回答,说,"狗?你说原来的那个狗,那个麻狗?那早就死了,好多年啰!"

张文玲母女坐下,杜成莲端来开水,说起这几十年他们家里的事情。

张文玲走了没两年,她就结了婚。她是从小引来的,这里爹妈歪,她才十四五岁就给她订了前面大院子里的杜成立。她嫌杜成立个子小,做农村的活路没劳力,心里不喜欢。但是爹妈强迫,她没有办法,勉强结了婚。结了婚以后,他们扯了不少筋。后来生了娃儿,是个儿子。老大三岁,又生了一个。本来想生个女儿,哪知道又是个儿子。五年前,杜文金进城卖自家树上的橘子,被人骗了,一气之下归西。才过了两年,李文英又生病过世。爹妈都死了,两口子再扯不行了,只有好好地过日子。现在,杜成立在水泥厂做活路挣钱,老大跟人学厨艺,老二上学。今天屋里有事需要做,她吃了早饭就没有出门。

"人反正就是这命!"杜成莲说完,叹了一口气。

"哦——"杜成莲是从小引来的和不喜欢杜成立这些前面的事情,张文玲在这里时有所耳闻,后来的事情就不晓得了,杜成莲说了,她才知道他们家这些年发生了这么大的变故。

"杜明芬的房子咋个拆了呢?"为了不叫杜成莲沉浸在她的家事中伤心,张文玲换了一个话题。

"那家人搬出去了！"杜成莲说。

"搬到哪儿去了？"

"梁上梨树坪下面！那个地方你还记得不？"

张文玲想了一下，还能记起。毕竟在这里三年，青湾六队不管哪个地方都还有些印象。她朝着杜成四们拆的缺口说："那边都看得到坟陵了，你们害怕不？"

杜成莲苦笑，说："也不怕，占惯了！怕也没办法，往哪儿搬嘛？"

张文玲喝着杜成莲倒的水，摆了一阵，站起来向她们当年住的房子那里走去。

她们睡觉的那间已经被杜成四拆了，她给菲菲指了一下地方。煮饭的这间——杜成莲家的堂屋还在，只是连着杜成四的那边，人家把房子拆了，牌扇全部露在了外面。堂屋的门开着，可能房子杜成莲没有多用，里面乱七八糟，满地鸡屎。她们的灶完好无损，但是已经尘封多年，灶台上积了一层厚厚的灰。张文玲跨过门槛，走到跟前，脑子里浮现出二十多年前的一幕幕往事，对女儿菲菲说："这就是我们那时用的灶！"

"啊——"菲菲惊愕得叫出了声，不相信自己的妈妈和大姨妈在这样的一个地方煮饭。

杜成莲挽留张文玲母女在她们家吃饭，张文玲说时间还早，她要到杜成四家去看一下。杜成莲恐怕她到那儿去有事，就没有强留。

走到梁上的圆场里，看见了曾经挑水的路，想起那时挑着一担水一步一步地往上爬，这么长的一架坡，中间没有一个地方可以放桶，只有挑到这里，才能把桶放下来歇一口气，那是多么的艰辛啊！但是想到当年同何德远在这里说悄悄话，突然看到有人走过来就急急忙忙地挑起桶走的惊恐时，她笑了。但没敢笑出声，怕菲菲听见，问她笑什么，还不好回答。而在她心里，却十分的甜蜜。

从左边横着的一条小路过去，只几十米远就到了杜成四的新房子。在杜家新院子的两家房东中，她们当年得到杜成四关心更多一些，给他们找的麻烦多。特别是杜明芬，天天同她们在一起，教她们做事，帮她们做活路，鼓励她们，给她和何德远带信。

梨树坪里，原来一到春天就梨花烂漫，白茫茫一大片。蜂儿飞，蝶儿舞，蜜蜂嘤嘤嗡嗡的采蜜声老远就能听见。到了这一向，青青的梨子一坨一坨的，压断枝条。这种梨子个儿不大，但是很好吃，水多，脆，甜得像蜂蜜。现在没有多少树了，而且都老化了。二三十年了，是该老了！

张文玲断定，陔下的房子就是杜成四家的，因为这里再没有别的房子。她清楚地记得，他们家修房子的这块地，每年一季种豌豆，一季点苞谷，那几年年年在这里做活路。这里位置高，敞亮。他们是该搬一下，原来那里被山围着，拥起拥起的，因为远祖祖辈辈背挑不知道比别人多使了多少劲，而且地势低，夏天一点儿风都没有，闷热得叫人难受，大门口是好几家人的猪牛圈和茅厕，蚊蝇成群。

她们走到房角，人还没下去，一条狗就"汪汪汪"地对着她们叫起来。

"哪个呢？"杜明芬的妈从屋里走出来，向路上问。

老人年近古稀，身子精瘦，背已经驼了，但看起来还很硬朗。张文玲高兴地叫她："杜妈！是我，张文玲！"

"张文玲——"老人沉吟了片刻，但马上就想起来了，说，"哦，看我这人咋块，时常在想，一下又忘了！"

老人把狗吆喝开，欢喜得像小孩子。张文玲跑上去抓住她的手，紧紧地握着，说："杜妈，你身体还好呢！"

"好！好！没有大病，就是有时候昏晕！"

"你年龄这么大了，昏晕一下是正常的。看到你身体这么好，我好高兴啊！我的爸妈都走了好多年啰。"

"你说你的爸爸和妈都过世了，他们年龄还不大嘛？"

"就是嘛！"

"你这同路的是谁？"老人指着菲菲——这么高的一个女子，说。

"这是我女儿！"

"哎哟，女儿都这么大啰喃！叫啥名字，我好喊娃娃？"

"菲菲，快叫杜婆婆！"

"哦，菲菲！这长得精灵！"

听妈妈讲在农村插队落户的事，经常听她提到杜婆婆，今天终于见到了本人，菲菲好激动和兴奋啊！到底是考大学的娃儿，也很会说话了，说："杜婆婆，谢谢你那些年对我妈妈的关心！没有你们的关心就没有她的今天，也没有我们一家人的今天！"

老人好感动哦！说："这女儿会说的，大城市的娃儿见多识广，就是不一样！你妈有今天，是她劳动得好，表现好，我们没起到好大的作用！欸，这人老了，光顾得说话去了，忘了叫你们坐了！快到阶沿上坐，我去给你们拿凳子！"

老人动作麻利，拿了两把小凳子来，用一张毛巾抹得干干净净，才叫张文玲母女俩坐下。接着，又把桌子搬过来，用两个干净杯子倒来两杯开水放在她们面前，然后进屋端出一撮瓢花生、一葫芦壳核桃请她们吃。

"杜妈，你这么客气干啥，我们又不是外人，在你们家里占了几年，还没把你麻烦够？"张文玲逗老人说。

菲菲也说："杜婆婆，太客气啦！我们来耍，却把你忙的！"

"这忙啥？你们能来，就是还没有忘我们，我欢喜得啥样的。张文玲，你离开几十年了，娃娃是第一次来，快砸核桃和剥花生吃哈！"

忙乎完，老人坐下来和张文玲摆起龙门阵。

老人问张文玲工作忙不忙，张文玲说就是忙，离得远，一年只能回来一两次，回来最多住两天，又要走。一回来又这事那事的，抽不出时间回青湾来。

"那我晓得，上班比我们农村的人还忙。"老人说。老人嘱咐张文玲好好工作，问菲菲的爸爸姓啥，是哪儿的，在干啥，就像关心自己的女儿一样。

"杜妈，杜明芬婆家在哪里？娃儿多大了？"张文玲关心地问。"我们女子予给跃进村的，两个娃儿，都大了。女婿在村里的砖厂跑'外交'，女了有时候也在砖厂挣钱，那人家过得好哦！"

说着说着，老人眼泪咕嘟的，说，"就我们屋里这些年不行……"张文玲吃惊地问起，老人这才说出他们家的遭遇。

"我们现在是一个困难的家庭。这些年，家里接连死人。杜明芬的爷爷去世后没几年，杜成四就死。三年前，杜明武生病因药误又突然死了，没想到我白发人送黑发人。顶梁柱一倒，这个家一下子就塌了。没有了能提犁挈耙的男子汉，种田种地靠媳妇的娘家人来把大的活路做了，小田小地就媳妇带着几个娃儿用锄头挖。艰难哪！"

听了这个曾经在青湾六队年底进钱最多的家庭困难成这样，特别是杜明武的死，留下女人、几个娃娃和老人，活路没人做，农村的活路哪离得开男子汉呢？张文玲泪水长流，菲菲眼里也含满泪。

吃晌午时，媳妇和几个娃儿做活路回来，见了张文玲母女，高兴得不得了。张文玲也像他们一样，强颜欢笑，唯恐因为她们悲切又引起这一家人伤心。

吃了饭后，又坐了很久，摆了很多龙门阵，张文玲才站起身说要走。老房东一家人一再挽留，不让她们走。

张文玲知道前面陔下就是杨益英家，想到那里去坐一会儿。杨益英的丈夫是一个乡村医生，她结婚早，生了两个儿子一个女儿。她只比张文玲大一岁多，岁数最小的女儿都比菲菲大两三岁。她女儿长得像她一样漂亮，热情大方，菲菲走拢，两个一会儿就耍到了一起。孩子们走开了，两个女人摆起一些体己的龙门阵。

杨益英对张文玲说："几十年都没见到你了，我们这儿好多人都在念你，夸你，要是你就在我们这儿，我们就时常可以在一起了。唉，那时候那些政策，把城里和农村分得太清了，把你和何德远硬生生地分开了。从这阵看，如果你们两个结了婚，该多好！"

张文玲叹息了一声："有啥办法？这是命运的安排！"

两个女人先笑得嘻嘻哈哈的，说到这件事张文玲好大一阵没有作声。

从杨益英家出来，张文玲去找秀清，听说他们的房子修到堰陔外面去了，就直接从井沟里往外走。她们去，秀清家没人。

时间还早，张文玲和牵着她手的女儿往岩脚里走。

过了碾子口，走到庙坎脚下堰沟里的小桥跟前，张文玲停下了脚步。当年她经常洗衣服的青石板还在，只是变得更加光滑了。是啊，几十年里不知道人们又在上面洗了多少衣服，把石板的表面又磨去了多少！

"菲菲，这是我洗衣服的地方！我们从住的那里下来，从湾里的那个晒坝直插过来，就到了这里。这个地方洗衣服的人少些，上面没人洗，水干净得多，就是离坟陵近，有点儿害怕。"张文玲对女儿说。

菲菲觉得就几个石头上搭了一块石板，哪知道她的妈妈却深情地沉浸在往事的回忆中。

到了岩脚里，站在堰陵上，眼前一片广阔和敞亮。

公路上汽车来来往往，一列停在站上的货运列车正鸣着汽笛"隆隆"启动。几百米宽、目力可及几公里长的河坝一片银白，千磨万砺的鹅卵石洁净光滑，滴溜儿圆。这里很平坦，石盘河涨大水时经常改道漫流，这时归到了一起，水势大起来就"哗哗哗"地向前奔流。

张文玲指着河对面公路和铁路之间的一排房子说："菲菲，那里就是我们生产队的石灰窑和洗石灰的地方！你何德远叔叔在那里洗了几年石灰浆还带把灰膏装上汽车拉到城里的工地上去。"这是一个有很深记忆的地方，几十年没看到了，张文玲很激动。

"走，我们到河边去！"张文玲对女儿说。

来到河边，清清的河水欢快地从面前流过，菲菲高兴起来。

"妈妈，你们在河里洗过衣服吗？"

"怎么没洗过？在石灰窑上做活路，只要有脏衣服，都是出工时带上，中间歇气的时候和放工以后在河里洗。天气好了，河上的木桥两头，全是生产队洗衣服的妇女和女娃儿，有时候还一边洗一边平铺着晾在河坝里的石头上。河坝这么大，很少有人在上面走，这些石头干净得很。"

"挺方便的嘛！"

菲菲边说话边捡起一个石片儿像那些男孩子一样打起水漂儿。第一个就漂了两个，觉得很有趣，又接着漂。漂了好一阵。漂累了，就在河坝里捡好看的石头儿玩。

女儿走远了，张文玲一个人站在河边，像第一次看到和即将离开青湾里那次一样，看着石盘河的水出神。

从到青湾里的那天起，她就喜欢上了石盘河，对她有一种特殊的感情，此时她突然把它同自己和何德远的感情联系了起来："我和何德远之间不正像这清清的河水，纯洁清亮，又绵延不断，并没齿不忘吗？"

是的，二十多年来，他们彼此的心里都装着对方，清清白白，思念不断，一定会直至地老天荒！

张文玲向女儿菲菲走去，突然看见了右前方从岩脚伸进河里的那个大石头，想起了当年同何德远的一件事：

正是她和何德远火热的时候，一个夏天，那天太阳很大很热，她在大石头上洗衣服，何德远到河里来游泳。四下无人。他看见了她，很高兴。她也很高兴——她一个人在这里有些害怕，他来了正好做伴，一起说说话。他来游泳是为了凉快，可以在下面游。但是，他向上面走来，走到她的对面。

"你一个人在这里洗衣服？"他问她。

"嗯。我这个时间才有空。"她说。她知道他是关心她。十年前，湾里有个人在这里跳岩摔死，很多人不敢一个人在这里。这件事，别人也给她讲过。

他几下就脱掉了身上的衣服，穿着一个裤衩跳到水里向她游来。

快游到她面前，他踩着"水花"①，一边捋着头上的水，一边叫她："下来，我们一起游，顺便洗个澡，凉快一下，看你晒得！"

她头上戴着草帽，脸热得通红，挂着汗水，要是能跳到河里洗个澡，该有多舒服！但她摇头，说："我咋个有法下来游？"她是说农村没有女人下河洗澡，她下来游，人家知道了，岂不叫人笑死，而且是和他游，人家不说闲话才怪呢！她会游泳，很想跳到水里凉快凉快，还可以借故在水里挨挨他，感受一下他的味道，在水里人们一般是不会在意的。真的，她当时好想啊！

见她不敢下来，他游过来，爬上她洗衣服的石头，坐在她的面前，

---

① 踩水花：靠脚踩踏和手向下按在水中站立和行走的一种游泳技术。

面对着她叉着腿。因为见到她,他的两腿间不自觉地勃起,裤衩前面隆起一座山峰,绷开的裤脚露出十八九岁男孩刚刚长出的体毛。

她转过头和他说话,看见他裤衩里那么坚挺和一些露在外面的男性的阴毛。第一次看见一个男人这样,她异常新奇和羞赧,脸红了。但是,她很快掩饰住自己,像什么也没看见一样,转过去洗起她的几件私物——例假带、内裤和小背心。不管哪个女子,自己的这些东西都是不会让别人特别是别的男人看见的,她却当着他的面洗,而且不羞不怪,若无其事。这是对他在她面前不怕露羞的回应,是说她也不回避他。她洗那些东西,他也脸红了。

她边洗边和他说话,欣赏他白皙的肌肤、强健的体魄和从来没见过的他两腿间的那种情形。似乎为了不使他不好意思,她才故意很平静。

正午的太阳更加猛烈,她被晒得冒汗。他问她:"你要洗完了吗,我热了,再去游一会儿?"

"你游嘛,我也快洗完了!"

得到她的允许,他又"扑通"一声跳进了水里,在离她不远地方钻水、踩"水花"、蝶泳、蛙泳、仰泳、自由泳,向她显示自己的游泳技术。

他想等她洗完,跟她一起回家,好边走边说话。可就在这时,岩脚转嘴那里来了两个人,看样子也是来游泳的。果然是来洗澡的。两个人走下堰陔,来到河边就脱衣服。下了河里,两个人看见上面的他们,大声吼起来。

"我们去约你来洗澡,你不在,原来你们在这里私会!下来洗!""讨口子"何德信说。

"嘿,快下来!"牛娃何德林没有开玩笑,觉得这样伤他的自尊心。他心里酸,不出声又过意不去,也支吾着喊了一声。

"他们叫你,你快去,我也洗完了。"她说。

她把衣服装进盆子里,端起来,对何德林和何德信连招呼也没打就一个人不好意思地走了。

他穿好衣服,顺着河边向牛娃何德林和"讨口子"何德信走去。

"妈妈，你还在那里干啥？"女儿菲菲高声叫她，她才从遥远的遐想中回过神来。

回城的路上，菲菲说："妈妈，我们去找何叔叔嘛，好多年没见过他啰！"

张文玲说："不要去打扰他，他刚刚去了一个新的地方，事情多！"她不知从哪里知道的，何德远刚从机关下到基层。

这天晚上，张文玲梦见自己和何德远在石盘河里戏水，玩得好高兴、好开心！

二十三

何德远工作的那个镇矿产业发达，个体私营的小矿山多，安全生产的监管任务十分繁重。一次，担任市安全生产监督部门负责人的陈建林来协调一项工作，见何德远在这里，十分高兴。他们还是张文玲母亲在世时那次见过的，一晃多少年了！

陈建林在部队当兵提了干，退伍后转业到县里的一个部门工作。建市后机构变动，到了现在的单位。老同学老熟人久别重逢，两个人格外亲切。

"啊，你在这儿？"

"你在市安监局？"

寒暄后，两人执手走进何德远的办公室，聊了一两个小时。陈建林也许知道何德远和自己姨妹的感情关系，何德远问张文玲的事，陈建林都毫无保留地告诉他。何德远问张文玲的近况，陈建林说一切都好。又问张文玲过年过节回不回江城，陈建林说只要他们叫她回来，她没有特殊事情，都要回来。

得到了张文玲的消息，何德远非常欣慰。但是他不能确定陈建林就知道他和张文玲的事和他对他们的事所持的态度，不好问得太多太详细，也不好请他转达他请她回江城时到家里做客，只好在心里遥祝她生活美好。

城市大了，同城的人也很难遇见。多少年来，何德远只遇见过张文静两三次。张文静进厂后学了会计，由原来的一个分厂调到了总厂，仍然从事会计工作。何德远第一次遇上她，多年不见，她先是一愣，接着很快就做出了惯有的清高。何德远认为，她这可能是用以表示她仍然坚持不允许张文玲同他在一起的态度吧。后来，她从熟人口里听到了何德远的一些情况，又见到就红着脸说一些带刺的话。何德远没有计较她的这些，也还是一贯的态度——一笑了之。

在街道和乡镇干了五六年，何德远调回政府的一个职能部门负责。一个国庆假期，他从别人口里得知张文玲回了江城，只有她和她女儿菲菲两个人，于是前往张文静家，请张文玲母女到家里做客。已经是儿女成人的年龄了，陈春华也大度了，同意何德远以朋友的身份请张文玲到家里玩。

这是陈建林单位的宿舍，走到大门口，何德远向门卫打听他们家住在哪里。

门卫打量了一番，问了他的身份和同陈建林的关系，然后指着正对面的一个单元右侧的三楼说："那就是，家里有人！"

何德远看过去，客厅里亮着灯光。

到门口，何德远按了一下门铃，里面有人走过来开门，就在外面等着。

"哦，是你！稀客！"来开门的是陈建林，见是何德远，满面笑容地说，"快进来！快进来！啥子风把你吹来的？"张文玲在这里，陈建林知道何德远可能是来找她的。

何德远没有顾上回答爱和他开玩笑的陈建林的话，也不知道张文玲这时就在他们家，认为自己来找张文玲没有什么不合适，不怕张文静说什么，同时仗着和陈建林的关系，直截了当地说："听说张文玲和她女儿回来了，在你们家没有？"

何德远这样问，是因为张文玲的小弟弟文明的家也在江城，文明也是三四十岁的人了，张文玲母女也有可能在他们家。而且还有那么多同学和知青战友，张文玲也可能同他们一起耍去了。

"在，你进来嘛！咋个站在外面说话呢？"陈建林热情真诚地说。

何德远没办法推辞，进了门。

秋高气爽，午后的阳光透过宽大的落地窗洒满客厅。茶几上摆着水果、瓜子、糖果和茶水，张文静和张文玲姐妹正坐在沙发上一边晒太阳一边吃水果、嗑瓜子聊天。

陈建林这么热情，姐妹俩不知道来的是谁，何德远没进门就面带笑容地从沙发上站起来了。

进来的人是何德远，姐妹俩都很惊讶。张文静没想到何德远会到他们家来找张文玲，也没想到陈建林对何德远那么熟悉和友好。张文玲也一愣，她怎么也没想到，站在面前的竟是何德远，他们又十多年没见面了！他知道姐姐反对我和他在一起，他怎么还偏要到这里来找我呢？这不是要在姐姐面前公开我们的感情，说我们一直还在来往吗？

张文静神情有些慌乱地说："是你！你……坐嘛，坐！"

"我听说张文玲回来了，来请她！"何德远又把在门外对陈建林说的来意重复了一遍。

张文玲看看张文静，又看看陈建林，说："我不去啰哟！我的几个同学在约我，我已经答应了人家！"

"这么客气干啥呢？"何德远知道，她是在她姐姐面前才这样矜持，继续说下去有可能说僵，马上调转话头说，"陈局长，你们住的这房子好哦——坐北朝南，冬暖夏凉，前面这么大的坝子，视野好开阔哟！"

"好啥嘛！我来带你看，没啥子好的！"陈建林很谦虚，十分热情地带着何德远去参观他们的每一个房间。何德远一边看，一边问，陈建林在旁边都毫无隐瞒地一一作答。

看完房子过来坐下，陈建林倒来茶水递到何德远手里，张文静端来果盘叫何德远吃糖和瓜子。

"你回来多久了？"何德远问张文玲。

"几天啰！"

"你咋不给我说一声呢？"

"那就不麻烦了嘛！"

"有啥麻烦的？而且就是麻烦，也是应该的！"

"那咋个敢惊动你哟！"张文静插话说。

何德远听出张文静话里带刺，但没有理会她。

"你们大弟弟在哪里我知道，小弟弟文明在做啥？"何德远问。

"谢谢你关心。文明下岗了，你给安排一个工作嘛！"张文静抢着说。

"他不是有单位吗？"何德远没怪张文静，真心关切地问。

"垮啦！"张文静说。

"那叫陈局长给安排一下！"何德远半开玩笑半认真地把话转到陈建林身上。

"我没有那能力！"陈建林笑着说。

说笑一阵，何德远要告辞，又一次邀请张文玲到家里去。

张文玲说她确实有了安排，答应了人家，不好食言。

何德远不好勉强，要张文玲的电话号码，张文玲告诉了他。

何德远走，张文静和张文玲起身来送，陈建林下楼送到大门口。

晚上，何德远想给张文玲打电话，认为在电话里好说一些，但临别时张文玲说得那么认真，觉得再打电话反倒不好，就没有再打。

退下来以后，何德远没有了工作上的压力，儿女们都有了工作以后，经济上也完全走出了困境，一身轻松了。国家实行双休日制度，有了充裕的时间。老同学、老同事、老朋友们也像他一样，空闲下来。于是，大家逢节假日和家人团聚，平时就邀约同学、同事、朋友到郊外游玩和聚会。

一个老同事、老朋友邀请聚会时，张文静和陈建林也来了——原来她们是同学，请了张文静，陈建林也就来了。邀请人给他们互相介绍，陈建林抢着说："我们是老熟人了！""你们是怎么认识的？""我和何德远是校友，张文静姐妹当知青就和何德远在一起。""哦，是这么回事！还认识得早呢！"张文静和陈建林没有见过陈春华，邀请人介绍了，知道这就是他们可能提起过的何德远的老婆。大家一说，陈春华也认识了张文静和她的老公陈建林。

大家在一起，天南地北地聊天，一起散步，一起打牌，一起喝酒，景色优美，环境敞亮，空气清新，开心快乐，感情融洽。此后，其他参加的人会请他们的同学、朋友、同事、亲戚，等等，也请了何德远和陈春华。人家请了，何德远也答谢回请。

在这些场合，何德远的见多识广、热情诚恳、落落大方又彬彬有礼，使张文静真正认识了他，加之又是陈建林的校友，她对他热情和随和起来，也经常当着他的面说一些张文玲的事情。从张文静和陈建林的口里，何德远知道了张文玲的情况，知道了她们姐妹经常在一起，还知道了张文玲退休以后，他们很悠闲，每年夏天一起去避暑，在凉快又空气好的地方住一两个月，过完热的时候才回家。同姐姐和姐夫在一起，张文玲经常听到他们说何德远的事情。

一个五一节，气候宜人。何德远受邀参加张文静为儿子在江城国际大酒店举行的婚礼。

中午十一点三十分，何德远准时到了。

阳光灿烂，花团锦簇，空中飘浮着五颜六色的气球，鼓乐队吹奏着欢快热烈的迎宾曲。大厅内，灯火辉煌，人头攒动，欢声笑语，喜气洋洋。

陈建林、张文静和新郎、新娘面带微笑在门口迎接着来宾。

这一个多月，何德远在青湾里的老宅地上修房子，天天顶着烈日，晒得黑了许多，但是劳动锻炼使他显得更加精神。他西装革履，一到就上前去向陈建林和张文静道喜、向一对新人表示祝贺。

祝贺毕，礼宾领他进宴会厅。走了几步，何德远突然眼前一亮，看见了人群中的张文玲！他好激动，立即挤过去同她说话。张文玲看见他，也很激动，眼里闪射着炽热惊喜的光芒。

"你多久回来的？"

"我们回来几天了！"

"一家人都回来了？"

"嗯，都回来了！"

"菲菲和她爸爸在哪儿？"

"他们在里面帮忙。"

……

几十年来，张文玲见了何德远就脸红，到了这个年龄，还是这个样子。何德远觉得她这样更好看、更漂亮，像一支娇艳的红色玫瑰！

这支红色玫瑰，是那么迷人，那么叫他喜爱！

没说几句话，张文玲就局促不安起来。何德远知道她是怕她和他待得久了，被人看见，他忙说："我进去了！一会儿给你们一家敬酒！"

设在一进门的礼仪台里边，一个姑娘正忙着。当何德远说出自己的名字时，姑娘抬起头来，把他从脚打量到头，惊喜地叫起来："何叔叔！我认识你！我叫李菲！"

"你是菲菲？多年不见，长成大姑娘啦！"这就是张文玲的独生女儿菲菲，何德远兴奋不已！

"我都有孩子啦！已经不是姑娘啦！"大城市的姑娘大方，高兴地说。

"你已经结婚啦？"何德远有些不相信自己脑子里的那个小女儿已经长大成人，还成了母亲，但他算时间，菲菲和自己的儿子同年同月同日生，确实是二十好几了，对于女孩儿来说，是该结婚生子了，马上说，"也该了！我和你妈他们都老了，你们也该这么大啦！"

菲菲很忙，不能耽误，何德远说："我过去了，一会儿我来给你爸爸、妈妈敬酒！"

宴会间，何德远到主人席给李成林和张文玲夫妇敬酒。他这时才看到李成林。李成林有些不认识他了。他做了自我介绍，李成林马上想起来。李成林比张文玲大好几岁，但看上去还很年轻。

儿子成了家，何德远和陈春华到省城同儿子住在一起。同在一个城市，每到过年过节，何德远主动给张文玲打电话或发短信问候和祝贺。张文玲对他说："用微信嘛，微信方便！"

何德远开通了微信，张文玲把她的微信号告诉了他，两个人时常用微信聊天。张文玲在微信上给他发来孙子的照片和她自己的一些生活照片，何德远过几天就要翻出来看一看。退休制度改革在全国广泛征求意见，张文玲给他转发了她得到的全套文件，嘱咐他："退了休，这些文件还是不能不看哦！"

几个当年下在石盘公社的知青退休以后，也因为子女在省城工作来到省城居住。他们搞了一次小聚会，张文玲参加了。听他们说起在一起喝茶叙旧的快乐，何德远也想邀请张文玲出来聊一聊。但是，他打电话过去，张文玲有些推托，说："彼此的情况都晓得，在一起又聊啥？"何德远知道，她这是觉得只有他们两个人不妥，她怕这可能引起各自家庭不必要的猜忌和误会，她从来非常注意外界的影响。她说的也是，有了她姐姐这条获知情况的渠道，大事小情都你知道我我知道你，走在一起又没做什么出格的事，如果招来烦恼确实不值得。至于那份情，各自心里有对方就够了！

几十年前的一天，张文玲同房东大妈在岩脚里的大石头上洗衣服，大妈很高兴，洗着洗着唱起了山歌：

石盘河水（那个嘛）出天边（嘞），
一路走来（嘛）几十道弯（啰）。
急水流上（嘞）起波浪（嘛），
山嘴长碥（嘞）成深滩（哟）。
妹妹情似（这）清亮（的）水（嘛），
哥哥心比（那）磐石坚。
山隔路远（嘞）挡不住（嘛），
一生一世（嘞都）不得变——

大妈干筋瘦骨，那时候还年轻，嗓子洪亮，拖声没气，韵味悠长，字字真切。张文玲知道这是个情歌，脸红着，不好意思说啥，不知道大妈是有感而发即兴唱的，还是一支流传久远的老山歌，只觉得她唱出了自己的心声。

何德远的家乡情结很深。进城以后，一有时间就要回青湾里。即使住在省城，也经常回去。也难怪，他的根在这里。这是绿叶对根的情意！每次回去，他都喜欢到处走走，都要到石盘河边去。站在河边，身后是故乡的田地和村庄，脚下是细沙和光滑的鹅卵石，河里的水如碧玉般清亮，奔流不息，心里就无比的愉悦。望着清清的河水，他常常发呆，就想起张文玲，就感到怅惘。不过又想，没能和她走到一起，纯粹是"柏拉图式"的恋爱，也刻骨铭心。天地间，"人有悲欢离合，月有阴晴圆缺"，有一个姑娘——一个女人，从情窦初开的时候就对自己一往情深地爱，记挂着、念想着，难能可贵，自己应该知足了！